Phantasmen

KAI MEYER

PHANTASMEN

Kai Meyer bei CARLSEN:

Arkadien erwacht (Band 1)
Arkadien brennt (Band 2)
Arkadien fällt (Band 3)
Asche und Phönix

CARLSEN-Newsletter
Tolle neue Lesetipps kostenlos per E-Mail!
www.carlsen.de

Copyright © Kai Meyer, 2014
Copyright Deutsche Erstausgabe © 2014 by CARLSEN Verlag GmbH
Dieses Werk wurde vermittelt durch die Michael Meller Literary Agency, München
Umschlaggestaltung und -typografie: unimak, Hamburg
Umschlagfotografien: shutterstock: © Gordan / David M. Schrader / lekcej / Forster Forest
iStockphoto.com: © Monica Batich / tepic
Herstellung: Karen Kollmetz
Lektorat: Kerstin Claussen
Satz: Dörlemann Satz, Lemförde
Druck und Bindung: GGP Media GmbH, Pößneck
ISBN 978-3-551-58292-8
Printed in Germany

»Es ist eine Illusion, dass wir jemals gelebt haben.«

Wallace Stevens

TOTENLICHT

I.

Weißt du, wie es ist, jemanden so sehr zu lieben, dass er in jedem Bild auftaucht, das du dir von deiner Zukunft ausmalst? Egal ob in zehn oder fünfzig Jahren: Wenn du dir vorstellst, wo du dann sein wirst, ist er bei dir und hält deine Hand.

Und nun überleg dir, wie es sich anfühlen würde, wenn jemand ihn aus all diesen Schnappschüssen entfernt. Wenn neben dir nur noch ein leerer Umriss stehen würde, ausgeschnitten wie mit einer Schere. Das sind die traurigsten der traurigen Geschichten.

Diese hier ist eine davon.

Mit Geistern.

Millionen von Geistern.

2.

Mein Name ist Rain.

Meine Eltern haben mich so genannt, weil sie glaubten, dass Afrika nichts so dringend brauche wie Regen. Regen, sagten sie, würde alle Probleme beseitigen. Nicht ihre, aber die von Afrika. Ich weiß nicht, was sie geraucht oder getrunken haben, als sie auf den Gedanken kamen, ihre älteste Tochter so zu nennen, aber ich hoffe, sie hatten ihren Spaß dabei. In Afrika war ich zum ersten und letzten Mal mit achtzehn. Ich gehe nie wieder dorthin, nicht für alle verdurstenden Babys der Welt.

Rain also.

Als Kind nahm ich an, meine Eltern hätten an einen warmen Landregen gedacht, einen von der Sorte, die an den Wangen kitzelt und die schönsten Regenbögen an den Himmel zaubert. Heute glaube ich, es war die Blitz-und-Donner-Variante. Im Englischen sagt man bei Wolkenbrüchen »Es regnet Katzen und Hunde«. Das ist meine Sorte Regen. Das bin ich. Wenn dir statt zarten Nieselns ein Biest mit verfilztem Pelz ins Gesicht fällt: Gestatten, Rain Mazursky.

Ich trage rote Dreadlocks und ein Tattoo auf meiner linken Schulter: einen Eiskristall, kleiner als meine Hand. Ich habe ihn mir stechen lassen, nachdem ich Afrika überlebt und beschlossen hatte, nie wieder irgendjemandes Regen zu sein. Mag sein, dass das Power-Pathos ist – Rain, die zu Eis gefriert –, aber ich habe da unten einiges durchgemacht, das ich niemandem an den Hals wünsche. Nicht mal meinen Großeltern.

Emma, meine jüngere Schwester, behauptet, ich hätte mich durch die Sache dort gar nicht so sehr verändert. Ich hätte schon vorher einen Dachschaden gehabt. Und wer Emma kennt, der weiß, dass sie das ernst meint. Emma ist niemals ironisch oder sarkastisch. Emma ist auch niemals höflich. Emma sagt einfach, was sie denkt, und dann kann man sicher sein, dass es – wenigstens in ihrer Welt – die absolute Wahrheit ist.

Vielleicht hat sie Recht. Afrika trägt nicht an allem die Schuld. Ich war nicht mal zwei Monate dort, und das scheint selbst mir nicht lange genug, um einen Menschen umzukrempeln. Aber letzten Endes spielt das keine Rolle, und das weiß auch Emma. Ich liebe meine kleine Schwester. Sie ist das, was von meiner Familie zählt, und mehr Familie brauche ich nicht.

Die Ereignisse, die ich schildern will, haben keinen klaren Anfang. Ich könnte mit dem Tod unserer Eltern beginnen, mit dem Absturz ihrer Maschine. Oder achtzehn Monate später am *Tag null*, wie alle Welt ihn heute nennt – dem Tag, an dem die ersten Geister erschienen. Übrigens einem Donnerstag, was uns zurück zu Unwetter und Regen führt.

Aber ich springe weitere achtzehn Monate vorwärts. Zu diesem Zeitpunkt waren Emma und ich seit drei Jahren Vollwaisen.

Ich war neunzehn, meine Schwester siebzehn, und wir fuhren in einem verrosteten Mini Cooper durch Europas einzige Wüste.

3.

Der Geist neben der Fahrbahn war erst der dritte seit dem Mittag. Wenn man aus einer Großstadt kommt, in der sie längst überall sind, und zweitausend Kilometer durch England, Frankreich und Spanien gefahren ist, ist ihr Anblick nicht spektakulärer als der einer Notrufsäule.

Dieser Geist stand vor einer Felsformation, die sich nur wenige Meter neben der Schnellstraße 349 erhob. Die Desierto de Tabernas liegt im Süden Spaniens, in der Provinz Almería, mit dem Wagen keine Stunde von der Mittelmeerküste entfernt. Sie ist nicht groß, aber alles in allem eine echte Wüste. Früher haben sie dort Filme gedreht, eine Menge Spaghettiwestern, aber auch *Lawrence von Arabien*. Das war billiger, als mit zweihundert Mann in die Sahara oder nach Arizona zu fliegen. Also setzten sie spanischen Statisten Cowboyhüte oder Turbane auf, stellten sie in die Wüste von Tabernas und riefen »Action!«.

Als Emma und ich dort ankamen, gab es noch immer ein paar alte Westernstädte, verfallene Kulissendörfer, in die sich seit Tag null wohl nicht mal mehr Touristen verirrten. Die Leute reisten nicht mehr so gern wie früher. Die meisten waren froh, wenn sie eine Bleibe gefunden hatten, in der es so wenige Geister wie möglich gab. Dort lebten sie vor sich hin, als warteten sie nur darauf, selbst zu Gespenstern zu werden.

Der Mann, dessen Geist da im flirrenden Wüstenlicht stand und trotzdem gleißend hell erschien, musste irgendwann während der vergangenen drei Jahre mit seinem Wagen gegen den Felsen gerast sein. Wie alle Geister hatte er sein Gesicht der Sonne zugewandt. Das war die einzige Bewegung, zu der sie fähig waren. Drehten sich unendlich langsam mit der Sonne von Osten nach Westen, blieben dabei auf der Stelle stehen, sagten nichts, taten nichts. Blickten nur mit leeren Mienen mitten ins Licht, als erinnerten sie sich an etwas, das sie schon einmal gesehen hatten.

Achtzehn Monate nach Tag null gewöhnten wir uns allmählich an sie. Sie taten keinem etwas. Man konnte durch sie hindurchgehen und spürte nicht einmal ein Frösteln. Es gab sie längst überall auf der Welt, täglich kamen Hunderttausende dazu. Aber selbst solche Zahlen hatten ihren Schrecken verloren. Dabei strahlte jeder Geist so viel Helligkeit ab wie eine Straßenlaterne. Vierundzwanzig Stunden am Tag. Vor allem in den Häusern war das Totenlicht zu einem ernsten Problem geworden.

Das Totenlicht und die Erinnerungen.

»Vielleicht hat ihn ein Trucker gejagt und abgedrängt«, sagte Emma neben mir auf dem Beifahrersitz. »Ich hab das mal in einem Film gesehen.«

»Wahrscheinlich ist er einfach am Steuer eingeschlafen.«

Geist und Felsen blieben hinter uns zurück. Zu beiden Seiten der Straße öffnete sich wieder die gelbgraue Weite der Wüste. Am Horizont wellten sich weiße Bergzüge, deren faltige Kalksteinausläufer in die Ebene reichten wie Tentakel eines zerknüllten Papierkraken. Dazwischen immer wieder Teppiche aus verbranntem Gras, knorpelige Felsbuckel und die Stämme abgestorbener Bäume.

Ich gab mir Mühe, angesichts dieser Einöde nicht an Afrika zu denken. Als wir die Autobahn verlassen hatten und der erste Kaktus in Sicht gekommen war, hatte ich eine meiner Toleranzproben gemacht: Ich war ausgestiegen und langsam darauf zugegangen. Dann hatte ich meinen Finger auf einen der Stachel gedrückt, bis an der Spitze ein Blutstropfen leuchtete. Sonst war nichts geschehen, abgesehen vom üblichen Herzrasen, von leichter Übelkeit und einem ziemlich trockenen Mund. Gerade mal eine Drei auf meiner Afrika-Phobie-Skala von eins bis zehn. Alles unter fünf ist erträglich, über sieben wird es schlimm.

Wir hatten die Fenster heruntergekurbelt. Emmas hellblondes Haar wirbelte im Fahrtwind. Sie hatte sich das hübsche, ein wenig hohlwangige Gesicht mit Sunblocker eingecremt, obgleich ich mich nicht erinnern konnte, sie je mit einem Sonnenbrand gesehen zu haben. Ihre blasse Haut wurde so wenig rot wie braun, das war schon immer so gewesen. Sie hatte blaue Augen wie ich, aber ihre lagen tiefer und sahen stets nachdenklich aus. Dabei konnte man niemals sicher sein, ob sie gerade tiefsinnig grübelte oder all ihre Aufmerksamkeit einem geplatzten Insekt auf der Windschutzscheibe widmete. Sie interessierte sich für die absurdesten Dinge, sah Schönheit in Hässlichem und Beunruhigendes in einem Blumenstrauß. Manchmal kam es mir vor, als wäre all das für sie ein Fenster, durch das sie etwas erblickte, das nur für ihre Augen bestimmt war. Vielleicht nichts Angenehmes, aber Emma dachte nicht in solchen Kategorien. Für sie war alles faszinierend: Gutes wie Böses, Schönes wie Hässliches.

Vor langer Zeit hatte meine Mutter gesagt, die kleine Emma sei wie ein Sechser im Lotto. Und es stimmte, ich kannte niemanden, der auch nur annähernd war wie Emma. Sie war hochbegabt, glaube ich heute, obwohl meine Eltern sie nie auf eine besondere Schule geschickt haben. Nach dem Tod der beiden hatten unsere Großeltern freie Bahn und versuchten auf ihre Weise, Emmas Schale zu durchbrechen: mit erdrückender Nähe und großzügigen Geschenken, mit doppeltem Nachtisch, doppeltem Taschengeld und dreifachen Liebesbekundungen, morgens, mittags und abends. Emma ließ es mit Gleichmut über sich ergehen, hob gelegentlich eine Braue oder erwiderte unbeholfen eine Umarmung. Sie hatte die beiden Alten gern, was ich nie verstand, aber notgedrungen respektierte. Es hatte mir nicht viel ausgemacht, dass Emmas zweiter Nachtisch meiner war, ebenso wie das Taschengeld, von der Nestwärme ganz zu schweigen. Meine Großeltern mochten mich so wenig wie ich sie. Das war unsere einzige Gemeinsamkeit. Wir hielten es so lange miteinander aus, bis ich mit der Schule fertig war und den nächsten Flieger nach Nairobi nehmen konnte.

Natürlich hatten sie mich gewarnt. Und dafür, dass sie Recht behalten hatten, hasste ich sie gleich noch mehr.

»Wir sind bald da«, sagte Emma. Ohne hinzusehen, fuhr sie mit der Fingerspitze über eine eingerissene Straßenkarte. Man hätte meinen können, dass jemand wie sie großen Wert auf Ordnung legte, dass sie beispielsweise Dinge der Größe oder Farbe nach sortierte. Doch genau das Gegenteil war der Fall. Emma schien sich im Chaos am wohlsten zu fühlen, und entsprechend sah es rund um ihre Turnschuhe aus: leere Coladosen und Verpackungen; Steine, die sie unterwegs aufgelesen hatte; eine spanische Zeitung, die sie nicht verstand, aber trotzdem las; und ein paar grinsende Plastikgespenster aus einem Happy Meal.

Es wurde Zeit, dass wir endlich unser Ziel erreichten. Der

Mini hatte keine Klimaanlage, der Motor machte Geräusche wie ein Rind mit Reizdarm und das Radio war schon seit den Pyrenäen kaputt. Die Luft war brütend heiß, sogar im Oktober, und es wunderte mich nicht mehr, dass es hier keine der provisorischen Siedlungen gab, die wir entlang unserer Route gesehen hatten. Je abgeschiedener die Gegend, desto weniger Geister und desto mehr Abwanderer aus den Großstädten mit ihren Campingwagen und Zelten.

Die Daheimgebliebenen behalfen sich notgedrungen mit Schlafbrillen und anderen Tricks gegen das allgegenwärtige Totenlicht. In den Megametropolen Asiens und Südamerikas war es angeblich so schlimm geworden, dass es bei Nacht so hell war wie am Tag. Falls sich die Geister im selben Tempo vermehrten wie bisher, würde es bald in allen Großstädten so aussehen und irgendwann – vielleicht in zwanzig, vielleicht in dreißig Jahren – auch draußen auf dem Land.

Seit wir kurz hinter dem Wüstenort Tabernas die Schnellstraße verlassen hatten, folgten wir einer der zahllosen Ramblas nach Norden. Ramblas sind ausgetrocknete Flussbetten, und diese hier reichte aus der Sierra de Los Filabres weit hinein ins glühende Zentrum der Wüste. Die Straße war einmal gut ausgebaut gewesen, mit gestrichelter Mittellinie und Seitenstreifen, aber der Asphalt war mürbe und brüchig geworden. Die Stoßdämpfer des Mini Cooper konnten die Erschütterungen kaum abfangen. Emma, die noch weniger wog als ich, flog bei jedem Schlagloch fast bis zum Wagendach.

Sie aktivierte das Smartphone, um die GPS-Koordinaten zu checken, aber wie bei allen ihren letzten Versuchen bekam das Gerät keine Verbindung. Ich hätte es verstanden, wären wir irgendwo in Marokko oder Tunesien gewesen – der Gedanke war eine zittrige Zwei auf meiner Phobie-Skala –, aber das hier war Spanien, Europa, die Zivilisation. Trotzdem tat sich nichts. Emma legte das Smartphone gleichgültig zurück auf die Ablage. Ich hätte es aus dem Fenster geschmissen.

»Hier muss es sein«, sagte sie und deutete mit einem Nicken nach vorn.

Die Straße hatte sich kaum verändert, nur die Berge der Sierra waren näher gekommen.

»Bist du sicher?« Dabei war mir eigentlich klar, dass es keinen Zweck hatte, Emmas Aussagen in Frage zu stellen. Sie war immer überzeugt von allem, was sie sagte. Darum verzichtete sie auch jetzt auf eine Erwiderung, blickte kurz auf die Karte, dann auf den Tachostand und flüsterte: »Wir sind da.«

Ich bremste ab und lenkte den Wagen auf den sandigen Seitenstreifen. Eine Staubwolke hüllte uns ein, als der Mini zum Stehen kam. Ich hoffte, dass er später wieder anspringen würde.

Emma stieg aus, trat um die offene Tür und blieb vor der Motorhaube stehen. Einen Moment lang betrachtete ich ihre zierliche Gestalt in Jeans und weißem T-Shirt und dachte, dass ich sie, komme, was wolle, beschützen würde, vor allem und vor jedem. Ich hatte Emma einmal im Stich gelassen – meine Großeltern hatten keine Gelegenheit versäumt, mich daran zu erinnern –, und das würde kein zweites Mal geschehen.

»Kommst du?«, rief sie.

Ich stieg aus und warf die Tür hinter mir zu. Ich trug eine beigefarbene Cargohose und ein schwarzes Shirt, nicht ideal für die Wüste, aber ich hatte ungefähr ein Dutzend davon: *Blondcore*, der Name meiner Band – eigentlich Ex-Band –, stand auf dem Rücken, darunter eine Liste frei erfundener Tourdaten. Seit zwei Jahren hatte ich – ex-blond – kein Schlagzeug mehr gespielt.

Die Motorhaube war nach all den Stunden in der Sonne zu heiß, um sich draufzusetzen, und so standen wir einfach da, während sich um uns der Staub legte und das Panorama der steinigen Einöde offenbarte.

»Hier also«, flüsterte ich und bemerkte, dass ich genau auf einer Asphaltkante angehalten hatte. Irgendwann war die Straße vor uns auf einer Länge von mehreren Hundert Metern erneuert worden.

Rechts und links erstreckte sich die Wüste in festgebackenen Bodenwellen aus Sand und Fels bis zu den Bergen am Horizont. Vertrocknetes Gras und braune Büsche waren die einzige Vegetation weit und breit. Ein schiefer Telefonmast ohne Kabel stand ein Stück weiter westlich wie ein Kreuz in den Kulissen eines apokalyptischen Passionsspiels.

Ich hatte Spuren erwartet. Ein paar Überbleibsel dessen, was hier geschehen war. Aber da war nichts, nur der ausgebesserte Asphalt. Rundum hatte sich die Wüste längst zurückgeholt, was ihr gehörte.

Auf den Tag genau vor drei Jahren war hier ein Airbus 318 mit rauchenden Triebwerken aus dem Himmel gestürzt, hatte eine Notlandung auf der Straße versucht und war beim ersten Bodenkontakt explodiert.

An diesem Ort, gottverlassen im Nichts, waren unsere Eltern gestorben.

4.

Jeder weiß genau, was er gerade tat, als die ersten Meldungen über die Geister die Runde machten. Der 17. Mai hat sich in die Erinnerung der Menschen gefressen wie vorher nur zwei, drei andere Daten.

Bis schließlich auch der Letzte mit eigenen Augen einen Geist gesehen hatte, wurde es Juni. Natürlich berichtete man im Fernsehen über nichts anderes mehr, doch in den Reportagen wirkten die Erscheinungen wie billige Spezialeffekte. Wir sind mit digitalen Dinosauriern, Superhelden und Monsterhorden aufgewachsen, da haut einen ein leuchtender Mensch nicht mehr um.

Zu Beginn waren sie nichts als glühende Abbilder von Verstorbenen. *Nackte* Abbilder. Dass ausgerechnet die Körpermitte genug Helligkeit ausstrahlte, um peinliche Details zu verbergen, verstärkte anfangs die Gerüchte, alles sei nur ein gigantischer Spaß. Eine Art Hoax, den ein paar Spaßvögel über die Sender und Newsportale jagten.

Doch als die ersten Geister in der eigenen Straße auftauchten, manchmal in der eigenen Wohnung, sprach kein Mensch mehr von Spezialeffekten. Es ist leicht, über etwas zu lachen, das du im Fernsehen siehst; wenn der Geist deines toten Ehemanns plötzlich neben dir im Bett steht, ist das eine ganz andere Nummer.

Sie erschienen stets dort, wo sie gestorben waren – in Krankenhäusern, Hospizen, zu Hause auf dem Sofa. Manche mitten auf der Straße, im Büro oder an der Tiefkühltheke im Supermarkt. Menschen, die kurz zuvor noch froh gewesen waren, ihrem Angehörigen einen Tod im eigenen Bett ermöglicht zu haben, verfluchten bald, dass sie den Sterbenden nicht abgeschoben hatten. Denn die Geister standen unverrückbar da, erstrahlten Tag und Nacht in weißem Totenlicht und ließen sich durch nichts und niemanden vertreiben. Sie sprachen nicht, reagierten auf nichts, rührten sich nicht. Nur ihre Körper drehten sich mit der Sonne am Himmel, egal ob im Freien oder auf einem U-Bahnsteig.

Sie waren transparent und substanzlos. Bald fuhren Autos achtlos durch Pulks aus Verkehrstoten. In Einkaufsstraßen schoben sich die Massen durch die Geister von Männern und Frauen, die ein Hirnschlag oder Herzinfarkt erwischt hatte. Der Wert neuer Häuser, in denen nachweislich niemand gestorben war, vervielfachte sich – bis wir allmählich die Gesetzmäßigkeiten verstanden, nach denen die Erscheinungen auftauchten.

Ihre Zahl nahm im Sekundentakt zu. Zu Beginn war nicht klar, ob es Regeln oder ein Schema gab. Dann aber ließ sich nicht mehr übersehen, dass Tag null – genau genommen müsste es *Punkt null* heißen, denn die ersten Geister erschienen um vierzehn Uhr sieben mitteleuropäischer Zeit – eine Achse mit Pfeilen in zwei Richtungen darstellte. Es war wie eines dieser Rorschach-Bilder, Tintenflecke in perfekter Symmetrie: So erschienen nicht nur die Geister der Menschen, die *seitdem* gestorben waren, sondern im selben Rhythmus auch jene aus der Zeit *davor*. Nach zwei Tagen waren es die Geister der letzten vier Tage, nach drei die der letzten sechs, nach fünfzehn Tagen die Geister eines ganzen Monats. Das Muster breitete sich symmetrisch *vor* und *nach* Tag null aus, so dass zwölf Monate später die Verstorbenen der letzten zwei Jahre als Erscheinungen zurückgekehrt waren.

Als die Welt noch nicht aus den Fugen geraten war, waren statistisch jeden Tag über einhundertfünfzigtausend Menschen gestorben. Da seit Tag null jeder, wirklich jeder, als Geist wiederkehrte, erschienen täglich etwa dreihunderttausend Geister. Pro Sekunde kamen weltweit drei bis vier neue dazu.

Als Emma und ich in der Desierto de Tabernas auf einem Standstreifen parkten und hinaus in die Wüste blickten, gab es auf der Erde rund einhundertfünfundsechzig Millionen Geister. Grob überschlagen war das einer pro Quadratkilometer Festland. In Großstädten, wo am laufenden Band gestorben wird, ballten sich die Erscheinungen, während an Orten wie diesem hier kaum einer auftauchte.

Im Fernsehen hatte jemand berechnet, dass es – falls das Tempo nicht anzog – siebzig Jahre dauern würde, ehe die Zahl der Rückkehrer die der Weltbevölkerung einholte. Dann würde es einen Geist für jeden lebenden Menschen auf der Erde geben.

5.

»Da vorn ist einer«, sagte Emma.

Sie meinte keinen Geist. Die Wüste war nicht so leer, wie wir geglaubt hatten. Ich beschattete meine Augen mit der Hand und blickte nach Norden. Hundert Meter von der Straße entfernt parkte ein Geländewagen. Von uns aus bis dorthin war es etwa die doppelte Distanz. Neben dem Fahrzeug hatte jemand ein ockerfarbenes Zweimannzelt aufgeschlagen.

Wegen des gleißenden Sonnenlichts musste ich meine Augen zusammenkneifen. »Sieht aus, als wären wir nicht die Einzigen, die auf jemanden warten.«

»Willst du hingehen?«

»Warum sollte ich?«

Meine Schwester sah mich einen Moment lang ernst an, dann zuckte sie mit den Schultern. »Ich dachte, du bist neugierig.«

»Kein bisschen.«

Emma verstand Neugier als theoretisches Konzept. Aber sie behauptete von sich, sie selbst sei noch niemals neugierig gewesen. Damals ahnte ich noch nicht, dass sich das bald ändern sollte.

Sie ging zurück zur offenen Beifahrertür und nahm einen tiefen Schluck aus ihrer Wasserflasche. Ich sah noch einmal zu Wagen und Zelt hinüber und erkannte jetzt, dass dort jemand in einem Liegestuhl saß, halb von der Kühlerhaube des Autos verdeckt. Im selben Augenblick erhob er sich und schaute in unsere Richtung. Ein Mann mit nacktem Oberkörper und Schlapphut. Ich wünschte mir, wir hätten ein Fernglas eingepackt.

Er jedenfalls hatte eines, denn nun hob er etwas vors Gesicht und gleich darauf brachen sich Sonnenstrahlen auf Glas. Mir war unwohl bei der Vorstellung, dass er uns von nahem sah – *wie* nah eigentlich? –, wir aber nicht mehr als seine vage Gestalt erkennen konnten.

Emma hatte es ebenfalls bemerkt, positionierte sich breitbeinig vor unserem Wagen und zog sich mit einem Ruck das T-Shirt hoch. Ihre sommersprossigen Brüste spannten sich weiß im Wüstenlicht. Ich verschluckte mich fast an meinem Atem.

»Herrje, Emma«, entfuhr es mir mit resigniertem Lachen.

Der andere aber ließ augenblicklich den Feldstecher sinken, wandte sich ab und lehnte sich in seinem Liegestuhl zurück.

Emma zog das Shirt wieder herunter und trank einen weiteren Schluck lauwarmes Wasser. »Und jetzt?«, fragte sie.

»Jetzt warten wir.«

»Ehe es so weit ist, haben wir beide einen Sonnenstich.«

»Schon möglich.«

»Wir könnten ihn fragen, ob er noch zwei von diesen Hüten hat«, schlug sie vor.

»Wir haben Tücher … irgendwo.« Ich warf einen Blick auf die zugemüllte Rückbank, wo unsere Reisetaschen unter Emmas aufgerissenen Keksverpackungen, losen Zeitungsseiten, ein paar Comic-Heften und acht aufgeblasenen Schwimmflügeln begraben lagen. Emma hatte sie an Bord der Fähre auf dem Ärmelkanal gekauft, zwei für jede von uns und vier für den Mini.

»Hüte«, sagte sie nur und marschierte los, querfeldein über abgestorbenes Gras und Sandwehen.

»Hey!« Mit ein paar Schritten war ich bei ihr. »Er geht uns nichts an und umgekehrt. Er wartet einfach darauf, dass es losgeht, genau wie wir.«

»Ich dachte, hier würden mehr Leute sein«, erwiderte sie und blickte zur leeren Straße hinüber.

»Ja. Ich auch.« An Bord der Maschine waren vierundneunzig Menschen gestorben. Das bedeutete eine Menge Angehörige und Freunde. Wir beide und dieser Typ da drüben konnten nicht die Einzigen sein, die sich ausgerechnet hatten, dass die Geister der Absturzopfer heute Nacht erscheinen würden.

Aber Emma war von ihrer fixen Idee nicht so leicht abzubringen. Sie streifte meine Hand ab und machte sich wieder auf den Weg.

Es war meist besser, Emma ihren Willen zu lassen, sonst kam sie auf noch abstrusere Gedanken. Zudem waren nicht wenige ihrer Einfälle nur auf den ersten Blick absurd. Dann und wann zeigte sich beim zweiten Hinsehen, dass lediglich ihre Methode ungewöhnlich war, ihre Ziele aber durchaus vernünftig. Einigermaßen. Manchmal.

Ich schluckte meinen Protest herunter und überholte sie mit entschlossenen Schritten, um größere Desaster zu verhindern. Wir waren bis auf zwanzig Meter heran, als der Fremde aus seinem Liegestuhl federte und eine Hand hob.

»Halt!«, sagte er auf Englisch. Ich schätzte ihn auf Mitte zwanzig. Durchtrainiert wie ein Läufer, dunkelhaarig, mit eckigem Kinn. Amerikaner, hätte ich wetten mögen.

Am Kotflügel seines Wagens lehnte ein Gewehr.

Er war Weißer, aber so gebräunt, als läge er schon seit Wochen hier in der Sonne. Braun gebrannte Menschen bedeuteten eine Eins auf meiner Afrika-Skala, nur eine ganz leichte Beschleunigung meines Pulsschlags.

Wahrscheinlich ahnte er längst, dass er es mit Geistesgestörten zu tun hatte. Ein Glück, dass er uns nicht gleich über den Haufen schoss.

Emma rief ihm zu: »Was glaubst du – müssen Geister eigentlich Geister sein, nur weil wir sie dafür halten?«

Er ließ das Gewehr, wo es war. Mein Blick fiel auf den kleinen Altar, den er vor seinem Zelt errichtet hatte. Ein schlichtes Kreuz, in dessen Mitte ein achtstrahliger Stern angebracht war. Daran lehnte ein gerahmtes Porträtfoto, dessen Details ich aus der Entfernung nicht erkennen konnte.

Dafür erkannte ich das Kreuz mit dem Stern. Es war das Zeichen einer Sekte, die seit Monaten in aller Munde war. Der Tempel des Liebenden Lichts. Nach dem Erscheinen der Geister hatte ihr Zulauf den von Scientology und den Zeugen Jehovas übertroffen. Ich wusste so gut wie nichts über das, was diese Leute glaubten, hatte nur gehört, dass sie die Geister verehrten – nein, nicht die Geister, sondern das Totenlicht, das von ihnen ausging. Sie setzten es mit dem Licht Gottes gleich oder irgend so einem Unfug. Von mir aus hätten sie Mark Zuckerberg oder den Apple-Apfel anbeten können.

Der Kerl verschränkte die Arme vor der Brust. »Was hast du gesagt?«, fragte er in Emmas Richtung.

Sie machte zwei weitere Schritte auf ihn zu und blieb stehen. »Müssen Geister wirklich Geister sein, nur weil wir glauben, dass sie welche sind?«

Möglich, dass sie das Kreuz schon lange vor mir erkannt hatte und ihn deshalb auf dieses Thema ansprach.

»Lasst mich in Ruhe«, sagte er. »Hier ist genug Platz. Wir müssen nicht zusammen picknicken.«

»Als Captain Cook Australien entdeckt hat«, sagte Emma ungerührt, »und zum ersten Mal an Land ging, haben die Aborigines ihn und seine Mannschaft für Geister gehalten. Weil die Haut der Weißen in ihren Augen so bleich war wie die ihrer Toten.«

Er warf mir einen Blick zu, den ich wegen des Schattens seiner Hutkrempe nicht deuten konnte. Ich nickte mit aller Überzeugungskraft, so als spräche meine Schwester mir aus tiefster Seele.

»Was wollt ihr?«, fragte er.

»Dasselbe wie du, wahrscheinlich«, sagte ich.

»Aber −«, begann Emma, doch ich gab ihr mit einem Wink zu verstehen, sie möge jetzt lieber mal den Mund halten.

»Ihr wartet auf die Geister von Flug IB259«, stellte er fest.

»Nicht auf den Bus.«

»Dann wartet anderswo. Ich will nur meine Ruhe.«

Ich sah wieder zum Kreuz und zu dem Foto hinüber. Wir hatten kein Recht, ihn in seiner Trauer zu stören. Mit einem letzten Blick auf das Gewehr ergriff ich Emmas Hand.

»Gehen wir«, sagte ich.

»Was ist mit den Hüten?«, flüsterte sie.

»Was sollte er wohl mit *drei* davon anfangen?«

»Eben.« Sie kniff die Brauen zusammen. »Deshalb kann er uns ja die beiden anderen geben!«

Es war zwecklos, gegen die Gesetze von Emmas Universum zu argumentieren. Mit einem Seufzen wandte ich mich noch einmal an den Amerikaner. »Hast du vielleicht noch mehr Sonnenhüte?«

26

Verwundert neigte er den Kopf. Er sah aus wie jemand, der nicht oft gute Laune hatte.

»Was, zum Teufel, sollte ich mit mehr als einem?«

»Uns zwei davon verkaufen«, sagte Emma. »Oder schenken.«

Wieder sah er mich an, als erhoffte er sich Beistand. Aber von mir konnte er keinen erwarten.

»Komm«, sagte ich leise zu Emma.

»Er ist nicht aufrichtig.« Sie klang sehr überzeugt. »Er hat ein Geheimnis.«

»Das geht uns nichts an.«

Ich drückte ihre Hand ein wenig fester und zog sie herum. Es kam mir vor, als könnte ich im Davongehen die Blicke des Amerikaners in meinem Rücken spüren. Doch als ich über die Schulter schaute, saß er schon wieder in seinem Liegestuhl, ließ seinen nackten Oberkörper von der Sonne bräunen und hatte das Gesicht der Straße zugewandt.

»Ich mag ihn nicht«, sagte Emma.

»*Du* wolltest mit ihm reden, nicht ich.«

»Und jetzt bin ich sicher, dass ich ihn nicht leiden kann.«

Ich atmete tief durch. »Spielt ja auch keine Rolle.«

Das tat es nicht. Denn acht Stunden später war er tot.

6.

Dreiundzwanzig Uhr siebzehn.

Es war längst stockfinster geworden. Bis dahin hatte ich keine Vorstellung davon gehabt, wie dunkel es im Freien werden konnte, wenn keine Lampen oder Geister in der Nähe waren. Nur in der Ferne waren hier und da Lichter zu sehen, kleinere Dörfer, vielleicht die Fenster von Tabernas. Im Süden, wo irgendwo das Meer hinter sanften Hügelketten lag, stieg ein sanftes Glimmen zu den Wolken auf, und ich war nicht sicher, ob das die Geister von Almería waren oder doch nur seine Straßenbeleuchtung.

Früher wurden oft Satellitenbilder gezeigt, auf denen zu sehen war, welche Ballungsräume der Erde bei Nacht das meiste Licht produzieren. Mittlerweile wurden solche Aufnahmen unter Verschluss gehalten. Einhundertfünfundsechzig Millionen Geister geben eine Menge Helligkeit ab, und im Internet wurde behauptet, dass der Anblick aus dem Weltraum für die meisten ein zu großer Schock gewesen wäre. Da wurde der Zusammenbruch der Zivilisation postuliert, als wären ein paar Satellitenbilder Grund genug, sich gegenseitig an die Gurgel zu gehen. Gerüchte einiger Nerds, nahm ich an, die sich schon in gepanzerten Schrottautos durch leere Städte rasen sahen, um sich

Duelle mit Nagelkeulen und selbst gebastelten Flammenwerfern zu liefern.

Zugegeben, fast zweihundert Millionen sind eine Menge, aber verteilt über den Planeten machte ihr Leuchten wohl nur einen Bruchteil von dem aus, was all die Metropolen und Fabrikanlagen an Licht in die Atmosphäre strahlten.

Emma brach unser Schweigen. »Ich hab noch kein Flugzeug gesehen.« Sie saß stocksteif auf dem Beifahrersitz und blickte durch das Seitenfenster hinauf in den Himmel. Im ersten Moment glaubte ich, sie meinte *das* Flugzeug. Den Airbus 318, Flug IB259. Aber sie setzte gleich hinzu: »Kein einziges Licht da oben. Auch am Nachmittag war nirgends ein Kondensstreifen.«

Mir war das nicht aufgefallen, aber Emma bemerkte ständig solche Dinge. Gerüche, die jeder als selbstverständlich hinnahm. Farben, die nicht zu allen übrigen passten. Ganze Gespräche inmitten ohrenbetäubenden Lärms. Emma besaß einen Filter für Informationen, die niemand sonst registrierte.

»Vielleicht gibt es über der Wüste keine Flugschneisen«, sagte ich.

»Rain«, entgegnete sie sehr betont, »warum sind wir dann hier?«

»Könnte doch sein, dass sie die seitdem geändert haben.«

»Ein Flugzeugabsturz ist kein Autounfall, nach dem sie mal eben einen Baum absägen. Es gibt keinen Grund, warum man danach die Routen anderer Maschinen ändern −«

»Schon gut. Hast gewonnen.« Ich streckte mich, so weit das hinter dem Steuer des parkenden Mini möglich war, und strafte das tote Radio mit meinem schlimmsten Vernichtungsblick. Vielleicht die falsche Strategie, um es wieder zum Leben zu erwecken.

29

Der Mini stand noch immer am Rand der erneuerten Asphaltdecke. Wir hatten die Türen geschlossen, seit draußen ein kühler Wind über die Wüste jagte. Die Sitze waren ein wenig nach hinten gekippt. Den Abend über hatten wir abwechselnd gedöst, geredet und dabei den Amerikaner im Auge behalten. Vor drei Stunden hatte er seinen Stuhl zusammengeklappt und sich mit seinem Gewehr in den Geländewagen zurückgezogen. Bei Anbruch der Dämmerung war zuerst er selbst in der Dunkelheit versunken, dann auch sein Fahrzeug. Ich stellte mir vor, wie er mit seiner Waffe in der einen und dem Kreuz in der anderen Hand unsichtbar um unsere Fenster schlich.

»Es ist bald so weit.« Seit über einer Stunde zählte ich die Minuten.

»Wie Silvester«, sagte Emma mit einem Nicken. »Man weiß gar nicht, ob man sich auf das neue Jahr freut oder darüber, dass das alte vorbei ist.«

Ich warf ihr einen prüfenden Blick zu. Die Fahrt nach Spanien war mein Vorschlag gewesen, weil ich gehofft hatte, es würde ihr guttun, sich von unseren Eltern zu verabschieden. Es gab erste Studien darüber, ob es den Menschen half, ihre Verstorbenen noch einmal als Geister zu sehen, oder ob das den Trauerprozess verlangsamte. Die Wissenschaft hatte keine eindeutige Haltung dazu, aber nach der Sache in Afrika hatte mein Therapeut den Plan unterstützt, den Absturzort aufzusuchen und meinen Eltern ein letztes Mal gegenüberzutreten. Die Therapie hatte ich abgebrochen, aber diese eine Sache fand ich schlüssig. Nicht nur für Emma, auch für mich. Ich war nach Kenia gegangen, um herauszufinden, was meine Eltern dazu gebracht hatte, jahrelang fremde Kinder zu retten und dafür ihre eigenen Töchter zu vernachlässigen. Aber stattdessen hatte ich mit meiner Reise alles nur schlimmer gemacht. Die Hoffnung, so etwas wie einen Punkt unter die Beziehung zu ihnen zu setzen, hatte ich aufgegeben.

Nicht aber für Emma. Vielleicht würde die Begegnung mit den Geistern der beiden etwas in ihr auslösen, eine Art Hebel umlegen. Einen, der dafür sorgte, dass sie wieder lächeln konnte. Ohne mir dessen bewusst zu sein, hatte ich meine Hände um das Lenkrad geschlossen. Jetzt rutschten sie auf meinem Schweiß daran hinunter. Mein Körper war angespannt, beide Waden verkrampften sich. Intensive Gedanken an Afrika: eine Vier auf der Skala, mit Tendenz zur Fünf.

Da spürte ich Emmas Berührung. Sanft löste sie erst meine linke Hand vom Steuer, dann die rechte. Mit einem Papiertaschentuch tupfte sie mir die Schweißperlen von der Stirn. Sie sagte nicht: »Alles wird gut.« Sie schwieg gemeinsam mit mir und wartete geduldig darauf, dass mein Zustand sich besserte.

Der Countdown bis zum Erscheinen der Geister war genau die Zeit, die ich brauchte, um mich zu beruhigen. Als mein Blick wieder klar wurde, entdeckte ich ein Schimmern in der Dunkelheit nördlich von uns. Die Innenbeleuchtung des Geländewagens, als der Amerikaner die Tür öffnete und ausstieg.

»Zwei Minuten«, sagte Emma.

Ich riss mich zusammen und spürte, wie es mir langsam besser ging. Es fühlte sich an wie heißes Wasser, das von meiner Haut verdunstete.

Emma und ich blickten durch die Windschutzscheibe hinaus auf die Straße. Die letzten Sekunden zählten wir laut mit, von dreißig zurück auf null.

Dann waren sie da, von einem Augenblick zum nächsten.

Nichts hatte ihr Kommen angekündigt. In einem weiten

Radius wurde die Wüste abrupt in Helligkeit getaucht. Buschwerk warf verästelte Schlagschatten über den Sand. Außerhalb des Totenlichts reflektierten Tieraugen den grellweißen Schein. Die Geister standen in einem engen Pulk beieinander. Wahrscheinlich hatte die Explosion alle vierundneunzig innerhalb weniger Sekunden getötet. Kein einziger Geist war weiter als wenige Meter entfernt von den übrigen erschienen. Sie waren gemeinsam gestorben, ausgelöscht von einem einzigen Faustschlag des Schicksals.

Unsere Eltern waren irgendwo dazwischen, wahrscheinlich nebeneinander, so wie sie beim Aufschlag gesessen hatten. Sie würden dastehen wie alle anderen, den ausdruckslosen Blick nach Westen gewandt, wo die Sonne schon vor Stunden hinter den Gipfeln der Sierra versunken war.

Etwas bewegte sich und erst beim zweiten Hinsehen erkannte ich den Amerikaner, der langsam auf die Mauer aus Geistern zuging. Noch ein paar Schritte, dann würde er die ersten erreichen. Das Gewehr musste er im Wagen zurückgelassen haben. Totenlicht tauchte seine Züge in weißen Glanz. Von wem wollte er sich verabschieden? Gab es etwas, das er loswerden musste, Gedanken, die ihm seit drei Jahren keine Ruhe ließen?

Seit dem Absturz hatte ich darüber nachgedacht, was ich meinen Eltern noch hätte sagen wollen. Dass unser Drama ein Ende haben musste, all die Vorwürfe, die sich aufgestaut und in den Nächten an mir gefressen hatten. Doch irgendwann hatte ich akzeptiert, dass es egal war, ob ich all das zu zwei Gräbern in Wales oder zu ihren Geistern hier in Spanien sagte. Was immer diese Erscheinungen waren – Projektionen des Unbewussten, Phantasmen aus unseren Albträumen oder gar zurückgekehrte Seelen –, die Sache mit meinen Eltern war gegessen. Auf die

Minute genau vor drei Jahren war jede Chance auf eine Ausspra-
che mit ihnen in einer Feuerwolke aus Kerosin und brennendem
Kunststoff verpufft.

»Kommst du?«

Emma war ausgestiegen. Dass sie es eiliger hatte als ich, er-
neuerte meine Hoffnung, dies könnte etwas sein, das sie wirklich
wollte. Ich war wegen ihr hier. Für sie.

Tief im Inneren ahnte ich wohl, dass sie es umgekehrt ganz
ähnlich sah. Dass sie wusste, was drei Jahre lang an mir genagt
hatte. Und dass sie glaubte, mir einen Gefallen zu tun, als sie
mich begleitete.

Nun jedenfalls waren wir hier. Und *sie* waren es ebenfalls.

Ich trat zu Emma ins Freie. Vor dem Kühler blieben wir
stehen, wechselten einen Blick und setzten uns wieder in Bewegung. Ihre Hand suchte meine, unsere Finger griffen fest
ineinander. So gingen wir langsam auf die Geister zu, in kalkiges
Licht getaucht wie die Auserwählten am Ende von *Unheimliche
Begegnung der Dritten Art.*

Der Nachtwind trieb ein Stück Buschwerk über die Fahrbahn
in die Geistermenge. Gegen besseres Wissen wartete ich darauf,
dass etwas geschah, die Äste vielleicht Feuer fingen und in spuk-
haften blauen Flammen verkohlten. Aber das Knäuel aus Zwei-
gen wehte durch die äußeren Gestalten und kam auf der anderen
Seite unversehrt wieder zum Vorschein. Die Geister schadeten
nichts und niemandem.

Wir waren noch ein gutes Stück entfernt, halb geblendet von
all dem Gleißen, als der Amerikaner stehen blieb.

Ich ahnte, was er empfand. Wen auch immer er inmitten des
Totenlichts zu finden hoffte, er oder sie hatte ihm genug bedeutet, um eine lange Reise in Kauf zu nehmen. Das war etwas an-

deres, als den Geist eines Fremden an der Straßenecke zu sehen. Diese Menschen waren Opfer einer Katastrophe geworden, die noch immer nicht aufgeklärt war.

Der Amerikaner trug jetzt einen dunklen Pullover und in der rechten Hand ein Buch. Womöglich eine Bibel, denn die Anhänger des Liebenden Lichts waren Christen, zumindest im weitesten Sinne. Er stand etwa zwei Meter von den vorderen Geistern entfernt, Männer und Frauen, die alle zum westlichen Horizont blickten und ihm den Rücken zuwandten. Mit bebenden Fingern öffnete er das Buch an einer Stelle in der Mitte, überflog einige Zeilen und presste es sich dann mit den aufgeschlagenen Seiten vor die Brust. Er neigte einmal kurz den Kopf wie bei einer angedeuteten Verbeugung, bewegte die Lippen, ohne dass auch nur ein Laut bei uns ankam, und trat entschlossen unter die Geister. Schon nach den ersten Schritten war er im geballten Totenlicht nur noch als Silhouette zu erkennen.

»Ich möchte bitte erst einmal um sie herumgehen«, sagte Emma.

Im Moment war mir alles recht, was die Begegnung mit den Geistern meiner Eltern hinauszögerte. Weglaufen würden sie uns bestimmt nicht.

Die Toten des Fluges IB259 sahen aus wie Statuen aus Glas, die man in schimmerndes Quecksilber getaucht hatte. Während Emma und ich sie umrundeten, schien sich die Geistermenge zu verschieben, obwohl sich keine der Erscheinungen bewegte. Die optische Täuschung war eine Folge der Helligkeit, die von ihnen ausging; durch die transparenten Körper wurde sie vielfach gebrochen und überlagert. Alle Leuchtreklamen von Las Vegas hätten kein kälteres, kein unangenehmeres Licht abgeben können.

Ich sah zu Emma hinüber, unsicher, ob das Totenlicht bei ihr das gleiche Schaudern hervorrief wie bei mir. Ihr hochkonzentrierter Blick wanderte über die Geister, und da erkannte ich, dass sie die Erscheinungen zählte. Wie sie das fertigbrachte, obwohl doch das Zentrum zu einem einzigen weißen Leuchten verschmolz, war mir ein Rätsel.

Als wir unsere Runde am Ausgangspunkt beendeten, kaute sie auf ihrer Unterlippe und sagte schließlich: »Zweiundachtzig.«

»Das kann nicht sein.«

»Es sind zweiundachtzig, glaub mir.«

»Du hast dich verzählt. Kein Mensch kann bei all dem Licht –«

»Zwölf fehlen.«

Mir ging gerade zu viel durch den Kopf, als dass mich das hätte schockieren können. Sie mochte es noch so oft abstreiten, aber ich war sicher, dass sie nie und nimmer jeden einzelnen Geist erkennen konnte.

»Ich sehe sie alle ganz deutlich«, sagte Emma. »Und es sind zu wenige.«

Ich beschloss, ihren Einwand fürs Erste zu ignorieren. »Was ist mit Mum und Dad? Hast du sie gesehen?«

Emma nickte. »Sie sind hier.«

»Okay.« Ich seufzte leise. »Dann lass uns zu ihnen gehen.« Dass sie die beiden ausfindig gemacht hatte, wunderte mich nicht. Ich war so froh, nicht in all die leblosen Gesichter blicken zu müssen, dass ich meine Zweifel an Emmas Wahrnehmung auf Eis legte.

Zwölf fehlen.

Es hatte keine Überlebenden gegeben. Sämtliche Berichte hatten betont, dass alle vierundneunzig Menschen an Bord beim

Aufschlag ums Leben gekommen waren. Keine Verletzten, die erst später gestorben waren. Keine Ausnahmen. Damals hatte ich die Namen aller Toten gelesen wie eine makabere Litanei, und ich hatte die Zahl vor jedem einzelnen gesehen. Die Letzte auf der Liste war eine Stewardess gewesen, und vor ihr hatte die Nummer vierundneunzig gestanden.

Emma führte mich erneut an der Menge vorüber, bis wir das vordere Drittel erreichten. Ich konnte den Amerikaner jetzt als dunklen Fleck inmitten des Totenlichts erkennen und fragte mich, ob er so gedrungen wirkte, weil er auf die Knie gefallen war. Womöglich betete er.

Abermals kroch eine Gänsehaut über meinen Rücken und ein ganz und gar irrationaler Gedanke schoss mir durch den Kopf. »Er ist doch nicht bei *ihnen*, oder?«

Emma sah aus, als hätte auch sie das für einen Augenblick in Erwägung gezogen. »Nein, nur ganz in ihrer Nähe. Sieh mal, das da drüben – das sind sie.«

Mein Blick folgte ihrem ausgestreckten Arm in die Wand aus blendendem Licht. Es dauerte mehrere Sekunden, aber dann erkannte auch ich die ersten Umrisse. Je länger ich hinsah, desto deutlicher hoben sich die einzelnen Gestalten voneinander ab. Da war jemand, der meine Mutter hätte sein können – kleiner als viele der anderen, mit schulterlangem Haar –, aber aus diesem Winkel sahen wir alle Gesichter nur im Profil, was es noch schwieriger machte, Einzelheiten auszumachen.

Und so traten wir ins Totenlicht, abermals Hand in Hand. Ich versuchte, die anderen Geister auszublenden; es half, dass sie alle starr nach Westen schauten und ich sie nicht direkt ansehen musste. Die Helligkeit brannte wie Säure in meinen Augen.

Es gab keine fremden Gerüche, kein Kribbeln auf der Haut.

Die Erscheinungen hätten ebenso gut Hologramme sein können. Ich stellte mir einen Gott als Filmvorführer vor, der mit seinem Projektor in einer Kabine hoch über dem Publikum saß und Gesichter auf die irdische Leinwand warf. Was genau machte die Geister eigentlich real? Die Tatsache, dass wir sie mit unseren Augen sehen, sie aber mit keinem anderen unserer Sinne wahrnehmen konnten, war ein ziemlich dürftiger Beweis für ihre Existenz. Vielleicht waren wir alle nur auf einem üblen Trip, Opfer einer kosmischen Strahlung, die uns etwas vorgaukelte, das nicht wirklicher war als die Figuren im Kino. Womöglich waren unsere Eltern ebenso wenig hier wie Tom Cruise im Cineworld daheim in Cardiff.

»Rain.« Der Druck von Emmas Hand wurde fester.

Im Näherkommen war der Amerikaner jetzt deutlicher zu erkennen. Er kniete auf dem Asphalt zu Füßen eines Geistes, den ich nur von hinten sehen konnte. Das Buch – die Bibel? – lag aufgeschlagen vor ihm auf dem Boden und er hatte den Kopf so weit vorgebeugt, dass seine Stirn das Papier berührte. Dabei flüsterte er etwas.

Auf ihre spezielle Emma-Art sah meine Schwester erst ihn an, dann mich. »Was soll das ändern?«

»Ich glaube nicht, dass er was ändern will.« Das hoffte ich jedenfalls, sonst wäre aus dem Fremden mit Gewehr auf einen Schlag ein Irrer mit Gewehr geworden. »Er geht eben nur auf seine Art damit um.«

Emma hob erst eine Augenbraue, dann zuckte sie die Schultern und ging weiter.

Während der letzten paar Schritte wurde mir klar, dass die Frau tatsächlich meine Mutter war. Mein Vater stand neben ihr. Beide sahen weiterhin in die Richtung, in der vor Stunden die

Sonne untergegangen war. Erst in der Morgendämmerung würden sie sich langsam umdrehen und mit allen anderen Geistern darauf warten, dass sich das erste Morgenrot zeigte.

Sie sahen nicht aus wie Menschen, die bei einer Explosion ums Leben gekommen waren. Tatsächlich wirkten sie nicht mal wie Tote. Eher wie Schlafwandler, die sich hierher verirrt hatten.

Meine Mutter, über einen Kopf kleiner als mein Vater, hatte dieselbe Stupsnase wie Emma und ich. Überhaupt waren sie und ich einander nicht unähnlich. Sicher, ich war größer und schmaler als sie und hatte feuerrote Dreadlocks. Aber da war noch mehr als die identischen Nasen: Unsere Münder und Augen glichen einander wie die von Zwillingen. Selbst mein Kinn sah aus wie ihres.

Von meinem Vater hatte ich den Körperbau geerbt, schlank und schlaksig. Mir war das ganz recht, ansonsten wären unsere Großeltern wahrscheinlich auf die Idee gekommen, mich die BHs meiner toten Mutter auftragen zu lassen. Sie hatten Emma einige Hemden unseres Vaters als Sleepshirts aufdrängen wollen, nicht als Erinnerung an ihn, sondern um Geld zu sparen. Ich hatte sie im Garten mit ein paar anderen Sachen auf einen Haufen geworfen, Grillanzünder drübergekippt und das ganze Zeug in Brand gesteckt. Emma hatte neben mir gestanden und gesagt, dass der Rauch nach ihnen roch, nach Mum und Dad, und obwohl ich das bestritten hatte, war es doch die Wahrheit gewesen. Der Geruch hatte mich noch wochenlang verfolgt.

Mein Vater trug das Haar so lang wie meine Mutter und war glatt rasiert. Zu Beginn ihrer Missionen als Entwicklungshelfer hatten beide stets großen Wert auf ein gepflegtes Äußeres gelegt; sie hatten gewusst, dass die kommenden Wochen haarige, verdreckte Wilde aus ihnen machen würden. Zumal sie sich nie die leichten Aufgaben ausgesucht hatten. Immer hatten es die schlimmsten Krisengebiete, die heftigsten Hungersnöte, die furchtbarsten Dürren sein müssen. Gern gesehen waren auch marodierende Kindersoldaten, größenwahnsinnige Diktatoren und Foltercamps. Mum und Dad waren miserable Eltern gewesen, aber ganz sicher keine Feiglinge.

»Fühlt sich seltsam an«, sagte Emma leise, »sie hier so stehen zu sehen. Hast du das Gefühl, dass wirklich sie das sind?«

»Ja und nein.«

All die Worte, die ich mir nächtelang zurechtgelegt hatte, waren wie ausradiert. Falls das hier meine Eltern waren, ihre Seelen oder was sonst von einem Menschen übrig bleibt, dann spielte es keine Rolle mehr, ob sie wussten, was ich all die Jahre über empfunden hatte. Dann war ihnen vielleicht längst klar, dass es für mich keinen Unterschied machte, ob sie lebten oder tot waren. Sie waren einfach nicht da, so wie früher, als sie monatelang nach Afrika verschwunden waren und uns Kinder zu unseren Großeltern abgeschoben hatten.

»Auf Wiedersehen, Mum«, sagte Emma. »Auf Wiedersehen, Dad.« Dann wandte sie sich zu mir um. »Wenn du noch bei ihnen bleiben willst – ich warte beim Auto.«

Mit einem Mal überkam mich ein Anflug solcher Zuneigung, so eine glühend heiße Liebe zu ihr, dass ich gar nicht anders konnte, als sie fest an mich zu ziehen. Es dauerte ein paar Sekunden, dann schlossen sich auch ihre Arme um mich, und so standen wir da, hielten uns fest und wussten wohl beide, dass wir niemanden brauchten außer einander.

Aus dem Augenwinkel bemerkte ich, dass der Amerikaner langsam den Oberkörper hob. Bei all dem Licht musste ich meine tränenden Augen ein wenig zusammenkneifen, um ihn

sehen zu können. Trotzdem konnte ich nur seine Silhouette erkennen. Schaute er zu uns herüber?

Dann blieb mein Blick wie von selbst am Gesicht eines Geistes haften, der auf gerader Linie zwischen uns stand.

»Rain?«

Emmas Stimme war nur ein Flüstern, und doch kam es mir
vor wie ein Alarm, der in meinen Ohren losschrillte. Sie hatte
ganz leise gesprochen, kaum hörbar, und dann ließ sie mich los.
Auch ich zog meine Arme zurück, wollte sie ansehen, konnte
aber meinen Blick nicht von den Augen des Geistes lösen, von
seinen Lippen.

»Rain«, sagte Emma noch einmal.

Mein Herzschlag startete durch und gab Vollgas. Von einem
Moment zum nächsten pochte mein Puls wie Snaredrums hinter
meinen Schläfen. Schlimmer noch war der Druck in meiner
Brust; er tat weh und nahm mir den Atem.

Mit einer zähen Bewegung riss ich meinen Blick von dem
Mann los und suchte die Gesichter meiner Eltern. Auch Emma
starrte die beiden an.

Überall um uns tat sich etwas, aber die Veränderung ging fast
in all dem Gleißen und Glühen unter. Ganz deutlich erkannte
ich es nur bei den allernächsten Erscheinungen. Bei dem Mann
gerade eben – und nun auch bei Mum und Dad.

Es war keine optische Täuschung des Totenlichts. Erst recht
keine Einbildung.

Mum und Dad *lächelten.*

Alle Geister lächelten.

Und es war das bösartigste Lächeln, das ich in meinem ganzen Leben gesehen hatte.

7.

Ich packte Emma am Unterarm und rannte los.

Aus dem Augenwinkel sah ich die Silhouette des Amerikaners. Er versuchte sich aufzurichten, sackte aber gleich wieder mit dem Oberkörper nach vorn.

Ich stürmte mit Emma in die entgegengesetzte Richtung, durch die grinsende Menge der Geister, und obgleich es keinen körperlichen Widerstand gab, kam es mir vor, als gerinne das Licht zu etwas Festem, das sich mit jedem Schritt weiter verdichtete. Sekundenlang hatte ich das Gefühl, als liefen wir in die falsche Richtung, nicht hinaus in die Dunkelheit, sondern tiefer ins Herz des Geisterpulks, orientierungslos wie zwei verstörte Tiere im Lichtkegel eines Lasters.

In meinem Kopf war nichts als Panik. Emma hatte eine Hand an ihre Brust gelegt, als wollte sie die Finger zwischen ihre Rippen stoßen, um sich das hämmernde Herz herauszureißen. In mir keimte der fatale Gedanke, dass es womöglich besser wäre, einfach stehen zu bleiben und jede Anstrengung zu vermeiden. Vielleicht war das die einzige Möglichkeit, meinen stampfenden Puls zu verlangsamen und auch Emma zu beruhigen.

Aber dann riss vor uns die Wand der Geister auf wie ein brennender Vorhang und dahinter lag die klare, dunkle Nacht der Desierto de Tabernas.

»Komm, weiter!«, brüllte ich Emma an.

Ein heiserer Schrei folgte uns in die Finsternis, der bald zu einem Röcheln wurde und unter unseren Schritten und Atemstößen verklang. Ich hielt Emmas Hand und rannte, bemerkte, dass sie langsamer wurde, ins Stolpern geriet, zerrte sie aber trotzdem weiter. Wir verließen den Asphalt und liefen auf knirschendem Sand hinaus in die Wüste. Vor uns tauchte vertrocknetes Buschwerk auf, ich brach mitten hindurch, riss Emma mit mir und hastete weiter, hinaus aus dem Lichtkreis der Geister, fort von ihrem teuflischen Lächeln.

Emma stolperte erneut, und diesmal konnte ich sie nicht auf den Beinen halten. Ihre Hand glitt aus meiner. Während mein Herzschlag noch immer galoppierte, warf ich mich herum und sah voller Entsetzen, dass sie auf dem Rücken lag. Mit einem Aufschrei packte ich sie unter den Armen und drehte sie herum. Sie bewegte sich, erschien mir aber furchtbar schwach und viel schwerer als sonst. Erst krabbelte sie ein Stück, dann ließ sie sich von mir auf die Beine helfen und hielt sich irgendwie aufrecht.

»Los, komm!«, schrie ich gegen einen Lärm an, der nur in meinem Kopf existierte. »Wir müssen hier weg!«

Es gab keinen logischen Grund dafür, keine Ziellinie, hinter der unsere Rettung lag. Alles, was ich wusste, war, dass mein Herzrasen mit den Geistern zu tun hatte und es mit ihrem Lächeln begonnen hatte. Das war beinahe wieder ein klarer Gedanke. Bedeutete das, dass wir weit genug weg waren, außerhalb ihres Einflusses? Mein Puls trommelte noch immer sein mörderisches Solo. Vielleicht nur eine Folge des Sprints.

Trotzdem zog ich Emma weiter durch den Wüstenstaub. Vor

uns im Dunkel sah ich einen höckerigen Umriss, dessen Schwarz noch tiefer war als das der Umgebung. Ohne Absicht waren wir einen leichten Bogen gelaufen und hielten genau auf den Wagen des Amerikaners zu.

»Es … wird besser«, hörte ich Emmas Stimme, und das gab mir die nötige Zuversicht. Der Schmerz in meiner Brust ließ nach. Was war da gerade mit mir geschehen? Eine Herzattacke, ein Infarkt? Nichts, wovor man davonlaufen konnte. Und doch hatten wir genau das getan.

Atemlos erreichten wir den Geländewagen und stützten uns auf der Motorhaube ab. Ich wandte den Kopf zu Emma um und konnte kaum mehr als ihre Silhouette erkennen. Dennoch verriet ihre Haltung, wie geschwächt sie war – mindestens so sehr wie ich selbst –, und als sie sich ein wenig drehte, zeichnete das Totenlicht eine glühende Linie um ihr Profil.

»Alles in Ordnung?«

Sie nickte kaum merklich. »Was war das? … Ich meine, was ist passiert?«

Ich sank mit dem Rücken gegen den Wagen. »Weiß ich nicht.«

Die Geister hatten sich nicht von der Stelle gerührt. Aus hundert Metern Entfernung wirkten sie so harmlos wie zuvor. Waren wirklich sie der Auslöser gewesen? Was war das für ein Lächeln? Soweit ich wusste, hatten sie in den anderthalb Jahren seit Tag null niemals auch nur eine Miene verzogen.

Emma lehnte sich neben mir an das kühle Metall des Wagens, rutschte daran hinunter und blieb mit angezogenen Knien auf dem Boden sitzen. »Was ist mit ihm?«

Ich wusste es nicht und so schwiegen wir beide, bis sich unser Atem allmählich beruhigte. Mein Puls verlangsamte sich. Als ich vorsichtig mit den Fingerspitzen mein Brustbein abtastete, schmerzte es wie bei einer Prellung. Ich raffte das T-Shirt nach oben, doch in der Dunkelheit hätte ich wahrscheinlich nicht mal ein faustgroßes Loch erkannt. Erst jetzt bemerkte ich das leise Pfeifen in meinem linken Ohr, dazu kamen pulsierende Kopfschmerzen. Als ich Emma darauf ansprach, sagte sie, es gehe ihr genauso. Vorhin Herzrasen und Atemnot, nun der Kopfschmerz und eine Art Tinnitus, der ganz langsam abflaute.

Emma deutete zu den Geistern. »Er kommt da nicht mehr raus.«

Ich stieß mich mit einem Ächzen von der Karosserie ab und probierte die Fahrertür aus. Nicht abgeschlossen. Mit dem Aufflammen der Innenbeleuchtung drang mir der Kunststoffgeruch eines brandneuen Fahrzeugs entgegen. Vom Rückspiegel baumelte ein Anhänger mit Kreuz und Strahlenkranz, vor dem Beifahrersitz lehnte das Gewehr. Ich griff um den Lenker, aber das Zündschloss war leer. Der Amerikaner musste den Schlüssel eingesteckt haben, als er zu den Geistern hinübergegangen war.

Neugierig schaute ich mich um. Hinten lag ein Rucksack, vorn im Fußraum eine Umhängetasche aus Leder. Ich entdeckte darin den Feldstecher, durch den er uns beobachtet hatte.

Damit kehrte ich zu Emma zurück. Der Geisterglanz lag noch immer auf ihren schweißnassen Zügen. Meine Kleidung war völlig durchgeweicht. Das war kein einfacher Sprint gewesen, kein Hundertmeterlauf wie früher in der Schule. Wir waren um unser Leben gerannt und nur um Haaresbreite davongekommen. Meine Knie fühlten sich auch Minuten später noch an, als könnten sie kaum mein Gewicht tragen. Und ich verstand nach wie vor nicht, *was* eigentlich geschehen war.

Ohne den Blick von den Geistern zu nehmen, lehnte ich

mich wieder gegen den Kotflügel und hob den Feldstecher vor die Augen. Erst war es nur eine verschwommene Masse, doch als ich geblendet die Linsen justierte, schälten sich Gestalten aus dem Licht. Sie hatten uns noch immer den Rücken zugewandt, aber durch ihre transparenten Hinterköpfe konnte ich eine Andeutung des schrecklichen Lächelns erkennen, mit dem sie wortlos nach Westen starrten.

Mir kam der Gedanke, dass allein ihr Anblick töten könnte. Allerdings spürte ich weder erneutes Herzrasen noch aufsteigende Panik.

»Kannst du ihn sehen?«, fragte Emma.

»Augenblick noch.«

Ich schwenkte vom einen Ende der Menge zum anderen. Der Asphalt war leer, nirgends eine Spur von ihm. Vielleicht dahinter oder weiter draußen in der Wüste. Aber ich glaubte nicht wirklich daran; ich hatte gesehen, wie sein Oberkörper vornübergesunken war, weil er aus eigener Kraft nicht mehr hochkam. Das war nicht nur Schwäche gewesen, nicht Kurzatmigkeit und ein wenig Schwindel. Was da über uns gekommen war, war das Vernichtungsgefühl einer Panikattacke gewesen. Unser Fluchtinstinkt hatte Emma und mich gerettet, gleich in den ersten Sekunden. Danach wäre es auch für uns zu spät gewesen.

Meine Schwester kam neben mir langsam auf die Beine und machte einen wackeligen Schritt. Sie konnte wieder stehen, wenn auch unsicher. »Hast du jemals gehört, dass so was schon mal passiert ist?«

»Noch nie.« Ich drehte an den Reglern des Feldstechers. »Geister lächeln nicht. Sie tun überhaupt nichts.«

»Dachten wir.«

»Vielleicht sollten wir ihn da rausholen«, murmelte ich. Aber

45

dann begegneten sich unsere Blicke und wir sagten beide wie aus einem Mund: »*Nie im Leben!*« Emma fügte hinzu: »Das wäre sehr unklug.«

Als ich erneut durch das Fernglas sah, entdeckte ich ihn. Ein dunkler, länglicher Fleck zwischen den Geistern. Eine Silhouette am Boden, die sich nicht mehr bewegte.

Als ich es hinter mir rascheln hörte, fuhr ich herum. Emma war auf die Rückbank des Geländewagens geklettert und durchsuchte den Rucksack.

»Ein Laptop«, sagte sie, legte ihn gleich wieder beiseite und zog einige Broschüren hervor. Hochglanzpapier schimmerte im schwachen Schein der Innenbeleuchtung. »*Der Tempel des Liebenden Lichts*«, las sie vor. »*Niemals war uns das Himmelreich näher.*«

Sie steckte die Sachen zurück und beugte sich über die Rückenlehne zur Ladefläche im Heck. Ich hörte, wie sie einen langen Reißverschluss öffnete, dann weiterwühlte. »Hier ist nur eine Reisetasche mit Klamotten.«

»Keine Papiere?«

»Nein, gar nichts.«

»Wahrscheinlich hat er sie bei sich.«

Emma kehrte zurück ins Freie, in den Armen drei Wasserflaschen und eine Papiertüte mit Churros, einem scheußlichen Fettgebäck.

Mein Blick fiel auf das Kreuz, das der Amerikaner neben seinem Wagen in den Boden gerammt hatte. Das Foto, das am Nachmittag daran gelehnt hatte, war fort. Ich stieg noch einmal ins Auto. Das Gewehr fasste ich nicht an, öffnete nur das Handschuhfach. Auch dort lagen keine Papiere, lediglich ein Flyer von Europcar.

Beim Hinausklettern spielte ich mit dem Gedanken, das Gewehr an mich zu nehmen, aber mir fiel beim besten Willen nicht ein, was ich damit gegen Geister ausrichten sollte. Ich zeigte die Straße hinunter zu unserem Mini. »Hauen wir ab.«

Emma rührte sich nicht von der Stelle.

Ich ging zu ihr und gab ihr einen flüchtigen Kuss auf die Stirn. Sie war noch immer meine kleine Schwester, auch mit siebzehn. »Was immer das eben war, ich will das nicht noch mal erleben.« Mit Blick auf den Geländewagen setzte ich ein wenig halbherzig hinzu: »Wir können von unterwegs die Polizei anrufen, sobald wir wieder ein Netz haben.«

Bei den letzten Worten sah Emma mich an, als wäre die Vorstellung, je wieder telefonieren zu können, ganz und gar abwegig. Vielleicht ahnte sie da schon, wie es gerade im Rest der Welt aussah, während ich nur unsere eigenen Probleme vor Augen hatte.

Ich nahm ihr zwei der drei Flaschen ab und zwang mich zu einem aufmunternden Lächeln. »Na, los.« Es hatte freundlich klingen sollen, aber dann kam es doch nur heraus wie ein aufgehübschter Befehl.

Sie schaute wieder ins Licht. »Glaubst du, sie haben das mit Absicht getan?«

»Die Geister?«

»Mum und Dad.«

»Hör mal, Emma«, sagte ich sanft, »das da drüben sind nicht sie. Das da sind … ich weiß nicht, nur Lichter. Dinger eben. Es sind genauso wenig Mum und Dad wie irgendein Foto von ihnen. Das sind nur Bilder, sonst gar nichts. Wie eine Fata Morgana.«

»Aber eine Fata Morgana zeigt nur das, was anderswo wirklich existiert.« Manchmal konnte sie furchtbar belehrend sein.

»Darum heißt es ja Luftspiegelung.«

Darauf fiel mir nichts ein. Sie hatte die Gabe, einem mit einem einzigen Satz den Wind aus den Segeln zu nehmen.

Für das Anderswo, das sie meinte, gab es längst einen Namen. Nachdem die großen Weltreligionen sich zu Anfang gegenseitig die Schuld an den Erscheinungen gegeben hatten, hatte schließlich jede den Ort, von dem die Geister kamen, für sich beansprucht: Himmel oder Hölle, Paradies oder Gehenna, Nirwana oder weiß Gott was. Bald jedoch hatten klügere Köpfe beschlossen, einen Begriff zu wählen, der weder religiös noch ideologisch vorbelastet war. Auf einer der zahllosen Konferenzen, die mit dem Auftauchen der Geister einhergingen, hatte eine Wissenschaftlerin einen Vorschlag gemacht: Demnach besagten die Legenden einiger Urvölker, dass die Sonne bei Nacht in Höhlen voller Eiswasser versank, um sich bis zum Morgen abzukühlen. Und da die Geister stets zur Sonne blickten, als wollten sie ihr folgen, hatten erst die Forscher, dann die Medien dem Jenseits einen neuen Namen gegeben – die *Kammern des Kalten Wassers*. Oder, knapper und gebräuchlicher, einfach nur *die Kammern*.

Mittlerweile benutzte die halbe Welt diese Bezeichnung, und die Nationen hatten einander mit ihrer Bereitschaft verblüfft, wenigstens dieses eine Mal eine globale Einigung zu erzielen.

Mir persönlich war es einerlei. Ob wir nach unserem Tod auf einer Wolke oder in Disneyland landeten, schien mir von hier unten aus betrachtet eine reichlich überflüssige Debatte zu sein.

»Jedenfalls«, sagte ich zu Emma, »sind Mum und Dad nicht hier in der Wüste. Ich hab keine Ahnung, *wo* sie sind, aber das, was da eben gelächelt hat, das waren nicht sie. Sie würden uns niemals wehtun, das weißt du.«

Meine Schwester verzog keine Miene. »Du hast mal gesagt, dass es sie freuen würde, wenn sie uns los wären. Das hast du *zu ihnen* gesagt.«

»Das war … eine andere Situation.« Und das hier ganz sicher der falsche Augenblick, um darüber zu reden. Trotzdem geriet ich ins Stammeln. »Ich meine, sie hatten ihre Fehler. Aber das war anders gemeint.«

»Hypothetisch?«

»So ungefähr. Wir hauen jetzt hier ab und dann können wir –«

Ich verstummte, als ich bemerkte, dass sie mich nicht mehr ansah. Stattdessen blickte sie auf irgendetwas hinter mir. Ich stand mit dem Rücken zur Straße und plötzlich fühlte es sich an, als legten sich Finger aus knisternder Elektrizität in meinen Nacken.

Mit angehaltenem Atem drehte ich mich um.

Ich hatte erwartet, dass jemand unmittelbar hinter mir stand. Aber da war nur ein einzelner Scheinwerfer auf der Straße, weit entfernt im Süden. Kaum mehr als ein glühender Stecknadelkopf in der Dunkelheit. Er kam aus derselben Richtung wie wir vor einigen Stunden. Vielleicht noch jemand, der Angehörige beim Absturz von IB259 verloren hatte. Oder nur ein Motorradfahrer auf der Durchreise.

»Er ist gerade stehen geblieben«, sagte Emma.

Mit dem Feldstecher suchte ich die Dunkelheit nach dem Lichtpunkt ab. Er huschte einige Male durch mein Blickfeld wie eine Sternschnuppe, ehe es mir gelang, auf ihn zu fokussieren. Trotzdem erkannte ich kaum mehr als zuvor, nicht einmal, ob es sich tatsächlich um ein Motorrad oder um einen Wagen mit nur einer Lampe handelte.

»Warum kommt er nicht näher?«, wollte Emma wissen.

Das fragte ich mich auch, aber sie gab sich die Antwort schon selbst: »Er weiß es.«

Ich ließ den Feldstecher sinken. »Weiß was?«

»Was hier geschieht. Oder geschehen ist.«

Er – und vielleicht waren da ja auch noch weitere im Dunkeln, die ihre Beleuchtung ausgeschaltet hatten – konnte uns auf diese Distanz kaum beobachtet haben. Ganz sicher nicht die Ursache dessen, was uns von der Straße hinaus in die Wüste getrieben hatte. Und trotzdem rührte er sich nicht von der Stelle, so als wollte er erst einmal abwarten, was als Nächstes geschah.

Ich horchte, ob er den Motor laufen ließ, aber der Wind aus der Sierra trieb alle Geräusche in die entgegengesetzte Richtung.

Die Geister standen noch so reglos da wie zuvor. Das furchtbare Lächeln war wie festgefroren, als hätte ihnen jemand Masken übergestülpt. Hatte es mit etwas zu tun, was der Amerikaner getan hatte? Sein Körper lag noch immer regungslos am Boden. Er schien von dem Phänomen ebenso überrumpelt worden zu sein wie wir selbst.

»Wir gehen jetzt zum Wagen und verschwinden«, sagte ich. »Für ihn können wir eh nichts mehr tun.«

»Wir könnten vorsichtig noch mal näher rangehen.«

Ich ahnte, was ihr durch den Kopf ging. »Um zu sehen, ob sein Geist erschienen ist?«

»Wäre doch gut zu wissen, ob es uns wirklich getötet hätte.«

Ich sah noch einmal zu dem winzigen Scheinwerfer in der Ferne hinüber. Er bewegte sich nicht von der Stelle und glühte in der Finsternis wie ein einsames Auge.

»Du bleibst hier«, sagte ich. »Rühr dich nicht von der Stelle.«

»Ich komme mit«, widersprach sie.

Ich stand ein wenig hilflos da mit den Wasserflaschen unter dem Arm und dem Feldstecher in der rechten Hand. »Vorschlag«, sagte ich. »Wir gehen zusammen. Aber sobald du irgendwas spürst, und wenn es nur ein leichtes Herzklopfen ist, drehst du dich auf der Stelle um und rennst weg. Das musst du mir versprechen.«

Sie nickte kurz – und machte sich auf den Weg. Es war eine ihrer schlechteren Angewohnheiten, dass sie einen häufig dazu brachte, ihr nachzulaufen. Sie hielt nichts davon, unangenehme Dinge hinauszuzögern. Sie nahm sie einfach in Angriff, ob andere mit ihr Schritt hielten oder nicht.

Ich holte sie ein. »Lass das Zeug hier, das hält uns im Notfall nur auf.« Ich setzte meine beiden Flaschen am Boden ab, und sie legte ihre und die Tüte mit den Churros daneben.

Noch einmal sah ich zu dem Scheinwerfer hinüber. Keine Veränderung. Ich fragte mich, ob der Fahrer uns beobachtete und ob auch er ein Fernglas besaß. Das Totenlicht reichte weit genug ins Dunkel hinaus, so dass er wahrscheinlich weit mehr von uns erkennen konnte als wir von ihm.

Emma ging links von mir und tastete nach meiner Hand.

Als wir bis auf fünfzig Meter heran waren und noch immer keine Veränderung spürten, blieb ich stehen und hielt sie zurück. Der Umriss des Amerikaners war inmitten der Helligkeit nun mit bloßem Auge zu sehen. Trotzdem hob ich den Feldstecher und schwenkte über die Gesichter der Geister in seiner Nähe. Aber er befand sich zu tief im Zentrum der Menge und die Helligkeit blendete mich. Die Erscheinungen überlagerten einander zu sehr, um Einzelheiten zu erkennen.

Sehr behutsam gingen wir weiter.

Vierzig Meter. Fünfunddreißig.

Noch nie hatte ich meinen eigenen Herzschlag so bewusst wahrgenommen. Ich hätte meinen Puls zählen können, ohne mein Handgelenk zu berühren, so laut pochte er in meinen Ohren. Nach wie vor klang er regelmäßig und den Umständen entsprechend ruhig. Auch das Panikgefühl kehrte nicht zurück.

Noch dreißig Meter.

Wieder sah ich durch das Fernglas. Der Umriss am Boden hatte sich nicht bewegt. Wahrscheinlich war das Herz des Amerikaners in seiner Brust explodiert, noch bevor er sich hatte aufrichten können. Aber Gewissheit würden wir erst haben, wenn wir seinen Geist erkannten.

Fünfundzwanzig Meter.

Mein Mund war staubtrocken. Ich war drauf und dran, meine Vereinbarung mit Emma zu brechen und sie einfach zurückzustoßen, fort aus der Gefahrenzone. Sie hatte die Augen leicht zusammengekniffen und starrte hochkonzentriert in die Menge.

»Da ist er«, sagte sie.

Wir blieben stehen. Sie hob den linken Arm und deutete auf einen Punkt mitten im Totenlicht.

»Da vorn. Gleich neben Mum und Dad.«

Ich konnte die beiden von hier aus kaum sehen, eigentlich nur erraten, welche Geister sie meinte. Und, ja, da war einer ganz in der Nähe, der vielleicht der Amerikaner sein mochte – und ich beschloss, dass es hier und jetzt eben so sein sollte und ich meine Schwester nicht weiter einer Gefahr aussetzen würde, die gerade erst ein Menschenleben gefordert hatte.

»Gut«, sagte ich entschieden, »dann lass uns abhauen.«

Ich wollte gehen, aber dann zögerte ich und hob den Feldstecher. Emma hatte Recht: Da war er und lächelte wie alle anderen. Ich ließ das runde Blickfeld des Fernglases abwärtswandern, hinab an seinen nackten Beinen. Er stand inmitten des Leichnams, ragte mit den Waden aus dem Oberkörper.

Je länger ich hinsah, desto klarer konnte ich auch den Toten sehen. Er wandte mir das Gesicht zu, Augen und Mund weit aufgerissen zu einem entsetzlichen Schrei. Er musste an eben jener Panik gestorben sein, die auch Emma und mich fast um den Verstand gebracht hätte. Ich hatte nie zuvor einen Gesichtsausdruck wie diesen gesehen, erfüllt von einem Schrecken, der schlimmer gewesen sein musste als jeder körperliche Schmerz.

Emmas Hand krallte sich um meinen Oberarm. Ich wollte nur weg, wollte –

Das Lächeln verschwand von einem Herzschlag zum nächsten.

Die Gesichter der Geister waren wieder so emotionslos wie zuvor. Lethargisch wie Schlafwandler standen sie mit hängenden Armen da und blickten zum westlichen Horizont.

In der Ferne heulte ein Motor auf und das Fahrzeug raste mit hoher Geschwindigkeit heran.

8.

Wir würden es nie und nimmer bis zum Mini schaffen. Dazu hätten wir nach Süden laufen müssen, dem Motorenlärm entgegen.

»Zurück!« Ich deutete auf den Geländewagen. Falls es gefährlich wurde, konnten wir uns darin einschließen. Und da war immer noch das Gewehr.

Ich blickte mich um und sah den Scheinwerfer näher kommen. Das Geräusch ließ keinen Zweifel daran, dass es sich tatsächlich um ein Motorrad handelte, auch wenn in der Dunkelheit noch immer keine Einzelheiten zu erkennen waren.

Vielleicht wäre ich ohne Emma stehen geblieben und hätte abgewartet. Von dem Neuankömmling musste nicht zwangsläufig eine Gefahr ausgehen. Aber er hatte gewusst, dass etwas vor sich ging. Und er hatte abgewartet, bis es vorüber war.

Kurz bevor wir den Geländewagen erreichten, ließ ich Emma los und sah mich noch einmal um. Das Motorrad blieb auf der Straße, hielt nicht auf uns zu, sondern näherte sich dem Pulk der Geister. Der Fahrer hätte ausweichen können, der Boden zu beiden Seiten des Asphalts war eben und gut befahrbar. Aber er raste mit hohem Tempo geradewegs in die Menge hinein, obwohl das Totenlicht ihn blenden musste. Das Motorrad jagte

54

durch die vorderen Geister, vollzog mit quietschenden Reifen eine Vollbremsung neben dem Leichnam und stellte sich dabei quer. Der Fahrer – dunkles Leder und kein Helm war alles, was ich erkennen konnte – beugte sich rasch zur Seite, packte den Toten am Kragen und zerrte ihn zu sich auf die Maschine, quer über seine Oberschenkel. Dann gab er mit aufheulendem Motor Gas und jagte von der Fahrbahn hinaus in die Wüste. Genau in unsere Richtung.

Das Motorrad schlingerte, weil der Fahrer den schlaffen Körper kaum halten und gleichzeitig lenken konnte, aber irgendwie gelang es ihm, das Gleichgewicht zu halten.

»Emma!«, brüllte ich. »Ins Auto!«

Als ich mich umsah, kletterte sie gerade hinein. Aber dort blieb sie nicht, sondern kehrte mit dem Gewehr zurück ins Freie und brachte es in Anschlag.

»Pass auf!«, schrie sie.

Das Motorrad preschte durch die Wüste auf mich zu. Für einen Moment war ich überzeugt, dass es mich rammen würde. Dann raste der Fahrer mit wehendem Haar an mir vorüber, verlor auf einer Bodenwelle fast den Leichnam und ließ ihn das letzte Stück achtlos mit den Füßen über den Boden schleifen. Dann endlich bremste er neben dem Geländewagen – und vor Emmas Gewehrmündung.

Sie hielt die Waffe starr auf ihn gerichtet und gab eine erstaunlich gute Imitation von jemandem ab, der so ein Ding tatsächlich benutzen konnte.

Den Motorradfahrer beeindruckte sie trotzdem nicht. Er ließ den Toten zu Boden gleiten, gab ihm einen Stoß, als sich seine Hand an einem verchromten Rohr verhedderte, und trat den Ständer nach unten. Mit einem Knirschen neigte sich die Maschine zur Seite, fand aber genug Halt auf dem felsigen Untergrund. Der Fahrer schwang sich mit einer geschmeidigen Bewegung aus dem Sattel, ignorierte Emma und trat an ihr vorbei zum Wagen. Er blickte erst durch die offene Beifahrertür, dann auf die Rückbank. Sekunden später hielt er den Laptop des Amerikaners in der Hand.

Allmählich senkte sich die Staubwolke, die er mit seinem Bremsmanöver aufgewirbelt hatte. Er hatte schulterlanges dunkles Haar und trug eine dieser Bikerjacken mit unzähligen Taschen, wie man sie oft in alten Filmen sieht, retro genug, um wieder schick zu sein. Dazu Jeans und abgewetzte Lederstiefel. Ich hätte mein Leben darauf verwettet, dass er tätowierte Oberarme hatte.

Er beachtete auch mich nicht, ging mit dem Laptop zurück zur Maschine und schob ihn in eine seiner Satteltaschen. Erst jetzt erkannte ich, dass das Motorrad viel älter sein musste als er. Es war pechschwarz, abgesehen von den Chromteilen, und sah aus, als hätte man es direkt von der Route 66 eingeflogen, um hier in der Wüste einen Film über Bikergangs der Fünfzigerjahre zu drehen. *Vincent* stand als Herstellerlogo auf dem Tank. Am Schutzblech des Vorderrades war eine Plakette mit der Aufschrift *Black Shadow* angebracht.

Das Gesicht des Fremden war so staubig wie der Rest, aber unter dem feinen Puder des Wüstensands sah er jünger aus, als ich erwartet hatte. Anfang zwanzig.

»Das gehört dir nicht«, sagte Emma. Sie fuchtelte mit dem Gewehr in die Richtung der Tasche, in der der Laptop verschwunden war. »Du kannst das nicht einfach mitnehmen.«

Er überhörte ihren Einwand und ging neben dem Toten in die Hocke, klopfte dessen Hosentaschen ab und fluchte erneut.

Keine Schlüssel. Sie mussten während der holprigen Fahrt herausgerutscht sein, womöglich noch zwischen den Geistern.

Ich baute mich vor ihm auf. »Hey!«

»Was?«, fragte er, ohne mich anzusehen, stand auf und ging zurück zum Wagen.

Ich wechselte einen Blick mit Emma und gab ihr mit einem Wink zu verstehen, nur ja nicht versehentlich abzudrücken. Wobei ein Loch in seinem Stiefel ihn immerhin dazu gebracht hätte, unsere Anwesenheit zur Kenntnis zu nehmen.

»Was soll das werden?«, fragte ich, als er erneut im Wagen herumstöberte und dabei alle möglichen Dinge über die Schulter hinaus in die Wüste warf.

»Ist das euer Auto?«

»Nein«, sagte Emma.

»Gut.« Das klang, als hätte er die Antwort bereits gekannt. Als Nächstes flatterte der Flyer aus dem Handschuhfach ins Freie.

Ich trat neben Emma und drückte sanft den Gewehrlauf nach unten. Sie ließ es geschehen, so als fiele ihr erst jetzt auf, dass sie eine Waffe hielt.

»Gehört ihr zu ihm?«, erklang es aus dem Wagen. Offenbar suchte er gerade den Fußraum ab.

»Nein.« Ich hoffte, meine Betonung machte ihm klar, dass ihn das nichts anging. Allerdings schien er nicht sonderlich empfänglich für subtile Andeutungen zu sein.

»Du kannst nicht einfach seine Sachen durchwühlen«, sagte Emma, obwohl sie gerade erst das Gleiche getan hatte.

»Der Kerl hat mich durch halb Europa verfolgt«, rief er. Er sprach fließend Englisch, hatte aber einen Akzent, den ich nicht auf Anhieb zuordnen konnte. Nicht Deutsch oder Holländisch, vielleicht eine skandinavische Sprache. »Ich hab ihn erst vor ein paar Tagen abgehängt.«

»Und dann hast du *ihn* verfolgt?«, fragte Emma misstrauisch, ohne eine Antwort zu erhalten.

Kurz darauf zog er die Reisetasche ins Freie und entleerte sie kopfüber auf den Boden. Kleidungsstücke fielen heraus, obenauf landete ein Kulturbeutel.

»Ihr müsst von hier verschwinden.« Er ging in die Hocke und untersuchte die Sachen. »Es sind noch andere auf dem Weg hierher.«

»Welche anderen?«, fragte ich.

Er öffnete den Beutel und kippte Zahnbürste, Creme und einen Nassrasierer heraus.

Mir platzte der Kragen. Während er noch neben den Sachen des Toten hockte, ging ich zu ihm und gab ihm einen Stoß gegen die Schulter. »So geht das nicht. Du kannst hier nicht einfach auftauchen, diese Chuck-Norris-Nummer abziehen und –«

Er war so schnell auf den Beinen, dass ich erschrocken einen Schritt zurückstolperte. Er packte mich am Handgelenk und brachte sein Gesicht ganz nah an meines. »Ich hab hier zu tun. Nehmt euren Wagen und haut ab. Hier wird es bald ziemlich ungemütlich werden, und dann solltet ihr am besten weit weg sein. Nach Möglichkeit auf der anderen Seite der Sierra.« Er nickte in die Richtung der Berge im Norden. »Ich hab euch gewarnt, aber ich werde euch nicht an der Leine von hier wegführen. Für so was hab ich keine Zeit.«

Ich schlug ihm mit der freien Hand ins Gesicht. Es war keine zimperliche Ohrfeige, sondern ein ausgewachsener Fausthieb, und wenn der ihm nicht wehtat, dann war er ein verdammter Roboter.

»*Faen!*«, entfuhr es ihm, ein Schimpfwort, das ich damals zum ersten Mal hörte. Sein Griff um meinen Arm blieb so schmerzhaft wie zuvor.

»Lass sie sofort los!«, sagte Emma.

Sie stand hinter ihm und hatte ihm die Mündung des Gewehrs in die Lende gerammt. Wenn er schnell war, würde er den Lauf vielleicht zu packen bekommen. Aber etwas in Emmas Stimme mochte ihn warnen, dass sie es ernst meinte.

Seine Finger lockerten sich, aber ich konnte nur auf die Verfärbung auf seinem Wangenknochen blicken, wo mein Schlag ihn getroffen hatte. Vielleicht würden wir noch erleben, dass ein Bluterguss daraus wurde, ehe er uns umbrachte.

Ich wich ein Stück von ihm zurück und gab auch Emma ein Zeichen, auf Abstand zu gehen. Vielleicht hatte er eine Waffe – ich traute ihm ein Springmesser zu, irgend so ein Angeberding, mit dem man an den Theken von Bikerkneipen herumspielte –, aber er machte keine Anstalten, danach zu greifen.

»Okay«, sagte er nach einem Moment. »Ich hätte dich nicht anfassen sollen. Dafür geht der eine Schlag in Ordnung. Aber versuch das nicht noch mal.«

Hatte ich nicht vor. Sagte ich aber nicht. »Wenn meine Schwester dich erschießt, wird das nicht nötig sein.«

Ganz langsam drehte er sich um, während ich an ihm vorbei zu Emma ging. »Wie heißt ihr beiden?«

»Emma«, sagte Emma.

»Fick dich«, sagte ich.

»Hm«, machte er.

Ich erreichte Emma und berührte sie am Arm, damit sie noch einige Schritte zurücktrat. Ich wollte so viel Abstand wie möglich zwischen ihn und uns bringen.

59

»Woher hast du gewusst, dass das passieren würde?« Ich deutete hinüber zu dem Toten.

Nun wirkte er tatsächlich ein wenig erstaunt. »Hört ihr kein Radio?«

Wir wechselten einen kurzen Blick. »Ist kaputt«, sagte ich. »Schon seit Frankreich.«

Er schnaubte leise. »Ihr seid aus England, oder? Und den ganzen Weg hier runter mit diesem Wrack da drüben gekommen?«

Ich nickte.

»Hört zu«, sagte er mit einem Seufzer. »Ich hab keine Lust, mit euch herumzudiskutieren, weil es hier bald ziemlich brenzlig werden könnte. Nur so viel: Ich werde gleich auf mein Motorrad steigen und verschwinden. Den Schlüssel hab ich für euch gesucht, weil ihr mit dem Mini keine Chance habt. Mit seinem Wagen vielleicht schon.« Er griff unter seine Lederjacke.

»Hey, ganz vorsichtig!«, sagte ich.

Langsam zog er etwas aus der Innentasche, das ich im schwachen Licht des Scheinwerfers nur undeutlich erkannte. Erst als er es zwischen Daumen und Zeigefinger hochhielt, sah ich, dass es sich um eine silberne Taschenuhr an einer Kette handelte. Er ließ den Deckel aufspringen.

»Gleich eins«, sagte er und steckte die Uhr wieder ein. »Ich schätze, dass sie frühestens in zehn Minuten hier sein werden, aber dann müssten wir sie schon hören. Vielleicht also eher in einer Viertelstunde. Bis dahin sollten wir alle drei von hier weg sein.«

Ich sah nach Süden und suchte nach Lichtern, aber dort lag alles in Dunkelheit.

»Er blufft«, sagte Emma.

Ich nickte.

»Oder nicht«, ergänzte sie.

Manchmal war sie wie Engel und Teufel, die auf meiner Schulter saßen und mir widersprüchliche Ratschläge zuflüsterten.

»Was war das mit dem Radio?«, fragte ich. »Was hätten wir hören sollen?«

Er sah mich prüfend an und schüttelte langsam den Kopf. »Ihr habt wirklich nichts mitbekommen?«

Bevor ich etwas erwidern konnte, fragte Emma: »Wie heißt du?«

»Tyler.«

Emma musterte ihn. »Woher kommst du?«

»Trondheim. Norwegen.« Er sah mir wohl mein Misstrauen an. »Nein, Tyler ist kein norwegischer Name. Ich heiße trotzdem so.«

»Erzähl uns doch deine Lebensgeschichte«, sagte ich, »und ich backe in der Zeit einen leckeren Kuchen.«

Zum ersten Mal zuckte einer seiner Mundwinkel, aber ich fand nicht, dass ihn das humorvoller erscheinen ließ. Da lag etwas Brutales in seinem Lächeln, zumindest wirkte es in den Schatten so. Aber wer weiß, was er damals in uns sah; sicher nur zwei dumme Hühner, die viel tiefer im Schlamassel steckten, als sie ahnten.

»Das da« – er zeigte auf den toten Amerikaner – »ist nicht zum ersten Mal passiert. Und nicht nur hier.«

Ich sah noch einmal zum schwarzen Horizont im Süden, entdeckte aber keine Scheinwerfer. Und wenn diejenigen, vor denen er uns gewarnt hatte, im Dunklen kamen?

Tyler griff erneut an einen der Reißverschlüsse seiner Jacke und zog ein winziges Gerät hervor, eines dieser Taschenradios, die man kaum noch irgendwo sah. »Es passiert überall auf der Welt. Gerade eben zum dritten Mal. Sie lächeln, ganz egal wo. Ob in China oder Amerika oder Australien oder hier bei uns – überall herrscht völliges Chaos.«

Mir wurde bewusst, dass mein Mund offen stand. Scharf atmete ich ein und stieß die Luft wieder aus.

»Alle Geister lächeln zur selben Zeit«, sagte er, »für genau dieselbe Dauer. Wer dann in ihrer Nähe ist, stirbt.« Er wies hinüber zu dem Leichnam. »Sie sagen, der tödliche Radius reiche zehn bis zwanzig Meter weit, aber so ganz genau weiß das noch keiner.«

Ich sah an ihm vorbei zu den Geistern, einem Wall aus weißem Licht in seinem Rücken.

»Jeder, der nicht schnell genug wegkommt, stirbt an Herzversagen«, sagte Tyler. »Mittlerweile sind es Millionen Tote auf der ganzen Welt. Zig Millionen in weniger als zwölf Stunden.«

9.

»Das ist nicht möglich«, sagte Emma unbeeindruckt.

Er hob die Achseln. »Beschwer dich doch.«

»Nein«, sagte sie, »du verstehst mich nicht. Es ist nicht möglich, weil sie nicht miteinander kommunizieren können, um sich abzusprechen.«

Ich hätte ihr gern erklärt, dass auch das Erscheinen von fast zweihundert Millionen Geistern noch vor kurzem nicht allzu plausibel geklungen hätte. Und dass wir weniger über sie wussten als über eine x-beliebige Sonne im Sternbild des Schwans. Vielleicht gab es jemanden, der ihr Lächeln ein- und ausschaltete wie eine Lichterkette. Jemanden mit roten Hörnern oder einem weißen Bart.

Tyler drehte am Regler des kleinen Radios, doch aus dem Lautsprecher drang nur Knistern. Als er die Antenne weiter herauszog, erklang eine verzerrte Stimme, wenn auch nicht deutlich genug, um zu verstehen, welche Sprache sie benutzte.

»Eben hat es noch funktioniert.«

Er schimpfte leise auf Norwegisch, dann rammte er die Antenne in das Gerät und schob es zurück in seine Jacke.

»Macht, was ihr wollt«, sagte er und ging zu seinem Motorrad. »In fünf Minuten bin ich weg. Und ihr solltet das auch sein.«

Er nahm ein Teleskopfernrohr aus seiner Satteltasche, zog es auseinander wie ein Piratenkapitän und blickte erst nach Süden die Straße hinunter, dann nach Osten.

Mit einem Durchatmen machte er sich zu Fuß auf den Weg zu den Geistern.

»Was tut er denn jetzt?«, fragte Emma leise.

Ich schaute ihm einen Augenblick nach, dann gab ich mir einen Ruck. »Komm, wir nehmen unser Zeug und fahren.«

»Glaubst du ihm?«

Ich hatte immer angenommen, dass das erste Anzeichen des Weltuntergangs ein Flammenpilz am Horizont sein würde, dann ein zweiter und schließlich so viele, dass es aussähe, als ob der Himmel selbst auf Säulen aus Feuer ruhte. Aber ein *Lächeln?* »Klingt verrückt, oder?«

»Das ist keine Antwort«, sagte Emma.

»Ich weiß es nicht.«

Sie massierte sich den Unterarm. »Er sieht ganz gut aus.«

»Was für ein Argument ist *das* denn?«

»Besser jedenfalls als der da.« Sie trat zu dem Leichnam des Amerikaners, um in sein entstelltes Gesicht zu blicken. »Vielleicht ist der Vergleich ein bisschen unfair.«

Tyler hatte die Geister erreicht und zog aus den unerschöpflichen Taschen seiner Lederjacke eine Digitalkamera. Er lief von einer Erscheinung zur nächsten, kreuz und quer durch die Menge, und fotografierte jedes einzelne Gesicht. Hoffentlich wusste er, was er da tat. Und wie viel Zeit ihm bis zum nächsten Lächeln blieb.

»Er sucht jemanden«, sagte Emma.

»Möglich.«

»Ich wette, es ist eine der zwölf, die fehlen.«

Wie, zum Teufel, kam sie darauf?

Aber sie wechselte schon wieder das Thema. »Ich mag seine Jacke.«

Ich mochte seinen Hintern, aber das behielt ich für mich.

Emma kletterte noch einmal in den Wagen des Amerikaners. Als sie wieder herauskam, hatte sie seinen Rucksack dabei. Wir sammelten die Flaschen auf und ich trug alle drei, während Emma das Gewehr behielt. Ich wusste nicht, was ich von Tylers Warnung und all dem anderen halten sollte, aber es wäre fahrlässig gewesen, überhaupt nicht darauf zu reagieren. Falls wirklich jemand da draußen in der Finsternis näher kam, dann konnte es nicht schaden, eine Waffe zu haben.

Zurück am Mini warf ich die Flaschen auf die Rückbank, wo sie in Emmas Müllhalde versanken wie Schiffe in der Sargasso-See.

»Anschnallen«, sagte ich, als wir beide saßen.

Emma sah mich vorwurfsvoll an. »Aber die Welt geht gerade unter!«

»Kein Grund, sich nicht an Verkehrsregeln zu halten.«

»Blödsinn.«

»Rote Ampeln dürfen überfahren werden. Falls wir wirklich die letzten Menschen sind.«

Sie nickte, als wäre das ein Kompromiss, mit dem sie leben konnte. Dabei fiel ihr Blick auf den Boden vor ihrem Sitz. Sie bückte sich und hob die Happy-Meal-Gespenster auf. Kurz betrachtete sie das aufgemalte Grinsen der weißen Bettlakenköpfe, dann kurbelte sie das Fenster herunter und warf sie hinaus. Mit einem Ausdruck von Zufriedenheit lehnte sie sich zurück und befestigte den Sicherheitsgurt.

Ich drehte den Schlüssel herum.

Der Anlasser stotterte ein paarmal, dann herrschte Stille.

»Shit.«

Ich versuchte es erneut. Dann wieder. Der Motor sprang nicht an und wahrscheinlich war auch die Batterie bald hinüber. Mit beiden Händen schlug ich aufs Lenkrad. Emma blickte ruhig durch die Windschutzscheibe hinaus in die Nacht. »Also doch der andere Wagen«, sagte sie leise.

»Ohne Schlüssel?«

»Den können wir suchen.«

»Fuck!« Wieder hieb ich mit der Faust auf die Armaturen und schloss für einen Moment die Augen, um nachzudenken. Dann versuchte ich es noch einmal mit der Zündung. Dasselbe Ergebnis, nur der Anlasser klang schwächer.

»Also gut«, sagte ich.

Aber Emma rührte sich nicht mehr. Sie hatte sich weit genug vorgebeugt, um in ihren Außenspiegel zu schauen.

»Ich glaube, er hat die Wahrheit gesagt«, flüsterte sie.

Ich blickte durch die Heckscheibe.

Am Horizont waren Lichter aufgetaucht. Eine ganze Phalanx von Scheinwerfern wälzte sich auf der Straße heran.

10.

Tyler wollte gerade sein Motorrad starten, als er uns kommen sah. Er legte kurz den Kopf in den Nacken, schien zu erwägen, einfach loszufahren, nahm dann aber mit einem Fluch die Hand vom Gasgriff.

»Sind sie das?«, rief ich, während wir auf ihn zurannten. »Diese Leute, von denen du gesprochen hast?«

»Ja.«

»Wer sind die?«

Er maß uns mit einem langen Blick. »Schon mal zu dritt auf einem Motorrad gesessen?«

Ich schüttelte den Kopf. »Nicht mal allein oder zu zweit.«

»Ich bin ganz gut in *SBK Superbike*«, sagte Emma.

»Du«, sagte er unwirsch zu ihr, »vor mich! Und du« – damit meinte er mich – »nach hinten. Und gut festhalten!«

»Schafft die alte Kiste das?«, fragte ich skeptisch.

Er sah mich mit einer Mischung aus Ärger und Mitleid an. »Die alte Kiste ist eine Vincent Black Shadow von 1953. Mehr Qualität geht nicht. Ich hab über zwei Jahre daran gearbeitet, und wenn dir was Moderneres lieber ist, dann kannst du gern abwarten, wer als Nächstes vorbeikommt.«

»Was ist damit?« Emma schwenkte das Gewehr.

»Bleibt hier. Auch euer Gepäck. Wir müssen weg. Jetzt gleich!«

Ich ließ die Reisetaschen im Sand liegen. Emma schnallte sich den flachen Rucksack vor den Bauch und steckte unsere Papiere hinein.

Der Sitz des Motorrads bot Platz für zwei. Ich rückte ganz nach hinten, stieß gegen die Satteltaschen und bemerkte, dass sie randvoll mit Büchern waren; viel mehr als Lesestoff schien Tyler nicht dabeizuhaben. Nach kurzem Zögern legte ich meine Arme um seinen Oberkörper. Der Ledergeruch seiner Jacke hatte etwas Beruhigendes.

»Ich hab das noch nie versucht«, sagte er. »Aber es wird schon schiefgehen.« Da atmete ich gleich noch tiefer ein.

Emma kletterte vor ihn. Sie saß mehr auf dem Tank als auf dem Sattel und presste sich mit dem Rücken gegen Tyler. Ich versuchte, sie von hinten zu packen. Halb rechnete ich damit, dass er protestieren würde, aber er sagte nur: »Haltet euch so fest ihr nur könnt. Ich werde so lange wie möglich auf der Straße bleiben, aber irgendwann werden wir querfeldein fahren müssen.«

Erst einmal mussten wir es *bis* zur Straße schaffen, am besten in einem Bogen, der uns weit genug von den Geistern fernhielt. Ich sah nach hinten und bemerkte erschrocken, dass die Lichter schon sehr viel näher gekommen waren. Es waren zwei oder drei Fahrzeuge nebeneinander, dahinter eine ganze Kolonne.

Tyler ließ den Scheinwerfer ausgeschaltet und gab Gas. Die Reifen schleuderten Sand empor, dann schossen wir vorwärts. Ich konnte meine Füße nirgends aufsetzen und musste die Beine weit abspreizen. Staub drang in meine Augen und in meinen Mund. Ich ärgerte mich, dass wir vorher so viel Zeit verschwendet hatten, die wir lieber hätten nutzen sollen, um den verdammten Schlüssel zu suchen.

»Emma«, rief ich nach vorn, »alles in Ordnung?«

Nichts war in Ordnung, die ganze Situation war völlig bizarr. Wir flohen zu dritt auf einer Antiquität und wussten nicht mal, vor wem.

»Wenn mir schlecht wird«, brüllte Emma gegen den Motorenlärm an, »kriegt ihr alles ab. Fahrtwind und so.«

Ich spürte, wie Tylers Oberkörper sich unter der Lederjacke spannte, aber er entgegnete nichts. Wir fuhren jetzt fast parallel zur Straße, um nicht in den Radius des Totenlichts zu geraten und den Schutz der Dunkelheit auszunutzen. Erst als die Geister hinter uns zurückblieben, schwenkte er nach links in Richtung Fahrbahn. Die Lichter der näher kommenden Wagen waren hinter den Erscheinungen jetzt nicht mehr zu sehen, aber umgekehrt bestand fürs Erste keine Gefahr mehr, dass die Insassen uns entdeckten. Sie würden früh genug die beiden Autos, den Toten und unsere Sachen finden.

Die Black Shadow war so laut, dass der Lärm in der halben Wüste zu hören sein musste. Ich hoffte, dass wir weit genug weg waren, wenn die anderen anhielten und ausstiegen. *Falls* sie anhielten. Und nicht aus irgendwelchen Gründen hinter Tyler her waren und ganz genau wussten, dass sie ihn fast eingeholt hatten.

Der Kerl hat mich durch halb Europa verfolgt.

Was, zum Teufel, ging hier vor? Und wurde es für uns nicht noch schlimmer, wenn wir in seiner Nähe blieben?

»Hast du sie gefunden?«, rief Emma über die Schulter, während wir ohne Licht durch die Nacht nach Norden rasten. Tyler fuhr jetzt schneller und es war kaum möglich, ihre Worte zu verstehen. Vielleicht gab er deshalb keine Antwort.

Aber ich kannte Emma. Damit würde sie sich nicht zufriedengeben. Wir wussten nichts über ihn, nichts über diese anderen dort hinten. Das Einzige, was uns verband, waren die Geister von IB259.

Zu meiner Überraschung brach Tyler sein Schweigen. »Ihr Name war Flavie. Sie war Französin. Und sie war –« Er stockte und sagte nichts mehr.

»War sie deine Freundin?«, rief Emma mit dem Fingerspitzengefühl eines Flusspferdes.

Tyler nickte einmal kurz. Ich merkte es nur, weil seine wehenden Haare über mein Gesicht strichen.

»War sie eine von den zwölf?«, bohrte Emma weiter, als säße sie mit ihm beim Verhör, nicht zusammengepresst auf einem Motorrad.

»Ihr habt sie auch gezählt?«, fragte er.

»Emma hat das getan«, antwortete ich. »Waren es bei dir auch nur zweiundachtzig?«

»Zwölf fehlen«, bestätigte er.

»Ich hab's doch gesagt!«, rief Emma.

Mit verkrampftem Nacken bemühte ich mich um einen Blick nach hinten. Die Fahrzeuge hatten den Geisterpulk erreicht. Soweit ich das erkennen konnte, hielten sie dort an, ohne unsere Verfolgung aufzunehmen.

Plötzlich rief Tyler »Festhalten!« und bog abrupt von der Straße auf eine ausgefahrene Sandpiste, die in der Dunkelheit kaum zu sehen war.

Schon nach kurzem bremste er die Maschine ab. Die Distanz zwischen uns und den Geistern betrug etwa anderthalb Kilometer. Falls von der Fahrzeugkolonne wirklich eine Gefahr ausging, war das eindeutig zu wenig.

»Warum fahren wir nicht weiter?« Ich setzte die Füße am Boden auf.

»Sitzen bleiben!« Er tastete an meinem Oberschenkel herum, bis er die Satteltasche darunter aufbekam. Zwischen den Büchern kramte er das Fernglas hervor. Er zog es auseinander und blickte hindurch.

Die Kuppel aus Totenlicht markierte den Absturzort des Airbus wie ein angestrahltes Mahnmal mitten in der Wüste. Zahlreiche Silhouetten liefen davor hin und her. Mit zusammengekniffenen Augen zählte ich mindestens ein Dutzend Fahrzeuge, Kleintransporter und Geländewagen.

Tylers Wangenmuskeln spannten sich, als er etwas entdeckte. Jemand rief etwas, dann krachte ein Schuss. Das Geräusch hallte zu uns herüber und verklang in einem rollenden Echo, der in diesem Ödland wie fernes Gewitter klang.

»Können wir jetzt weiterfahren?«, fragte ich.

Tyler reagierte nicht, starrte nur durch sein Jack-Sparrow-Fernrohr und mahlte mit dem Unterkiefer. »Ich muss absteigen«, sagte er. »Bei der Wackelei erkenne ich gar nichts.«

Ich kletterte nach hinten von der Maschine und streckte mich.

»Wenigstens können sie uns im Dunkeln nicht sehen«, sagte ich zu Emma, die beim Absteigen fast das Motorrad umriss.

»Nun ja«, sagte Tyler, ohne das Fernrohr abzusetzen.

Mein Kopf ruckte in seine Richtung. »Was genau bedeutet *nun ja?*«

»Sie können uns nicht sehen, falls sie keine Nachtsichtgeräte haben. Aber die Chance, dass sie die bei ihrem letzten Milchkaffee haben liegenlassen, ist nicht besonders groß.«

71

»Nachtsichtgeräte!« Ich baute mich vor ihm auf und verstellte ihm die Sicht. »Scheiße, Tyler, was sind das für Typen?«

Er machte einen Schritt zur Seite und blickte mit dem Fernglas an mir vorbei. »Lionheart.«

Emma und ich tauschten einen Blick.

»Wer zum Teufel ist Lionheart?«, fragte ich.

»Söldner«, sagte er so ruhig, als spräche er von einer Cornflakes-Marke. »Ex-Marines. Ex-Fremdenlegionäre. Vielleicht sogar Ex-Mossad.« Endlich nahm er das Fernglas herunter und hielt es mir entgegen. »Ganz sicher Ex-Blackwater.«

Blackwater war der größte Söldnerkonzern der Welt, ein amerikanisches Unternehmen, das Milliarden damit erwirtschaftet hatte, Regierungstruppen im Irak, in Afghanistan und anderswo zu unterstützen. Und dabei auch mal das eine oder andere Massaker unter Zivilisten anzurichten.

»Es gibt noch mehr von der Sorte«, sagte Tyler. »Blackwater ist nur am bekanntesten, weil sie sich die Medien nicht mehr vom Hals halten konnten. Dass Lionheart hier einfach so auftaucht, kann nur damit zu tun haben, dass derzeit niemand mehr hinsieht. Ich bin heute Nachmittag an ihnen vorbeigefahren, und sie konnten eigentlich nur unterwegs zur Küste sein – oder hierher.«

Ich nahm das Fernglas entgegen. »Und das weißt du, weil du sie irgendwo auf der *Straße* gesehen hast?«

Er schüttelte den Kopf. »Jemand hatte mich vor ihnen gewarnt. Mehr oder weniger.«

Ich wünschte, ich hätte ihm in die Augen blicken können, sah aber kaum mehr als seine vage Form in der Dunkelheit. Nach kurzem Zögern drehte ich mich um, presste mir das Fernrohr ans Auge – und justierte wild daran herum, sah aber nichts außer Schwärze.

Tyler stand ganz nah hinter mir, wartete eine Weile ab, ob ich mich von selbst geschickter anstellen würde, dann griff er sanft über meine Schulter. Wir hielten das Fernglas gemeinsam.

»Eigentlich braucht so ein Ding eine Menge Licht«, sagte er. »Du wirst also nicht viel erkennen. Auf jeden Fall musst du es vollkommen ruhig halten.«

Ich suchte erneut nach dem Totenlicht in der Ferne und fand zumindest ein verschwommenes Schimmern. Tyler drehte behutsam am Regler des Objektivs. »Besser?«, fragte er.

»Nicht viel.«

»So?«

»Etwas.«

Sein Atem streifte von hinten meine Wange. »Und so?«

»Jetzt wird es schärfer.«

Dass hinter dem Horizont gerade die Welt unterging, kam mir noch immer sehr irreal vor. Nichts daran fühlte sich wahr an. Ich spürte bei dem Gedanken weder Erschütterung noch Trauer, nur Irritation. Es war, als hätte Tyler von einem Film erzählt, den er kürzlich gesehen hatte, nicht von der Wirklichkeit.

Das Sichtfeld des Fernrohrs wurde ein wenig klarer. Leicht verzerrt und an den Rändern weiterhin verschwommen konnte ich sehen, wie Gestalten aus einem Kleintransporter gestoßen wurden. Sie waren nur als Umrisse vor der Wand aus Totenlicht zu erkennen, aber sie gingen gebeugt und schienen gefesselt zu sein. Nun wurden auch aus anderen Wagen Menschen ins Freie getrieben. Sie bewegten sich ziellos und stießen gegeneinander, wenn keiner ihrer Aufseher sie zurückhielt. Hatte man ihnen die Augen verbunden?

»Was machen die da?«, flüsterte ich.

Tyler stand noch immer sehr nah hinter mir. »Sieh es dir an.«

»Rain?«, fragte Emma mit belegter Stimme. »Was passiert da drüben?«

Ich hatte Mühe, das Fernglas ruhig zu halten. Einige Gestalten befanden sich bei der Leiche des Amerikaners, andere durchsuchten sein Lager. Zwei weitere gingen dort in die Hocke, wo wir unsere Taschen hatten liegenlassen. Sie wühlten in unseren Kleidungsstücken, zerrten sie heraus und verteilten sie über den Boden. Mir wurde bewusst, dass sie nun nach zwei Mädchen suchen würden. Nach uns.

Trotzdem konnte ich nicht anders, als immer wieder zu dem Punkt zurückzukehren, an dem die gefesselten Menschen versammelt waren. Offenbar ließen die Lionheart-Söldner sie in einer Linie antreten und zwangen sie dazu, sich hinzulegen. Ihre Umrisse verschwanden aus meinem Blickfeld und verschmolzen mit dem Boden.

Ich nahm das Fernglas herunter und versuchte, mit bloßem Auge etwas zu erkennen. Jetzt, da ich wusste, wonach ich zu suchen hatte, konnte ich das Gewimmel besser einordnen.

Tyler nahm das Fernrohr und schaute hindurch.

Emma trat noch enger neben mich, bis sich unsere Ellbogen berührten. »Was soll das werden?«

»Sie wollen abmessen, wie weit die Wirkung reicht«, sagte Tyler. »Sie legen diese Menschen in eine Reihe, um herauszufinden, wer beim nächsten Lächeln stirbt.«

II.

Wir fuhren wieder durch die Dunkelheit, nicht mehr auf der Straße, sondern auf der unbefestigten Sandpiste, die mittlerweile sanft anstieg. Im Schutz der Nacht erreichten wir die Ausläufer der Sierra de Los Filabres.

Während der Weg steiler hinauf in die Berge führte, blickte ich zurück in die Ebene. Wir mochten jetzt zehn Kilometer von der Absturzstelle entfernt sein, das Totenlicht glühte wie ein Phosphorsee inmitten der nachtschwarzen Landschaft. Die Scheinwerfer der Fahrzeuge bildeten östlich davon eine Ansammlung von Lichtpunkten. Die Erleichterung darüber, dass sie sich nicht von der Stelle bewegten, machte es ein wenig leichter, wieder durchzuatmen. Aber der Schrecken über das, was wir mit angesehen hatten, saß tief. Möglicherweise hatte Tyler Emma und mir das Leben gerettet, aber das änderte nichts daran, dass er uns Erklärungen schuldete. Was wusste er über diese Leute? Warum konnten sie solche Dinge hier in Spanien tun, scheinbar ohne Angst vor Verfolgung und Strafe, so als befänden sie sich – eine Zwei auf meiner Skala – im tiefsten Sudan oder Kongo?

»Emma«, rief ich nach vorn. »Alles klar bei dir?«

»Ich mag Motorräder!« Falls sie Mitgefühl für die Menschen dort unten verspürte, konnte sie es nicht zeigen.

Durch felsiges Gelände fuhren wir in einer weiten Kurve um eine Bergkuppe. Vorerst war der Blick auf die Absturzstelle versperrt. Das dämpfte zwar das Gefühl, Lionheart könnte uns jederzeit mit Nachtsichtgeräten aufspüren, doch sahen wir nun auch nicht mehr, ob sie uns folgten.

Ich hatte angenommen, dass wir früher oder später wieder auf eine Straße stoßen würden, über die wir durch die Sierra nach Baza und weiter nach Granada gelangen könnten. Doch augenscheinlich hatte Tyler andere Pläne.

Vor uns auf dem Berg tauchte ein klotziger Umriss auf, ein wuchtiger Turm mit Kuppeldach, an den sich ein niedriges Haus drängte. Zerklüftete Felsblöcke umgaben die Anlage. Die Sandpiste führte halb um das Bauwerk zur Südseite des Berges, hoch über der Wüste.

Vor dem Gebäude stand ein Geist und leuchtete wie eine einsame Fackel in der Nacht. Zu seinen Füßen lag ein Leichnam mit dem Gesicht nach unten.

»*Fy faen!*« Tyler stoppte das Motorrad vor einer betonierten Auffahrt, mehr als zwanzig Meter von der Erscheinung und dreißig vom Haus entfernt.

Ich ließ ihn los und rutschte vom Sattel. Sekundenlang stand ich so wacklig auf meinen Beinen, dass ich mir wünschte, ich wäre sitzen geblieben. Nach allem zog ich gar nicht erst in Erwägung, dass der Mann dort vorn eines natürlichen Todes gestorben sein könnte. »Warum fahren wir nicht weiter?«

Tyler gab keine Antwort. Stattdessen sagte er zu Emma: »Steig mal ab.« Als sie gehorchte, wandte er sich mir zu. »Ihr wartet hier. Behaltet die Lionhearts im Auge. Ich bin gleich wieder da.«

Er wollte Gas geben, aber ich legte ihm eine Hand auf den Arm. »Wo sind wir hier?«

76

»Ich brauche nicht lange. Danach verschwinden wir.« In Emmas Richtung fügte er mit dem Anflug eines Lächelns hinzu: »Falls sich unten in der Ebene was tut, irgendetwas, dann ruft mich.«

»Aye, aye, Sir!«, entgegnete meine Schwester, und weil sie wie üblich keine Miene dabei verzog, wirkte es auf rührende Weise pflichtbewusst.

»Du kannst nicht einfach –«, begann ich, aber da streifte er meine Hand ab und fuhr los.

Tyler hielt genau auf den Geist und den Leichnam zu, beschleunigte kurz davor noch einmal und raste mit Vollgas an beiden vorbei zum Haus. Für einen Moment war er hinter der gleißenden Gestalt nicht mehr zu sehen, dann tauchte er wieder auf und bremste unmittelbar vor dem Gebäude ab.

»Das ist eine Sternwarte«, sagte Emma. »Ich hab so was schon mal gesehen.«

Oben im Kuppelturm musste sich das Teleskop befinden. Vielleicht war der Tote in der Einfahrt ein Wissenschaftler gewesen, der in dieser Einsamkeit den Sternenhimmel beobachtet hatte.

Erst jetzt fiel mir auf, dass aus dem offenen Eingang des Gebäudes ein schwacher Lichtschein fiel. Vielleicht gab es im Inneren weitere Geister. Oder aber der Mann hatte einfach nur die Lampen angelassen, bevor er ins Freie getreten und ums Leben gekommen war.

Tyler ließ das Motorrad stehen und stieg die Stufen zur Tür hinauf. Ich hoffte, dass er wenigstens den Schlüssel hatte stecken lassen, für den Fall, dass ihm etwas zustoßen würde.

»Er ist ziemlich cool«, sagte Emma. Es geschah nicht oft, dass Menschen sie beeindruckten, und erst recht nicht, dass sie es offen zeigte. Ich muss sie ziemlich fassungslos angesehen haben, denn sie fügte mit ernsthafter Miene hinzu: »Ich bin zu jung für ihn. Es würde nicht gut gehen.«

»Er ist höchstens fünf, sechs Jahre älter als du«, war alles, was mir einfiel. Nicht allzu schlagfertig.

»Ich bin Teenager«, sagte sie, als wäre das ein Makel, »und *merkwürdig*. Ich weiß das. Er ist erwachsen, Biker und in eine tote Französin verliebt. Ich wette, sie sah aus wie Amélie.« Sie verzog den Mund. »Aber die war auch merkwürdig.«

Dafür, dass sie mich nach den Ereignissen der letzten Stunden zum Lächeln brachte, umarmte ich sie und gab ihr einen Kuss auf die Wange. Sie roch nach Fahrtwind und Wüstensand.

Als ich sie losließ, wanderte mein Blick über die Ebene. Keine Veränderung. Ich fragte mich, was sie so lange dort unten trieben. Dann fiel mir ein, dass es einige von ihnen vielleicht gerade wie wir machten und ohne Licht den Berg heraufkamen. Erneut krallte sich die Angst in mir fest. Eine Spur zu hastig fuhr ich herum und sah zum Eingang der Sternwarte. Nach wie vor fiel weißes Licht ins Freie. Von Tyler keine Spur.

Eine Weile lang standen Emma und ich unschlüssig am Fuß der Auffahrt und warteten auf ein Zeichen von ihm. Irgendwo schrie ein Nachtvogel, es raschelte zwischen den Felsen. Vertrocknete Büsche knisterten, dann war nur noch das Säuseln des Windes zu hören.

Unvermittelt sagte Emma: »Wenn alles wahr ist, was er gesagt hat, dann sind Grandma und Granddad vielleicht tot.«

Ich wollte ihr widersprechen, noch einmal betonen, dass er vielleicht nur ein Spinner war. Doch ich ahnte, dass wir nicht interessant genug für ihn waren, um uns mit Lügengeschichten beeindrucken zu wollen. Wir waren eine Last, die er lieber früher als später loswerden wollte.

78

»Hast du das Handy noch mal ausprobiert?«, fragte ich.

Emma zog es aus der Hosentasche, schüttelte aber gleich darauf den Kopf. »Kein Netz.«

»Ich versteh das nicht. So abgelegen ist diese verdammte Wüste doch gar nicht.« Aber wie lange würden die Netze aufrechterhalten, wenn da draußen tatsächlich Millionen von Menschen dem Geisterlächeln zum Opfer gefallen waren? Falls Tyler nicht übertrieben hatte, dann war es schlimmer als jeder Atomkrieg: keine Explosionen und keine Strahlung, aber dafür auch kein Gegner, mit dem man verhandeln konnte, keine Schutzräume, kein Waffenstillstand. Die Leute starben einfach an Herzversagen und aus jedem Toten entstand ein neuer Geist, dessen Lächeln weitere Opfer forderte. Es war ein Dominoeffekt, der vor niemandem haltmachte und seine Wirkung im Sekundentakt multiplizierte.

Ich wartete auf Sorge um meine Großeltern, spürte aber nichts. Ich hatte ihnen nie den Tod gewünscht, aber ich stellte fest, dass die Möglichkeit, sie könnten unter den Opfern sein, mich nur vage betroffen machte. Am ehesten tat es mir leid für Emma.

»Tyler?«, rief ich zum Eingang hinauf.

Der Nachthimmel war schon vor einer Weile aufgerissen, die Wolkenränder grau marmoriert vom Licht der Mondsichel. Davor erhob sich der Kuppelturm der Sternwarte wie ein teerschwarzes Grabmal. Der Geist in der Auffahrt starrte apathisch zum Horizont.

»Tyler!«

Wieder keine Antwort.

Emma hatte sich fröstelnd die Arme um den Oberkörper gelegt. Vielleicht fand ich drinnen eine Jacke für sie.

»Ich sehe mal nach ihm«, sagte ich. »Bleib du hier und pass auf die Lichter unten in der Wüste auf.«

Sie nickte. »Sei vorsichtig.«

»Keine Sorge.«

Ich machte ein paar Schritte die Auffahrt hinauf und wich dann zur Seite in das Felsgeröll aus. Dabei ließ ich das Gesicht nicht aus den Augen.

Nach wenigen Metern wurde das Gelände immer unzugänglicher. Ich kam nicht weiter und musste notgedrungen zum Weg zurückkehren. Ich befand mich jetzt mitten im tödlichen Radius und sprintete los, so schnell ich konnte. Etwas schien in meinen Rücken zu pressen, eine Woge eisiger Luft, aber als ich das Gebäude erreichte, verschwand das Gefühl. Nur Einbildung, aber ich fror bei der Vorstellung, noch einmal denselben Weg nehmen zu müssen.

»Alles in Ordnung?«, rief ich Emma zu, die ich jenseits des Totenlichts am dunklen Ende der Auffahrt nicht mehr sehen konnte.

»Ja, alles ruhig. Geht's dir gut?«

»Nichts passiert! Ich geh jetzt rein.«

Ich wappnete mich für das Schlimmste und trat über die Schwelle.

12.

Erneut rief ich Tylers Namen und bekam keine Antwort. Ich befand mich in einem Büro, dessen Wände mit astronomischen Karten und Tabellen bedeckt waren. Auf einem Schreibtisch waren lose Papiere und Bücher verstreut. Nordlichter glitten als Bildschirmschoner über einen Computermonitor. Mitten im Raum standen zwei Geister, zu ihren Füßen lagen Männer in schwarzen Kampfanzügen. Auf ihren Ärmeln prangten stilisierte Löwenköpfe. Der eine Söldner war sterbend über einer Ablage zusammengebrochen und hatte eine Menge Papier mit zu Boden gerissen. Der andere musste versucht haben, eine Tür an der Rückseite zu erreichen. Wahrscheinlich waren sie beim letzten Lächeln gestorben. Der Radius des Geistes in der Auffahrt reichte demnach bis hierher; und auf Grund dieser beiden war fortan das gesamte Gebäude eine Todesfalle. Möglich, dass die oberste Etage des Kuppelturms gerade weit genug entfernt lag, aber alle anderen Räume und Etagen befanden sich im Einflussbereich der Erscheinungen.

Ich atmete tief ein, rannte an den beiden vorüber und durch die hintere Tür in eine winzige Küche. Von dort aus führte ein weiterer Durchgang in ein Treppenhaus. Neben den Stufen standen ein paar Plastikkisten ohne Deckel, es roch beißend nach

Lösungsmitteln oder Benzin. Ohne innezuhalten, stürmte ich die Treppe hinauf, bis ich in zwanzig Metern Höhe die Kuppeletage erreichte. Erst dort blieb ich stehen und schaute zurück in den Schacht. Der Schimmer des Totenlichts wurde vom feuchten Boden reflektiert. Hier oben kam mir der Gestank noch intensiver vor. Und dann sah ich auch die grünen Plastikkanister, die achtlos beiseitegeworfen worden waren.

Bevor die beiden Männer ums Leben gekommen waren, mussten sie literweise Brandbeschleuniger im Erdgeschoss verschüttet haben. Auf einmal war ich sicher, dass ich bei einem zweiten Blick in die Kisten Plastiksprengstoff und Zünder finden würde. Ein einziger Funke würde genügen, um die Sternwarte hochgehen zu lassen wie ein Neujahrsfeuerwerk.

Die Tür zur Kuppel stand offen. Das gigantische Teleskop saß auf einem motorisierten Schwenkarm und wies schräg zur gewölbten Stahldecke. Computer und Aufzeichnungsgeräte voller Displays, Zeiger und Knopfreihen waren rundum aufgereiht, davor lag ein umgekippter Drehstuhl. Entlang einer senkrechten Nahtstelle an der Innenseite ließ sich die Kuppel teilen, damit das Teleskop freie Sicht auf den Nachthimmel hatte.

Tyler stand mit dem Rücken zu mir über einen Tisch gebeugt, beide Hände an der Kante aufgestützt, und bewegte sich nicht. Vor ihm waren Fotografien an die Wand geheftet, mehrere Reihen neben- und übereinander. Keines der Bilder zeigte Gestirne.

»Tyler!«

Erschrocken wirbelte er herum, wirkte erst ertappt, dann ärgerlich. »Was hast du denn hier verloren?«

»Ich hab dich gerufen, unten im Erdgeschoss, und als du nicht geantwortet hast, hab ich dich gesucht.«

»Wenn diese Kerle lächeln, sitzen wir hier oben fest.«

»Was ist das für ein Zeug unten im Treppenhaus? Sprengstoff?«

Er nickte. »Sie sind wohl nicht mehr dazu gekommen, den ganzen Spaß zu zünden.«

»Dann lass uns abhauen!«

Er schüttelte den Kopf. »Das hier solltest du dir ansehen.«

Bevor ich die Fotos an der Wand betrachtete, kreuzte ich noch einmal seinen Blick. Das dichte, dunkle Haar hing ihm in die Stirn und beschattete seine Augen. Er wirkte zornig, aber jetzt verstand ich, dass seine Wut nicht mir galt.

»Du warst von Anfang an hierher unterwegs«, sagte ich. »Irgendwas hast du hier gesucht.«

»Ich war verabredet. Mit Javier Molina – dem Toten unten vor dem Haus. Aber Lionheart war schneller als ich.«

Zögernd wandte ich mich den Bildern zu.

Die oberen Reihen zeigten ein gewaltiges Solarfeld in der Wüste, endlose Reihen aus spiegelnden Sonnenenergiezellen. Die Anlage war aus großer Entfernung mit einem starken Teleobjektiv fotografiert worden. Auf einigen Bildern waren Fahrzeuge zu sehen, einzeln und in Kolonnen, die durch ein bewachtes Tor auf das Gelände fuhren. Mit Filzstift hatte jemand *Hot Suite* an den Rand des letzten Fotos geschrieben.

Darunter hingen Fotos eines bizarren Hauses mit blauer Fassade und zahllosen Erkern. Das Bauwerk erweckte den Eindruck, als hätte man die verschachtelte Architektur eines chinesischen Tempels im europäischen Stil nachahmen wollen. *El Xanadú Dos* stand in Druckbuchstaben unter einer digitalen Datumsanzeige. Auf einem der Bilder parkte in der Auffahrt des Gebäudes ein silberner Mercedes und funkelte im Sonnenschein.

Das blaue Haus stand auf einem felsigen Hügel. Erst auf den nächsten Fotos erkannte ich, dass es sich unweit des Solarfeldes befand und die Anlage überschaute wie ein avantgardistischer Wachturm. Die Szenerie wirkte irreal in ihrer Kombination aus verspielter Baukunst und blitzblankem Hightech.

Die unteren Bildreihen betrachtete ich zuletzt, und nun verstand ich, was Tyler derart gefesselt und verstört hatte.

Auf den Fotos war eine Straße in der Wüste zu sehen, auch diese Bilder ein wenig verschwommen. Die Pixelstruktur verriet, dass es sich um vergrößerte Ausschnitte handelte. Vage ließen sich Männer in Schwarz erkennen, die mit einem Wagenkonvoi in der Einöde eingetroffen waren und neben dem grauen Asphaltstreifen auf etwas warteten.

»Lionheart?«, fragte ich.

»Ja.«

Auf dem Bild war ein Datum vermerkt, das ich nur zu gut kannte. Es war der Tag, an dem meine Eltern in den Trümmern von IB259 ums Leben gekommen waren.

Mein Blick wanderte über die nächsten Aufnahmen. Auf einer stand der silberne Mercedes vom blauen Haus neben dem Konvoi. Die Fahrertür war offen. Ein Mann mit weißem Haar schien mit den Uniformierten zu reden. Die Fotos waren viel zu unscharf, um Gesichter zu erkennen. Auf dem nächsten Bild entfernte sich der Mercedes wieder. Die Söldner schienen auf etwas zu warten, und es war nicht schwer zu erraten, worauf.

»Scheiße«, flüsterte ich. »Wie lange weißt du schon davon?«

»Ein paar Wochen. Aber mit Sicherheit gewusst habe ich gar nichts, nur Dinge geahnt. Ich hab Molina in einem dieser Foren für Verschwörungstheorien aufgespürt, wo er behauptet hat, die Regierung hätte eine Flugzeugkatastrophe hier in der Wüste verursacht – vor genau drei Jahren. Die meisten schienen ihn nicht allzu ernst zu nehmen, Spinner von dieser Sorte gibt es ja tausendfach. Nach einigem Hin und Her hat er mir zwei Fotos geschickt, eines von den Lionheart-Leuten bei Tag und dann das hier.«

Er deutete auf eines der letzten in der Reihe. Ich sah hin und traute meinen Augen nicht.

Laut offiziellem Bericht war die Maschine unvermittelt vom Radar verschwunden und kurz darauf beim Aufschlag auf der Straße explodiert.

Auf dem Foto stand der Airbus unversehrt auf der Wüstenstraße. Die vordere Treppe war ausgefahren, die Einstiegsluke geöffnet. Gestalten in Schwarz waren am Fuß der Stufen versammelt, weitere betraten gerade die Maschine.

Tylers Fingerspitze wanderte entlang einiger ähnlicher Fotos bis zum letzten in der Reihe. »Von dem hier hatte er mir nur erzählt. Er wollte es mir persönlich zeigen, sobald wir uns treffen würden. Ich hab ihm gesagt, dass ich dabei sein wolle, wenn Flavies Geist in der Wüste erscheint. Danach würde ich zu ihm kommen.«

»Dann war er es, der dich vor Lionheart gewarnt hat?«

»Mehr als einmal.«

Auf dem Bild war verschwommen zu sehen, wie einige Menschen in Zivil von den schwarz uniformierten Söldnern aus der Maschine geleitet wurden. Unten auf der Fahrbahn stand ein fensterloser Transporter für sie bereit. Die Männer hielten ihre Waffen auf die Passagiere gerichtet.

Mein Mund war sehr trocken geworden. »Das sind die zwölf, die fehlen, oder?«

Tyler nickte. »Und eine davon ist Flavie.«

Langsam wandte ich ihm den Kopf zu. »Glaubst du, diese gefesselten Menschen heute Nacht auf der Straße –«

»Nein, nicht nach so langer Zeit. Falls meine Vermutung stimmt, *warum* sie Flavie und die anderen dort herausgeholt haben, dann hätte Lionheart sie nicht für so etwas Profanes verschwendet.« Er hatte merklich Mühe, ruhig zu bleiben. Eine Ader an seinem Hals war hervorgetreten wie der Wurzelstrang eines Baumes. Ich konnte zusehen, wie sie pochte, und fühlte mit einem Mal den absurden Wunsch, seinen Herzschlag unter meinen Fingern zu spüren.

»Du *weißt*, warum sie das getan haben?«, fragte ich mit belegter Stimme.

Er gab keine Antwort, sondern zeigte stumm auf die letzten Bilder an der Wand.

Auf einem war zu sehen, wie mehrere Söldner die Luke von außen zuschoben, während ein Arm aus dem Inneren versuchte, nach ihnen zu greifen. Unten auf der Straße verschwanden die Entführten in dem Transporter.

Das letzte Bild schließlich zeigte eine Reihe von Explosionen, aufgenommen in den ersten Sekundenbruchteilen nach der Zündung. Wolkige Feuerbälle erblühten zugleich an drei Stellen der Maschine – vorn am Cockpit, in der Mitte über den Tragflächen und hinten am Heck.

Ich konnte meinen Blick nicht von den weißgelben Detonationen nehmen. Dies war der Moment, die exakte Sekunde, in der meine Eltern gestorben waren.

»Es war eine Vertuschungsaktion«, brachte ich heiser hervor. »Lionheart hat die Maschine gesprengt und alles nach einem Absturz aussehen lassen, damit niemandem auffällt, dass ein Dutzend Leute fehlt.«

Tyler presste die Lippen aufeinander und starrte wortlos die verpixelten Gefangenen an. Es waren nicht alle zwölf im Bild, dennoch mochte eine dieser Gestalten Flavie sein. Hatte er sie bereits erkannt?

Ich verkniff mir die Frage und sagte stattdessen: »Das kann Lionheart nie und nimmer allein bewerkstelligt haben. Es muss doch Untersuchungen gegeben haben, bei denen festgestellt wurde, dass die Maschine nicht zerschellt, sondern heil auf der Straße gelandet ist. So was lässt sich nicht einfach –«

»Nein«, fiel Tyler mir ins Wort, »natürlich nicht. Irgendwer hat seine Hand über diese Aktion gehalten und wahrscheinlich eine Menge Geld dafür kassiert.«

Ich dachte an das, was gerade draußen in der Welt geschah. Niemand würde sich mehr für solch ein Verbrechen interessieren, falls das Geisterlächeln wirklich auf dem besten Weg war, die gesamte Menschheit auszurotten.

»Glaubst du, sie sind noch am Leben?«, fragte ich. »Flavie und die elf anderen?«

»Ich weiß es nicht. Aber ich muss versuchen, es herauszufinden.« *Und sie retten*, sagte sein Blick.

Wahrscheinlich hätte ich Hass auf Lionheart, sogar den Wunsch nach Rache für den Mord an meinen Eltern empfinden müssen. Aber ich konnte nur daran denken, wie ich Emma heil aus dieser Sache herausbekommen sollte.

»Aber warum ausgerechnet diese zwölf?«, fragte ich und starrte die undeutlichen Gestalten vor der Maschine an. Ich wünschte, ich hätte ihre Gesichter erkennen können, irgendeinen Anhaltspunkt, der verraten hätte, was so Besonderes an ihnen war.

»Flavie ist schon einmal tot gewesen«, sagte er. Ich wartete darauf, dass seine Miene Ironie verriet. Oder Zynismus. »Genau genommen dreimal«, fügte er hinzu.

»Wie meinst du das?«

»Sie lag im Sterben und hat etwas gesehen. Den Tunnel und das Licht. Und etwas dahinter.«

»Nahtoderfahrungen?« Ich hatte darüber gelesen, das war keine große Sache. Die Sehnerven und das Gehirn spielten den Betroffenen Streiche, indem sie die Illusion von Sinneswahrnehmungen auslösten, an die sich die Menschen später erinnerten. Das zumindest war die wissenschaftliche Erklärung. Es gab auch noch andere.

»Flavies Erfahrungen waren stärker als die der meisten«, sagte Tyler. »Deshalb war sie an Bord dieser Maschine, zusammen mit einer Gruppe von Leuten, denen es genauso ergangen war. Man hatte sie eingeladen zu einer wissenschaftlichen Tagung.« Er wich meinem Blick aus und ballte die Fäuste. »Ich hatte mit ihr fliegen wollen. Ich lebte damals noch in Norwegen, sie in Paris. Wir hatten uns bei einem Austausch kennengelernt, und als sie diese Einladung bekam, beschlossen wir, die Reise zusammen zu machen. Aber als es dann so weit war, hatte ich kein Geld und sie musste ohne mich fliegen. Wegen ein paar Hundert Euro hab ich sie allein gelassen … Dabei hätte ich bei ihr sein müssen, ich hätte –«

»Und dann?«, fiel ich ihm ins Wort. »Dein Geist stünde jetzt da unten auf der Straße zwischen all den anderen.«

Er starrte mich wutentbrannt an. Ich wollte noch etwas hinzufügen, als draußen auf der Treppe Schritte erklangen.

Emma stürmte in den Kuppelraum. Ihr Gesicht glänzte, das hellblonde Haar klebte in Strähnen an ihrer Stirn. Sie sah aus, als wären die Geister zum Leben erwacht und hätten sie den Turm heraufgejagt.

»Ich hab euch gerufen, aber ihr habt nicht geantwortet«, stieß
sie atemlos hervor.

Tyler und ich tauschten einen besorgten Blick.

»Sie kommen«, sagte Emma.

In dieser Sekunde hörte ich es auch.

»Sie kommen mit Hubschraubern.«

13.

»Raus hier!«

Tyler packte Emma an der Hand und gab mir einen Wink. Gemeinsam rannten wir zum Eingang des Kuppelraumes. Im Erdgeschoss befanden sich die Geister der Toten. Falls sich das Lächeln wiederholte, während wir gerade nach unten liefen, hatten wir keine Chance, aus ihrem Radius zu entkommen. Der einzige Ort, der sich weit genug entfernt befand, war die Kuppel. Und sie würde vermutlich jeden Augenblick von den Lionheart-Hubschraubern pulverisiert werden.

Je länger wir zögerten, desto auswegloser wurde es. Emma und ich machten den Anfang, Tyler folgte uns die Treppe hinunter. Seine Stiefel polterten lautstark auf den Gitterstufen.

Der Chemiegestank der Flüssigkeiten war so beißend, dass er in der Lunge brannte. Unten angekommen rannten wir durch die Küche ins Büro. Die Leichen der Söldner lagen unverändert am Boden, ihre Geister standen mitten im Raum.

An der offenen Tür hielt ich inne und blickte ins Freie. Über dem Geist des Astronomen, draußen in der Auffahrt, sah ich mehrere Lichtpunkte am Nachthimmel. Lärm dröhnte über die kargen Hänge der Sierra, aber noch waren die Hubschrauber ein gutes Stück entfernt.

»Lauft!«, rief Tyler und drängte uns hinaus.

Ich wollte die Einfahrt hinunterrennen, aber er hielt mich zurück. »Nicht da lang! Dort, zwischen die Felsen!«

Seitlich führte ein schmaler Fußweg von der Sternwarte fort, vielleicht auch nur eine natürliche Schneise zwischen den Steinbrocken.

Tyler stieß uns grob in diese Richtung. »Rennt, so schnell ihr könnt! Und wenn ihr etwas hört, das wie ein Fauchen klingt, dann werft euch zwischen die Felsen!«

»Was ist mit dir?«

Mit wenigen Sätzen war er bei der Black Shadow. Dieser Irre wollte tatsächlich sein Motorrad retten.

»Spinnst du?«, rief ich ihm hinterher.

»Willst du später vielleicht zu Fuß weiter?« Vergebens tastete er nach dem Zündschlüssel. Er musste ihn vorhin abgezogen haben, vielleicht weil er befürchtete, ich könnte die Maschine stehlen und mit Emma darauf verschwinden. Menschenkenntnis besaß er also auch.

»Komm!«, rief Emma mir zu, während Tyler in seinen Hosentaschen kramte.

Das Wummern der Hubschrauber wurde lauter. Vielleicht würden sie erst ihre Toten bergen. Dann bliebe uns mehr Zeit, um –

Der Motor der Black Shadow heulte auf.

Ich blickte über die Schulter, doch nun waren die Felsen im Weg. Alles, was ich sah, war der Kuppelturm hinter uns und weiter südlich die Lichter der Hubschrauber.

Wir waren etwa dreißig Meter tief in die Schneise hineingelaufen, als das Motorrad hinter uns heranjagte. Der Scheinwerfer war aus, ich konnte die Maschine im Dunkeln nur erahnen.

91

Wir pressten uns rechts und links ans Gestein, als Tyler zwischen uns abbremste. »Aufsteigen!«, brüllte er und nahm einen Arm vom Lenker, damit Emma wieder den Platz vor ihm einnehmen konnte; das war nicht ganz einfach, weil sie den Rucksack jetzt auf dem Rücken trug. Ich setzte mich auf den hinteren Rand des Sattels und klammerte mich an Tylers Oberkörper. Als er Gas gab, verlor ich den Boden unter den Füßen.

Das Knattern der Black Shadow ging jetzt im ohrenbetäubenden Lärm der Rotoren unter. Sturmwind peitschte über die Bergkuppe, während Tyler die Maschine in einem wilden Slalom durch die Felsrinne lenkte und ich mir alle Mühe gab, mit meinen Füßen nicht an Steinbuckeln und Felsnasen hängenzubleiben.

Als ich mich in einer Biegung umsah, irrlichterten Scheinwerferkegel über die Sternwarte. Erst jetzt fiel mir auf, dass wir kein Fahrzeug der beiden Söldner gefunden hatten. Jemand musste sie am Abend hier abgesetzt haben. Da die Männer an der Absturzstelle mit Wagen unterwegs gewesen waren, unterhielt Lionheart vermutlich in der Nähe einen Stützpunkt.

Ein Zischen erklang, das für Sekunden sogar den Krach der Motoren übertönte. Tyler brüllte etwas, zerrte den Lenker herum und bog mit schlitterndem Hinterrad in den Schutz eines großen Felsbrockens. Er bremste so abrupt, dass ich erst gegen seinen Rücken gepresst wurde, dann nach hinten vom Sattel rutschte. Ich sah, wie er Emma von hinten packte, während das Motorrad umkippte. Mit einem stolpernden Sprung zog er sie in Sicherheit, bevor die Black Shadow sie unter sich begraben konnte.

Für Sekundenbruchteile schien auf der Bergkuppe ein Vakuum zu entstehen, das jeden weiteren Laut verschluckte. Eine

Druckwelle raste heran und versetzte den Felsen um einen halben Meter in unsere Richtung. Jeder Stein, jedes Sandkorn machte einen vibrierenden Sprung nach oben. Einen Herzschlag lang erstrahlte der Himmel in blendendem Weiß.

Dann detonierte die Rakete direkt zwischen meinen Ohren, eine Explosion so laut, dass sie meinen Schädel zu sprengen schien. Gestein und brennende Trümmer regneten vom gleißend hellen Himmel.

Ich warf mich herum, wollte Emma schützen, aber Tyler schirmte sie bereits mit seinem Körper ab. Etwas Flammendes landete in seinem Haar, aber er schüttelte es nur ab und achtete nicht weiter auf die Rauchfahne, die aus seinem Nacken aufstieg. Ich selbst wurde von irgendwas am Bein erwischt, einem Betonstück, das von den Felsen hinter uns abgeprallt war. Kurz kam es mir vor, als stünde ich selbst in Flammen, konnte nicht mehr atmen und war für ein paar Sekunden blind. Dann kehrte das Licht zurück und die Formen der Umgebung wurden wieder sichtbar. Neben mir schälten sich Emma und Tyler aus goldgelbem Flackern. Auf der anderen Seite des Felsens brannte ein gewaltiges Feuer.

Über all dem Prasseln und Lodern erklangen jetzt wieder die Motoren der beiden Hubschrauber. Einer drehte ab und flog in einer Kurve niedrig über uns hinweg. Die Männer im Inneren schienen uns nicht zu bemerken, denn die Maschine verschwand gleich darauf in einem spiralförmigen Rauchwirbel wie in einem Schwarzen Loch.

Der zweite Hubschrauber aber musste noch immer in der Nähe sein. Seine Rotoren peitschten Flammentornados durch die Felsspalten. Glühend heiß jagten sie an unserem Versteck vorüber.

Ich kroch zu Emma, die noch immer halb unter Tyler begraben war. Die Black Shadow lag mit verbeultem Tank hinter den beiden auf der Seite.

»Bist du verletzt?«, fragte ich Emma.

Sie schüttelte den Kopf. Ihr Gesicht war schmutzig, ihr Haar zerzaust. Funkenflug hatte ihr weißes T-Shirt mit einem Muster aus winzigen Brandlöchern überzogen.

»Und Tyler?«

Er knurrte etwas, das wie ein Nein klang, aber ebenso gut einer seiner norwegischen Waldschratflüche sein mochte. Arme und Beine waren noch dran und er wirkte zäh genug, um einige Blessuren zu verkraften.

Da fiel mir die Glut in seinem Haar wieder ein. »Dreh dich um«, sagte ich besorgt.

»Was –«

»Komm schon.«

Zögernd wandte er mir in der Hocke den Rücken zu. Eine Haarsträhne in seinem Nacken war zusammengeschmolzen. Als ich sie beiseiteschob, sah ich, dass das glühende Gesteinsstück einen schwarzen Krater in den Kragen seiner Lederjacke gebrannt hatte. Ohne sie hätte es seinen Hals, vielleicht sein Genick erwischt.

»Glück gehabt.«

Er tastete nach der Stelle und runzelte stumm die Stirn. Vielleicht war das seine Art, Erleichterung zu zeigen.

Erst jetzt wurde mir bewusst, dass der Rotorenlärm des verbliebenen Hubschraubers leiser geworden war.

»Sie sind gelandet«, sagte Emma.

Im Schutz des Felsens sprang Tyler auf und streckte mir seine Hand entgegen. Ich ergriff sie und ließ mir von ihm hochhelfen. Äußerlich wirkte er weder geschwächt noch mitgenommen. Dass wir um Haaresbreite Hiroshima entkommen waren, schien ihn nicht sonderlich zu beeindrucken, denn während ich noch schwankte, kletterte er bereits an dem Felsklotz hinauf und blickte über den oberen Rand zur Sternwarte.

Ich zog Emma auf die Füße und folgte ihm. Das Gestein fühlte sich warm an, als hätte stundenlang die Sonne daraufgeschienen. Der Brocken hatte uns vor der größten Hitze bewahrt und speicherte sie wie eine Herdplatte.

Emma kletterte ebenfalls herauf, und so lagen wir bald zu dritt auf der Oberseite des Felsens, flach auf den Bäuchen und umnebelt von stinkendem Rauch. Es roch entsetzlich nach verbranntem Plastik.

Der Hubschrauber war am Rand des Hangs gelandet, dort wo einmal die Einmündung der Auffahrt gewesen war. Jetzt war kaum noch etwas davon zu sehen, Trümmer und Feuernester hatten sie unter sich begraben. Aus den Mauerresten der Sternwarte schlugen die Flammen haushoch. Qualmsäulen pulsierten in den Nachthimmel und trieben in südliche Richtung davon.

Mehrere Männer hatten den Hubschrauber verlassen und begutachteten die Zerstörung.

»Kennen die dich?«, flüsterte ich Tyler zu.

»Warum ist das wichtig?«

»Weil diese Typen meine Schwester und mich fast umgebracht haben! Also: Wissen die, wer ihnen da unten auf der Straße entkommen ist?«

Einen Moment lang sah es aus, als würde er mich ignorieren und sich wieder auf die Söldner am Helikopter konzentrieren. Als ich schon drauf und dran war, in der unmöglichsten aller Situationen einen Streit vom Zaun zu brechen, deutete er ein Schulterzucken an. »Weiß ich nicht.«

»Das wäre aber hilfreich! Denn dann wissen sie vielleicht auch, dass du auf dem Weg hierher warst. Und möglicherweise machen sie sich die Mühe, in all dem Chaos hier ein Motorradwrack zu suchen. Außerdem werden sie ziemlich schnell rausfinden, dass unsere Leichen nicht da sind, weil nirgends Geister zu sehen sind, die nicht hierher gehören.«

Er holte Luft, um zu antworten, aber Emma kam ihm zuvor.

»Stichwort Geister«, sagte sie leise.

Tyler und ich blickten hinüber zur Auffahrt. Mitten in den Flammen, unbehelligt vom Trümmerregen, stand Javier Molinas Geist – und lächelte.

Die Männer am Hubschrauber bemerkten es im selben Augenblick. Alle bis auf einen wichen ein Stück zurück, der Pilot sprang in seine Kanzel. Nur ein Mann blieb ungerührt stehen und starrte die Erscheinung wortlos an. Er trug den gleichen schwarzen Overall wie die übrigen, dazu ein Barett, das schräg auf seinem blonden Haar saß. Er hatte einen Vollbart, ebenfalls blond, und mehr Ähnlichkeit mit einem Vertrauenslehrer als mit dem Kommandanten einer Söldnereinheit.

Er hob eine Hand und justierte das Mikrofon seines Headsets. Dann nickte er kurz und machte ein paar Schritte auf den Geist des Astronomen zu.

»Sie haben ihm den Radius durchgegeben«, raunte Emma. »Die Männer unten in der Wüste – sie wissen jetzt, wie weit die Wirkung des Lächelns reicht.«

Tyler tastete in seiner Jacke nach dem Fernglas, zog es auseinander und blickte hindurch.

Die vier übrigen Söldner blieben am Helikopter zurück, ihr

Anführer aber ging weiter auf den Geist zu. Gut fünfzehn Meter Abstand, schätzte ich.

Da fuhr ein Ruck durch seinen Körper. Abrupt blieb er stehen.

»Lass mich mal sehen«, bat ich Tyler. Er reichte mir das Fernglas.

Der Mann war um die vierzig. Er musste sich nun in der äußeren Peripherie des Lächelns befinden, dort wo die Wirkung gerade noch zu spüren war. Er hätte nur einen Schritt zurücktreten müssen, um den Radius zu verlassen, aber er setzte sich dem tödlichen Grinsen mit voller Absicht aus.

Langsam breitete er die Arme aus und legte den Kopf in den Nacken. Auch um seine bärtigen Züge spielte nun ein Lächeln und er sah auf gespenstische Weise zufrieden aus. Seine Augen waren halb geschlossen, sein Brustkorb hob und senkte sich unter dem Overall immer schneller. Im Hintergrund riefen die anderen Männer ihn zurück, doch er ignorierte sie und schien es darauf anzulegen, der Macht des Geisterlächelns so lange wie möglich standzuhalten.

Keiner von uns sprach. Vielleicht dachten wir alle dasselbe: dass der Söldnerführer verrückt sein musste und zugleich enormen Mut bewies. Es mochte Verbohrtheit sein, vielleicht der unbedingte Wille, nicht klein beizugeben, und doch stellte er sich einer Kraft entgegen, die im nächsten Moment sein Herz sprengen konnte.

Er hielt weitere drei, vier Sekunden durch, dann verzerrte sich sein Gesicht zu einer Grimasse, die halb nach Gelächter, halb nach Schmerzensschrei aussah. Mit einem Keuchen trat er einen Schritt zurück, schwankte leicht, blieb aber aufrecht stehen und blickte dem Geist in den Trümmern entgegen, als wären sie noch nicht fertig miteinander.

Schließlich drehte er sich abrupt um und gab seinen Männern das Zeichen zum Abflug. Hastig verbargen wir uns wieder hinter dem Felsen, damit sie uns beim Start nicht entdeckten.

Gleich darauf stieg der Hubschrauber auf und verwandelte die Bergkuppe in einen Malstrom aus Qualm und Funken. Herzschläge später verschluckte ihn der Rauch.

14.

»Wir kommen nie zu dritt auf dem Motorrad bis nach Granada«, sagte Tyler und deutete auf die schneebedeckten Gipfel der Sierra de Los Filabres. »Die Kiste würde den Geist aufgeben, ehe wir auf der anderen Seite der Berge sind.«

Emma und ich waren abgestiegen, nachdem wir im Dunkeln die Sandpiste zurück hinab in die Wüste gerollt waren. Wir befanden uns jetzt wieder am Fuß der vorderen Hänge. Über uns verbargen sich die brennenden Überreste der Sternwarte hinter der Rauchkrone.

Mehrere Kilometer weiter südlich leuchtete das Totenlicht der Absturzstelle hinter einem milchigen Schleier. Es erhellte den Qualm, der aus der Sierra in die Wüste trieb. Der Lionheart-Konvoi war aufgebrochen, gerade setzten sich die letzten Wagen in Bewegung und folgten den übrigen nach Süden. Ich war heilfroh, als wir nur noch ihre Rücklichter sahen.

»Ich kenne dieses Solarfeld«, sagte Tyler. »Ich bin auf dem Weg hierher an den Schildern vorbeigefahren. Auf Molinas Fotos sah es aus, als stünde das blaue Haus ganz in seiner Nähe.«

Glaubte er tatsächlich, dass Flavie und die anderen dort festgehalten wurden? Seit drei Jahren? Ich hatte ihm die Frage bereits gestellt und mal wieder keine Antwort erhalten. Aber viele

Alternativen boten sich Emma und mir ohnehin nicht. Wir konnten hierbleiben, ihn und Lionheart vergessen und versuchen, zu Fuß irgendwohin zu gelangen, wo es noch so etwas wie Sicherheit gab. Nur: War es nicht gerade dort am sichersten, wo niemand lebte? Diese Wüste war ein menschenfeindliches Ödland – und vielleicht unsere größte Hoffnung. Aber mir war auch klar, dass Emma zurück nach England wollte, um herauszufinden, was aus unseren Großeltern geworden war.

Ich musste mit eigenen Augen sehen, ob es anderswo so schlimm war, wie Tyler sagte.

»Falls wir es bis zu diesem Haus schaffen«, sagte Emma, »dann können wir uns dort vielleicht für eine Weile verstecken.«

»Falls es unbewohnt ist«, entgegnete ich, »keine Geister aufgetaucht sind *und* es dort nicht von Söldnern wimmelt!«

»Es gibt eine Verbindung zwischen dem, was Flavie zugestoßen ist, und dem blauen Haus.« Tylers Tonfall ließ keinen Zweifel daran, dass er diese Diskussion jetzt beenden würde. »Auf dem einen Bild stand der silberne Mercedes vor dem Haus, auf dem anderen bei den Söldnern an der Straße. Selbst wenn sie nicht dort ist, gibt es da vielleicht jemanden, der mir sagen kann, was aus ihr geworden ist.«

»Sicher«, sagte ich. »Zum Beispiel diesen Kerl aus dem Hubschrauber, der dir bestimmt gern davon erzählen wird, wie er zweiundachtzig Menschen bei lebendigem Leib verbrannt hat.«

Emma trat einen Schritt von mir zurück.

»Tut mir leid«, sagte ich.

»Sie haben Mum und Dad ermordet.« Sie blickte an mir vorbei zu den winzigen Rücklichtern am Horizont. »Und ich will wissen, warum.«

Mein Gott. Das wollte ich auch, natürlich. Aber nicht um

jeden Preis. Nicht wenn ich damit das Risiko einging, auch noch Emma zu verlieren.

»Es ist ganz einfach«, sagte Tyler und startete die Black Shadow. »Du kommst mit oder du bleibst.«

Sprachlos vor Wut starrte ich ihn an. Zugleich widerstrebte mir die Vorstellung, ihn einfach so ziehen zu lassen. In diesem Moment – gerade mit dem Leben davongekommen, schmutzig, erschöpft, durcheinander – hatte ich noch immer kein klares Bild von ihm. Er machte kein Geheimnis daraus, dass ihn einzig das Schicksal seiner französischen Freundin antrieb. Und wahrscheinlich hätte mich das dazu bringen müssen, auf Distanz zu gehen. Dummerweise verstand ich ihn nur zu gut: Ich hätte dasselbe für Emma getan.

Ungünstig auch, dass meine Schwester gerade zum Feind überlief. »Ich würde gern mitfahren«, sagte sie.

Tyler und ich sahen uns an. Dieser Streit war lächerlich, und wir wussten es beide. Was spielte es für eine Rolle, ob wir in die eine oder in die andere Richtung fuhren? Ohne Nahrung und Wasser würden wir nicht lange durchhalten. Früher oder später mussten wir zurück in die Zivilisation. Und ein abgelegenes Haus klang in unserer Lage einladender als eine Stadt voller Geister.

»Okay«, sagte ich, »sehen wir es uns an. Aber falls Lionheart dort Quartier bezogen hat, kannst du allein den Helden spielen.«

Er ließ Emma wieder vor sich Platz nehmen, während ich mit zwiespältigen Gefühlen hinter ihn rückte.

Diesmal sagte er nicht »Festhalten!«, sondern gab wortlos Gas.

Ein paar Minuten später passierten wir die Absturzstelle. Auf dem Asphalt lagen keine Toten, doch neben den Geistern von

IB259 stand eine Reihe neuer Erscheinungen. Vielleicht zehn, aber ich zählte sie nicht. Unser Mini war ausgebrannt. Aus dem Geländewagen des Amerikaners züngelten noch Flammen, die Söldner hatten seine Leiche hinters Steuer gesetzt. Wer war er gewesen? Warum das Gewehr? Und was hatte es mit Tylers ominöser Andeutung auf sich, dass der Kerl ihn verfolgt hatte?

Die Geister lächelten noch immer. Tyler fuhr einen größtmöglichen Bogen durch unwegsames Gelände, und bald erreichten wir wieder die Straße. Die Wolkendecke war weiter aufgerissen, der Qualm der brennenden Sternwarte verzog sich allmählich. Tyler ließ den Scheinwerfer ausgeschaltet und orientierte sich im Mondlicht am dunklen Asphalt.

Ich hatte angenommen, dass er zur Schnellstraße 340 zurückkehren würde, die als Hauptroute die Wüste durchquerte. Aber lange bevor wir die ersten Ansiedlungen oder gar Tabernas erreichen konnten – vereinzelte Lichter am Horizont, bei deren Anblick ich jetzt eine Gänsehaut bekam –, bog er nach links ab. Im Vorbeifahren las ich auf einem Schild das Wort *Solar*, mehr war im Dunkeln nicht zu erkennen.

Wir folgten einem ausgefahrenen Feldweg. Der Konvoi war längst verschwunden. Wir sahen keine anderen Fahrzeuge, obwohl es hier draußen Menschen geben musste, die während der vergangenen vierundzwanzig Stunden keinem Geist begegnet waren. Manche mochten nach den ersten Hiobsbotschaften im Radio in die Ortschaften gefahren sein, um dort mehr zu erfahren. Aber ganz sicher gab es Überlebende auf den abgelegenen Gehöften. Selbst wenn in einer Gegend wie dieser noch viele Menschen zu Hause starben, waren doch bislang nur die Geister der letzten drei Jahre zurückgekehrt. Es musste genügend Anwesen geben, die fürs Erste eine sichere Zuflucht boten.

Womöglich war das der Grund, warum die Straßen wie leer gefegt waren. Wer ein Zuhause ohne Geister hatte, würde es jetzt nicht mehr verlassen.

Rechts von uns tauchten Lichter auf, eine lange Kette aus weißen Punkten inmitten der Finsternis.

»Das ist es«, rief Tyler über die Schulter.

»Sind das Geister?«, fragte Emma.

»Zu regelmäßig«, sagte ich. »Das könnten Neonlampen an der Umzäunung sein.«

Das Solarfeld war noch mehrere Kilometer entfernt, ausgebreitet über die Ebene wie ein gigantisches Kettenhemd. Links davon sah ich eine Erhebung, den Umriss eines Hügels.

»Da oben!«, rief Emma.

Tyler brachte das Motorrad mitten auf dem Weg zum Stehen. Ich brauchte einen Moment, ehe ich sah, was Emma meinte. Zwei Sterne bewegten sich und sanken auf die ferne Lichterkette zu. Wenig später verschmolz der erste mit ihr, der zweite folgte kurz darauf. Die Hubschrauber landeten auf dem Gelände des Solarfelds.

»Willst du immer noch dahin?«, fragte ich Tyler.

»Erst mal zum Haus.«

Was konnten wir schon tun, als bei ihm zu bleiben? Er fuhr wieder los und hielt auf die Erhebung zu. Wir folgten einer Sandpiste, die vom Hauptweg abzweigte.

Sie haben Mum und Dad ermordet. Und ich will wissen, warum.

Emmas Stimme flüsterte wie ein Echo in meinen Gedanken. Vielleicht war es an der Zeit, mir einzugestehen, dass es mir ebenso erging wie ihr. Falls das blaue Haus Antworten bereithielt, dann war es richtig, dorthin zu gehen.

Vom Solarfeld drang Maschinenlärm herüber, der das Knattern der Black Shadow übertönte. Automotoren, Hubschrauber, aber auch noch etwas anderes. Ein hydraulisches Quietschen. Dazu ab und zu ein Hupen. Ich fragte mich, was Lionheart jenseits der Lampenkette veranstaltete.

Irgendwann stieg das Gelände an. Was eben noch ein schwarzer Buckel vor dem Horizont gewesen war, wurde nun zu einem sandigen Hang, der vor Jahren mit Olivenbäumen bepflanzt worden war. Der Hain wirkte verwildert, die Bäume waren abgestorben. Trockenes Buschwerk und verfilztes Gras wuchsen zwischen den Stämmen.

Tyler ließ das Motorrad ausrollen. Der Weg schlängelte sich zwischen den Olivenbäumen und scharfkantigen Felsen bergauf. Es musste noch ein gutes Stück bis zur Kuppe sein, von hier aus war sie nicht zu sehen. Wir waren zuletzt in einem Bogen um den Hügel gefahren und befanden uns nun an der Rückseite, außer Sichtweite des Solarfelds, mit dem Rücken zur Sierra de Los Filabres. Falls das blaue Haus wirklich dort oben war, stand es auf der anderen Seite mit Blick auf die Anlage.

Tyler schob die Maschine zwischen die Baumgerippe und rollte einen kopfgroßen Stein als Markierung auf den Weg. Diesmal machte ich keinen Versuch, Emma davon abzuhalten, uns zu begleiten.

Als die Hügelkuppe vor uns im Mondschein auftauchte, verließen wir den Weg und bewegten uns das letzte Stück durch die Schatten der Bäume. Mit jedem weiteren Schritt schob sich ein gewaltiger Umriss hinter dem Gipfel empor, so als bräche eine bizarre Pyramide aus dem Boden, übersät mit Kanten und Winkeln. Sogar im Dunkeln war das blaue Haus ein imposanter, fremdartiger Bau, und hätte ich zuvor nicht das Foto gesehen, hätte ich kaum einordnen können, was genau wir da vor uns sahen.

El Xanadú Dos hatte unten auf dem Bild gestanden. Im Flüsterton fragte ich Tyler, worauf sich die Zwei, *Dos*, beziehen könnte, aber er zuckte nur mit den Achseln.

Vereinzelt brannte Licht hinter Fenstern, die so wahllos über die Fassade verteilt waren, dass ich nicht erkennen konnte, wie viele Stockwerke das verschachtelte Haus eigentlich hatte.

»Da drüben sind Männer«, raunte Emma, während wir im Gebüsch kauerten.

Drei Söldner lungerten am Fuß einer langen Treppe herum, die im Zickzack den klobigen Sockel des Hauses hinaufführte. Wer immer diesen Bau entworfen hatte, hatte niemals Einkaufstaschen in den sechsten Stock schleppen müssen.

Ich hielt Ausschau nach Patrouillen und weiteren Söldnern, konnte aber keine entdecken. Die drei spielten im Schein eines Lagerfeuers Karten, lachten und scherzten miteinander.

»Was für Wächter sind das denn?«, flüsterte Tyler. »Jedes Kind kommt an denen vorbei.«

»Die sind nicht hier, um jemanden fernzuhalten.« Plötzlich war ich ganz sicher. »Sie bewachen jemanden, der da drinnen ist! Vielleicht sogar jemanden, der nicht aus eigener Kraft verschwinden kann.«

Mondlicht schimmerte in Tylers Augen. »Wie kommst du darauf?«

»Sieh sie dir an. Die sind überzeugt, dass sie den bequemsten Job der Welt haben. Die haben keine Sorge, tatsächlich mit irgendwem kämpfen zu müssen. Sie sitzen nur zur Abschreckung da.« Ich hatte Männer wie sie in Afrika gesehen, Wachsoldaten an Orten, an denen es eigentlich nichts zu bewachen gab. Ich erkannte es an ihrer Körperhaltung. Es ging nur darum, Präsenz zu zeigen.

Als Tyler die Stirn runzelte, sagte Emma: »Rain hat Erfahrung in solchen Dingen. Du solltest ihr besser glauben.«

Da spielte ein Lächeln um seine Mundwinkel. Er sagte nichts, aber in seinem Blick erwachte etwas, das vorher nicht da gewesen war. Ein Anflug von Respekt. Neugier vielleicht.

»Ein Haus mit so vielen Erkern und Fenstern hat doch sicher mehr als nur einen Eingang.« Was mich ritt, ihn in seinem Plan zu bestärken, wusste ich schon nach fünf Sekunden nicht mehr.

Wir schlichen wieder ein Stück den Berg hinab und umrundeten El Xanadú Dos im Schutz des Olivenhains. Der Wind wurde stärker und wehte erneut den Lärm vom Solarfeld herüber. Was immer Lionheart hinter der Umzäunung trieb – ich war dankbar, dass sie dort waren und wir hier.

Bald stießen wir auf eine zweite Treppe und eine Hintertür. Als die nächste Lärmwelle vom Solarfeld herüberrollte, schlug Tyler mit einem Stein eine Scheibe ein, griff hindurch und löste den Riegel.

Wir betraten das blaue Haus.

15.

Schweigend durchquerten wir einen Salon, groß wie ein Ballsaal. Emma schaltete die Taschenlampe des Smartphones ein und richtete den Schein auf den Boden. Die Helligkeit reichte aus, um zu erkennen, dass hier alles in Rot gehalten war. Samttapeten, schwere Vorhänge, Sessel, selbst die Türklinken – jedes Detail war dunkelrot.

Von hier aus gelangten wir in ein Treppenhaus im Herzen des Gebäudes. Nach oben hin verengte es sich mit jedem Stockwerk, so dass es die Pyramidenform der Fassade auch im Inneren widerspiegelte. Durch die Mitte verlief ein altmodischer Liftschacht mit Gittertür.

Gedimmte Fluter warfen fächerförmigen Lichtschein an den Tapeten hinauf. Auch hier war fast alles rot, die Teppiche, jede Tür, sogar ein antiquiertes Telefon mit Wählscheibe. Nur einige Details besaßen einen Goldüberzug: ein Hutständer, der Schaft einer Stehlampe, einige Bilderrahmen.

Abrupt erlosch Emmas Handyleuchte. »Akku leer«, sagte sie.

Über den ersten Stufen hing das lebensgroße Ölporträt eines Mannes in Frack und Zylinder. In marktschreierischen Lettern stand darüber auf Englisch der Schriftzug *Die Sensation der Sensationen*. Und unten: *Salazar der Große*. Rote Kobolde tanzten um seine Füße, während im Hintergrund eine Teufelsfigur stand und ihn mit nachdenklicher Miene betrachtete. Erst beim zweiten Hinsehen fielen mir die Augen des Mannes auf, tief liegend unter buschigen, schwarzen Brauen. Winzige Spiegel waren darin eingelassen, die ihnen einen stechenden, rubinfarbenen Glanz verliehen.

Als mein Blick der Treppe nach oben folgte, entdeckte ich an den Wänden in üppigen Goldrahmen ähnliche Motive. Auf einigen war der Mann von ägyptischen Symbolen umgeben, Sphingen und Schakalköpfen. Ein anderes zeigte ihn, wie er mit ausgestreckten Händen eine junge Frau über einem Nagelbrett schweben ließ. Auf einem Plakat stand sein vollständiger Name: *Esteban Salazar.* Darunter *Der Hypnotiseur!* Die Zeichnung zeigte ihn auf einem elektrischen Stuhl, umgeben von sprühenden Funken. *Fühlen Sie in Trance die Macht von 30000 Volt!*

»Was, zum Teufel …«, murmelte Tyler, ohne den Satz zu beenden. Was auch immer er hinter der Fassade des blauen Hauses erwartet hatte – wohl kaum den exzentrischen Wohnsitz einer Jahrmarktsattraktion.

Mir hingegen wurde ganz schlecht. Nach Afrika waren meine Erfahrungen mit therapeutischer Hypnose alles andere als angenehm gewesen, und obgleich sie wohl nichts mit dem Budenzauber Esteban Salazars gemein gehabt hatten, rumorte mein Magen.

Emma ging langsam auf die Treppe und das große Porträt zu. Beinahe schien es, als wandte Salazar seine Spiegelaugen in unsere Richtung. Das Gemälde war eine grandiose optische Täuschung.

Tyler war derweil in den Flur gegenüber der Treppe gehuscht und lief zum Haupteingang. Dabei sah er nach rechts und links in offene Türen. Dieses Haus mochte Dutzende Zimmer haben, wir konnten niemals jedes einzelne durchsuchen.

Während Emma wie gebannt am Fuß der Treppe stehen blieb und ich überlegte, ob ich sie zurück in den Salon ziehen sollte, damit keiner uns von oben entdecken konnte, ließ Tyler ein Sicherheitsschloss am Hauseingang einschnappen. Anschließend kam er zurück in die Halle und horchte.

Ich hatte es auch gehört. Aus den oberen Etagen ertönte gedämpfte Musik. Sie klang fern und unwirklich, als würde sie auf einem Grammofon abgespielt. Ich hatte es erst für französische Chansons gehalten, aber Tyler flüsterte: »Das ist Fado.«

Traditionelle Musik aus Portugal, melancholisch und voller Wehmut. Ich sah Tyler an in seiner Bikerjacke, mit den zerzausten langen Haaren und dem Dreitagebart, und fragte mich, was für Überraschungen er noch bereithielt.

»Wenn man drei Jahre trauert«, sagte er, »dann wird man Fachmann in so was.«

»Das kommt von oben.«

Wir eilten zu Emma. Ich trat vor sie, um ihren Blickkontakt mit Esteban Salazars Porträt zu brechen. »Alles in Ordnung?«

»Ich wüsste gern, ob er Mädchen in Kisten verschwinden lässt«, flüsterte sie. »Und wohin sie verschwinden.«

»Er ist kein Magier, glaube ich, sondern jemand, der ... Menschen mit seinen Augen Angst einjagt.«

Tyler warf mir einen fragenden Seitenblick zu, hakte aber nicht nach und wies die Treppe hinauf. »Gehen wir?« Immerhin betonte er es als Frage, so als bliebe uns tatsächlich eine Wahl.

So leise wie möglich machten wir uns an den Aufstieg, eng an der Wand entlang, damit die Stufen nicht knarrten. Die rote Teppichbahn auf der Treppe war mit goldenen Stangen in den

Winkeln befestigt. Auf dem Metall spiegelte sich die Farbe der Umgebung; es sah aus, als glühten die Stäbe der Reihe nach auf, während wir die Absätze erklommen.

Der Fado war nur unmerklich lauter geworden, als wir die erste Etage erreichten. Drei weitere lagen über uns. Auch hier: tiefstes Rot, wohin man blickte.

Niemand begegnete uns. Von der Treppe aus konnten wir in weitere Korridore blicken, die meisten Türen standen offen. Das einzige Zimmer, in das ich hineinsah, war unmöbliert. Esteban Salazars Augen starrten von allen Plakaten an den Wänden, sein Blick überwachte uns bei jedem Schritt.

Auch im zweiten Stock: rote Tapeten, rote Decken, rote Teppiche, dazwischen die schweren Goldrahmen. Auf den meisten Plakaten war das Haar des Hypnotiseurs rabenschwarz. Nur wenige wiesen genauere Daten auf, fast alle stammten aus den Sechziger- und Siebzigerjahren, das älteste von 1958. Jene aus den späteren Jahren wirkten ernsthafter, Teufel und orientalischer Mummenschanz waren verschwunden. Offenbar hatte sich Salazar mit fortschreitender Karriere um größere Seriosität bemüht.

»Das ist der Mann von Molinas Fotos«, flüsterte Tyler.

»Die Bilder waren viel zu unscharf«, gab ich leise zurück. »Das hätte jeder weißhaarige ältere Mann sein können.«

Natürlich war der Verdacht naheliegend. Doch was hatte ein Hypnotiseur, der vor Jahrzehnten durch Europas Varietés getingelt war, mit einer Armee bis an die Zähne bewaffneter Söldner zu tun? Und mit einem Flugzeug, das unweit seines Hauses zur Landung gezwungen und gesprengt worden war?

Während wir den wehmütigen Klängen des Fado höher hinauf ins blaue Haus folgten, ließ ich Emma nicht aus den Augen. Sie zeigte keine Spur von Furcht. Egal, ob es um eine Rechenaufgabe oder einen Einbruch ging, sie tat alles mit größtmöglicher Sorgfalt. Sie war immer ein ungewöhnliches Mädchen gewesen, aber ich konnte mich erinnern, dass sie als Kind noch gelacht und geweint hatte. Die völlige Verweigerung von Gefühlen war erst nach dem Tod unserer Eltern hinzugekommen. Meine Großeltern hatten sich gegen Emmas Anderssein gesträubt und bis zuletzt behauptet, dass nicht mehr nötig wäre als ein intaktes Familienleben und größtmögliche Nähe, damit Emmas Zustand sich besserte. Aber je mehr Zeit ich mit Emma verbrachte, desto sicherer war ich, dass sie gar kein Interesse daran hatte, sich zu ändern. Ihr Zustand war ihre Normalität.

Im dritten Stockwerk rückte die Balustrade rund um das Treppenhaus stärker zusammen, hier lagen zwischen den Geländern und der Liftsäule in der Mitte kaum noch drei Meter. Die Kabine stand über uns im vierten Stock. Von dort drang auch die Musik herunter.

Oben angekommen stießen wir auf eine breite Doppeltür, die einen Spalt weit offen stand. Der Raum dahinter war größer, als ich erwartet hatte. Selbst an seiner schmalsten Stelle hatte das Haus noch enorme Abmessungen.

Plüschsessel waren um runde Tische gruppiert, auf denen kleine Lampen brannten. Sie verbreiteten ein schwefeliges Licht, das von den dunkelroten Polstern und Samttapeten geschluckt wurde. Ein Kronleuchter unter der Decke war ausgeschaltet. An den Wänden hingen weitere Plakate von Salazars Tourneen. Das jüngste, das ich sah, stammte aus dem Jahr 1972.

»Gehen wir rein«, sagte Emma.

Tyler stimmte mit einem Nicken zu.

Langsam drückte ich die Tür weiter auf. Mehr Tische und Sessel und gedämpfte Lichter. Und dahinter, an der Stirnseite, eine Bühne mit weinroten Vorhängen und goldenen Verzierungen.

Der Geist eines Mannes stand dort oben und blickte nach Westen – genau in unsere Richtung. Falls das Lächeln bei allen Erscheinungen gleichzeitig auftrat, war es seit unserem Aufbruch von der Sternwarte wieder abgeklungen.

Ein Sessel aus dem Zuschauerraum war an seine Seite geschoben worden. Darin saß eine alte Frau mit geschlossenen Augen. Ihr linker Arm baumelte seitlich über die Lehne, die rechte Hand ruhte in ihrem Schoß.

Salazars Geist war unverkennbar, dieselbe scharf geschnittene Nase, die breiten Augenbrauen. Groß und auch im Alter schlank. Aber anders als auf den Plakaten war sein Blick nicht mehr stechend, sondern so apathisch wie der aller anderen Geister. Und wie sie stand er starr und mit hängenden Armen da, als hätte man ihn an seinen Schlüsselbeinen aufgehängt.

Esteban Salazar war auf der Bühne seines privaten Varietés gestorben, El Xanadú Dos sein Mausoleum.

Die Frau mochte schlafen. Oder sie war tief versunken in die Musik, die aus den Lautsprechern neben der Bühne drang. Sie trug eine lange, rote Robe, unter der ihre nackten Füße hervorschauten, vielleicht ein exzentrischer Morgenmantel. Ihr weißes Haar fiel unfrisiert über ihre Schultern und glänzte silbrig im Licht der Scheinwerfer, die von mehreren Seiten auf die Bühne gerichtet waren.

Wir schlüpften in den Saal und gingen hinter einer Sitzgruppe in Deckung, nah genug an der Tür, um im Fall eines erneuten Lächelns zurückweichen zu können.

Tyler stupste mich an und gestikulierte zu einer langen Bar an der rechten Seite des Raumes. Der Spiegel dahinter war eingestaubt und blind, die Regale leer. Offenbar wollte er hinter dem Tresen zur Bühne schleichen. Er bedeutete mir, ich solle mit Emma hier warten. Widerstrebend nickte ich, als ich aus dem Augenwinkel eine Bewegung im Scheinwerferlicht registrierte. Die Frau erwachte aus ihrer Reglosigkeit. Ihre Augen blieben geschlossen, während sie wie in Zeitlupe die Hand vom Schoß hob.

Sie hielt einen Revolver.

Ich atmete scharf ein und blieb mit Emma in Deckung. Neben mir huschte Tyler davon und verschwand hinter der Bar. Hatte er die Waffe noch gesehen?

Das Lied endete mit einem Knistern der Schallplatte. Einen Moment lang herrschte Stille, dann begann die nächste Melodie, noch schwermütiger als die vorherige. Nach einigen Takten setzte eine Frauenstimme ein und sang auf Portugiesisch. Vom Tod oder von der Liebe oder von beidem, nahm ich an.

Tyler befand sich noch immer hinter dem Tresen.

Die Augen der Frau blieben geschlossen. In einer unendlich langsamen Bewegung setzte sie die Waffe an ihre Schläfe.

Emmas Oberkörper streckte sich, als sie sich hinter der Lehne emporschob, um besser sehen zu können. Ich berührte ihre Hand, aber ich konnte sie nicht zwingen, den Blick abzuwenden.

Tyler erschien am anderen Ende der Theke, nur wenige Schritte vom Bühnenaufgang entfernt. Geduckt huschte er auf die Stufen zu.

Auf der Schallplatte stimmte die Fadosängerin eine neue Strophe an. Kummer und Wehmut erfüllten den kleinen Saal und schienen das Licht auf der Bühne zu verdüstern. Die Schatten zwischen den Sesseln wirkten noch dunkler, und mir kam der Gedanke, dass sich da noch andere Zuschauer verbergen mochten.

Tränen liefen über die faltigen Wangen der Frau. Das grelle Licht von Salazars Geist brach sich darin wie der Lampenschein in den Spiegelaugen seiner Plakate.

Tyler betrat die Bühne. Nur wenige Meter trennten ihn von der Frau. Falls Salazar lächelte, hatten Emma und ich eine Chance, es die Treppe hinunter zu schaffen, doch Tyler war dem Geist jetzt viel zu nahe. Zwischen dem Tod des Amerikaners und Molinas Lächeln in der brennenden Sternwarte waren kaum mehr als zwei Stunden vergangen. Wurden die Abstände kürzer? Salazars Geist war eine tickende Zeitbombe – und wir konnten den Countdown nicht sehen.

Noch immer hatte die Frau nichts bemerkt, sie war versunken in Erinnerungen und die Klänge der Musik. Tyler kam jetzt von der rechten Bühnenseite auf sie zu.

»Sie könnte einfach auf das nächste Lächeln warten«, flüsterte Emma.

Der Gesang verstummte, nur die Instrumente spielten weiter.

Ein einzelnes Geräusch übertönte sie. Das Knirschen, als der Revolverhahn gespannt wurde.

16.

Ehe die Frau abdrücken konnte, machte Tyler einen Satz nach vorn. Mit der Schulter stieß er gegen den Sessel, warf ihn um und polterte mit der Frau durch Salazars Geist zu Boden. Sie schrie auf, doch sie erholte sich rasch von dem Schreck. Zorn loderte in ihrem Blick. Die Waffe war ihren Fingern entglitten und lag ein Stück entfernt am Bühnenrand. Hastig wollte sie darauf zukriechen, aber Tyler war schneller. Er warf sich auf den Revolver und rollte sich über die Bühnenkante ab. Geschickt landete er auf den Füßen, richtete sich auf und hielt die Waffe in beiden Händen.

Die Frau kreischte etwas auf Spanisch, das ich nicht verstand. Sie lag auf dem Bauch, schob aber den Oberkörper hoch und starrte Tyler hasserfüllt an. Das weiße Haar hing ihr zerzaust ins Gesicht.

Eine ganze Tirade von Flüchen ging auf ihn nieder, aber er sicherte in aller Ruhe den Revolver und schob ihn in die Gesäßtasche seiner Jeans. Salazars Geistergesicht regte sich nicht. Emma und ich erhoben uns aus unserer Deckung.

Die Frau hatte uns noch nicht gesehen. Ihr wütender, verzweifelter Blick war ganz auf Tyler fixiert. Er stand vor der Bühne, und sie lag noch immer dort oben und starrte ihn an, als wollte sie im nächsten Augenblick wie eine Giftschlange auf ihn zustoßen.

»Wenn Sie nicht wollen, dass diese anderen Männer hier auftauchen, dann sollten Sie mit dem Geschrei aufhören«, sagte er.

Ihre Augen verengten sich. Als sie antwortete, sprach sie nahezu akzentfreies Englisch. »Du gehörst nicht zu Havens Leuten. Was willst du?«

Hinter uns ertönte ein Klingeln wie von Glöckchen, dann ein mehrstimmiges Bellen. In der Tür zum Treppenhaus waren drei kleine weiße Hunde mit pechschwarzen Knopfaugen aufgetaucht. Der Lärm mochte sie herbeigelockt haben, und nun kläfften sie Emma und mich an und hüpften mit ihren kurzen Beinen auf der Stelle.

Emma bückte sich und streckte einem ihre Hand entgegen. Er machte zwei Schritte auf sie zu, wedelte mit dem Stummelschwanz, roch an ihren Fingerspitzen und sprang zurück zu den anderen.

»Psst«, machte Emma und legte einen Finger an die Lippen. »Ihr wollt doch nicht, dass die fremden Männer euch hören, oder?«

Die Hunde verstummten und blieben schwanzwedelnd an der Türschwelle stehen.

»Brav«, sagte Emma.

Mit einem sichernden Blick auf Salazars Geist eilte ich nach vorn und lief die Stufen zur Bühne hinauf. Die Frau wollte vor mir davonkriechen.

»Was wollt ihr von mir? Nehmt euch, was ihr sucht, und verschwindet!«

Ich beugte mich über sie und versuchte ihr beim Aufstehen zu helfen. Sie schüttelte meine Hand ab.

»Kommen Sie weg von hier!«, sagte ich.

»Lasst mich in Frieden! Ihr könnt alles haben, was ihr findet.«

»Erst gehen Sie mit nach unten«, sagte Tyler, »und beantworten ein paar Fragen. Danach gebe ich Ihnen die Waffe wieder oder Sie warten einfach, bis er lächelt.«

Ich warf ihm einen missbilligenden Blick zu, wusste aber, dass er das Richtige tat. Er drohte ihr nicht mit dem Tod, er *verweigerte* ihn ihr.

»Warum könnt ihr mich nicht einfach sterben lassen?«, wimmerte die Frau. Der Zorn war aus ihren Zügen gewichen, jetzt war da nichts als Kummer.

Salazars Lächeln konnte innerhalb eines Augenblicks erscheinen, so war es bei den Geistern an der Absturzstelle gewesen. Wir mussten schleunigst verschwinden.

»Nur ein paar Antworten«, sagte Tyler, zog den Revolver, packte ihn am Lauf und hielt ihr den Griff entgegen – gerade weit genug entfernt, dass sie nicht herankam.

»Ihr seid keine von denen«, sagte sie, packte sich ins Haar und zog es sich vom Kopf. Achtlos ließ sie die weiße Perücke zu Boden gleiten. Ihr Schädel war kahl und fleckig, nur am Hinterkopf klebten ein paar verschwitzte Strähnen.

Ich konnte sehen, dass Tyler kurz stutzte, aber dann war sein Gesichtsausdruck wieder so verbissen wie zuvor.

»Krebs«, sagte die Frau. »Die Lunge, die Leber, der Magen.« Als sie lächelte, zog sich alles in mir zusammen. »Wenn ich könnte, würde ich euch alle anstecken.«

Emma trat mit einem der Hunde im Arm vor die Bühne.

Die Mimik der alten Frau entspannte sich. »Es ist eine Weile her, seit ich einen der drei von nahem gesehen habe«, sagte sie. »Seit der Chemotherapie laufen sie vor mir davon, schon seit

Monaten. Ich stelle ihnen ihr Futter hin, aber ich sehe sie niemals. Manchmal habe ich sie gehört, wenn sie durch die Klappe ins Freie gelaufen oder wieder hereingekommen sind. Sie wittern den Tod.«

Der Hund in Emmas Arm stieß ein helles Bellen aus, strampelte sich frei und sprang zu Boden. Mit einem Winseln lief er zu seinen beiden Artgenossen. Gleich darauf hörten wir das Klimpern ihrer Metallmarken draußen vor der Tür.

Ohne den Umweg über den Aufgang zu nehmen, kletterte Emma auf die Bühne. Sie bückte sich, griff der Frau unter den Arm und stützte sie beim Aufstehen. Diesmal ließ die Alte es geschehen. Ich verschluckte meinen Protest, als meine Schwester sie behutsam zu den Stufen am Bühnenrand führte und ihr half, hinab in den Zuschauerraum zu steigen.

»Wer zum Teufel seid ihr?«, murmelte sie leise, während Emma sie an den Tischen vorbei Richtung Ausgang führte. Die Frau wirkte jetzt sehr klein und schmächtig in ihrem weiten Gewand.

Ich hob die Perücke auf, folgte den beiden und wollte sie ihr reichen, aber die Frau schüttelte nur verächtlich den Kopf. Ich wechselte einen Blick mit Tyler, der uns mit ein paar Schritten Abstand folgte, dann legte ich das Haarteil auf einen Sessel und hakte sie ebenfalls unter. So trat sie zwischen Emma und mir ins Treppenhaus. Ich hatte das Gefühl, dass sie kaum noch aus eigener Kraft stehen konnte. Der Weg hier herauf musste sie ihre letzten Reserven gekostet haben.

Tyler eilte an uns vorbei und schaute sichernd über die Brüstung. »Ist noch jemand im Haus?«

»Nein.« Die Frau sah durch die offene Tür zurück zu Salazars Geist.

»Wenn ich sterben muss, dann hier«, sagte sie leise. »Haven will mich noch heute Nacht fortbringen. Mir bleibt nicht mehr viel Zeit.«

Haven. War er der Anführer des Lionheart-Trupps? Der Mann, den wir vor der brennenden Sternwarte beobachtet hatten?

Emma öffnete das Gitter der Aufzugkabine. Ich führte die Alte hinein und gab Tyler mit einem Wink zu verstehen, dass er die Treppe nehmen sollte.

»Beantworten Sie uns ein paar Fragen und wir helfen Ihnen.«

Die alte Frau stieß ein heiseres Lachen aus. Aber sie war viel zu schwach, um sich ernsthaft zu widersetzen.

Ich wollte auf den Knopf für das Erdgeschoss drücken, doch die Frau legte ihre Hand auf meine. »Nicht dorthin. Sie können uns durch die Fenster sehen. Besser ins Arbeitszimmer. Im zweiten Stock.«

»Das ist zu nah an seinem Geist. Und Sie wissen das genau.«

Als sie mich ansah, hatte ich keinen Zweifel mehr, dass sie ohne Wimpernzucken unseren Tod in Kauf genommen hätte.

Emma rechnete schneller als ich. »Der erste Stock ist weit genug entfernt.«

Ich drückte den Knopf. »Dann dorthin.«

Als wir den Lift verließen, schloss Tyler zu uns auf, blieb aber im Hintergrund. Noch einmal erwachte ein Rest von Gegenwehr in unserer Begleiterin, sie wollte sich losreißen und zurück in den Aufzug, aber Emma und ich hielten sie fest. Mein schlechtes Gewissen hatte sich endgültig verabschiedet.

»Wie heißen Sie?«, fragte ich.

»Ich bin Teresa Salazar«, sagte sie kühl. Ihr Stolz war ungebrochen.

»Esteban Salazars Frau?«

»Was wisst ihr schon über meinen Mann!«

»Wir wissen von den Experimenten«, sagte Tyler. Ich warf ihm einen überraschten Blick zu.

»Ihr wisst gar nichts«, gab die Frau zurück, während wir auf eine offene Tür zusteuerten. »Ihr kommt hierher und brecht in mein Haus ein, während Haven sich da draußen aufführt wie der Diktator einer Bananenrepublik.«

Hinter der Tür im ersten Stock lag die Bibliothek des Hauses, ein lang gestreckter Raum, an dessen Wänden weitere Plakate hingen. Am beeindruckendsten war ein Porträt in Öl, das Salazar im Alter zeigte, weißhaarig wie auf Molinas Fotografie. Sein dunkler Blick schien uns auf Schritt und Tritt durchs Zimmer zu folgen.

Einige Bücherregale dienten als Trennwände zum hinteren Teil des Raumes. Es roch nach Papier und Leim, nach Leinen und Leder. Tyler ging an den Reihen entlang und vergewisserte sich, dass sich niemand in den Schatten verbarg.

Vor dem Kamin stand ein scharlachroter Ohrensessel mit Seidenkissen, die einzige Sitzgelegenheit im ganzen Raum. Emma und ich führten Teresa Salazar dorthin. Sie wollte nicht mit dem Rücken zum Porträt ihres Mannes sitzen, also drehten wir den Sessel für sie herum. Tyler trat in einen Erker und spähte durchs Fenster in die Nacht hinaus. Ich war nicht sicher, glaubte aber, dass in dieser Richtung das Solarfeld lag. Lichtreflexe umspielten sein Profil.

Emma lehnte sich mit verschränkten Armen gegen die Wand neben dem Kamin, nur zwei Schritte von Teresa Salazar entfernt. Ich schloss die Tür bis auf einen schmalen Spalt und blieb dort stehen, um auf verdächtige Geräusche im Haus zu achten.

»Das hier kann ganz schnell gehen«, sagte Tyler. »Wenn Sie uns sagen, was Sie wissen, setzen wir Sie in den Aufzug nach oben zu Ihrem Mann. Sobald Sie ausgestiegen sind, schicke ich Ihnen den Revolver mit dem Lift hinterher. Uns bleibt dann genug Zeit, um von hier zu verschwinden.«

Sie hörte ihm zu, sah dabei aber mich an. »Was habt ihr mit Haven zu schaffen?«

»Nichts«, antwortete ich. »Wir wollen ihm genauso wenig begegnen wie Sie.«

»Er war bereits hier«, sagte sie. »Gestern Nachmittag. Und er wird wiederkommen, hat er gesagt, wenn er da unten fertig ist.«

»Wer ist er?«

»Ein käuflicher Soldat, wie seine ganze verfluchte Bande.«

Tyler verließ den Erker und kam herüber. »Was ist mit den zwölf Passagieren aus dem Airbus geschehen?«

Sie hatte nichts mehr zu verlieren und hätte uns einfach die Wahrheit sagen können. Aber noch war sie nicht bereit dazu. Sie sah hinauf zum Porträt ihres Mannes, und ein Anflug von Wärme huschte über ihre Züge.

»Sagen Sie's schon!«, fuhr Tyler sie an. »Umso eher sind wir hier fertig.«

»Dein Ton, junger Mann, ist nicht besser als der dieses Söldners, der da draußen im Dreck wühlt. Warum sollte ich dir antworten, wenn ich es bei ihm nicht getan habe?«

Emma legte den Kopf ein wenig schräg. Sie verzog keine Miene, als sie sagte: »Weil wir sonst ihre Hunde töten. Und *sie* werden nicht bis in alle Ewigkeit mit Ihnen da oben auf der Bühne stehen.«

Selbst Tyler verschlug es für einen Moment die Sprache. Ich starrte meine Schwester fassungslos an, aber ihr Blick war fest auf Teresa Salazar gerichtet. Mit dem Rucksack auf ihrem Rücken sah sie ein wenig aus, als wäre sie gerade aus der Schule gekommen.

»Das wagst du nicht«, fauchte die alte Frau.

»Und wer sollte mich aufhalten? Die Männer vorm Haus werden Sie bestimmt nicht zur Hilfe rufen.« Sie ging an mir vorbei zur Tür und hinaus ins Treppenhaus. Die Hunde waren uns in sicherem Abstand gefolgt. Emma redete einem gut zu, nahm ihn hoch – und hielt ihn dann mit ausgestreckten Armen über die Brüstung.

Teresa Salazar verfluchte sie auf Spanisch.

»Was ist mit den zwölf Menschen passiert?«, fragte Emma. Der Hund leckte ihre Hand, während seine Hinterbeine über dem Abgrund zappelten.

»Eine Zeit lang waren sie unten in der Hot Suite«, stieß die Frau aus, »aber vor zwei Jahren wurden sie weggebracht. Acht von ihnen.«

Emma zog den Hund zurück an ihren Oberkörper und wandte sich vom Geländer ab. Sie gab dem kleinen Kerl einen Kuss zwischen die Augen und setzte ihn wieder zu den anderen.

»Was ist eine Hot Suite?«, fragte Tyler.

Teresa Salazar reckte den Oberkörper, um zu sehen, ob es ihren Lieblingen gut ging.

»Ein Schutzbunker gegen Biokampfstoffe«, sagte ich. »Bis in die Achtziger hat man diese Dinger gebaut, um Politiker, Bankenchefs und den Rest der Elite im Ernstfall darin unterzubringen – all die Leute, die nach einem Krieg mit bakteriologischen Waffen den Wiederaufbau betreiben sollten. Ähnlich wie ein Atombunker, aber eben nicht nur strahlengeschützt, sondern auch abgesichert gegen Mikroben und Bakterien. Außer den

Kampfstofflabors selbst gibt es keinen Ort auf der Erde, der besser abgedichtet ist.« Ein Hoch auf das Programm der BBC.

Tyler eilte zurück ans Fenster und blickte hinaus. »Ist es da draußen? Unter dem Solarfeld?«

Teresa Salazar nickte. »Beide sind zusammen gebaut worden, damit niemand Verdacht schöpfen konnte. Das war 1971 oder 72. Knapp zwanzig Jahre später endete der Kalte Krieg und der Unterhalt wurde der Regierung zu teuer. Eine Weile lang kümmerte sich niemand mehr um die Anlage, aber dann wurde sie an private Investoren verkauft.«

Tyler trat aus dem Erker und baute sich vor der alten Frau auf. »Wer hat Haven den Auftrag gegeben, das Flugzeug zur Landung zu zwingen? Wer hat all die Menschen auf dem Gewissen und die Überlebenden in diese Hot Suite bringen lassen? Und welche Rolle spielt ein verdammter Hypnotiseur bei alldem?«

»Mein Mann und ich waren nur Angestellte«, sagte sie leise und versuchte einen Blick an Tyler vorbei auf die Hunde zu erhaschen. »Wir haben nur Befehle befolgt.«

»Genau wie Haven. Und das macht ihn und Sie weniger schuldig?«

Ihr Kinn ruckte nach oben und ihr harter Blick traf seinen. »Ich bin Retinologin, keine Söldnerin. Ich habe niemanden ermordet.«

Emma kam zurück ins Zimmer. »Eine Netzhautspezialistin«, übersetzte sie wie beiläufig.

Tyler sah kopfschüttelnd von meiner Schwester zurück zu der Frau. »Was hat das mit Netzhäuten zu tun? Organhandel?«

Teresa Salazar warf lachend den Kopf zurück. »Mein Junge, Netzhäute kannst du in der Dritten Welt an jeder Straßenecke kaufen, für ein paar Euro das Stück. Glaubst du allen Ernstes, jemand würde deswegen diesen Aufwand betreiben?«

»Dann rücken Sie schon raus mit der Sprache!«, verlangte ich. »Sie haben es so eilig wie wir. Wie viel Zeit bleibt noch, ehe Haven zurückkommt? Ich weiß nicht, was Sie ihm erzählt haben, aber wenn er nicht findet, was er sucht, dann –«

»Er will die Aufnahmen. Aber dort, wo er gerade danach herumstöbert, wird er noch Stunden brauchen, ehe ihm klar wird, dass es nichts zu finden gibt. Jedenfalls nicht die Videos, auf die es ihm ankommt.«

Ich verstand nicht, wie all das zusammenpassen sollte, und allmählich fürchtete ich, dass sie uns belog. Dass sie einfach Dinge aneinanderreihte, die nichts miteinander zu tun hatten.

Tyler ließ nicht locker. »Warum Menschen mit Nahtoderfahrungen? Und weshalb gerade diese zwölf?«

Sie warf einen sehnsüchtigen Blick zum Aufzugschacht draußen im Treppenhaus. »Begreift ihr es denn nicht? Es ging um die Methode, zu sehen, was *sie* sehen!«

Wir starrten sie verständnislos an, selbst Emma fiel keine altkluge Bemerkung mehr ein.

»Und ihr werdet mich zu Esteban gehen lassen, wenn ich euch alles erzähle?«

Tyler nickte. »Sobald Sie uns die Wahrheit sagen.«

Teresa Salazar rieb sich mit beiden Händen über die kahle Kopfhaut. Sie schwitzte stark, obwohl es im Raum nicht allzu warm war.

»Vor Jahren habe ich eine Methode entwickelt, mit der sich die Impressionen menschlicher Netzhäute ablesen lassen. Die Retina wandelt das Licht in Impulse um, die unser Gehirn wiederum in Bilder umsetzt. Diese Impulse habe ich auf Höhe des

Sehnervs ausgelesen und mit Hilfe eines speziellen Programms in optische Darstellungen gewandelt.«

»Sie haben es *gefilmt*?«, flüsterte Emma. »Das, was Flavie und die anderen gesehen haben?«

»So einfach ist es nicht, aber am Ende läuft es auf etwas Ähnliches hinaus. Die Probanden hatten alle mehrfache Nahtoderfahrungen hinter sich. Ihre Widerstandskraft gegen den Tod war ganz außerordentlich. Sie waren nicht mehr lebendig, aber auch nicht unwiederbringlich gestorben – so etwas lässt sich nicht mit Hilfe von Medikamenten herbeiführen.«

»Sie meinen, Ihr Mann –«, begann ich.

»Ihr habt die Plakate gesehen und ihn für einen Scharlatan gehalten, nicht wahr? Einen Illusionisten und Hochstapler. Aber die Wahrheit ist: Esteban war der größte Hypnotiseur, der je vor Publikum aufgetreten ist. Er konnte Menschen dazu bringen, *alles* zu tun. Alles zu glauben. Und er konnte sie in einen todesähnlichen Zustand versetzen – sie sterben lassen bis zu einem gewissen Punkt. Er hatte die Macht, sie dort festzuhalten oder zurückzuholen, ganz wie es ihm beliebte. Jahrzehntelang hat er seine Talente auf der Bühne verschwendet, bis er … nun, bis er eines Tages die Aufmerksamkeit gewisser Leute erregt hat.«

»Was für Leute waren das?«, fragte Tyler.

»Menschen, die ihm ein großzügiges finanzielles Angebot unterbreitet haben. Sie brachten ihn mit Forschern wie mir zusammen, Wissenschaftlern, denen ein Budget zur Verfügung stand, von dem andere nur träumen konnten. Esteban hat die Nahtoderfahrungen der Probanden künstlich herbeigeführt und über einen langen Zeitraum aufrechterhalten. Und wir haben die Bilder aufgezeichnet, die sie währenddessen gesehen haben.«

Ich trat an Tylers Seite und legte eine Hand auf seine Schulter, als er auffahren wollte. »Sie haben diesen Tunnel, von dem immer alle sprechen, diesen Tunnel ins Licht ... den haben sie gefilmt? Mit Hilfe menschlicher Augen?«

Sie nickte, aber es wirkte gönnerhaft, als hätte ich kaum einen Bruchteil von dem verstanden, um das es hier wirklich ging.

Emma trat unruhig von einem Fuß auf den anderen. »Aber Menschen mit Nahtoderfahrungen sehen gar nichts«, widersprach sie nachdenklich. »Sie *glauben* nur, dass sie etwas sehen. Ihre Netzhäute dürften überhaupt nichts wahrnehmen.«

Die alte Frau hob fast anerkennend eine Augenbraue, weil zumindest eine von uns in der Lage war, ihren Ausführungen weit genug zu folgen, um sie in Frage zu stellen.

»Das wäre richtig«, sagte sie, »wenn die Erlebnisse dieser Menschen nur eingebildet wären, so wie man es ihnen oft unterstellt. Aber ein Teil von ihnen geht wirklich dorthin, und was er sieht, das sieht auch ihre biologische Hülle. Ihr Gehirn bleibt ebenso zurück wie ihre Augen, und dennoch sind beide in der Lage, die Erfahrungen zu verarbeiten und sich später daran zu erinnern. Sie setzen alle ihre Sinnesorgane dabei ein – auch ihre Netzhäute.«

Im Moment gab es nur zwei Dinge, die mich wirklich interessierten: Wer hatte das Geld bereitgestellt und den Tod unserer Eltern auf dem Gewissen? Und was war aus Flavie und den elf anderen geworden?

Aber Tyler gab sich noch nicht zufrieden. »Warum das alles?«, fragte er. »Welchen Sinn hat es, ein verdammtes *Licht* zu filmen?«

Die Mundwinkel der alten Frau hoben sich kaum merklich, aber sie lachte nicht. Der Schleier aus Selbstaufgabe und Zorn vor ihren Augen zerriss und sie sah uns der Reihe nach an, so triumphierend, als erwartete sie Applaus.

»Es ging nicht um das Licht«, sagte sie. »Nur um das, was darin ist. Oder dahinter.«

Hoch oben im vierten Stock endete die Musik. Teresa Salazar senkte die Stimme zu einem Raunen.

»Es ging um ein Bild von Gott.«

17.

Eine Weile sprach keiner ein Wort. Dann sagte Emma: »Oder vom Teufel.«

»Was auch immer.« Tyler kochte vor Wut und Ungeduld. »Wo sind sie? Was ist aus den zwölf geworden?«

»Sie wurden in die Hot Suite gebracht.« Teresa Salazar versuchte aufzustehen, aber es misslang und sie sank zurück in den Sessel. »Es gab eine Forschungseinrichtung dort unten. Wir waren ein ganzes Team. Esteban, ich und fünf andere Experten der unterschiedlichsten Fachrichtungen. Dazu eine Reihe Krankenschwestern und Pfleger. Zu Beginn wurden wir großzügig unterstützt, mit Probanden aus aller Welt. Aber dann −«

»Warten Sie!«, fiel ich ihr ins Wort. »Die zwölf waren nicht die ersten?«

Sie stieß wieder dieses heisere Lachen aus, das mir den Magen umdrehte. »Die ersten? Mein liebes Kind! Begonnen hat alles vor fast dreißig Jahren, aber hierher kamen wir erst viel später. Es ist schwierig, eine solche Unternehmung mitten in Europa geheim zu halten. Anfangs war es sehr viel leichter, an Orten zu arbeiten, an denen man noch Hoffnungen in die Wissenschaft setzte, anstatt sie in Frage zu stellen. Wir waren in Ecuador, in Bolivien und später dann −«

»In Afrika«, stieß ich hervor. Zugleich kam mir die Galle hoch.

»Wo sonst?«, bestätigte sie mit einem hintergründigen Lächeln.

Tyler hatte genug gehört. »Wo sind sie jetzt?«

Emma kam herüber und vertiefte sich in eine Betrachtung des Porträts. Weiß der Himmel, was sie darin sah oder suchte.

»Anfangs«, fuhr die alte Frau fort, »kamen wir nicht gut voran. Man gab uns Häftlinge als Versuchsobjekte, Schwerverbrecher, einmal eine Gruppe von Soldaten. Das war noch in Südamerika. Die meisten hatten Krankheiten, Augenentzündungen, alles Mögliche, das dafür sorgte, dass wir kaum weiterkamen. Immerhin fanden wir heraus, dass an der Behauptung, Menschen mit Nahtoderfahrungen entwickelten gelegentlich mediale Fähigkeiten, durchaus etwas dran ist. Keine revolutionären Erkenntnisse, aber doch Kleinigkeiten, die unsere Auftraggeber neugierig machten. Hellseherei, Telepathie, Gedankenlesen ... Nicht in einem Ausmaß, das irgendwem einen Nutzen brachte, aber doch ein Anfang. Und dann endlich bot sich uns ein Weg, um Probanden ausfindig zu machen, deren Potenzial das der anderen bei weitem übertreffen sollte.«

»Die Website«, sagte Tyler tonlos.

»Das waren nicht wir«, erwiderte sie, »aber wir profitierten davon. Irgendwer richtete sie ein und bald wurde sie zum Sammelplatz für Menschen aus aller Welt, die von sich behaupteten, gestorben und wieder ins Leben zurückgekehrt zu sein. Der Anteil derjenigen, deren Berichte authentisch erschienen, war beachtlich, und darunter gab es ein paar ... nun, sie schienen perfekt. Absolut perfekt.«

»Sie haben sie zu dieser Konferenz eingeladen«, sagte ich,

»das Flugzeug auf dem Weg dorthin zur Landung gezwungen und sie herausgeholt.«

»Es war alles makellos inszeniert, das Hotel gebucht, die Experten engagiert, sogar Medien eingeladen. Das war nicht unser Tun, wir saßen nur in der Hot Suite und warteten … Aber diejenigen, die das alles finanziert haben, sind sehr gründlich gewesen. Sie haben viel Geld investiert, damit die zwölf ihren Weg zu uns finden konnten.«

Tyler versetzte ihr eine Ohrfeige. Ich konnte es ihm nicht übel nehmen. Ihr selbstzufriedener Tonfall war ohne jedes Schuldbewusstsein. Womöglich glaubte sie noch immer, das alles sei im Dienst der Wissenschaft geschehen.

Der Schlag war nicht hart gewesen und Tyler trat rasch einen Schritt zurück, wohl ein wenig erschrocken über sich selbst. Aber der Schock schien Teresa Salazar in die Gegenwart zurückzuholen.

»Wir haben Ergebnisse erzielt«, sagte sie verbittert, »*gute* Ergebnisse. Wir hatten herausgefunden, dass sie in der Lage waren, während der Hypnose miteinander zu kommunizieren, einzig durch die Kraft ihrer Gedanken. Und, mehr noch, sie suchten sich eine Bezugsperson bei uns im Labor und sprachen auch zu ihr. Ihre Wahl war auf eine der Krankenschwestern gefallen, aber wir fanden nie heraus, warum gerade sie diejenige war. Damit hatten wir die übersinnlichen Kräfte, die durch Nahtoderfahrungen ausgelöst werden, endgültig bewiesen. Und wir hätten in dieser Richtung noch weiter gehen können, aber unseren Finanziers genügte das nicht. Der Konflikt mit ihnen köchelte schon seit einer ganzen Weile. Für sie stand eine Menge auf dem Spiel und sie zwangen uns, immer größere Risiken einzugehen. Esteban musste die Probanden über Monate in ihrem

Zustand belassen. Vorher waren ihnen immer wieder Ruhepausen gegönnt worden, Phasen, in denen sie ins Leben zurückkehren durften. Aber nun wurde er gedrängt, sie dauerhaft an der Schwelle zum Tod festzuhalten. *Niemand* hat darunter mehr gelitten als er.«

Ich fürchtete, Tyler könnte jeden Augenblick erneut der Geduldsfaden reißen. Sicherheitshalber schob ich mich zwischen ihn und die Frau.

»Vier von ihnen wurden bald unbrauchbar«, sagte sie.

Tyler atmete tief durch. »Sie sind gestorben?«

»Wir mussten sie aus der Versuchskette nehmen. Das war der Anfang vom Ende. An einem Abend im Herbst tauchte eine Abordnung unserer Geldgeber auf und zwang uns, ihnen die Probanden zu übergeben. Wir konnten sie überzeugen, dass vier von ihnen Estebans Einfluss entglitten waren und keinen Nutzen mehr hatten, und so nahmen sie schließlich nur die acht anderen mit, ebenso wie die Krankenschwester, zu der sie gesprochen hatten. Sie überließen uns die vier defizitären Probanden unter der Voraussetzung, dass wir sie über mögliche Fortschritte auf dem Laufenden halten würden. Aber zugleich drehten sie uns den Geldhahn zu und uns blieb keine Wahl, als auf unser privates Vermögen zurückzugreifen. Esteban war wohlhabend gewesen, bevor wir uns kennengelernt hatten, seine Auftritte hatten ihn zu einem reichen Mann gemacht. Eine Weile konnten wir also durchhalten. Aber als er vor einem Jahr starb, oben im Varieté, da standen wir kurz davor, das Haus verkaufen zu müssen. Daraufhin stoppte ich alle Arbeiten in der Hot Suite und beendete das Experiment ein für alle Mal.«

»Wohin sind die acht gebracht worden?«, fragte ich.

»Ich weiß es nicht. Man hatte wohl schon eine Weile zuvor

damit begonnen, in den USA eine zweite Forschungseinrichtung aufzubauen. Ich weiß nicht, was dort mit ihnen geschehen ist.«

»War Flavie Certier eine von ihnen?«, presste Tyler hervor. »Oder ist sie –«

»Ich habe ihre Namen nie erfahren. Sie kamen anonym zu uns, ohne Papiere, ohne irgendetwas. Ich hätte sie anhand der Passagierliste und durch die Teilnehmerkartei der Konferenz identifizieren können, aber mir war es lieber, so wenig wie möglich über sie zu wissen. Offiziell erhielten sie Nummern, aber wir haben ihnen bald eigene Namen gegeben. So etwas tut man, wenn man lange mit unbekannten Patienten zu tun hat, die in einer Art Koma liegen. Man sorgt sich um sie … und man gibt ihnen Namen.«

Tyler zog den Revolver und setzte die Mündung auf die Stirn der alten Frau.

Emma trat neben sie und versuchte, seinen Blick auf sich zu lenken. »Das ist es doch, was sie will. Sie provoziert dich, Tyler. Sie *will* sterben. Und du sollst ihr dabei helfen.«

Manchmal war die Vernunft meiner Schwester schwer zu ertragen, und dennoch hatte sie Recht. Teresa Salazar war unmerklich dazu übergegangen, unsere Gefühle zu manipulieren. Nur Emma war gegen Emotionen immun.

Tyler ließ die Waffe, wo sie war, und griff mit der linken Hand in seine Lederjacke. Er zog eine Fotografie hervor und hielt sie der Wissenschaftlerin vors Gesicht. »Das ist sie!«

Die alte Frau wandte den Blick ab.

»Sehen Sie gefälligst hin!«

»Tyler«, sagte ich beschwichtigend, »wenn die Männer vor dem Haus das hören …«

Er reagierte nicht.

Ich trat vor ihn, packte den Revolver und riss ihm die Waffe aus der Hand. »Es reicht jetzt! Wenn du schießt, werden die in ein paar Sekunden hier sein. Das lasse ich nicht zu!«

Einen Moment lang sah es aus, als würde sich seine Wut gegen mich richten. Doch dann wandte er sich wieder der Frau zu. »Erkennen Sie sie?«

Ich ging hinüber in den Erker. Ein Nest aus Lichtern glühte draußen in der Schwärze. Das hell erleuchtete Solarfeld war von Finsternis umgeben wie eine Raumstation auf dem Mond, der äußere Rand keinen Kilometer vom Haus entfernt.

Auf einer Kommode unter dem Fenster stand ein Telefon, rot und mit Wählscheibe wie das im Erdgeschoss. Ich hob den Hörer ab und lauschte. Nichts. Auch als ich die Null wählte, blieb die Leitung tot.

»Wir haben hier draußen Überlandleitungen«, sagte Teresa Salazar. »Haven hat sie gekappt. Das Handynetz funktioniert schon seit gestern Mittag nicht mehr. Ich nehme an, da draußen bricht allmählich alles zusammen –«

»Flavie«, fiel Tyler ihr ins Wort. »Flavie Certier.«

Nun blickte sie doch auf das Foto und verengte die Augen. Dann schüttelte sie den Kopf. »Mein Team und ich haben die Probanden erst zu sehen bekommen, nachdem …«

»Nachdem was?«, fragte Tyler.

Ich sicherte die Waffe und schob sie in meinen Hosenbund. Es blieb trotzdem das ungute Gefühl, dass ich mir bei jedem Schritt ins Bein schießen könnte.

»Nachdem *was*?«

»Nachdem man ihnen bereits die Haare abrasiert hatte. Und die Augenbrauen.«

Tylers Gesicht war jetzt wie aus Stein. In seinen Augen aber loderte ein gefährliches Feuer, das ich gleichermaßen beunruhigend und faszinierend fand.

»Ich glaube Ihnen kein Wort«, sagte er leise. »Sie und Ihr Mann waren die Leiter dieser ... Forschungseinrichtung. Sie wollen mir doch nicht weismachen, Sie hätten nicht genau gewusst, mit wem Sie es zu tun hatten!«

Noch einmal sah ich hinaus zum Solarfeld. Haven hatte von Teresa Salazar eine falsche Information erhalten, der er noch immer nachging. Wie lange würde er sich hinhalten lassen? Jeden Augenblick konnte sich eine Lichterkolonne aus dem Neonraster der Solarmodule lösen und den Hügel heraufkommen.

»Ich kenne dieses Mädchen nicht«, behauptete die Wissenschaftlerin. »Wenn sie vor mir auf dem OP-Tisch lagen, waren ihre Gesichter abgedeckt. Nur die Augenpartie war zu sehen. Und später –«

»OP-Tisch«, wiederholte er leise.

»Es bedarf eines substanziellen Eingriffs, um den Nervus ophthalmicus und die Retina für die Aufzeichnung zu präparieren.«

Tyler verschränkte die Hände im Nacken, bewegte sich einige Schritte von Teresa Salazar fort und hielt dabei die Augen geschlossen. Der Raum schien aufgeladen mit seiner Aggression. Langsam drehte er sich um und kam zurück zum Sessel, die Hände noch immer am Hinterkopf, als müsste er sie auf Abstand halten, damit sie sich nicht wie von selbst um den Hals der Frau schlossen.

»Tyler«, sagte ich, »wir müssen allmählich weg von hier.«

Emma nickte zustimmend.

Er aber war noch nicht fertig. »Nachdem Ihr Mann gestorben ist, was ist da mit den vier geschehen, die hiergeblieben sind?«

»Nach dem Tod meines Mannes«, sagte die Frau nach kurzem Abwägen, »wurde die Einrichtung geschlossen. Ich bin seit einem Jahr nicht mehr dort unten gewesen.«

Mit wenigen Schritten war ich bei ihr. »Wollen Sie damit sagen, Sie haben die vier einfach zurückgelassen? Dort unten in der Hot Suite?«

»Dann sind sie verdurstet«, stellte Emma nüchtern fest. »Ein Mensch überlebt ohne Flüssigkeit nicht länger als –«

»Nein, ihr versteht das nicht«, unterbrach die Wissenschaftlerin sie. »Diese Probanden waren absolut vollkommen. Sie waren die besten Versuchsobjekte, die man uns je geliefert hat, ideal in jeder Beziehung. Selbst diese vier erholten sich wieder, nachdem wir uns ganz auf sie konzentrieren konnten. Ihre Belastungsfähigkeit schien keine Grenzen zu kennen. Nahrung brauchten sie alle schon lange nicht mehr, auch kein Wasser. Etwas anderes hat sie am Leben gehalten. Etwas *aus den Kammern*!«

Es war das erste Mal, dass sie diesen Begriff benutzte. Damit stellte sie eine Verbindung zwischen ihren Forschungen und den Geistern her. Sie und die anderen hatten in der Hot Suite versucht, einen Blick ins Jenseits zu werfen. Hatten sie ein Tor aufgestoßen und es dann nicht mehr schließen können?

»*Sie* waren das!«, platzte es aus mir heraus.

Ihr Widerspruch kam schnell und entschieden. »Nein! Wir haben nur beobachtet, aufgezeichnet und analysiert. Uns die Schuld daran zu geben ist, als würdest du einen Meeresbiologen für einen Tsunami verantwortlich machen.«

Ich beugte mich näher an sie heran. »Ein Meeresbiologe schneidet nicht an Menschen herum! Er sperrt sie nicht in Bunker und lässt sie dort verrotten!«

Tyler schob mich beiseite, um Teresa Salazar in die Augen zu sehen. »Sind die vier noch immer dort unten?«

Sie lächelte wieder und legte einen Finger an die Lippen. »Horcht!«

Ich ballte eine Faust, hielt aber den Atem an und lauschte. Da war der ferne Lärm vom Solarfeld, die Motoren und das diffuse Getöse.

»Haven ist jetzt unten in der Hot Suite und packt alles zusammen, was er findet«, sagte die Wissenschaftlerin. »Die vier Probanden wird er ebenfalls mitnehmen.«

Tyler trat fluchend gegen den Sessel. Das Möbelstück verrutschte und nun konnte Teresa Salazar das Porträt ihres Mannes nicht mehr sehen. Sie versuchte den Kopf zu drehen, aber ich packte sie an der Schulter und zog sie noch weiter herum.

»Haven war hier und hat Informationen von Ihnen verlangt. Die vier dort unten hätte er auch so gefunden. Was also wollte er?«

»Ich hab's euch schon gesagt. Meine Aufzeichnungen.«

»Die Bilder aus den Kammern«, murmelte Emma.

»Haben Sie ihn wirklich gesehen? Den Ort, von dem die Geister kommen?«

»Der Prozess war noch lange nicht perfektioniert. Es hätte noch Jahre gedauert, vielleicht Jahrzehnte. Deshalb hat man uns die Verantwortung entzogen. Wir waren ihnen zu … antiquiert und nun sollten Jüngere ran.« Sie lachte leise. »Aber offenbar ist es unseren Nachfolgern nie gelungen, mit uns gleichzuziehen. Man findet keinen zweiten Esteban Salazar − nirgendwo auf der Welt! Und Retinologen mag es viele geben, aber keiner hat meine Ergebnisse reproduzieren können. Deshalb haben sie Lionheart jetzt hierhergeschickt. Sie glauben, dass wir ihnen bei der Übergabe Dinge unterschlagen haben. Technisches Know-how und die vier Probanden, in denen sie fälschlicherweise den Schlüssel zu unseren Erfolgen vermuten – und natürlich die vollständigen Aufzeichnungen. Aber Recht haben sie nur im letzten Punkt. Sie haben nur einen Teil des Bildmaterials bekommen. Der Rest ... nun, es ist alles noch hier.«

Ich machte eine umfassende Handbewegung. »Hier heißt –«

»In diesem Haus.« Ihre trockenen Lippen spannten sich bis zum Zerreißen, als sie lächelte. »Gar nicht mal weit von hier.«

»Sie lügen«, sagte Tyler. »Warum sollten Sie uns das verraten, wenn Sie es Haven verschwiegen haben?«

»Bringt mich erst hinauf ins Varieté.« Sie hob eine Hand und zeigte auf Tyler, halb Anklage, halb Herausforderung. »Willst du nicht wissen, was deine Freundin gesehen hat? Du könntest es mit *ihren Augen* sehen!«

Er machte einen Satz auf sie zu und schloss die rechte Hand um ihre Kehle. Ein Röcheln kam über Teresa Salazars Lippen.

»Ich töte Sie nicht«, sagte er. »Aber ich werde Sie Haven anbieten im Austausch gegen Flavie!«

Ich ging zu den beiden hinüber und öffnete behutsam Tylers Finger. Er ließ es geschehen, ohne mich anzusehen. Im ersten Moment vermied auch ich es, ihm ins Gesicht zu blicken. Als ich es doch tat, bemerkte ich den Glanz in seinen Augen.

Die Frau schnappte keuchend nach Luft.

»Erst die Aufzeichnungen«, sagte ich, so beherrscht ich konnte.

»Du willst sie ihnen geben«, stellte Tyler fest.

»Fällt dir was Besseres ein?«

Emma trat vor den Kamin und nahm Salazars Porträt herunter. Ein helles Rechteck blieb zurück, wo der Rahmen gehangen hatte. Hatte sie geglaubt, es könnte so einfach sein? Ein versteckter Wandtresor?

Aber meine Schwester drehte das Bild herum und betrachtete die hölzerne Rückseite des Gemäldes. »Das ist Öl auf Leinwand. Man spannt sie einfach in den Rahmen, aber niemand montiert eine Rückwand dahinter.«

Die alte Frau sah sie verbissen an und schwieg.

»Hast du ein Taschenmesser?« Emma streckte eine Hand in Tylers Richtung aus. Er griff in seine Hosentasche und reichte ihr sein Springmesser. Emma ließ die Klinge hervorschnellen. Kurz darauf lag Salazars herausgeschnittenes Porträt auf dem Boden. Dahinter waren sechs Klarsichthüllen zum Vorschein gekommen, säuberlich in drei Reihen auf die Rückwand geklebt. In jeder steckte eine silberne Disc.

»Voilà«, sagte Emma.

Tyler und ich sahen von ihr zu der Wissenschaftlerin. Teresa Salazar hatte den Blick gesenkt. »Je eine Disc für zwei Probanden«, flüsterte sie. »Es sind nur alte Backups, aber sie sollten ihren Zweck erfüllen.«

Tyler löste die Hüllen aus dem Rahmen und las die handschriftlichen Kennzeichnungen. »Nummern«, sagte er. »Und Namen.«

»Ist Flavies dabei?«

Er schüttelte den Kopf. »Das sind nur spanische Vornamen. Felipe, Susanita, Manolito, Guille ...«

»Bringt mich zum Aufzug«, verlangte Teresa Salazar. »Den Rest schaffe ich allein.«

Tyler hielt die Discs wie ein aufgefächertes Kartenspiel. »Wer von denen ist Flavie? Und versuchen Sie nicht noch mal, mir weiszumachen, Sie wüssten es nicht.«

Die alte Frau seufzte und gab endgültig auf. »Ich hab sie immer Mafalda genannt. Wir haben ihnen die Namen dieser Figuren gegeben, aus einem alten Cartoon. Kosenamen, weil sie doch wie unsere Kinder waren.«

Tyler sah die Discs durch, nickte bei der vorletzten und ließ sie in seiner Jacke verschwinden. Die übrigen behielt er in der Hand und sprang auf.

»Der Aufzug«, flehte Teresa Salazar.

Ich half ihr, sich aus dem Sessel zu erheben. Emma nahm wieder ihren anderen Arm, und gemeinsam führten wir sie aus der Bibliothek hinüber in die Liftkabine. Sie dankte uns nicht, blickte mich nur durchdringend an, als wir wieder hinaustraten und ich das Gitter hinter ihr zuzog wie die Tür einer Gefängniszelle. Mühsam hielt sie sich am Haltegriff fest, löste erst nach einem Augenblick zitternd eine Hand und drückte auf den Knopf für das vierte Stockwerk. Zahnräder und Riemen erwachten knirschend zum Leben, dann setzte sich der Lift in Bewegung.

Wir kehrten in die Bibliothek zurück und fanden Tyler am Erkerfenster. Er drehte sich nicht zu uns um.

»Da kommen sie.«

18.

Es war zu spät, um über die Treppe zu entkommen. Ich öffnete die schwere Eisenluke des Kamins und warf den Rahmen und die ausgeschnittene Leinwand hinein. Tyler legte die fünf Discs dazu, behielt aber die sechste mit den Aufzeichnungen Flavies in der Jackentasche. Anschließend gab er mehrere Stücke Kaminanzünder hinein und steckte sie in Brand. Ich wollte die Luke schließen, aber er schüttelte den Kopf.

»Falls sie danach suchen, sollen sie ruhig die Überreste finden. Vielleicht versuchen sie dann gar nicht erst, das ganze Haus auf den Kopf zu stellen.«

Aus dem Treppenhaus erklangen Schritte und Stimmen. Jemand rief auf Englisch: »Sie ist im Aufzug nach oben!« Ein anderer befahl: »Holt sie da runter und bringt sie mir!«

Emma löschte das Licht und lehnte die Tür an. Dann versteckten wir uns eilig hinter der letzten Regalwand. Graue Flocken lösten sich aus einer wattigen Staubschicht auf Büchern und Brettern.

Ich konnte nicht anders, als im Halbdunkel einen Blick auf die Buchrücken zu werfen. Viele waren Taschenbücher. Die Titel klangen nach Science-Fiction, und das passte nicht zu dem Bild, das ich mir von Salazar gemacht hatte. Dass ein

Mann wie er Menschen entführen und ermorden ließ, um dann am Abend die Füße hochzulegen und Romane über Roboter und Raumschiffe zu lesen, kam mir falsch und fast ein wenig lächerlich vor. Ich sah, dass auch Tylers Blick die Bände streifte, und erinnerte mich an die vielen Bücher in seinen Motorradtaschen.

In unserem Rücken befand sich ein Erker mit einer Glastür, die hinaus auf einen der vielen schmalen Balkons des Pyramidenhauses führte. Sie war mit einem Schloss unter der Klinke gesichert.

Plötzlich löste Tyler sich noch einmal aus unserem Versteck, lief zurück zum Kamin und tat irgendetwas, das ich nicht sehen konnte. Augenblicke später war er wieder zurück.

»Was sollte das denn?«

»Hatte was vergessen.«

Ich tastete nach der Waffe in meinem Hosenbund. Sie war fort.

Wütend funkelte ich Tyler an. »Hast du den Revolver?«

»Nein.«

Ich war sicher, dass er log. Vielleicht hatte ich die Waffe am Sessel verloren und er war zurückgelaufen, um sie zu suchen. Wahrscheinlich war sie in den Taschen seiner Jacke verschwunden.

Schritte mehrerer Männer polterten die Treppe herauf, passierten die Zimmertür und entfernten sich auf dem Weg nach oben. In meinem Hals setzte sich ein harter Knoten fest.

Emma kauerte zu meiner Linken und versuchte, über die unteren Bücherreihen hinweg einen Blick in den vorderen Teil der Bibliothek zu erhaschen. Ein Streifen Helligkeit lag über ihren Augen, sie wirkten farblos wie Glas.

Wenig später erklangen von oben die Schreie der alten Frau. Jemand brüllte in militärischem Tonfall, sie solle sich gefälligst ruhig verhalten. Man hörte den Männern an, dass sie alles andere als glücklich waren, sich ihretwegen in die Nähe von Salazars Geist begeben zu müssen.

Ich bemerkte erst im letzten Moment, dass noch jemand die Treppe heraufkam. Der Gestank der verbrannten Ölfarben und des schmorenden Kunststoffs musste längst auch dort draußen angekommen sein. Abrupt wurde die Tür aufgestoßen, ein Mann erschien inmitten des hellen Rechtecks. Sekundenlang regte er sich nicht, dann betrat er den Raum und verschwand aus meinem Blickfeld. Den Schritten nach zu urteilen ging er zum Kamin. Lederstiefel knarzten, als er vor dem Feuer in die Hocke ging. Jetzt musste er die brennenden Discs entdecken.

Rasche Schritte, dann ging das Deckenlicht an. »Bringt sie hierher!«, rief der Mann ins Treppenhaus. Gleich darauf kam die Gruppe von oben wieder die Stufen herunter und zerrte die zeternde Teresa Salazar mit sich. »Auf den Sessel!«

Emmas Hand berührte meine, aber sie griff nicht danach.

»Warum haben Sie das getan?«, fragte der Mann in scharfem Ton. Ich konnte ihn jenseits der Bücherregale nicht sehen, aber es musste sich wohl um Haven handeln. Vor meinem inneren Augen erschien wieder das Bild des bärtigen Soldaten, der dem Geisterlächeln trotzte.

Die alte Frau gab keine Antwort.

»Señora Salazar«, sagte Haven, »mir rennt die Zeit davon. Niemand weiß, wie die Welt in einem Tag oder einer Woche aussehen wird, und vielleicht ist alles, was wir hier gerade tun, völlig umsonst. Aber ich habe einen Auftrag und den allerbesten Grund, ihn zu erfüllen. Also werden Sie mich jetzt dabei unterstützen. Meine Männer stellen in diesem Moment die Hot Suite auf den Kopf und packen ein, was nicht niet- und nagelfest ist. Falls es dort unten Kopien von diesen Discs gibt, dann sind sie schon in unserem Besitz. Aber es würde die Dinge beschleunigen, wenn Sie Ihre Situation noch einmal überdächten und mich nicht zwingen würden, wirklich unangenehm zu werden.«

»Wenn Sie mich von hier fortbringen, Mister Haven, dann garantiere ich Ihnen, dass Sie kein weiteres Wort aus mir herausbekommen.«

Mir war noch immer nicht klar, wie viele Männer sich eigentlich im Raum befanden und ob sich weitere im Treppenhaus und im Erdgeschoss aufhielten.

»Ihnen muss doch klar sein, Señora Salazar, dass ich letzten Endes erfahren werde, was ich wissen muss – entweder gleich oder später. Warum machen Sie es uns beiden nicht ein wenig leichter?« Wieder das Knarren der Lederstiefel. »Warum haben Sie die Discs verbrannt? Was befand sich darauf, das wir nicht finden sollten?«

Es raschelte, als die alte Frau ihr Gewicht im Sessel verlagerte.

Plötzlich ergriff Tyler meine Hand. Er hockte rechts von mir hinter dem letzten Regal. Als ich mich zu ihm umsah, zog er ein schweres, gebundenes Buch aus einem der Fächer. Mein finsterer Blick sollte eine Warnung sein, jetzt nur ja keinen Unsinn zu machen – aber meine Hand ließ ich trotzdem, wo sie war.

Teresa Salazar stieß ein Husten aus. Als sie wieder zur Ruhe kam, sagte sie: »Bilder aus den Kammern, Mister Haven. Wir waren offenbar um einiges erfolgreicher als unsere Nachfolger in den Staaten. Richten Sie Mister Whitehead aus, ich hätte hinter das Licht gesehen. Ich weiß, was uns dort erwartet. Und ich weiß auch, dass Sie meine Akte kennen – also drohen Sie mir nicht damit, mich umzubringen. Die Ärzte haben mir kein Vierteljahr mehr gegeben, aber so wie die Dinge da draußen liegen, dürfte das keine Rolle mehr spielen. Meine Pflegerin ist vermutlich nicht mehr am Leben oder Gott weiß wohin geflohen, und in ein paar Tagen gehen mir die Medikamente aus. Vor Ihnen sitzt eine Tote, Mister Haven, und alles, was mir noch bleibt, ist, die Dinge zu beschleunigen.«

Als der Söldnerführer wieder das Wort ergriff, klang seine Stimme schärfer, sein Tonfall kälter. »Sie wissen, warum ich hier bin, nicht wahr?«

»Weil Whitehead es Ihnen befohlen hat.«

»Das meine ich nicht.«

Erneut bewegte sie sich im Sessel. Tylers Finger schlossen sich noch fester um meine. Ich blickte ihm in die Augen, aber er schüttelte nur den Kopf.

»Ich habe von Ihrer Tochter gehört, Mister Haven«, sagte die alte Frau. »Dann ist es also wahr?«

»Sie brauchen mir nichts von Krankheiten zu erzählen, Señora. Mein Kind liegt zu Hause in den Staaten in einem sterilen Raum und wartet auf den Tod. Tanya ist acht. Vier Jahre ihres Lebens hat sie mit einem Dutzend Kanülen im Körper verbracht. Seit drei Jahren liegt sie im Wachkoma. Auch wenn es keine Aussicht auf Heilung gibt, sorgen Whiteheads Ärzte dafür, dass sie weiterhin am Leben bleibt.«

Teresa Salazars Stimme blieb bar jeden Mitgefühls. »Und warum tun Sie ihr das an? Weshalb lassen Sie sie nicht gehen?«

»Damit sie eine von denen wird?« Rastlos ging er vor dem Kamin auf und ab. »Damit sie bis in alle Ewigkeit als Geist in einem unterirdischen Behandlungszimmer steht?«

»Sie hätten sie an einen anderen Ort bringen können. An einen schönen Ort. Mein Mann hat sich die Stelle ausgesucht, an der er sterben wollte. Er ist auf seine Bühne gestiegen und hat in aller Ruhe auf den Tod gewartet. Als er starb, war er mit sich im Reinen.«

»Ihr Mann, Señora Salazar, war zweiundachtzig Jahre alt. Tanya ist noch ein Kind. Anfangs habe ich gehofft, dass es einen Weg für sie geben würde, wieder gesund zu werden. Aber als die Geister auftauchten …« Haven verstummte, blieb stehen und schwieg noch einige Augenblicke länger. Erst dann fuhr er fort: »Ich werde nicht zulassen, dass es ihr ergeht wie den anderen. Whiteheads Team hält sie am Leben, bis diese Sache wieder unter Kontrolle ist. Und im Gegenzug werde ich alles tun, was in meiner Macht steht, damit er die nötigen Schritte einleiten kann. Das ist der Deal.«

»Und das erzählen Sie mir, weil ich ohnehin bald sterben werde?«

»Das erzähle ich Ihnen, damit Sie verstehen, wie weit ich gehen werde. Wenn Sie mich zwingen, Ihnen jeden Knochen bei lebendigem Leibe zu brechen, dann werde ich das tun. Wenn ich meinen Männern befehlen muss, Ihnen die Haut in Streifen herunterzuschneiden, damit Sie mir verraten, wo ich Kopien dieser Discs finde, dann werde ich keine Sekunde zögern. Ich schäle Ihnen die Augäpfel mit einem Löffel aus den Höhlen, wenn es erforderlich sein sollte. Glauben Sie mir, ich werde Ihnen jeden nur erdenklichen Schmerz zufügen, bis Sie reden, Señora Salazar.«

Haven sprach ruhig und leidenschaftslos, aber ich zweifelte nicht einen Herzschlag lang, dass er seine Drohung in den nächsten Minuten in die Tat umsetzen würde. Und ich dachte unweigerlich an die letzte Disc in Tylers Jackentasche.

»Glauben Sie, Ihre Tochter wäre stolz auf ihren Vater?«, fragte die alte Frau. Ich hatte widerwillig begonnen, ihren Mut zu bewundern, ganz gleich, wie viel Fatalismus dahintersteckte. »Meine Tochter ist nicht mehr in der Lage, Stolz zu empfinden. Auch kein Glück und keine Hoffnung, nicht einmal Schmerz. Alles, was ich noch für Tanya tun kann, ist, ihr eine Ewigkeit als Geist zu ersparen – egal, was mich das kosten wird und welches Schicksal mich dafür in den Kammern erwartet. Haben Sie durch die Augen der Probanden die Hölle gesehen, Señora Salazar? Oder den Himmel? Oder etwas vollkommen anderes? Mir ist es gleich. Mich erwartet das Fegefeuer, auf die eine oder andere Weise. Und das nehme ich gern in Kauf, wenn ich dadurch den Tod meiner Tochter hinauszögern kann, bis die Welt da draußen wieder die alte ist.«

»Glauben Sie denn, Whitehead könnte wirklich etwas gegen die Geister unternehmen? Oder gegen dieses Lächeln? Denken Sie wirklich, er wäre so selbstlos und Ihre Tochter würde ihm irgendetwas bedeuten?«

»Whitehead liebt das Licht«, sagte Haven.

Und da wurde mir klar, warum mir der Name Whitehead die ganze Zeit über so bekannt vorgekommen war. Jeremy und Timothy Whitehead waren Brüder – Zwillinge, soweit ich wusste. Sie waren zwei der reichsten und einflussreichsten Männer der USA, evangelikale Prediger, die sich vor Jahren ihre eigene Kirche erschaffen hatten: den Tempel des Liebenden Lichts. Jene Sekte, deren Broschüren wir im Wagen des toten Amerikaners an der Absturzstelle gefunden hatten.

Teresa Salazar schob sich noch einmal mit raschelnder Robe im Sessel zurecht. Tyler hielt mit links meine Hand, mit der Rechten das großformatige Buch.

Nicht!, formte ich stumm mit den Lippen.

»Ich kann Ihnen nicht helfen, Mister Haven«, sagte die Wissenschaftlerin. »Es gibt keine Kopien dieser Discs. Geben Sie sich zufrieden mit den vier Probanden. Nehmen Sie sie mit, wenn Sie es für nötig halten. Whiteheads Ärzte können weiter an ihnen forschen oder sonst was mit ihnen anstellen. Meine Arbeit an ihnen ist schon seit langem beendet.«

Als Haven antwortete, passte seine Stimme zum ersten Mal zum Ausdruck jenes Mannes, der sich der Macht des Lächelns widersetzt hatte. Eiskalt und doch von einem Eifer erfüllt, der mir Schauder über den Rücken jagte.

»Vor allem werde ich *Sie* mitnehmen, Señora! Und ich werde Sie Whiteheads Ärzten übergeben. Die werden dafür sorgen, dass Sie weiterleben, sehr weit entfernt vom Geist Ihres Mannes, und das noch viele Jahre lang. Sie werden dahinvegetieren in einem kahlen weißen Raum und einem Krankenbett, angeschlossen an Computer, mit Schläuchen im Hals und in ihrem Unterleib. Sie werden daliegen wie meine Tochter, aber *Sie* wird man immer wieder wecken und man wird Sie befragen, und jedes Mal werden Sie ganz genau wissen, wo Sie sind und was Ihnen noch bevorsteht. Whitehead ist ein Mann Gottes, aber Nachsicht ist keine seiner Stärken. Er hat eine Mission, die er erfüllen wird. Und Ihr Krebs wird ihn gewiss nicht davon abhalten, Señora Salazar.«

Draußen im Treppenhaus knisterte ein Funkgerät, und eine undeutliche Stimme sagte etwas. Ein Mann betrat das Zimmer und erstattete in zackigem Tonfall Meldung: »Das Lächeln, Colonel. Es geht wieder los.«

Tyler atmete neben mir tief ein. Mit einem Händedruck und einem Nicken gab er mir zu verstehen, dass jeden Augenblick etwas geschehen würde. Ich schüttelte den Kopf, doch er flüsterte: »Haltet euch bereit!«

Emma nickte.

Die alte Frau sagte: »Ich bezweifle, dass Sie mir noch etwas antun können. Whitehead ist in diesen Tagen so machtlos wie Sie und ich. Er mag ein außergewöhnlicher Mann sein, aber er ist auch ein Lügner und ein Mörder. Er wird Ihnen in den Rücken fallen, genau wie er es bei uns getan hat. Und was immer seine wahren Ziele sein mögen – Sie und ich und Ihre Tochter spielen dabei ganz sicher keine Rolle.«

Das Geräusch, das auf ihre Worte folgte, hatte ich heute schon einmal gehört. Das Knirschen eines gespannten Revolverhahns.

Tyler hatte mir die Waffe vorhin tatsächlich aus dem Hosenbund gezogen, und er hatte trotzdem die Wahrheit gesagt: Er trug sie nicht mehr bei sich. Er musste sie vorhin unter die Seidenkissen des Sessels geschoben haben, in der Hoffnung, Teresa Salazar würde sie dort finden.

Der Söldnerführer fluchte. Draußen im Treppenhaus riefen mehrere Männer alarmiert durcheinander.

»Es tut mir leid für Ihre Tochter«, sagte die alte Frau.

»*Nein!*«, brüllte Haven.

Dann peitschte ein einzelner Schuss, und der Raum erstarrte in Stille.

19.

Havens aufgebrachte Stimme war die erste, die ich wieder hörte. Dann traf mich der Ansturm des Geisterlächelns wie ein Tornado, warf mich zu Boden, fort von Tyler, der einen Augenblick früher reagiert hatte. Das Buch krachte durch die Glastür. Scherben explodierten in die Nacht hinaus. Ich wurde gepackt und zusammen mit Emma über knirschende Splitter ins Freie gezerrt. Mein Herzschlag beschleunigte wie ein Trommelsolo. Der Schmerz im Brustkorb wurde innerhalb von Sekunden unerträglich. Ich sah Emma als hellen Fleck an mir vorbeiwischen, wurde immer noch gezogen, schnitt mich an zerbrochenem Glas und spürte es kaum.

Plötzlich prallte ich gegen etwas, kippte fast vornüber, fing mich und wurde wieder vorwärtsgestoßen. Dann stürzte ich, kam im nächsten Augenblick auf und war sicher, dass dies das Ende war. Mein Körper lag zerschmettert auf Stein, nur mein Gehirn arbeitete noch, angetrieben von einem Herzen, das stampfte und hämmerte wie eine Maschine kurz vor dem Kollaps.

Ich versuchte, den Namen meiner Schwester über die Lippen zu bringen, sah etwas oder jemanden neben mir, dann über mir, und schon wurde ich erneut gepackt, auf die Beine gezogen und konnte wieder laufen.

Mit jedem Schritt wurde es ein wenig besser, aber das merkte ich erst kurze Zeit später. Mein Körper fühlte sich an, als wäre er von Havens Konvoi überrollt worden, und trotzdem lief ich weiter und Emma war neben mir, hinkte ein wenig, aber sie rannte genau wie ich, und Tyler hielt uns beide an den Armen fest, zog uns und stieß uns und sorgte dafür, dass keine von uns zurückblieb.

Es kam mir vor, als liefen wir eine Ewigkeit, aber wahrscheinlich war es nicht einmal eine Minute. Erst unten am Haus entlang, dann eine Böschung hinunter, schließlich tiefer zwischen die Felsen. Hinter uns erklangen Schreie und Rufe, aber sie galten nicht uns.

Wir hatten den tödlichen Radius längst verlassen, schon mit dem Sprung oder Sturz vom Balkon, aber wir hielten erst an, als wir einen Felsen erreichten, der groß genug war, um uns dreien Deckung zu bieten. Von hier aus hatten wir einen leidlich guten Blick auf die Vorderseite von El Xanadú Dos, vor allem aber über die Hügelflanke mit den abgestorbenen Olivenbäumen und das futuristische Lichtermeer des Solarfelds. Noch immer herrschte tiefe Nacht, doch der eisige Schein Hunderter Neonröhren reichte bis zu den vorderen Bäumen und verlieh ihnen die Farbe angefaulter Knochen.

»Emma? Bist du verletzt?«

»Geht schon …« Ihre Stimme klang dünn und angeschlagen. »Und du?«

Ich tastete nach ihr und zog sie an mich. Zuerst erwiderte sie meine Umarmung ein wenig steif, dann umso heftiger.

»Tyler?«, entfuhr es mir plötzlich.

Er lehnte neben uns am Felsen, sein Kinn war auf die Brust gesunken, ein Bein ausgestreckt, das andere angewinkelt.

»Tyler! Oh, Shit!« Ich packte ihn an der Schulter, aber er reagierte nicht. »Emma, hilf mir!« Gemeinsam legten wir ihn auf den Rücken. Ich riss die Lederjacke auf – etwas rutschte heraus und fiel auf den Boden – und schob sein T-Shirt nach oben. Ich konnte die Muskulatur unter meinen überkreuzten Handflächen spüren, als ich sie fest auf seinen Brustkorb presste. Einmal, zweimal, dann immer wieder. Die Ausbilder in Kenia hatten uns erklärt, man solle im Kopf dazu *Stayin' Alive* ablaufen lassen, um den richtigen Takt zu finden. Aber ich konnte unmöglich den sterbenden Tyler ansehen und dabei an die verdammten Bee Gees denken.

Ich zählte atemlos mit, ganz leise nur, und nach dem dreißigsten Pressen überstreckte ich seinen Kopf nach hinten, hielt ihm die Nase zu und drückte meinen Mund ganz fest auf seinen. Zweimal atmete ich tief in ihn hinein, dann setzte ich die Herzdruckmassage fort. Wieder dreißig Mal, dann erneutes Beatmen. Jenseits des Felsens erklangen Stimmen, aber sie kamen nicht näher und ich dachte, dass wir es ohnehin nicht mehr ändern konnten, falls sie uns jetzt fanden. Tyler hatte uns in der Bibliothek das Leben gerettet. Ich würde nicht tatenlos zusehen, wie er starb.

Vor dem Haus flammten Scheinwerfer auf. Ein Auto wendete mit durchdrehenden Reifen und jagte den Hügel hinab.

Tyler stöhnte und schlug die Augen auf. Sie flackerten und fielen gleich wieder zu, aber er atmete, keuchte, krümmte sich zusammen wie unter Schmerzen, streckte sich dann wieder. Er murmelte ein paar Silben und Wortbrocken, erst auf Norwegisch, dann Englisch, »Was« und »Wie« und »War ich gerade«.

Mit einem Ruck richtete er den Oberkörper auf und ließ zu,

dass ich ihn am Arm packte und stützte. Er wurde zusehends klarer und nach ein paar Minuten war er fast der Alte.

»Flavie«, flüsterte er.

Ganz *eindeutig* der Alte.

»Sie dürfen sie nicht wegbringen …«

»Du weißt nicht, ob sie eine der vier ist. Vielleicht haben sie sie schon vor zwei Jahren mitgenommen.«

»Solange es auch nur die Möglichkeit gibt … Ich muss da runter. Zur Hot Suite.«

Emma und ich blickten zurück zum Haus. Die Tür stand weit offen, Licht fiel heraus in die Nacht. Aber weder dort oben auf dem Sockel noch am Fuß der Außentreppe tat sich etwas. Wie viele Männer hatten in dem Fahrzeug gesessen? Nur einer oder mehrere? Waren alle anderen wirklich tot?

»Hat einer von euch gesehen, wen es da oben in der Bibliothek erwischt hat?«, fragte Emma. »Hat sie *ihn* erschossen oder sich selbst?«

»Ich wette, dass Haven noch lebt«, sagte ich. Señora Salazar hatte sterben wollen; ihr Tod war zugleich die beste Waffe gegen Haven und seine Männer gewesen. Sich den Lauf in den Mund zu stecken, abzudrücken und sie alle mit einem Lächeln zu erledigen, war die effizienteste Methode. Und sie passte zur Denkweise dieser Frau.

Genau wie Emma hatte ich ein paar kleinere Schnittwunden an den Knien und Unterschenkeln davongetragen, aber nichts Gefährliches. Als ich mich hochstemmen wollte, berührte meine rechte Hand etwas, das neben mir am Boden lag. Tylers Zündschlüssel. Er war aus seiner Jacke gerutscht, als ich sie geöffnet hatte. Nach kurzem Zögern ließ ich ihn in meiner Hosentasche verschwinden.

»Ich gehe mit ihm«, sagte meine Schwester.

»Emma«, begann ich, aber sie streckte mit einem Ruck die Hand aus und drückte mir ein wenig zu fest den Finger auf die Lippen. Sie hatte sich eine Reihe solcher Gesten aus dem Fernsehen abgeschaut, war aber nicht geübt darin, sie anzuwenden.

»Diese Leute haben Mum und Dad ermordet«, sagte sie.

Ich nickte. »Und jetzt wissen wir auch, warum. Was hast du vor? Willst du dir eines ihrer Gewehre unter den Nagel reißen und sie alle erschießen?«

Tyler schob sich am Felsen hinauf und stand schließlich ein wenig wacklig auf den Beinen. Es hatte etwas Rührendes, diesen hünenhaften Kerl so benommen zu sehen. Ich war heilfroh, dass er noch lebte, und überlegte, ob ich ihm das sagen sollte. Aber gerade, als ich dazu ansetzen wollte, wandte er sich ab und machte sich auf den Weg hügelabwärts.

»Macht, was ihr wollt«, sagte er und brachte mich erneut auf hundertachtzig.

Emma folgte ihm.

»Hallo?«, sagte ich. »Hört mir hier eigentlich irgendjemand zu?«

Tyler blieb stehen und schaute zurück. »Du hast in allem Recht. Es ist gefährlich, vielleicht sterben wir, vielleicht geht ohnehin morgen die Welt unter. Aber es ändert nichts. Wenn ich die Chance habe, Flavie dort unten zu finden, dann versuche ich es.« Damit setzte er seinen Weg durch die Felsen fort, die auf dieser Seite des Hanges fast bis zur Umzäunung des Solarfeldes reichten. Nach wenigen Schritten hielt er noch einmal inne. »Danke für das, was du gerade getan hast.«

»Wir sind quitt«, gab ich zurück, obwohl das nicht stimmte und auch ein wenig so klang, als wollte ich einen Westernhelden imitieren, passend zu dieser Wüste mit ihren verfallenen Kulissenstädten.

»Nun komm schon mit«, sagte Emma, ohne sich umzuschauen. Sie wusste längst, dass ich nachgeben würde.

»Tyler?«, rief ich, während ich widerwillig aufholte.

»Hm?«

»Fang auf!« Ich warf ihm den Zündschlüssel zu.

Trotz der Dunkelheit schnappte er ihn mit einer Hand aus der Luft. Ein Grinsen huschte über seine Züge.

»Bisher habt ihr beiden das eigentlich nicht schlecht gemacht«, sagte Emma. »Man könnte fast meinen, aus euch würde noch ein Team.«

Ich verzog das Gesicht.

Tyler kletterte über einen Felsen. »Wenn sie uns zusammen umlegen, müssen unsere Geister es bis in alle Ewigkeit miteinander aushalten.«

Hinter uns verließen die Hunde bellend das blaue Haus und liefen hinaus in die Nacht.

SMILEWAVE

20.

Die Umzäunung war drei Meter hoch und in üblem Zustand. An manchen Stellen waren die verrosteten Pfosten umgeknickt und hatten den Maschendraht nach innen gezogen. Die Masten mit den Neonröhren standen in einer zweiten Reihe weiter hinten. Noch funktionierte die elektrische Versorgung der Anlage. Vielleicht hätten wir eine Öffnung gefunden, wären wir nur lange genug am Zaun entlanggelaufen. Aber dazu blieb keine Zeit. Bis zum Zentralgebäude des Solarfelds waren es knapp zweihundert Meter Luftlinie. Irgendwo dort musste es einen Weg hinab in die Hot Suite geben. Wir hörten hallenden Motorenlärm, obwohl an der Oberfläche kaum Fahrzeuge zu sehen waren.

»Die werden nicht mehr ewig brauchen.« Tyler machte sich daran, den eingedrückten Zaun hinaufzusteigen.

Die Metallnetze federten unter unseren Händen und Füßen. Jeder Schritt verursachte Vibrationen, die klirrend nach rechts und links den Zaun hinabwanderten. Wenn wir Glück hatten, ging der Lärm im Getöse der Motoren unter. Zwischen uns und den ersten Solarzellen lag ein Streifen von zwanzig Metern Ödland, dahinter war alles in kaltes Neonlicht getaucht.

Als wir von der Kante des umgestürzten Zauns zu Boden

sprangen, waberten die Schwingungen wie Schallwellen durch den Maschendraht. Ein unheimliches Surren schwoll auf und ab und entfernte sich.

»Hinlegen!« Tyler warf sich auf den Bauch, Emma und ich landeten neben ihm.

Eine Sekunde später strich der Strahl eines Suchscheinwerfers über die Umgebung. Ich war nicht sicher, ob man uns bemerkt hatte oder ob es sich um den Routinecheck eines Wachtpostens handelte. Der Scheinwerfer war auf einen Jeep montiert, der in einer Schneise parkte.

Emma spähte zu den nächstgelegenen Solarmodulen hinüber, gigantischen, rechteckigen Spiegelflächen, die in endlosen Reihen auf rostiges Eisengestänge montiert waren. »Dazwischen können sie uns nicht sehen.«

Der Lichtkegel war kaum an uns vorbei, da sprang ich als Erste auf. »Dann sollten wir uns besser beeilen.« Geduckt rannte ich los und vergewisserte mich mit einem Blick über die Schulter, dass Emma mir folgte. Tyler stemmte sich ebenfalls hoch und sprintete neben uns über den Sandstreifen; er war noch immer angeschlagen, ließ sich aber kaum etwas anmerken. Mein Körper schaltete auf Autopilot, bis wir am Rand der Modulreihen in Deckung gingen.

Hinter uns wanderte das Scheinwerferlicht erneut über den Zaun, verharrte kurz an der Stelle, wo wir ihn überquert hatten, und huschte dann weiter.

Die nächsten Minuten verbrachten wir damit, uns zwischen den Reihen näher an das zentrale Gebäude heranzupirschen. Mein Herz hämmerte fast so sehr wie oben am Haus. Adrenalinschübe unterdrückten den Schmerz meiner Schnittwunden und Prellungen.

Im Schutz der Solarmodule kamen wir bis auf dreißig Meter an das Gebäude heran. Von nahem war ein offenes Rolltor zu erkennen, dahinter eine leere Halle. Ein lautes Knirschen ertönte wie von mächtigen Zahnrädern, das Brummen einer Hydraulik. Kurze Zeit später stiegen Fahrzeuge aus dem Boden der Halle auf, zwei Transporter und ein schwerer Geländewagen. Sie standen mit laufenden Motoren auf einer Plattform, die wie ein gigantischer Lift in die Hot Suite abgesenkt und wieder heraufgefahren werden konnte.

Sobald die Plattform sich auf einer Ebene mit dem Hallenboden befand, gaben die Fahrer Gas. Alle drei Wagen rollten gleichzeitig ins Freie. Ihre Scheinwerferstrahlen ließen Reflexe über die Spiegelflächen der Solarmodule huschen.

Ein einzelner Mann stellte sich ihnen in den Weg.

»Stopp!«, brüllte Haven. Er hielt ein Sturmgewehr in den Händen und feuerte eine Salve Leuchtspurmunition in den Nachthimmel.

Reifen knirschten auf Sand, als die Wagen zum Stehen kamen.

»Gehen Sie aus dem Weg!«, rief ein Mann, der sich aus dem Seitenfenster des Geländewagens beugte. »Es ist vorbei. Hier gibt es nichts mehr zu tun.«

»Lionheart hat Ihnen einen Auftrag gegeben«, entgegnete Haven. Er musste das Barett im Haus verloren haben. Sein blondes Haar war sehr kurz geschoren. »Und Sie kneifen jetzt den Schwanz ein und verschwinden?«

»Glauben Sie, wir könnten einfach zum Geldautomaten gehen und unseren Lohn ziehen?« Der Mann stieß ein humorloses Lachen aus. »Die ganze Welt ist am Arsch! Niemanden interessiert, was Lionheart bezahlt und wie viel auf meinem Konto ist.

Weil in ein paar Tagen nichts davon mehr existieren wird. Was wir uns sichern können, müssen wir uns *jetzt* sichern! Wir haben schon zu viel Zeit verschwendet!«

»Und da wollen Sie in die nächste Stadt fahren und die erstbeste Bank ausräumen?«

»Wenn wir es nicht tun, dann tun es andere.«

»Was ist mit den Geistern? Die Städte sind voll von ihnen. Die nächste Smilewave wird Sie alle umbringen.«

Die nächste Smilewave. Sie hatten tatsächlich schon einen Namen dafür.

»Das lassen Sie unsere Sorge sein!«

Ich konnte nicht erkennen, wie viele Männer in den Fahrzeugen saßen, aber ich nahm an, dass jedes mit mehreren Personen besetzt war.

»Und jetzt verschwinden Sie, Colonel! Wir machen Ihnen keinen Ärger, also sollten Sie es umgekehrt genauso halten.«

Haven bewegte sich nicht von der Stelle. »Seien Sie kein Narr, Farris. Überlegen Sie sich genau, was Sie tun. Sie und die anderen Männer werden da draußen vor die Hunde gehen. Die Städte sind Friedhöfe, die Geister überall und die Abstände zwischen den Smilewaves werden kürzer. Sie haben keine verdammte Chance!«

Mit einem Mal hielt der Fahrer des Wagens eine Pistole in der Hand. »Gehen Sie aus dem Weg! Mein Vertrag wurde von Lionheart unterschrieben, und Lionheart existiert vermutlich nicht mal mehr. Wir sind nicht Ihre Privatarmee, Haven! Keiner hier ist bereit, für ein Kind zu sterben, dem ohnehin nicht mehr zu helfen ist.«

Haven gab ein Handzeichen. Aus dem Dunkel traten ein Dutzend weitere Söldner. Einige hatten sich ganz in unserer

Nähe zwischen den Solarmodulen verborgen gehalten. Ich wechselte einen alarmierten Blick mit Tyler und Emma. Sie hatten die Männer vorher ebenso wenig bemerkt wie ich. Um ein Haar wären wir ihnen genau vor die Waffen gelaufen.

Farris, der Mann in dem Geländewagen, hatte für den Aufmarsch nur ein müdes Lächeln übrig. »Wollen Sie uns wirklich töten, Haven? Wir sind elf Männer. Das wären elf Geister direkt vor der Einfahrt zur Hot Suite. Das Risiko gehen Sie nicht ein.«

Einer der Soldaten, die aus ihrer Deckung an Havens Seite getreten waren, ergriff das Wort. »Wir können sie aus den Wagen holen, Colonel!«

Haven hatte seine Waffe nun genau auf die Windschutzscheibe des Geländewagens gerichtet. Im Neonlicht, das aus der Halle auf den Vorplatz fiel, wirkte sein hageres Gesicht wie ein Totenschädel. Einen Moment lang schien er kurz davor, das Feuer auf die Deserteure zu eröffnen. Dann aber gab er seinen Leuten ein Zeichen und trat zur Seite.

Farris schien so wenig an diese Kapitulation zu glauben wie ich, einen Moment lang wirkte er unschlüssig. Hinter ihm redeten mehrere Stimmen durcheinander, aber sein Blick blieb auf Haven gerichtet, als könnte er vom Gesicht des Colonels dessen Pläne ablesen.

»Die lassen sie nicht weit kommen«, murmelte Tyler.

Doch Farris gab Gas. Augenblicke später passierten alle drei Fahrzeuge das Spalier der Soldaten. Haven verzog keine Miene. Wortlos blickte er den Wagen nach, als sie den Hauptweg hinabrollten, dem fernen Tor der Anlage entgegen.

Ich wartete auf Schüsse, vielleicht die Explosion einer Granate. Aber alles blieb ruhig. Die Fahrzeuge der Deserteure verschwanden in der Nacht.

Haven atmete tief aus, dann sagte er zu seinen Leuten: »Zurück an die Arbeit. Ich will nicht riskieren, dass die Piloten auf ähnliche Ideen kommen.«

»Wir hätten sie erledigen können, Colonel«, sagte der Söldner, der vorhin schon das Wort ergriffen hatte.

Haven schüttelte den Kopf. »Die sind so gut wie tot. Ihre Habgier wird schon dafür sorgen. Als ob sie mit ihren Waffen eine größere Chance hätten als irgendwer sonst.«

Er ging voran in die Halle, die anderen folgten ihm. Nur drei blieben draußen zurück, um den Eingang zu bewachen. Haven und sein Trupp betraten die Plattform, die sich kurz darauf mit Getöse in die Hot Suite absenkte.

Tyler deutete auf jenen Teil des Gebäudes, in dem die Steuerungszentrale der Solaranlage untergebracht sein musste. »Es gibt sicher noch einen zweiten Weg, eine Treppe oder einen Personenlift.«

»Wie viele von denen sind wohl noch übrig?«, flüsterte ich.

»Viele können es nicht mehr sein«, sagte Tyler.

Ich verkniff mir die Bemerkung, dass ein einziges dieser Sturmgewehre ausreichte, um uns aufzuhalten.

Wir umrundeten die Halle in weitem Bogen zwischen den Solarmodulen und gelangten an ihre Rückseite. Ein Stück entfernt standen die beiden Hubschrauber. In einem Cockpit saß ein Pilot und hantierte an seiner Konsole. Er war zu beschäftigt, um uns zu bemerken. Der andere Helikopter war verlassen.

Tyler lief voraus zu einer Hintertür. Sie war nicht abgeschlossen. Wahrscheinlich hatten die Angestellten die Anlage Hals über Kopf verlassen. Wir gelangten in einen Korridor, passierten den Durchgang zu einer menschenleeren Schaltzentrale und fanden am Ende eines Seitengangs eine Metalltür, die mit

Gewalt geöffnet worden war; rund um ein kopfgroßes Loch in Höhe des Schlosses waren die Spuren eines Schneidbrenners zu erkennen. Dahinter lag ein Treppenhaus. Aus der Tiefe war Lärm zu hören und hallte geisterhaft zwischen den kahlen Wänden.

Die Stufen führten tiefer nach unten, als ich erwartet hatte. Neonröhren knisterten an den Wänden, manche flackerten, einige waren längst ausgefallen. Wir schlichen durch ein zuckendes Raster aus Licht und Schatten, und einige Male blieben wir stehen, weil es klang, als wären wir nicht allein im Treppenhaus. Aber niemand tauchte auf, und bald wurde uns klar, dass es nur die verzerrten Laute aus der Hot Suite waren, die uns zum Narren hielten.

Der Höhenunterschied zwischen der Oberfläche und dem unteren Ende der Treppe betrug fünf Etagen. Aber es gab unterwegs keine Türen, nur grauen Beton, auf dem an manchen Stellen Wolkenmuster aus getrockneter Feuchtigkeit entstanden waren. Ich hielt die weißen Ränder für Kalk, doch Tyler kratzte mit dem Fingernagel daran, führte ihn an die Lippen und raunte: »Salz!«

»Diese ganze Wüste war früher mal der Grund eines Ozeans«, dozierte Emma im Flüsterton. »An manchen Stellen gibt es noch unterirdische Salzwasserreservoirs. Außerdem sind hier überall Höhlen. Einige davon wurden zuletzt als –«

»Erklär uns das später«, unterbrach Tyler sie. »Falls es dann noch wichtig ist.«

Emma blickte zu mir und ich nickte. »Nicht jetzt.«

Als ihr Smartphone während der Fahrt noch ein Signal empfangen hatte, hatte Emma das Netz nach Informationen über die Gegenden abgesucht, durch die wir gekommen waren. Einmal hatte sie eine Liste mit Filmen entdeckt, die in der Desierto de Tabernas gedreht worden waren. Nachdem sie zwei Dutzend Titel vorgelesen hatte, hatte ich ihr gedroht, sie aus dem Auto zu werfen, falls sie den Rest nicht für sich behielt. Die übrigen hatte sie daraufhin lautlos gelesen und dabei nur die Lippen bewegt. Zum Schluss waren es wohl einige Hundert gewesen, und ich war sicher, dass sie die meisten aus dem Stegreif hätte aufsagen können.

Die Stufen endeten vor einer weiteren Stahltür. Auch sie war mit einem Schweißbrenner geöffnet worden. Ich ging vor dem Loch in die Hocke und blickte hindurch.

Auf der anderen Seite lag eine Asphaltfläche, so groß wie der Parkplatz eines Einkaufszentrums. Etwa dreißig Meter entfernt erhob sich eine graue Wand, die Front eines fensterlosen Gebäudes mit Flachdach mitten in der gigantischen Höhle; von hier aus konnte ich nicht erkennen, wie tief es sich ins Innere der Grotte erstreckte. Die Felsdecke war unbehauen. Strahler waren dort oben angebracht worden und tauchten die Szenerie in ein unwirkliches, eisiges Licht. Irgendwo wummerten Generatoren.

Havens Konvoi parkte vor dem unterirdischen Bau. Ich zählte sechs Fahrzeuge, darunter drei Transporter. Die Kühler wiesen zu uns, die Ladeöffnungen zu der grauen Fassade. Dahinter bewegten sich Männer in schwarzen Lionheart-Overalls und verluden etwas, das ich nicht erkennen konnte, weil die Wagen die Sicht verdeckten.

»Lass mich mal sehen«, sagte Tyler.

Ich machte Platz und beobachtete ihn, während er die Anlage durch die Öffnung in der Tür inspizierte. Er wirkte jetzt noch angespannter als zuvor. Seine Augen waren tiefer in die Höhlen gesunken und hatten dunkle Ränder. Sein Gesicht war schmutzig, das dichte Haar hing ihm wirr in die Stirn. Ich selbst sah gewiss nicht besser aus. Meine Dreadlocks stanken nach Asche und waren eher grau als rot.

»Falls sie wirklich noch hier ist, was hast du dann vor?«, fragte ich leise.

»Ich befreie sie.«

»Blödsinn. Da draußen sind noch immer eine Menge bewaffnete Männer, die nicht einfach dabei zusehen werden.«

»Er hat keinen Plan«, stellte Emma fest.

Nein, natürlich hatte er keinen. Denn wie hätte der auch aussehen sollen? Eine Waffe stehlen, alle über den Haufen schießen und Flavie wie ein schlummerndes Dornröschen in die Freiheit tragen, um sie im Schein der aufgehenden Sonne wach zu küssen?

Tyler richtete sich auf. »Ich geh jetzt da rein. Kommt mit, wenn ihr wollt.«

Emma nahm seine Stelle an dem Loch in der Tür ein. »Das Gebäude muss die eigentliche Hot Suite sein. Es gibt bestimmt nur einen einzigen Zugang, eine Schleuse oder so was.«

»Hinter den Wagen«, sagte Tyler. »Sie stehen genau davor.«

Emma nickte, während sie durch die Öffnung spähte. »Wenn wir es bis zu den … Dingern da drüben schaffen, hätten wir eine bessere Sicht auf das, was da vorgeht.«

Ich hatte sie auch gesehen: drei kleine Elektrofahrzeuge, offene Metallgestelle mit Rädern, eine Mischung aus Golfcart und Strand-Buggy. Früher mussten sie zur Fortbewegung innerhalb der Höhle gedient haben, vielleicht bei Wartungsarbeiten außerhalb der Hot Suite. Sie parkten links vor der Fassade, etwa zwanzig Meter vom ersten Lionheart-Transporter entfernt. Um dorthin zu gelangen, mussten wir die offene Fläche überqueren.

Augenblicke später rannten wir so schnell wir konnten auf die drei Gefährte zu. Haven und die meisten seiner Männer hielten sich im Inneren der Hot Suite auf, nur drei waren bei den Wagen zurückgeblieben. Keiner bemerkte uns.

Jetzt konnte ich auch die Aufzugplattform nach oben sehen. Sie lag einen Steinwurf von der Tür zum Treppenhaus entfernt und war groß genug, um alle sechs Wagen des Konvois auf einmal ans Tageslicht zu bringen.

Wir erreichten die Buggys und warfen uns dahinter auf den Boden. Tyler lag hinter dem ersten, Emma und ich zwischen dem zweiten und dritten; meine Schwester trug noch immer den Rucksack auf dem Rücken. Wir mussten die Köpfe heben, um an den Sitzen vorbei hinüber zum Konvoi zu blicken.

Die Eingangsschleuse der Hot Suite befand sich am Ende eines kurzen schlauchähnlichen Gangs, der wie ein Betonarm aus dem grauen Klotz ragte. Ein paar Trümmer lagen umher, rundum ein Teppich aus Glasscherben. Bevor die Salazars die Anlage ein für alle Mal sich selbst überlassen hatten, mussten sie alles verriegelt haben. Haven hatte das Sicherheitsschott kurzerhand gesprengt. Seine Männer liefen mit knirschenden Schritten durch die Überreste, während sie Kisten und Plastiksäcke aus dem Gebäude schleppten und auf den Ladeflächen verstauten.

Emma stieß mich sachte mit dem Ellbogen an. »Wenn Gott tot ist –«, begann sie.

»Oh, *bitte*, jetzt nur ja kein Vortrag.«

»– dann müsste sein Geist auch in den Kammern sein, oder? Und wenn er da drüben ist, dann wird er irgendwann wiederauftauchen, genau wie all die anderen Geister.«

Ich blickte zu den Männern hinüber. Sie redeten leise miteinander, während sie Kisten auf die Ladeflächen hievten.

166

»Wenn Tiere sterben«, entgegnete ich leise, »dann kehren sie auch nicht zurück.«

»Aber Gott ist kein Tier.«

»Jedenfalls kein Mensch.« Ich konnte nicht fassen, dass ich mit ihr dieses Gespräch führte. Hier und jetzt. Überhaupt. Gott konnte mir gestohlen bleiben. Und ihr auch, hatte ich angenommen.

»Wenn er aber nun ein Geist wäre«, flüsterte sie, »wie lange würde es dann dauern, bis er erscheint?«

Ich fing einen mörderischen Blick von Tyler auf. Sicher bedauerte er gerade, dass er uns nicht irgendwo zurückgelassen hatte.

»Paar Milliarden Jahre«, sagte ich so leise wie möglich. »Mindestens. Und jetzt sei still!«

»Vorausgesetzt, das Ganze beschleunigt sich nicht.«

»Warum sollte es das tun?«

»Warum nicht?«

»Ist gut jetzt, Emma. Heb dir das für später auf.«

Daraufhin schwieg sie tatsächlich, aber ich sah ihr an, dass das Thema sie weiter beschäftigte. Mehr offenbar als die bewaffneten Söldner ganz in unserer Nähe.

»Seid ihr jetzt fertig?«, fragte Tyler.

Ich zuckte die Achseln.

Er schien noch etwas sagen zu wollen, als am zerstörten Eingang der Hot Suite ein Aufruhr entstand. Stimmen riefen im Inneren durcheinander, etwas rumpelte. »Macht den Weg frei! Holt die Schaufeln und räumt den Schutt zur Seite!«

Es vergingen einige Minuten, in denen die drei Männer mit Klappspaten und Besen eine Schneise durch die Trümmerstücke der Schleuse fegten.

Währenddessen schaute ich zur anderen Seite. Hinter uns endete die Fassade an einer Ecke. Bis zur Höhlenwand waren es von dort aus noch einmal zehn Meter. Zwischen dem Gebäude und der Felswand befand sich eine asphaltierte Schneise.

Als ich mich wieder umdrehte, räumten die drei Männer gerade ihre Schaufeln und Besen beiseite. Aus dem Inneren des Betonarms erklangen abermals Stimmen, dann ein Rumpeln. Gleich darauf schoben vier Söldner etwas aus dem zerstörten Eingang, eine Mischung aus Sarg und Tiefkühlschrank.

Die untere Hälfte des Behälters bestand aus weißem Metall oder Kunststoff und war mit LED-Anzeigen übersät. Unter dem halbrunden Deckel aus milchigem Glas ruhte ein Körper, der nur vage auszumachen war. Einer der Männer betätigte einige Schalter an der Seite des Behälters, las eine Anzeige ab und justierte einen tragbaren Generator, der mit dem Behälter verkabelt war. Er nickte und bedeutete den Männern, ihn auf einen der Lkw zu heben. Dies dauerte offenbar länger als geplant, denn jenseits der Schleuse kündigten ungeduldige Rufe an, dass der nächste Proband unterwegs war. Ich erkannte Havens Stimme, dem das alles zu langsam ging und der die Männer daran erinnerte, dass das Flugzeug nicht ewig warten würde.

Einer der Männer murrte, dass es nirgends so sicher wäre wie hier unten und man ja nicht gleich desertieren müsse wie Farris, aber ihr Leben es schon wert wäre, die Sache noch einmal zu überdenken. Daraufhin trat Haven aus der Schleuse, legte dem Mann einen Arm um die Schulter und redete leise auf ihn ein. Sein Gesicht wirkte entspannt, fast gutmütig, während er sich langsam mit ihm von den anderen entfernte. Sie kamen genau auf uns zu.

Kurz vor dem ersten Buggy, keine zwei Meter von unserem

Versteck entfernt, zog Haven seine Pistole, hielt sie dem Mann an die Schläfe und drückte ab. Der Schuss hallte noch von den Höhlenwänden wider, als der Soldat zusammenbrach. Augenblicklich materialisierte sich sein Geist, nah genug, um uns bei der nächsten Smilewave zu töten.

Ich lag stocksteif neben den Reifen des Fahrzeugs und hatte einen Arm um Emma gelegt, als könnte ich sie so vor dem drohenden Lächeln der Erscheinung schützen. Ich hielt den Atem an, bis ich das Gefühl hatte, meine Lunge müsste explodieren. Aber der Geist lächelte nicht. Noch nicht.

Haven steckte in aller Seelenruhe seine Waffe ein und ging zurück zu den anderen. Hätte er zuvor seinen Blick nur um eine Winzigkeit zur Seite gewandt, hätte er uns alle entdeckt. Aber jetzt rief er schon wieder Befehle und gestikulierte zu den Lkw.

Einen Moment lang sah es so aus, als würde die Stimmung endgültig kippen. Meuterei hing in der Luft, unter den Männern herrschte eisiges Schweigen. Niemand rührte sich, während Haven zur Schleuse zurückkehrte.

»Hat noch jemand einen Vorschlag, den weiteren Ablauf betreffend?«, fragte er.

Erst einer, dann ein anderer machte sich wieder an die Arbeit, und gleich darauf waren sie alle damit beschäftigt, den ersten Probanden auf der Ladefläche zu verstauen und den zweiten von seinem Rolltisch zu heben.

Die nächsten Minuten waren die längsten meines Lebens. Ich konnte den Blick nicht von dem Geist in unserer Nähe nehmen. Der Drang, sofort aufzuspringen, Emma auf die Beine zu ziehen, Tyler anzubrüllen, dass er uns folgen sollte, und einfach davonzurennen, war fast überwältigend.

Bald wurden der dritte und vierte Proband gebracht und auf

den nächsten Transporter verladen. Ein Mann blieb zurück, während Haven die übrigen wieder in die Hot Suite schickte. Er wies sie an, noch einmal jeden Winkel nach Festplatten und anderen Datenträgern abzusuchen. Zugleich schleppten einige von ihnen mehrere Kisten ins Innere der Anlage: Sprengstoffpakete, wie wir sie schon in der Sternwarte gesehen hatten. Haven verwischte selbst jetzt noch seine Spuren.

»Wir müssen weg von dem Geist«, sagte Emma leise.

Natürlich. Und zwar schnell.

Tyler gab uns ein Handzeichen und deutete über unsere Köpfe hinweg zur Ecke des Gebäudes. Er wollte, dass Emma und ich uns dorthin zurückzogen. Zuletzt zeigte er auf sich und hinüber zu den Transportern.

Er konnte nicht von hier fort, bevor er wusste, ob Flavie in einem der vier Glassärge lag. Trotz des Sprengstoffs, trotz der Söldner. Aber was würde geschehen, wenn er sie nicht fand? Acht Probanden waren bereits in Whiteheads amerikanischem Labor. Die Chancen standen zwei zu eins gegen Flavie. Nicht gut genug, um unser Leben dafür aufs Spiel zu setzen.

Doch nun hielt ihn nichts mehr in seiner Deckung. Als der Söldner daranging, die letzten Kisten in den dritten Transporter zu laden, rannte Tyler los.

21.

Der Söldner wandte uns für einen Moment den Rücken zu.
Tyler lief auf die Ladeöffnung des ersten Transporters zu und
kletterte hinein.

Der Mann drehte sich um.

Tyler war im Laderaum abgetaucht.

Der Söldner suchte etwas. Eine Kiste, die einer der anderen
Männer ein Stück weiter links abgestellt hatte. Er hob sie hoch,
fluchte, weil sie so schwer war, und entschied, sie auf den zweiten
Transporter zu stellen. Er trug sie hinüber, bemerkte, dass dort
kein Platz mehr war, und näherte sich mit seiner Last jetzt dem
vorderen Wagen. Demselben, in dem Tyler verschwunden war.

»Lauf zur Ecke und versteck dich dahinter«, sagte ich zu
Emma und rannte auf den Mann zu. Er hatte den Kopf hinter
der Kiste zur Seite gedreht und konnte mich nicht sehen, würde
aber auf der Stelle Tyler entdecken, sobald er sich auf Höhe der
Ladeöffnung befand.

Ich warf mich mit voller Wucht gegen die Kiste, die Arme
nach vorn gestreckt. Der Mann stöhnte, stolperte einen Schritt
nach hinten und stürzte aufs Steißbein. Sein Oberkörper wurde
unter der Kiste begraben. Ein, zwei Sekunden lang glaubte er
wohl noch, er wäre gegen ein Hindernis gelaufen. Ich trat ihm

mit aller Kraft zwischen die Beine. Nicht fair, nicht besonders fein, aber überaus wirkungsvoll. Was immer er gerade hatte rufen wollen, als er sich von der Kiste befreite – es blieb ihm in der Kehle stecken. Im Liegen krümmte er sich zusammen, dann sprang schon Tyler vom Wagen, beugte sich über ihn und verpasste ihm einen filmreifen Faustschlag, der ihn endgültig schachmatt setzte. Jeden Moment erwartete ich weitere Männer, die alarmiert vom Lärm aus der gesprengten Schleuse stürmten.

»Komm mit!«, sagte ich.

Tyler schüttelte den Kopf und lief zum zweiten Transporter. Offenbar hatte er Flavie im ersten nicht gefunden.

Ich ließ ihn tun, was er tun musste, und machte mich daran, den reglosen Mann zwischen die Lkw zu zerren. Falls jemand die Hot Suite verließ, sollte er nicht als Erstes über den Mann stolpern. Sein Gesicht war blutig, aber ich versuchte, nicht genau hinzusehen.

Nachdem ich den Mann einige Meter weit gezogen hatte, sah ich zurück in Emmas Richtung: Auch sie hatte ihre Deckung verlassen, war aber nicht um die Ecke des Gebäudes gelaufen, sondern stand seltsam verloren neben dem hinteren der drei Buggys. Sie befand sich noch immer viel zu nah bei dem Geist des Mannes, den Haven erschossen hatte.

Als sie meinen Blick bemerkte, gestikulierte sie wild in die Richtung, aus der wir eben gekommen waren. Zum Treppenhaus.

Noch war niemand zu sehen, aber jetzt hörte ich hallende Stiefelschritte auf den Stufen. Zwei Männer sprachen miteinander. Sie hatten uns den einzigen Fluchtweg abgeschnitten. Und die Hebeplattform schied aus – zu schwerfällig, zu laut, selbst wenn wir sie noch rechtzeitig hätten erreichen können.

Ich bedeutete Emma mit einem Wink, sich wieder zu verstecken, am besten hinter der Ecke, rannte selbst aber zurück zu dem Lkw, in dem Tyler verschwunden war.

Ich sah gerade noch, wie die Glaskuppel mit einem schmirgelnden Laut zur Seite rollte und in der Wand des Behälters verschwand. Der erste Metallsarg war bereits offen, wahrscheinlich hatte Tyler auch die beiden in dem anderen Laster geöffnet. Entsetzlicher Gestank drang aus dem Wagen. Ich hatte noch nie etwas gerochen, das dem hier auch nur nahekam.

»Du hast sie *aufgemacht*?«, fuhr ich Tyler an. »Die werden gleich zurück sein und –«

»Sie leben noch«, sagte er mit starrem Blick ins Innere des Behälters. Von unten aus konnte ich nicht hineinsehen und ich war keineswegs sicher, ob ich das wollte. »Die alte Frau hat die Wahrheit gesagt. Über ein Jahr ohne Nahrung, ohne Wasser … und sie sind alle noch am Leben!«

In seiner Stimme lag ein Unterton, den ich von ihm noch nicht kannte. Er hielt mich davon ab, auf die Ladefläche zu steigen und mich mit eigenen Augen zu überzeugen.

»Ist sie dabei?«, fragte ich tonlos.

Er starrte nur in den Behälter, ungeachtet des Gestanks. Sie lebten noch. *Etwas* hatte sie am Leben gehalten, hatte Teresa Salazar behauptet. Die Kammern des Kalten Wassers.

Und plötzlich musste ich an die Disc in Tylers Jacke denken. An den Blick in die Kammern durch Flavies Augen.

»Tyler!«, sagte ich jetzt wieder mit einer Stimme, die halbwegs nach mir klang. »Ist Flavie dabei?«

Sein Kopfschütteln schien ihn unendlich viel Kraft zu kosten. Gerade wollte ich zu ihm auf den Laster klettern, als er zwischen den beiden Metallsärgen hervorstolperte, von der Ladefläche sprang und schwankend neben mir landete.

»Sie kommen durchs Treppenhaus«, sagte ich. »Und die anderen werden auch gleich wieder da sein.« Tatsächlich meinte ich schon Stimmen aus dem gesprengten Schleusenloch zu hören, Scharren von Stiefeln auf Beton.

Er sah aus, als hätte er selbst in die Kammern geblickt. Seine Augen wirkten glasig, fast verschleiert. Er hatte sich die Unterlippe blutig gebissen.

»Sie atmen noch«, flüsterte er. »Sie haben mich angesehen.«

»Okay. Vergiss sie. Und komm jetzt!« Ich packte ihn an der Hand, dann – als er nicht reagierte – fester mit beiden Händen am Unterarm. Zuletzt zerrte ich ihn einfach mit, so dass ihm gar nichts anderes übrig blieb, als loszulaufen.

Da sah ich Emma.

Sie saß hinter dem Steuer eines Elektrobuggys und fuhr uns entgegen. Vorbei an dem Toten und seinem Geist. Ungeachtet der Söldner, die jeden Augenblick aus der Tür zum Treppenhaus stürmen mochten.

»Steigt auf!«

Sie bremste das Gefährt vor uns ab und fuhr dabei gleichzeitig eine Kurve. Ich fragte nicht, was sie vorhatte. Stattdessen schob ich Tyler auf die Rückbank, kletterte hinterher und versuchte, Treppenhaus und Schleuse im Blick zu behalten.

Ich hatte mich nicht getäuscht. Havens Leute kehrten zurück. Die ersten traten gerade zwischen den geborstenen Betonwänden des Schleusengangs hervor, machten zwei, drei weitere Schritte, blieben wie angewurzelt stehen und schienen als Erstes den Gestank zu bemerken, der ihnen aus den Transportern entgegenquoll.

Emma trat das Gaspedal durch. Der Elektromotor surrte leise. Ich fragte mich, wie lange er durchhalten würde. Schneller als ein Mofa schien das Ding nicht zu fahren, ganz sicher nicht schnell genug, um Schüssen zu entkommen.

Die Männer hatten uns entdeckt und waren einen Augenblick lang unschlüssig, ob sie erst nach den Probanden sehen oder uns verfolgen sollten. Dann sprang der erste in einen Transporter, während die anderen ihre Pistolen zogen und auf uns anlegten.

Hinter ihnen trat Haven aus der Schleuse.

»Stopp!«, brüllte er, wollte uns folgen – und hielt inne, als sein Blick in den vorderen Lkw fiel.

Auch seine Männer feuerten nicht, sondern blickten nervös zur Seite, die Waffen weiterhin auf uns gerichtet, aber zusehends unsicher.

Aus dem Treppenhaus traten die beiden Helikopterpiloten und blieben stehen. Einer zog eine Pistole.

Emma steuerte auf die Ecke der Hot Suite zu.

Haven brüllte Befehle.

Im Inneren der Transporter begann etwas zu toben, erst im einen, dann im zweiten. Der Mann im Laderaum kreischte wie ein Kind.

22.

Sie vergaßen uns einfach.

Von einem Moment zum nächsten verloren Haven und seine Männer jedes Interesse an uns. Über die Schulter hinweg sah ich, wie der schreiende Mann aus dem Lastwagen sprang und dabei einen anderen mit zu Boden riss. Ein Söldner, der eben noch auf uns gezielt hatte, wurde gleichfalls umgeworfen. Ein Schuss löste sich aus seiner Waffe und schlug peitschend in die Höhlendecke ein, fünfzehn Meter über uns.

Aus der Schleuse kamen weitere Männer mit Waffen im Anschlag, alarmiert von dem Lärm. Keiner achtete auf uns.

Noch wenige Meter bis zur Ecke. Dahinter waren wir fürs Erste sicher.

Tyler blickte über die Lehnen der Rücksitze, seine Augen glänzten. Aber er verzog keine Miene, starrte nur zurück zu dem, was jetzt in der Öffnung des vorderen Lkw erschien.

Eine graue, spindeldürre Gestalt tauchte auf allen vieren aus dem Dunkel auf. Die Proportionen waren falsch, Arme und Beine viel zu lang, der Torso zu klein, der Kopf ein hängendes, haariges Ding. Das Wesen schrie sich die Lunge aus dem Hals, es war ein hoher, nicht enden wollender Ton. Vielleicht hatte es das Sprechen verlernt, genau wie das Laufen, denn es stand noch immer gebückt an der Kante der Ladefläche, schlenkerte mit den Armen, machte plötzlich einen stolpernden Sprung ins Freie und klammerte sich an einen der Söldner. Der brüllte ebenfalls, ein anderer feuerte mehrfach in die Luft. Haven rief Kommandos und die Piloten zogen sich ins Treppenhaus zurück.

Dann bog unser Gefährt um die Ecke und vor uns lag die breite Schneise zwischen der Höhlenwand und der Seitenmauer der Hot Suite. Der tiefe Schlagschatten des Gebäudes tauchte die eine Hälfte in Finsternis, die andere war diffus von den fernen Deckenstrahlern erhellt.

»Wo willst du hin?«, rief ich nach vorn zu Emma.

Dabei hätte ich mir die Antwort selbst geben können: Sie lenkte den Elektrowagen tiefer in die Höhle, fort von den Lionheart-Söldnern.

»Was haben die ihnen angetan?«, murmelte Tyler, wiederholte es noch einmal schärfer und schlug mit solcher Wucht eine Faust gegen das Gestänge des Buggys, dass Emma für einen Moment fast die Kontrolle verlor. Dann versank er wieder in brütendem Schweigen.

»Ich will zur Rückseite der Hot Suite«, sagte Emma über ihre Schulter. »Und dann weiter weg.«

»Die werden das alles hier in die Luft sprengen!«

»Vielleicht finden wir einen anderen Ausgang.«

Wieso es den geben sollte, war mir ein Rätsel, und ich konnte mir kaum vorstellen, dass sie ernsthaft daran glaubte. Aber in einem hatte sie Recht: Dort, wo wir herkamen, hatten wir keine Chance.

Das Chaos vorn bei den Lkw klang jetzt nur noch gedämpft zu uns. Das Geschrei des Wesens riss nicht ab und nun schien es, als fielen andere mit ein. Vielleicht war es auch nur der Hall zwischen den Felsen. Aber Tyler hatte alle vier Behälter geöffnet, und wenn es einem der Probanden gelungen war, sich zu erheben, dann vielleicht auch den übrigen.

Der Buggy rollte fast gemächlich an der grauen Fassade entlang, dem hinteren Ende der Hot Suite entgegen. Noch blieb uns Zeit. Haven musste erst die Probanden bändigen, sie in ihren Behältern verstauen und den Konvoi hinauf an die Oberfläche bringen. Vorher konnte er die Sprengung nicht einleiten.

Hinter uns peitschten abermals Schüsse, aber als ich zurückblickte, war niemand da, der uns folgte. Falls an der Schleuse jemand zu Tode kam, würde Haven sich beeilen müssen, um den Abtransport vor der nächsten Smilewave über die Bühne zu bringen. Ansonsten würde ihm nichts anderes übrig bleiben, als sich mit seinen Leuten in sichere Entfernung zurückzuziehen und abzuwarten, bis das Lächeln wieder nachließ.

Schließlich erreichten wir das Ende der Schneise. Hier gab es keine Scheinwerfer mehr unter der Höhlendecke, der hintere Teil der Grotte lag in völliger Finsternis.

»Ich bin nicht sicher, ob das eine gute Idee ist«, sagte Tyler.

»Haben die alle so ausgesehen wie der eine?«, fragte ich.

Er nickte. »Mehr oder weniger.«

Emma schaltete die Scheinwerfer ein. Sie tauchten den Boden vor uns in ein ungesundes Gelb.

An die Rückseite der Hot Suite – einer fensterlosen Betonwand, trist wie eine Gefängnismauer – schloss sich eine weite Fläche an.

»Die haben das alles asphaltiert«, stellte ich fest. »Das ergibt doch keinen Sinn.«

»Doch«, sagte Emma. »Tut es.«

Vor uns schälten sich Kolosse aus verrostetem Stahl aus der

Dunkelheit. Reihen von Panzern, rechts und links eines Weges, der tiefer in die Schwärze führte. Ihre Geschützrohre waren über den Weg aufeinander gerichtet, so als stünden sich zwei vergessene Armeen gegenüber. Immer mehr von ihnen tauchten aus der Finsternis auf, zwanzig, dreißig auf jeder Seite. Viele hatten sichtbare Schäden, aufgesprengte Flanken, abgerissene Kanonen. Das hier war kein Waffenlager – es war ein Friedhof.

»Ein Militärschrottplatz«, murmelte Tyler. »Wahrscheinlich noch aus der Zeit Francos, so wie diese Dinger aussehen.«

Bis 1975 war Spanien die letzte faschistische Diktatur Europas gewesen. Der General Francisco Franco war in den Dreißigerjahren durch einen Militärstreich an die Macht gekommen, hatte das Land in einen Bürgerkrieg geführt und bis zu seinem Tod mit Hilfe seiner Geheimpolizei regiert. Die Hot Suite war in den letzten Jahren seiner Regierungszeit entstanden, aber augenscheinlich war dieser Ort bereits lange zuvor von seiner Armee genutzt worden, womöglich schon während des Krieges. Die meisten dieser Panzer waren bei Kämpfen beschädigt worden.

In weiter Ferne, auf der anderen Seite der Hot Suite, verklang das Schreien der Probanden.

Wir rollten über den brüchigen Asphalt zwischen den Panzerwracks, während sich die Finsternis um uns zusammenzog. Nur die vorderen Reihen waren im schwachen Schein unserer Lampen zu erkennen, aber je länger ich ins Dunkel blickte, desto deutlicher sah ich weitere Maschinen im Hintergrund. Ich stellte mir vor, dass auch die Insassen der Panzer hier zurückgelassen worden waren, jahrzehntelang im Dunkeln, stumm und skelettiert. Und dass sie gerade erwachten, ihre Schädel hoben und mit vermoderten Klauen nach den Sprossen der Leitern griffen.

»Vielleicht sollten wir uns in einem dieser Dinger verstecken«, sagte Tyler. Ich hatte die üble Befürchtung, dass er das ernst meinte. Je nachdem, wie stark die Explosion sein mochte, würde uns das vielleicht vor umherfliegenden Trümmern retten. Oder wir würden lebendig darin begraben werden.

»Das da ist besser«, sagte Emma und zeigte nach vorn.

Vor uns wurde die Rückwand der Höhle sichtbar. Darin befand sich ein stählernes Tor. Jemand war vor uns hier gewesen, Havens Leute vielleicht oder andere noch viel früher. Das gewaltige Schott war gesprengt worden, ein eiserner Torflügel hing schief in den Angeln. Darunter war ein dreieckiger Spalt entstanden, breit genug, um mit einem der Jeeps hindurchzufahren. Oder mit unserem Elektrobuggy.

Ich brachte keinen Ton heraus, auch die beiden anderen sprachen nicht. Emma zögerte nur einen Augenblick lang und ließ den Wagen vor dem zerstörten Tor ausrollen. Dann gab sie abermals Gas und steuerte den Buggy unter dem verzogenen Stahlschott hindurch.

Tylers Hand berührte meine. Ich konnte ihn neben mir nur als Silhouette erkennen. Unser schwaches Scheinwerferlicht riss ringsum grobe Felswände aus der Finsternis, wir fuhren durch einen Tunnel. Der Boden war voller Unebenheiten und Schlaglöcher, aber er war noch immer asphaltiert. Ein uralter Stollen, der hoffentlich nicht im nächsten Moment vor einer Wand enden würde.

Als die Explosionen schließlich kamen, fiel die Furcht auf einen Schlag von mir ab. Das Warten hatte ein Ende.

Erst war es ein Grollen wie ein fernes Gewitter, dann eine Serie von Donnerschlägen. Feuer war keines zu sehen, dafür spürten wir die Druckwelle. Sie trieb das tonnenschwere Stahltor wie ein Blatt Papier von hinten auf uns zu.

23.

Als die erste Explosion ertönte, hatte Emma das einzig Richtige getan: Sie hatte das Steuer herumgerissen und den Buggy zur Tunnelwand gelenkt, ganz nah an den Fels, hinter einen Vorsprung.

Ein Ungetüm aus Staub jagte von hinten heran – und inmitten von Trümmern und Rauch raste mit unglaublichem Getöse der abgerissene Stahlflügel durch die Röhre. Das Scheppern, mit dem er die Wände streifte und Kerben in das Gestein hieb, sprengte mir fast das Trommelfell.

»Runter!«, brüllte Tyler, und dann fielen wir schon alle drei neben dem Buggy übereinander, so flach wie möglich auf den Boden und dicht aneinandergepresst. Ich schob mich über Emma, um sie so gut es eben ging mit meinem Körper zu schützen.

Der Torflügel polterte an uns vorbei. Durch die Druckwelle rutschten wir ein Stück an der Felswand entlang, während der Buggy wie von selbst den Tunnel hinabrollte und nur durch ein Wunder nicht von der verbeulten Stahlplatte zerschmettert wurde. Hitze folgte auf den Druck, aber es waren nur Luftströme, keine Flammen, die aus der Grotte in den Tunnel wehten.

Ein schrilles Schaben von Stahl auf Stein, dann ein Krachen –

der Torflügel hatte sich verkeilt, ein gutes Stück weiter den Tunnel hinunter. Ich atmete Staub ein, bekam aber Luft und vergewisserte mich, dass Emma unverletzt war. Tyler rappelte sich ebenfalls auf. Der Buggy war umgeworfen worden und leuchtete mit den Scheinwerfern an die Wand. Wir husteten und fluchten wie Überlebende eines Sandsturms. Erst allmählich legte sich die Staubwolke.

Tyler schnappte sich Emma und umarmte sie. »Das hast du fantastisch gemacht!« Dann gab er ihr einen Kuss auf die Stirn, der sie dreinschauen ließ wie jemanden, der unverhofft gegen eine Glastür gelaufen war. Perplex, schockiert, ganz und gar überfordert mit der Situation.

»Er hat Recht.« Grinsend wuschelte ich ihr durchs Haar, und Staub wölkte auf. »Du hast uns gerettet.«

Sie hustete. »Und was genau ist daran so erstaunlich?«

Tyler ging hinüber zu dem umgestürzten Buggy, stemmte sich mit beiden Armen gegen das Gestänge und versuchte, den Wagen aufrecht zu stellen. Erst als Emma und ich dazukamen, gelang es uns gemeinsam, das Gefährt wieder in die Waagerechte zu bringen. Der Buggy krachte scheppernd auf seine vier Räder. Emma setzte sich ans Steuer und drückte auf einen Knopf. Der Motor sprang an.

Kurz darauf waren wir wieder unterwegs. Für einen Moment hatte die Frage im Raum gestanden, ob wir umkehren und es in der Grotte versuchen sollten, nachdem Haven und seine Männer abgezogen waren. Aber wir waren alle überzeugt, dass er auch die Hebeplattform und das Treppenhaus gesprengt hatte. Außerdem musste es dort noch immer brennen. Letztlich blieb uns also gar keine andere Wahl, als weiter dem Tunnel zu folgen und herauszufinden, wohin er führte.

Der Elektromotor surrte und die Gummireifen knirschten auf Sand und Schuttpartikeln. Nach einer Weile stießen wir auf den Flügel des Stahltors. Er lag quer im Tunnel, verbogen wie ein Stück Alufolie, und versperrte den Weg. Er hatte sich mit einer Ecke im Fels verkantet und würde sich nie wieder bewegen. Der Buggy passte nicht daran vorbei, egal an welcher Seite wir es auch versuchten.

»Also zu Fuß«, sagte Tyler.

»Ohne Licht?«

Emma kletterte auf die verzogene Stahlplatte und blickte den Tunnel hinab. »Seht mal!«

Der Torflügel knirschte und quietschte, als wir neben sie traten. Vor uns schimmerte ein wabernder Fleck inmitten der Finsternis.

»Weiß jemand, wie viel Uhr es ist?«, fragte ich.

Tyler zog die Taschenuhr hervor und hielt sie ins Scheinwerferlicht. »Kurz vor sieben.«

Vor etwas weniger als acht Stunden waren die Geister unserer Eltern aufgetaucht. Die Zeit, die seitdem vergangen war, war mir nicht mal halb so lang erschienen. Nun aber ging draußen die Sonne auf und blickte auf eine Welt, die nicht mehr dieselbe war wie am Abend.

Ich fragte mich, wie viele Menschen während der ersten Smilewaves ums Leben gekommen waren. Ein paar Millionen? Milliarden? Mein Gehirn weigerte sich, Bilder zu diesen Größenordnungen zu liefern.

Wir stiegen auf der anderen Seite des Torflügels wieder hinunter. Dann gingen wir langsam dem Lichtschein entgegen. Die Luft hier unten war mit Staub und Rauch gesättigt, das Atmen fiel mir immer schwerer. Auch meine Augen brannten.

Wir hielten uns an den Händen, um einander in der Dunkelheit nicht zu verlieren.

»So muss es sich anfühlen, blind zu sein«, sagte Emma nach einer Weile.

»Nein«, entgegnete Tyler. »Blindheit ist anders. Du kannst gerade mal seit ein paar Minuten nichts mehr sehen, aber trotzdem hast du eine Vorstellung von dem, was dich umgibt. Du weißt, wie Felsen aussehen und der Asphalt auf dem Boden, und du kannst dir ausmalen, was dich im Tageslicht erwartet. Eine Blinde kann das nicht, schon gar nicht, wenn sie blind zur Welt gekommen ist.«

Emma schwieg und schien nachzudenken. Ich ebenfalls, wenn auch aus anderen Gründen.

»Flavie ist blind«, sagte er, »schon von Kind auf.«

Ich versuchte, ihn von der Seite anzusehen, erkannte aber nicht einmal sein Profil.

»Ich weiß nicht, ob ihr das verstehen könnt«, fuhr er nach einer Weile fort, »aber diese Nahtoderfahrungen … sie haben sie glücklich gemacht. Sie hat das dreimal erlebt, und dabei konnte sie sehen. *Wirklich* sehen, zum ersten Mal in ihrem Leben. Danach hat sie wochenlang nur von Farben gesprochen, von Lichtern, von Formen, die sie erkennen konnte. Und sie wollte das wieder und wieder erleben.«

Mir lief es eisig den Rücken hinunter. »Warte mal, hat sie … ich meine, wenn du sagst, sie *wollte* das erleben, bedeutet das, sie hat −«

»Ja.« Seine Stimme schwankte nicht, blieb ganz neutral. »Es waren Suizidversuche. Aber sie wollte nicht sterben. Sie wollte nur so viel Zeit wie möglich dort drüben verbringen, wo das Licht war und die Farben.«

Emma drückte einmal fest meine Hand, aber diesmal sagte sie nichts. Vielleicht, weil sie versuchte, ein so emotionales Verhalten logisch zu verarbeiten.

»Mehrere von ihnen waren blind«, sagte Tyler. »Nicht alle zwölf, aber vier oder fünf.«

»Was ist mit den Augenoperationen?«, fragte ich. »Die alte Frau hat gesagt, dass sie aufzeichnen konnte, was Flavie und die anderen gesehen haben.«

»Das sind nur Nervenimpulse, die das Gehirn in Bilder umrechnet. Wie ein Computer, der aus Einsen und Nullen eine perfekte Kopie der Mona Lisa erschafft. Ich glaube nicht, dass es jemals um Sehen im biologischen Sinne ging. Während der Nahtoderfahrungen hat Flavie etwas aufgefangen, das von ihren Nerven als optischer Impuls verstanden und weitergeleitet wurde. Bevor sie damals abgeflogen ist, hat sie mir erzählt, dass unter denjenigen, die ausgewählt worden waren, mehrere Blinde waren. Sie war sehr aufgeregt deswegen. Bis dahin hatte sie mit anderen, denen es genauso ergangen war wie ihr, nur im Internet gesprochen. In E-Mails und Foren und so weiter. Aber sie war noch keinem anderen Menschen begegnet, der blind *und* tot gewesen war.«

»Wie hat sie es getan?«, fragte Emma. »Ich meine, die Selbstmordversuche ...«

»Tabletten«, sagte er. »Dabei ist die Chance am größten, dass sie dich zurückholen können.«

Emma druckste herum und da ahnte ich schon, dass das Nächste, was sie sagen würde, nicht besonders feinfühlig ausfallen würde. »Warum wolltest du mit so jemandem zusammen sein?«

Tyler gab keine Antwort.

Nach kurzem Zögern sagte ich: »Du setzt dein Leben für jemanden aufs Spiel, der eigentlich tot sein wollte.« Ich hätte auch *unser Leben* sagen können, aber ich wollte nicht, dass er es als Vorwurf missverstand.

Ich erwartete, dass er auf der Stelle in die Luft gehen würde, doch Tyler blieb ganz ruhig. »Sie wollte nicht sterben. Sie wollte nur sehen.«

Vor uns weitete sich die Helligkeit aus, wurde von einem vagen Fleck zu einem verschwommenen Rechteck. Die Staubschwaden wurden dünner. Auch der Trümmerteppich war zurückgeblieben; wir mussten nicht mehr bei jedem Schritt fürchten, uns im Dunkeln die Knöchel zu brechen. Selbst der Gestank des Rauchs ließ nach. Wie groß der Ausgang tatsächlich war, ließ sich nicht abschätzen, ebenso wenig die Entfernung bis dorthin. Aber wir kamen dem Tageslicht immer näher und das gab uns die Kraft, wieder schneller zu werden.

»Seht ihr das auch?«, fragte ich kurz darauf und blieb stehen.

Emmas Finger drückten meine wieder ein wenig fester.

Das helle Rechteck schloss nach oben, rechts und links mit schnurgeraden Kanten ab, nebelhaft und doch wie mit dem Lineal gezogen. Nach unten hin aber schien es zu zerfasern.

Ich kniff die Augen ein wenig zusammen, um schärfer sehen zu können. »Was ist das?«

»Wenn wir nicht weitergehen«, sagte Tyler, »finden wir es nie heraus.«

Das Viereck am anderen Ende des Tunnels wurde mit jedem Schritt größer, ein weißes Fenster inmitten der Finsternis.

Davor standen Geister, mindestens ein halbes Dutzend. Ihre Oberkörper verschmolzen mit dem Licht. Wie stumme Wächter standen sie zwischen uns und dem Ausgang.

Zu ihren Füßen lagen Tote.

»Sie sind geflohen«, sagte Emma.

»Aber warum *in* den Tunnel?«, fragte Tyler.

»Weil es dort draußen noch schlimmer ist«, sagte ich. »Weil etwas auf der anderen Seite des Tors sie so sehr in Panik versetzt hat, dass sie lieber die Dunkelheit in Kauf genommen haben.«

Wir waren noch zwanzig Meter von den vorderen Geistern entfernt, als wir erkannten, woher die Helligkeit auf der anderen Seite der Öffnung rührte.

Es war kein Tageslicht.

24.

»Das ist ein Sterbehaus«, flüsterte ich.

Eine unterirdische Anlage von gewaltigen Ausmaßen – ein Ort, um die Geister sterbender Menschen zu sammeln und abseits der Lebenden einzulagern.

Begonnen hatte es fünf Monate nach Tag null. Per Regierungsdekret waren die Todkranken und Sterbenden aus Kliniken, Altenheimen und Privathäusern abtransportiert und an Orte gebracht worden, an denen sie bis zu ihrem Ende bleiben mussten. Anschließend konnten die Angehörigen die Körper abholen und bestatten; die Geister aber blieben im Sterbehaus zurück. Es war der aussichtslose Versuch, einen Teil der Erscheinungen zu isolieren, noch bevor sie überhaupt auftauchten.

Natürlich hatte es Proteste gegeben. Von Konzentrationslagern für Alte und Kranke war die Rede gewesen. Aber sollte die Welt tatenlos zusehen, bis die Geister irgendwann überall waren und den ganzen Planeten in weißes Licht tauchten? In ein paar Ländern war diese Praxis wieder aufgegeben worden, doch die meisten betrieben es weiterhin, darunter die Europäische Union, die USA und totalitäre Staaten wie China und Russland. In den Steppen Sibiriens und den asiatischen Wüsten waren gigantische Sterbestätten entstanden. Länder mit höherer Bevölkerungsdichte nutzten ehemalige Bergwerke und Bunkeranlagen, ähnlich den Endlagern für Atommüll.

Die Höhlen unter der Desierto de Tabernas erfüllten alle Voraussetzungen und so war es kaum überraschend, hier auf ein Sterbehaus zu stoßen. Es war offenbar erst kürzlich von den Lebenden verlassen worden, auf der Flucht vor den Smilewaves.

Tyler zog das Fernglas aus seiner Jacke, vergewisserte sich, dass die Geister nicht lächelten, und versuchte, einen Blick durch die Öffnung hinter ihnen zu werfen.

»Es ist unglaublich hell da drinnen«, sagte er. »Ich kann überhaupt nichts erkennen.«

»Irgendwo hab ich gelesen, dass es in manchen Sterbehäusern Hunderttausende von Geistern gibt«, sagte ich. »Weil sie keinen physischen Raum einnehmen und man auf einem Quadratmeter eine unendliche Anzahl von Geistern sammeln kann. Sobald jemand gestorben ist, bringt man die Leiche weg und legt den nächsten Sterbenden an seine Stelle. So erscheinen die Geister alle am selben Fleck, und das lässt sich beliebig oft wiederholen.«

Zu Anfang hatte ich selbst einmal eine der zahllosen Petitionen im Internet gegen die Sterbehäuser unterschrieben. Protest dagegen hatte zum guten Ton gehört, so als wären die Geister Pandabären, die es unbedingt zu schützen galt. Das war naiv gewesen, pures Mitläufertum. Der Gedanke hinter den Sterbehäusern war nachvollziehbar, nur die Durchführung war unmenschlich – etwa wenn Ehepaare getrennt wurden, um die Sterbenden in einem der Lager unterzubringen, und ihre Angehörigen dort keinen Zutritt hatten.

Die Angestellten der Sterbehäuser mussten unter den Ersten gewesen sein, die von den Smilewaves getötet worden waren.

»Wenn da drinnen hunderttausend Geister stehen – oder auch nur tausend –, dann war's das jetzt«, sagte Emma. »Selbst wenn uns das Lächeln nicht umbringt, blendet uns ihr Licht und wir finden nie und nimmer den Ausgang.«

Tyler betrachtete mit seinem Fernglas die Leichen am Boden unterhalb der Erscheinungen. »Vielleicht doch.«

»Haben sie Brillen dabei?«, fragte ich.

Tyler nickte.

Eigentlich waren es keine echten Brillen, sondern modifizierte Nachtsichtgeräte. Da das Totenlicht weder Wärme abstrahlte noch Infrarotstrahlung reflektierte, konnte es von den Brillen nicht erfasst werden; beim Blick hindurch wurden alle Erscheinungen unsichtbar. Die Menschen, die in den Sterbehäusern tätig waren – Krankenpfleger, Ärzte, Wachpersonal –, konnten sich so im Totenlicht bewegen, ohne davon geblendet zu werden.

Falls wir es schafften, uns damit auszurüsten, hatten wir vielleicht eine Chance, einen Weg durch das Sterbehaus zu finden.

»Gegen das Lächeln wird uns das auch nicht helfen«, sagte Emma.

»Wir warten die nächste Smilewave ab«, erwiderte Tyler. »Sobald sie vorbei ist, gehen wir rein.« Er steckte das Fernglas ein und rannte los. »Wartet hier, ich hol uns die Brillen.«

»Ich komm mit«, sagte ich und folgte ihm.

Er beugte sich über eine der Leichen, einen Mann im weißen Kittel, und zerrte ihm das Nachtsichtgerät vom Kopf. Ich holte mir eines von einer jungen Krankenschwester. Sie alle waren auf den letzten Schritten gescheitert, keiner lag weiter als zehn Meter vom Zugang entfernt.

Das dritte Nachtsichtgerät stammte von einer Pflegerin. Sie

lag zusammengerollt wie ein Embryo und hatte die Hände vors Gesicht geschlagen. Tyler musste ihr die erstarrten Finger brechen, um die Brille von ihrem Kopf zu ziehen.

Mit der Ausbeute unserer Leichenfledderei eilten wir zurück zu Emma. Jeder von uns setzte eines der Geräte auf. Sie hatten Ähnlichkeit mit Tauchermasken, deren Gläser durch Kameras ersetzt worden waren. Der Blick hindurch war ungewohnt: Die Umgebung verpixelte zu einem harten Raster aus Grüntönen. Tyler und Emma, die einzigen warmblütigen Geschöpfe in meiner Nähe, sahen nun selbst aus wie Gespenster. Ihre Konturen glühten, vor allem dort, wo ihre Haut nicht bedeckt war, am Kopf und an den Händen. Ihre Nachtsichtgeräte lagen wie schwarze Balken vor ihren Augen.

Als ich mich umschaute, waren die Geister am Ende des Tunnels verschwunden. Durch den Zugang zum Sterbehaus fiel kein Totenlicht mehr.

Jetzt blieb uns nur noch zu warten. Als wir uns die Brillen auf die Stirn schoben, standen die Geister wieder unverändert über den Toten am Eingang. Das Innere des Sterbehauses strahlte so hell wie die Sonne.

In ausreichendem Abstand setzten wir uns an die Tunnelwand. Emma nahm den Rucksack ab, öffnete ihn und zog zu meiner Überraschung den silbernen Laptop des Amerikaners hervor. Ich hatte ihn zuletzt gesehen, als Tyler ihn in die Satteltasche der Black Shadow geschoben hatte. Emma musste ihn eingesteckt haben, als wir das Motorrad im Olivenhain zurückgelassen hatten.

Nun reichte sie ihn Tyler. »Versuch's mal mit der Disc.«

Zögernd holte er sie aus seiner Jacke. Ein elektronischer Ton erklang, als er das Gerät einschaltete.

Da deutete Emma zu den Geistern hinüber. Das Grinsen verzerrte ihre Gesichter zu hämischen Fratzen. »Es geht los.«

Tyler blickte auf die Taschenuhr. »Dann sehen wir mal, wie lange es anhält.«

Fahle Helligkeit fiel auf unsere Gesichter. Mehrere Dateiordner waren am Rand des blauen Bildschirms aufgereiht, möglicherweise hätten wir darin Antworten finden können. Aber Tyler nahm sich nicht die Zeit, einen davon zu öffnen. Die Anzeige am oberen Bildrand sprang von *Berechnung erfolgt* auf eine knallrote o:o1. Der Akku musste schon leer gewesen sein, als Tyler den Laptop aus dem Auto des Amerikaners geholt hatte.

Mit bebenden Fingern zog Tyler die Disc aus der Hülle und steckte sie ins Laufwerk. Einen Augenblick später öffnete sich ein Abspielprogramm.

Tyler klickte einen Button an und sofort nahm das Bild den ganzen Monitor ein. Eine sechsstellige Nummer erschien, darunter ein Name: *Flavie Certier.*

Einen Moment lang tat sich nichts, dann füllte sich das Rechteck mit Pixelgewimmel. Querstreifen liefen zitternd von oben nach unten durchs Bild. Dazu ertönte ein Rauschen wie von starkem Wind. In der Mitte hellte sich der Monitor weiter auf, dann glitt ein Schatten vorüber und verschwand. Das Rauschen schwoll in unregelmäßigen Schüben an und wieder ab. Die Helligkeit wurde stärker, die Ränder verfestigten sich.

Im Zentrum des Monitors öffnete sich ein Fenster mit einem Warnhinweis. Jeden Moment würde sich das Gerät ausschalten.

Tylers Fingerspitze huschte hektisch über das Touchpad. Das Fenster verschwand.

Wieder Schatten im Bild, viel zu undeutlich, um etwas zu erkennen.

»Hol die Disc raus«, sagte ich.

»Moment noch. Vielleicht kann man –«

Der Monitor erlosch. Das Surren des Laufwerks brach ab. Tyler hämmerte auf die Tastatur, aber das Gerät war tot. Die Disc steckte im Inneren fest. »So eine Scheiße!«

Seufzend lehnte ich mich gegen die Felswand.

»Falls wir hier rauskommen«, begann Emma, »also, ich hab auch das Kabel eingepackt.«

Tyler starrte sie im blassen Grau des Totenlichts an. »Ich hab gar kein Kabel mitgenommen.«

»Aber ich. Es lag auf der Rückbank zwischen all dem anderen Kram.«

Tyler brummte etwas auf Norwegisch, klappte das Gerät zu und legte es neben sich auf den Boden.

»Besser, ich nehm das wieder.« Emma wartete einen Moment lang auf Widerspruch, dann ergriff sie den Laptop und schob ihn zurück in ihren Rucksack. Zuletzt steckte sie auch die leere Kunststoffhülle der Disc dazu und ließ die Klickverschlüsse einrasten. Sie umschlang den Rucksack mit beiden Armen vor der Brust und legte müde den Kopf an meine Schulter.

Wenig später schlief sie tief und fest.

»Ruh du dich auch aus«, sagte Tyler. »Ich bleib wach und passe auf.«

Ich schüttelte noch den Kopf, muss aber trotzdem eingenickt sein, denn das Nächste, an das ich mich erinnern kann, ist Tylers lautes Gebrüll.

»Steht auf! *Beeilt euch!*«

Die Smilewave war vorüber. Wir hatten freie Bahn.

Benommen schob ich mir das Nachtsichtgerät über die Augen und rannte mit Tyler und Emma ins Totenlicht.

25.

Die Welt war grün geworden. Und unscharf.

Harte Kontraste zwischen Hellgrün und Dunkelgrün, das eine weißlich, das andere fast schwarz. Dazwischen Schattierungen, die sich laufend verschoben. Alles bekam einen Schweif, jeder Farbfleck, jede noch so kleine Spur von Licht. Die Umgebung war zum Leben erwacht, jede Oberfläche, jede Struktur, jeder Umriss. Alles wogte und waberte, und schon nach den ersten Schritten hatte ich das Gefühl, ich befände mich am Grund eines Gewässers, in dem Strömungen die ganze Welt in Bewegung versetzten.

Wie liefen an den Leichen im Tunnel vorbei, durch den Zugang zum Sterbehaus in einen breiten Korridor. Rechts und links gingen zahlreiche Türen ab. Alle standen offen.

Überall lagen Tote. Sie waren übereinander gestürzt bei dem Versuch, den Ausgang zum Tunnel zu erreichen: Ärzte und Krankenschwestern, Pfleger in weißer Kleidung. Sogar ein paar Sterbenden war es gelungen, ihre Betten in den Zimmern zu verlassen und hinaus auf den Korridor zu kriechen. Ich sah, dass man ihnen die Augen verbunden hatte; Nachtsichtgeräte für alle waren wohl zu teuer gewesen. An den Gürteln uniformierter Wachleute waren Pistolenholster befestigt, aber in keinem steckte eine Waffe. Erst beim zweiten Hinsehen erkannte ich, dass die Männer ihre Pistolen gezogen hatten. Sie mussten vergeblich versucht haben, sich mit Warnschüssen einen Weg durch das Gedränge zu bahnen. Die Waffen lagen unter oder neben ihnen. Ich hob drei davon auf, steckte eine in meinen Hosenbund und reichte die beiden anderen Tyler und Emma.

Alle diese Menschen waren noch nicht lange tot, gerade mal einen Tag, aber der Gestank war bereits jetzt entsetzlich. Beim Laufen und Klettern blickte ich in ihre Gesichter: grünweiße Haut, darüber die Infrarotbrillen, viele verrutscht. Manche hatten die Münder offen stehen oder die Hände an der Brust verkrallt.

Ein Arzt und eine Krankenschwester umarmten einander im Liegen. Beide hatten ihre Nachtsichtmasken abgenommen. Er war dunkelhaarig mit Pferdeschwanz, vielleicht gerade erst fertig mit dem Studium. Sie sah aus wie ein Teenager, bestimmt nicht viel älter als zwanzig, mit blond gefärbten Haaren und einem Nasenpiercing. Sie lagen am Rand des Korridors, als hätten sie dort Schutz gesucht vor den vorüberhetzenden Menschen. Inmitten der Panik hatten sie ihre Schutzbrillen abgesetzt und den Tod gemeinsam erwartet.

Für einen Augenblick fühlte ich eine solche Nähe zu ihnen, dass mir die Luft wegblieb. Ich spürte Tränen unter meiner Maske und sagte mir, dass das lächerlich war. Ich hatte diese Leute nicht gekannt. Ihre Geister würden mich töten, wenn ich nicht weiterlief. Und trotzdem überkam mich das Gefühl, ich müsse stehen bleiben und einen Blick ohne Brille auf sie werfen. Als wäre ich ihnen das schuldig.

Ich holte tief Luft und legte die Hand an den Rand der Infrarotmaske.

»Lass das!« Tylers Hand fiel von hinten auf meine Schulter.

»Rain«, rief Emma, »komm weiter!«

Ich schüttelte seine Hand ab und schob das Nachtsichtgerät nach oben.

Tyler presste mir seine Hand auf die Augen, riss mich nach hinten, so dass ich fast stolperte, und als ich energisch protestierte, schob er mir die Brille über die Augen und stieß mich grob den Gang hinunter. Emma packte meine Hand und zog mich mit sich.

»Eine normale Zimmerbeleuchtung ist fünfhundert Lux hell«, rief Tyler im Laufen, »ein wolkenloser Sommertag hunderttausend Lux. Hier drinnen sind es wahrscheinlich ein paar Millionen. Du riechst das Licht nicht, du hörst es nicht, und durch die verdammte Maske siehst du es nicht mal. Aber schau nur eine Sekunde lang ungeschützt hinein, und du wirst blind.« Er brüllte mich fast an. »Also keine unnötigen Risiken mehr, okay?«

»*Du* erzählst mir was von unnötigen Risiken? Wer von uns wollte zum Haus der Salazars? Wer musste unbedingt in die Hot Suite einbrechen? Wer konnte nicht anders, als in den Lastwagen zu klettern und diese vier Monster freizulassen?« Am Ende des Korridors blieb ich stehen und verstellte ihm den Weg. Ich hatte meine Wut jetzt nicht mehr unter Kontrolle. Vielleicht lag es an all den Toten, vielleicht auch einfach nur an ihm. Oder an mir. Ganz egal. »Seit wir mit dir zusammen sind, gab es keine Minute mehr *ohne* irgendein Risiko! Und das ist nicht Emmas oder meine Schuld!«

»Haltet mich da raus!«, sagte Emma. »Und könnt ihr das vielleicht draußen diskutieren?«

Mit seinen Kameraaugen sah Tyler aus wie ein Cyborg.

»Komm schon!«, sagte er und ergriff im Vorbeigehen meine Hand. »Wir müssen weiter!«

Ich tat etwas, das ich weder damals noch heute wirklich verstand: Ich gehorchte. Weder zog ich meine Hand aus seiner, noch setzte ich diesen lächerlichen Streit fort, der nichts mit ihm oder mir zu tun hatte, nur mit unserer Lage.

Emma kletterte als Erste durch eine offene Tür, in der drei Tote übereinanderlagen. Wir gelangten in einen riesigen Saal. Hier hatte man vier Reihen aus Krankenbetten aufgestellt, zwei entlang der Wände, zwei in der Mitte. Es mussten an die zweihundert Betten sein. Ich fragte mich, wie viele Menschen hier gestorben waren. Einer pro Tag in jedem Bett? Fast vierhundert Tage im Jahr, zweihundert Betten, das ergab achtzigtausend Geister. Und vermutlich gab es mehrere dieser Säle. Drei, vier oder doch eher zehn? Und weitere Einzelsterbezimmer für Privilegierte wie im hinteren Teil der Anlage. Ich stellte mir vor, dass in jedem dieser Betten Hunderte Erscheinungen ineinanderstanden, strahlende Säulen aus Totenlicht.

Wir stürmten einen der Gänge zwischen den Bettenreihen hinunter, über weitere Tote hinweg, medizinisches Personal und Kranke, die nur wenige Meter weit gekommen waren. An vielen Betten standen Metallständer für Infusionen. Was genau hatte man den Menschen verabreicht? Ganz sicher keine Medikamente, um sie länger am Leben zu halten. Sterben war hier zur Massenabfertigung geworden.

Am Ende des Saals waren ein Dutzend Männer und Frauen in einem halb offenen Stahlschott stecken geblieben. Jemand hatte von unserer Seite aus versucht, die Tür zu schließen, um den Ansturm aufzuhalten. Das Schott war bis zur Mitte zugeglitten, dann waren zu viele Körper im Weg gewesen. Jetzt war die Öffnung mannshoch mit Leichen verstopft, darüber befand sich nur noch ein schmaler Streifen Luft.

Kurz entschlossen stieg Tyler auf die unteren Leiber, packte den, der ganz oben lag, am Arm und versuchte ihn herunterzuziehen, um mehr Platz zu schaffen. Es war ein grauhaariger Mann ohne Schutzbrille. In dem Gedränge hatte er sie wohl verloren.

Ebenso gut hätte Tyler versuchen können, eine Statue aus Stein zu bewegen. »Völlig steif«, sagte er.

»Die Totenstarre beginnt nach einer Stunde.« Wieder Emma und ihr Professorenton. »Nach zwölf Stunden bewegt sich nichts mehr. Die liegen hier seit gestern, vielleicht schon seit dem Vormittag.«

Ich wünschte mir, die Brillen könnten uns auch vor dem furchtbaren Gestank schützen. »Geh du zuerst«, sagte ich zu Tyler, der ja ohnehin schon dort oben hockte.

Aber er kam wieder zurück. »Der Spalt ist zu schmal. Wenn ich stecken bleibe, versperre ich euch den Weg.«

Ich wollte etwas erwidern, aber Emma sagte: »Da hat er Recht.« Und folgte Tyler.

»Pass ja auf!«, sagte ich. »Und sieh erst nach, wie es auf der anderen Seite aussieht!«

Sie nahm den Rucksack ab, legte sich bäuchlings auf den Leichnam des alten Mannes und schob den Kopf durch die Öffnung. Fast wäre sie dabei mit dem Nachtsichtgerät an der Oberkante der Tür hängengeblieben. Der Spalt war wirklich verdammt schmal, selbst für jemanden, der so dünn war wie sie.

Sie rief etwas, das ich nicht verstand. Ich wollte schon hinterherklettern, um sie zurückzuziehen, aber da schob sie sich rückwärts aus der Öffnung und drehte sich im Liegen um.

»Da ist ein Korridor, sonst nichts. Mit noch mehr Toten.«

Tyler nickte. »Beeil dich! Bis das nächste Lächeln losgeht, müssen wir den Ausgang gefunden haben.«

Dabei hatten wir wohl nicht mal die Hälfte des Weges geschafft, sonst wären all diese Menschen nicht *in* den Saal gedrängt, sondern aus ihm hinaus.

Emma schob erst den Rucksack durch das Loch, dann schlängelte sie sich hinterher. Einen Moment lang sah es aus, als wäre sie eingeklemmt, doch schließlich glitt sie ganz hindurch. Gleich darauf erschien ihr Gesicht auf der anderen Seite, blass und fahl im Schimmelgrün meiner Nachtsichtmaske.

»Jetzt du!«, sagte Tyler. »Rennt los und wartet nicht auf mich. Ich komme schon irgendwie durch. Greif dir deine Schwester und dann lauft!«

Ich hätte gern seine Augen gesehen, nicht nur diese beiden Kameraobjektive aus Metallringen und Glas. Aber er drehte mich mit sanfter Gewalt an den Schultern um und drängte mich den Leichenhügel hinauf.

Erst kletterte ich auf allen vieren, dann legte ich mich auf den Bauch. Unter mir war jetzt der Mann ohne Maske. Ich schob mich über seine offenen Augen hinweg, wollte nicht hineinsehen und tat es doch. Durch meine Nachtsichtbrille sahen sie milchig aus.

Als ich mein Gesicht durch die Öffnung schob, musste ich den Kopf zur Seite drehen. Mein Magen rebellierte, als meine Wange seinen Handrücken streifte.

Schließlich war ich mit Kopf und Schultern auf der anderen Seite. Ich hatte die Arme nach vorn ausgestreckt. Emma griff danach und zog. Einige Sekunden lang dachte ich, dass meine Flucht zu Ende wäre, und wollte Emma vorausschicken, aber dann gab unter mir etwas nach und ich glitt in einem Rutsch durch die Öffnung. Haltlos schlitterte ich über weitere Körper abwärts und landete gemeinsam mit Emma am Boden eines Betonkorridors. Auch hier bot sich uns derselbe Anblick wie in dem ersten Gang am Tunnel, aber es waren keine weiteren Engpässe zu sehen.

Oben im Spalt tauchte Tylers Gesicht auf. Die Objektive seiner Infrarotmaske schimmerten wie riesenhafte Raubtieraugen.

»Nun lauft schon!«

Emma und ich blieben stehen.

Er schob seine Hände voraus und presste sich mit aller Kraft durch die Öffnung. Wir kletterten ihm entgegen, ergriffen jede einen Arm und zerrten daran. Er stöhnte auf, aber wir zogen noch fester und versuchten auf den Körpern unter unseren Füßen Halt zu finden. Dann war sein Oberkörper durch und etwas knirschte, von dem ich hoffte, dass es nicht zu ihm gehörte. Wieder stürzten wir den Menschenhang hinunter, diesmal zu dritt, und kamen zwischen steifen, stinkenden Leichen auf.

Als wir losliefen, bemerkte ich, dass Tyler humpelte. Ich bot ihm an, ihn zu stützen, aber er schüttelte den Kopf. »Rennt einfach! Irgendwo müssten hier doch Schilder sein, zu einem Notausgang oder –«

»Von dem kommen wir gerade.« Emma deutete auf einen beschrifteten Pfeil, der auf die Tür zeigte.

Wortlos stürmten wir in die Gegenrichtung, ein Hindernislauf gegen die Zeit. Den Gang hinunter, eine Treppe hinauf, dort durch ein weiteres unterirdisches Stockwerk. Körper überall. Noch mehr offene Türen und Säle, aber keiner der Durchgänge war so verstopft wie der eine, der uns so lange aufgehalten hatte.

Dann wurde der Leichenteppich wieder dichter, ein Anzeichen dafür, dass wir uns dem Ausgang näherten. Bald kletterten wir wieder, erst noch aufrecht, dann auf allen vieren, und schließlich rief Emma: »Ich kann es sehen!«

Ein schmaler Streifen Finsternis über Köpfen und Gliedern, dann mit einem Mal ein Luftzug, der den Gestank erträglicher machte. Wir wurden noch schneller, Tyler jetzt mit schmerzverzerrtem Gesicht.

Zuletzt dünnte sich der Körperstrom aus. Vor uns erhob sich ein schwarzes Rechteck wie eine Mauer, und erst nach einem Moment wurde mir klar, dass es draußen hell sein musste. Durch das Infrarotgerät wurde das Tageslicht zur Nacht, wir stolperten geradewegs in ein Fotonegativ.

Wir liefen an all jenen vorbei, die auf den letzten Metern gestorben waren, und ich dachte, selbst wenn es jetzt losginge, wenn sie alle zu lächeln begännen, dann würden wir überleben, weil wir es gleich geschafft hatten.

Tyler und ich lachten und weinten, als wir ins Freie rannten, während Emma keine Miene verzog. Wir rissen uns die Nachtsichtmasken herunter, wurden vom Sonnenaufgang geblendet, liefen aber weiter, an den Toten in der Nähe des Ausgangs vorbei, passierten eine ehemalige Militärsperre, dann eine zweite und erreichten einen großen Parkplatz. Dort waren wir endlich weit genug von den Geistern entfernt, unter freiem Himmel, weit weg von den Bunkergängen, den grauenvollen Sälen, in denen bis gestern das Sterben Tausender beschleunigt worden war.

Auf dem Parkplatz waren zwei Autos ineinandergekracht, aber darin saß niemand mehr. Nirgendwo eine Menschenseele, auch keine Geister. Ich schaute über die Schulter zurück zum

Eingang. Gleißendes Licht strahlte heraus, hell wie die Scheinwerfer in einem Sportstadion.

Dass die beiden anderen stehen geblieben waren, bemerkte ich erst nach einem Augenblick. Ich folgte ihren Blicken zum Ende des Parkplatzes.

In der Einfahrt, neben einem Wächterhäuschen, stand ein schwarzer Geländewagen.

26.

Wir näherten uns dem Wagen von der Beifahrerseite. Durch die Fenster konnte ich erkennen, dass die Fahrertür offen stand. Niemand war zu sehen.

Das Gelände vor dem Tor des Sterbehauses war von einer hohen Betonmauer umgeben. Die Befestigung dieser Anlage verriet ihre militärische Vergangenheit, ein Erbe der Franco-Diktatur, das in den Monaten nach Tag null eine neue Bestimmung gefunden hatte.

Der Geländewagen stand am Rand der Einfahrt, ohne den Weg zu blockieren. Im Näherkommen suchte ich nach dem stilisierten Löwenschädel wie auf den Uniformen von Havens Männern, fand ihn jedoch nirgends.

Tyler humpelte noch immer, wenn auch nicht mehr so stark wie unten in den Gängen. Der Gestank des Todes war uns ins Freie gefolgt. Er musste in unserer Kleidung hängen und im Haar.

Kurz bevor wir den schwarzen SUV erreichten, schob ich mich vor Emma. Auch die Tür des Wächterhäuschens war geöffnet, ein Stuhl im Inneren umgekippt. Jemand hatte es in großer Eile verlassen.

Tyler umrundete das Heck des Wagens, Emma und ich gingen vorn herum. Das Fahrzeug war leer. Nach einem Moment nervöser Stille gab Tyler Entwarnung.

»Der gehört nicht zu Haven«, sagte er. »Hier hinten ist ein Aufkleber ...« Er las etwas Spanisches vor, aber das einzige Wort, das ich verstand, war *Seguridad.*

»Eine Sicherheitsfirma?«

Er nickte. »Ein privates Unternehmen, das sie hier als Wachschutz eingesetzt haben.«

Emma blickte zurück zum Tunneleingang. »Die müssen dort reingelaufen sein, um nachzusehen, was los ist. Und sind nicht mehr zurückgekommen.«

Der Schlüssel steckte nicht im Schloss. Tyler ging hinüber ins Wachhäuschen und tauchte nach wenigen Sekunden mit einem klimpernden Schlüsselbund auf.

»Wer fährt?«, fragte ich mit einem Blick auf sein verletztes Bein.

Er glitt hinters Steuer. »Das geht schon.«

Tatsächlich war ich ganz froh, dass er den Anfang machte. Emma nahm die Rückbank, ich sank in den Beifahrersitz. Der Wagen roch nach kaltem Zigarettenrauch. Als Tyler den Motor startete, zeigte das Display einen drei viertel vollen Tank an. Ich schaute ins Handschuhfach. Dort lagen nur eine zusammengerollte Zeitung vom Vortag und eine Dose Red Bull.

Aus den Lautsprechern drang Rauschen, und daran änderte sich nichts, als ich die Programmtasten durchprobierte. Konnte das wirklich so schnell gegangen sein? Innerhalb eines Tages brach alles zusammen, sogar das Nachrichtennetz? Selbst wenn landesweit der Strom ausfiel, mussten Radiosender doch über Notgeneratoren gespeist werden, um weiterhin Informationen zu verbreiten. So hatte ich es in hundert Katastrophenfilmen gesehen, und mir erschien es nur logisch. Gab es das Internet noch? Funktionierten die Telefone? Das alles konnte doch nicht über Nacht zusammengebrochen sein.

Ich stellte das Radio aus und atmete auf, als das Rauschen abbrach. Etwas daran hatte mich stärker beunruhigt als nur das Fehlen von Musik und Stimmen. Im Rückspiegel sah ich Emmas Gesicht und da wusste ich, dass sie denselben Gedanken hatte: Das Rauschen hatte auf erschreckende Weise an die Tonkulisse des Videos erinnert, Flavies verpixelten Blick in die Kammern des Kalten Wassers.

Tyler wendete den Wagen und fuhr durch die Einfahrt auf eine staubige Straße. Wir waren noch immer in der Wüste, obwohl wir uns ein gutes Stück vom Solarfeld entfernt haben mussten. Die Sonne war erst vor kurzem über dem Hügelland im Osten aufgegangen. Wir mussten uns südwestlich der Anlage befinden, in den Ausläufern der Sierra de Los Filabres, denn der Einstieg zum Sterbehaus lag in einem Berghang.

Die Straße gabelte sich bald. Nach rechts führte sie in westlicher Richtung hinauf in die Berge; nach links wies sie zum Horizont im Süden, hinter dem die Küste und das Mittelmeer lagen.

Tyler stoppte den Wagen an der Gabelung. »Hier müssen wir dann wohl eine Entscheidung treffen.«

»Was hast du jetzt vor?«, fragte ich. »Wegen Flavie, meine ich.«

Er starrte schweigend hinaus in die Wüste. Flavie war vor zwei Jahren nach Amerika verschleppt worden. Selbst wenn er ihren genauen Aufenthaltsort gekannt hätte, war es mittlerweile wohl unmöglich, eine solche Distanz zu überwinden. Ob ein Flugzeug starten würde, war fraglich, und auf der Flucht vor den Smilewaves waren sicher sämtliche Schiffe längst in See gestochen. Und dann war da die Ungewissheit, ob Flavie nach all der Zeit überhaupt noch lebte. Wir hatten gesehen, was aus den Probanden in der Hot Suite geworden war; um die acht anderen stand es womöglich nicht besser. Ich brachte es nicht übers Herz, ihm das ins Gesicht zu sagen, aber natürlich war er selbst schon auf diesen Gedanken gekommen.

»Haven meinte, Whitehead beschäftige die besten Ärzte«, sagte er. »Es müsste in seinem Interesse liegen, Flavie und die anderen bei Kräften zu halten. Bestimmt haben die sie nicht ohne Wasser und Nahrung in irgendeinem Loch zurückgelassen, wie die Salazars es mit den übrigen vier gemacht haben.«

Ich nahm die Dose aus dem Handschuhfach und reichte sie nach hinten zu meiner Schwester. Sie schüttelte den Kopf, aber ich hielt sie ihr mit Nachdruck hin, bis Emma sie nahm und neben sich auf die Rückbank legte. Sie hatte schon eine ganze Weile lang nichts mehr gesagt und sah nachdenklich aus.

»Es ist wegen Grandma und Granddad, hm?«

Ihre Miene verriet keine Trauer. »Ich wüsste gern, was aus ihnen geworden ist.«

Die beiden lebten in einem Vorort von Cardiff, inmitten grauer Reihenhäuser, in denen überwiegend Menschen jenseits der sechzig wohnten. In Gegenden wie diesen starb nahezu täglich jemand, an Krankheiten, am Alter, an Einsamkeit. Zuletzt hatte es dort nur so gewimmelt von Geistern, und es war nicht schwer, sich auszumalen, was dort während der ersten Smilewaves geschehen war.

Ich hätte lügen können, um sie zu trösten, aber ich wollte ihr nichts vormachen. Sie waren nicht entkommen. Ihre Geister standen in ihrem kleinen Wohnzimmer vor dem elektrischen Kaminfeuer. Oder in der Küche neben der Mikrowelle. Vielleicht waren sie noch ins Freie gelaufen, um nach Hilfe zu rufen, und hatten es durch den halben Vorgarten geschafft. Die Vorstellung, dass der Geist meines Großvaters für immer dort stehen würde, war merkwürdig vertraut: Die paar Quadratmeter Rasen waren ihm fast so wichtig gewesen wie sein Ale abends im Pub. Irgendwann würde ihm das Gras bis zu den Hüften reichen, während sich die Gärten ringsum zu einer neuen Wildnis vereinten.

Ich wollte Emma sagen, dass es mir leidtat. Dass ich auch um die beiden trauern würde, später, wenn wir in Sicherheit waren. Aber stattdessen deutete ich nur auf die Dose. »Komm, trink das. Wenigstens ist eine Menge Zucker drin.«

Sie nickte, machte aber keine Anstalten, die Dose zu öffnen.

»Oben in den Bergen gibt es Dörfer«, sagte Tyler. »Da finden wir bestimmt was zu essen.«

»In Dörfern, in denen die Menschen seit eh und je zu Hause sterben?« Ich blickte die Hänge hinauf, sah aber kein einziges Haus in der ockerbraunen Ödnis. »Da wird's nur so wimmeln von Geistern. Eigentlich müssten die Chancen an Raststätten und Tankstellen besser sein. Wenn sich die Leute da nicht für ein paar Kaugummis die Schädel eingeschlagen haben, dürfte es dort einigermaßen sicher sein.«

»Natürlich haben sie das.« Emma klang abwesend, ganz verloren in ihren Gedanken. »Die Geschäfte werden geplündert sein. Und die, die es nicht sind, werden von irgendwelchen Leuten bewacht, die sie verteidigen und auf alles schießen, was sich bewegt.«

»Was ist mit der Polizei?«, fragte ich. »Und der Armee? Das alles hört doch nicht in vierundzwanzig Stunden auf zu existieren.«

»Die werden was anderes zu tun haben, als Tankstellen zu bewachen«, sagte Tyler. »Falls sie überhaupt noch aus den Städten und Kasernen herausgekommen sind.«

Zum ersten Mal überkam mich eine Verzweiflung, die über unsere eigene Situation hinausging. Hier, an dieser Straßengabelung im Nirgendwo, begann mir zu dämmern, was wirklich geschehen war. All das Grauen fühlte sich auf einen Schlag viel realer an, nun, da wir gezwungen waren, uns mit unserer Zukunft auseinanderzusetzen.

Ich nahm mich zusammen und sah über die Schulter zu Emma. »Was würdest du als Nächstes tun?«

»Ich wüsste gern, wie es in den Städten an der Küste aussieht. Solange man es nicht im Fernsehen sieht, fühlt sich alles so unwirklich an.«

Ich überlegte kurz, ob sie doch noch die Ironie für sich entdeckt hatte, aber dann wurde mir klar, dass sie es ernst meinte. Der Weltuntergang wurde nicht im Fernsehen übertragen, also mussten wir wohl oder übel selbst einen Blick darauf werfen.

»Wenn ich du wäre«, sagte sie zu Tyler, »würde ich ebenfalls zur Küste fahren, um herauszufinden, ob es noch Flugzeuge nach Amerika gibt. Gibt es bestimmt nicht mehr, aber wahrscheinlich schläfst du schlecht, wenn du es nicht mit eigenen Augen gesehen hast. Außerdem würde ich bei uns bleiben, also ich als du, weil wir nett sind und dich nicht wegen eines Schokoriegels erschießen werden. Anders als eine Menge Leute da draußen.«

Tyler brummte etwas vor sich hin.

»Abgesehen davon würde meine Schwester sich darüber freuen«, sagte Emma, »weil sie nämlich nicht verstehen kann, dass du jemandem nachläufst, der sterben wollte und wahrscheinlich längst tot ist, obwohl sie dich doch mag und –«

»Emma!«

Sie hob eine Augenbraue. »Ist doch so.«

Ich wandte mich an Tyler. »Sie erfindet das.«

Er nickte. »Natürlich.«

Emma öffnete die Dose. »Jemand Durst?«

»Nein«, sagten Tyler und ich wie aus einem Mund.

Während sie trank, überlegte ich, wie ich aus dieser Sache herauskäme. Tyler stellte den Motor ab, sah noch einmal in alle Richtungen und lehnte sich im Sitz zurück.

»Ich hab zwei Jahre an der Black Shadow rumgeschraubt, um sie wieder auf Vordermann zu bringen«, sagte er, »und jetzt liegt sie da oben am blauen Haus. Ich bin quer durch Europa gefahren, von Oslo aus durch Schweden und Dänemark, dann durch Deutschland, Italien, Kroatien, schließlich rüber Richtung Frankreich und hierher nach Spanien. Ich hab mich mit Gelegenheitsjobs über Wasser gehalten, meistens in irgendwelchen Werkstätten, wo sie mir erlaubt haben, nachts an meinem Motorrad zu arbeiten. Und während der ganzen Zeit – bis vor ein paar Wochen – war ich ganz sicher, dass Flavie in diesem Flugzeug gestorben ist.«

Ich hörte schweigend zu und auch Emma setzte wortlos die Dose ab.

»Ich konnte nie lange an einem Ort bleiben. Sobald ich anfing, mich an irgendwas zu gewöhnen, kamen die Erinnerungen zehnmal schlimmer zurück als vorher. Alles, was neu war, hat mich erst mal abgelenkt, aber sobald ich etwas kannte – die Umgebung oder einzelne Menschen –, wurden sie zu einer Art Leinwand, auf der wieder Bilder von Flavie erschienen, Augenblicke mit ihr, Gefühle, die mit ihr zu tun hatten, sogar Gerüche und der Geschmack von dem Kuchen, den sie mal gebacken hat. Ich hab das nicht ausgehalten und musste weiterziehen, an neue Orte, zu neuen Leuten. Ich musste ständig in Bewegung bleiben, und am besten war es auf der Straße, unter freiem Himmel. Nach Flavies Tod hatte ich verlernt, mich für irgendwas zu interessieren. Von einem Tag auf den anderen war es, als hätte jedes Essen seinen Geschmack verloren, Musik war nur noch Lärm, Gespräche waren leeres Gerede. Die Freundlichkeit anderer Menschen war mir unangenehm und hat mich aggressiv gemacht. Mit dieser Fahrt quer durch Europa wollte ich keine Wunden heilen, sondern nur lernen, wieder Interesse an irgendwas zu finden. Mich um etwas zu kümmern, etwas an mich ranzulassen.«

Emma stützte die Ellbogen auf die Lehnen unserer Sitze, verschränkte die Hände im Spalt dazwischen und legte ihr Kinn darauf. Ihre Miene verriet angestrengte Konzentration, als versuchte sie, jedes einzelne Wort nachzuvollziehen. Wie eine Wissenschaftlerin, die einen Körper bis auf die letzte Faser zerteilt, um alle Funktionen zu erforschen. Die Gefühle, von denen Tyler sprach, mussten ihr fremd sein, aber sie sezierte sie Schicht für Schicht.

Ich hingegen verstand ihn. Ich wusste, wie es war, sich fremd zu fühlen – erst im Haus meiner Großeltern und auf einer Schule, die ich hasste, dann in Afrika, schließlich in meinem eigenen verdammten Schädel. Ich hatte meine Eltern verloren, lange bevor sie gestorben waren, weil sie sich mehr für hungernde Kinder am Kongo interessiert hatten als für Emma und mich. Und als ich selbst in Afrika fast umgekommen wäre und wieder zurück in England war, da hatte es eine Weile lang ausgesehen, als wäre mir auch Emma weggenommen worden, der einzige Mensch, der mir noch irgendetwas bedeutete.

»Und dann wurde es ganz langsam besser«, fuhr Tyler fort,

den Blick auf das verstaubte Straßenschild an der Gabelung gerichtet. »Es ging los mit den Landschaften, das war in Kroatien. Ich fing an, wieder schöne Dinge wahrzunehmen, Berge und Felsen und die Aussicht von einer Klippe über das Meer. Wolken und Wind, sogar Regen, der mir auf einer Passstraße ins Gesicht klatschte. Ich erwischte mich dabei, dass ich lächelte, einfach so, unterwegs oder auch nachts in einer Werkstatt, in der es nach Schmieröl und Gummi roch. Nur mit Menschen hab ich mich weiterhin schwergetan, ich bin den meisten einfach aus dem Weg gegangen, erst recht, wenn sie versucht haben, Freundschaft zu schließen.« Er verstummte für einen Moment, dann setzte er wieder an: »Gleich nach Flavies Absturz hat mir jemand geraten, ich solle ganz bewusst nur Kontakt zu jenen Leuten halten, die ich weiterhin in meinem Leben haben wollte. Und als ich darüber nachgedacht habe, ist mir klar geworden, dass das auf niemanden mehr zutraf. Auf keinen Einzigen. Ich wollte nur noch weg von allen, und im Grunde hat sich daran bis gestern wenig geändert.«

Ich sah aus dem Augenwinkel, dass Emma auf ihrer Unterlippe kaute. Und dann schmeckte ich Blut, weil ich, ohne es zu merken, das Gleiche getan hatte.

»Ich sollte einfach zum blauen Haus fahren«, sagte Tyler, »meine Maschine suchen und damit verschwinden. Die Sache mit den Menschen dürfte sich ohnehin bald erledigt haben.«

»Manche Probleme erledigen sich eben von selbst«, sagte ich.

Er wandte mir den Kopf zu, schenkte aber auch Emma ein kurzes Lächeln. »Mein Problem ist, dass ihr beiden mir in die Quere gekommen seid. Und ich nicht will, dass euch etwas zustößt.«

»Wir kommen schon klar.« Ich sagte das, weil ich es so

meinte, und das hatte nichts mit den Waffen zu tun, die wir jetzt besaßen.

»Ich weiß, dass ihr ohne mich zurechtkommt«, sagte Tyler. »Und es kann sein, dass wir zu dritt weiterfahren und trotzdem bald tot sind. Ich glaube, da draußen gibt es jetzt keine Garantien mehr. Aber wenn wir irgendwas tun können, um unsere Chancen zu verbessern, dann sollten wir das versuchen. Wir drei können einander vertrauen, glaube ich. Jedenfalls hat es in den letzten paar Stunden ganz danach ausgesehen. Das ist mehr, als wir über irgendeinen anderen behaupten können, oder?«

Mein Herz schlug ein wenig schneller. Auf diese Art, die sich gut anfühlt, ohne dass man so recht versteht, warum.

Damit niemand das Lächeln in meinen Augen bemerkte, blickte ich durch die Windschutzscheibe auf die Straßengabelung. »Am Stadtrand dürften wir größere Chancen haben, was zu essen zu finden, als hier draußen in der Einöde.« Auf dem Schild stand über dem Pfeil nach links *Almería*. »Lasst uns dort hinfahren, und dann sehen wir weiter. Es gibt da einen Flughafen. Wir werden schon von weitem sehen können, ob noch Maschinen starten. Und wenn es keinen Weg an den Geistern vorbei gibt, können wir immer noch umdrehen.«

»Wir werden aufpassen müssen«, sagte Tyler, »nicht nur wegen der Geister.«

»Ich weiß.« Ich schaute nach hinten zu Emma. »Einverstanden?«

Sie nickte.

Tyler ließ den Motor an.

27.

Wir fuhren durch das rotgoldene Licht der aufgehenden Sonne. Ihre Strahlen brachen sich in der Windschutzscheibe und tanzten als Lichtpunkte vor meinen Augen. Während draußen das Ocker der Wüste vorüberzog, ließ das monotone Surren des Motors meine Abwehr gegen die Müdigkeit schwinden.

Irgendwann schlief ich ein.

Mit dem Schlaf kam ein Traum von Afrika.

Ich lag auf dem Rücken, tief in der flirrenden Steppe. Starrte in den weiß-blauen Himmel hinauf, sah den Kondensstreifen eines Flugzeugs. Der Anblick unterstrich nur, wie fernab aller Zivilisation sich dieser Ort befand. Keine Dörfer in der Nähe, keine Stationen der Entwicklungshelfer, nichts außer ausgetrocknetem Boden, braunem Gras und vereinzelten Bäumen mit weitgefächerten Kronen. Die Hochburgen der Touristen am Indischen Ozean waren eine Welt entfernt, hier draußen gab es nicht einmal ein Wasserloch.

Ich kannte diese Landschaft, sie war zu einem Teil von mir geworden und ließ mich nicht mehr los. In Träumen wie diesem kehrte ich zurück und wusste dabei stets, dass ich träumte. Afrika klammerte sich an mich, saß mir im Nacken wie ein Gespenst, das ich nie würde abschütteln können.

Heißer Wind strich über die Ebene. Jeder Atemzug brannte in meiner Kehle, ich war allein und hatte Durst und Hunger. Ich konnte den Wind spüren, aber nicht hören. Wenn mich die Träume in meine Erinnerung entführten, herrschte meist Stille, in die sich allmählich ein rhythmisches Ticken mischte. Ich hatte es schon viele Male gehört, wenn ich hierher zurückgekehrt war.

Ich setzte mich auf und hielt Ausschau nach einer Standuhr zwischen den Bäumen. Einer dieser dunklen Großvateruhren mit goldenem Pendel und schwarzen Zeigern, die sich wie Arme einer Höhlenmalerei über römische Ziffern bewegten.

Aber ich entdeckte nichts als borstiges Steppengras und Savannenbäume. Das Ticken existierte nur in meinem Kopf. Manchmal schien die Umgebung an den Grenzen meines Blickfelds zu zersplittern, aber wenn ich hinsah, war alles wieder wie zuvor.

Der Himmel war jetzt leer, die Fährte des Flugzeugs verblasst. Keine Wolke weit und breit, nur gleißendes Sonnenlicht. Schweiß lief mir in die Augen. Als ich ihn fortwischte und für einen Moment die Lider schloss, spürte ich wieder das Wummern des Motors, das Polster des Sitzes, und ich wusste, dass mein Körper schlief. Nur mein Geist war wach und unterwegs in der Vergangenheit.

Langsam öffnete ich die Augen, schaute über die Schulter in die Savanne und erkannte einen verschwommenen Punkt, der sich näherte. Anfangs schien er kaum größer zu werden. Dann wuchs er schneller und formte sich zu einer majestätischen Gestalt.

Ein Löwe, ein König unter seinesgleichen. Eine Kreatur von hypnotischer Anmut.

Er ließ sich neben mir nieder und blickte starr geradeaus. Ich betrachtete ihn im Profil, die gewaltigen Kiefer, das frische Blut an seinen Lefzen. Er hatte gefressen, gerade eben erst. Er roch nach totem Menschen.

Wir blieben sitzen, Seite an Seite, und warteten auf Regen.

28.

Ich erwachte mit Schüttelfrost. Es fühlte sich gut an, die Augen geschlossen zu halten, und so ließ ich sie noch eine Weile zu und horchte auf den Nachhall des Tickens. Ich hörte es noch immer, weit entfernt, und es verklang erst ganz allmählich.

Emma sprach mit Tyler.

»Gibt es etwas, das du unbedingt noch tun willst, bevor alles zu Ende ist?«

»Flavie wiedersehen«, sagte er, ohne zu zögern. Als sie nichts erwiderte, schien ihm klar zu werden, dass sie auf seine Gegenfrage wartete. Er tat ihr den Gefallen: »Und du?«

»Rain das Gefühl geben, dass sie wieder eine Familie hat. Dass ich diese Familie bin, so gut ich es eben kann.«

Ich wäre am liebsten nach hinten geklettert und hätte sie umarmt. Aber ich ließ die Augen geschlossen und gab vor, noch zu schlafen.

»Rain wünscht es sich so sehr«, sagte Emma.

»Was ist mit dir?«, fragte er. »Was wünschst du dir?«

»Nichts. Wünschen ist irrational. Wenn ich etwas nicht selbst tun kann, muss ich andere dazu bewegen, es zu tun.«

»Ich hab das Wünschen auch schon vor langer Zeit drangegeben«, sagte Tyler.

Sie schwiegen eine Weile, während der Wagen durch die Wüste holperte. Der Untergrund war rauer geworden. Hatte Tyler die Straße verlassen, während ich schlief?

Gerade wollte ich mich rühren, als er fragte: »Was ist eigentlich los mit Rain? Ich meine, was ist ihr zugestoßen?« Er hatte die Stimme ein wenig gesenkt. Aber glaubte er wirklich, dass ich ihn nicht hören würde?

»Afrika ist ihr zugestoßen«, sagte Emma.

»Was hatte sie da zu suchen?«

»Unsere Eltern waren Entwicklungshelfer. Sie haben mehr Zeit dort verbracht als mit uns. Rain hatte deswegen oft Streit mit ihnen. Mir war es egal, aber sie hat darunter gelitten.«

Ich hatte noch nie erlebt, dass Emma über diese Geschichte sprach. Sie hatte mir immer nur zugehört, selbst aber kaum etwas dazu gesagt. Als unsere Großeltern mir vorgeworfen hatten, es sei rücksichtslos und eigennützig gewesen, einfach fortzugehen, und dass ich mich nie für meine Schwester interessiert hätte, da hatte mich das hart getroffen.

Vielleicht auch, weil es stimmte: Mein Aufbruch nach Afrika, halb Selbstfindungstrip, halb Spurensuche auf der Fährte von Mum und Dad, hatte *nur* mit mir selbst zu tun gehabt. Es war egoistisch gewesen, aber meine Großeltern hatten nie verstanden, dass sie selbst ein Teil des Problems waren. Emma zurückzulassen war schlimm genug, doch es grenzte an Verrat, dass ich sie *bei ihnen* gelassen hatte. Was die Konsequenzen waren, begriff ich zu spät. Als ich zurückkehrte, körperlich und seelisch am Ende, da untersagten sie mir jeden Kontakt zu Emma. So als wäre Unglück ansteckend. Wenigstens hatten sie nicht verhindern können, dass mir mein Teil der Lebensversicherungen ausgezahlt wurde. Ich nahm mir mit dem Geld einen Anwalt. Es gab unschöne Briefe, Drohungen und Beleidigungen, schließlich ein zynisches Schlichtungsgespräch und Diskussionen mit dem Jugendamt. Ich will nur meine Schwester, sagte ich wieder und wieder. Sie soll bei mir aufwachsen, ich bin volljährig, wir schaffen das.

Aber meine Großmutter konnte das nicht hinnehmen. Wenn sie gekonnt hätte, hätte sie wohl einen Schlägertrupp angeheuert, um mir die Beine brechen zu lassen. Stattdessen tat sie etwas viel Grausameres: Sie zwang mich, vor jedem Anwalt, jedem Jugendbetreuer, jeder Schiedskommission meine Geschichte zu erzählen. Immer wieder Afrika, jede Erinnerung, jedes Detail. Und sie ließ keinen Zweifel daran, dass in ihren Augen ich die Schuldige gewesen war. Mein Leichtsinn, meine Risikobereitschaft, meine Verantwortungslosigkeit.

Der Tod dieses armen Mannes irgendwo im Busch? Ganz allein die Schuld dieses Mädchens, das Sie hier vor sich sehen! Und so jemand soll meine Enkeltochter erziehen? Jemand, der nicht mal auf sich selbst achtgeben kann, soll mit Emmas Krankheit umgehen? Das Kind formen, bilden, ihm ein normales Leben ermöglichen, damit es eines Tages leben kann wie Sie und ich?

Am Ende hatte sie den Bogen überspannt. Im Jugendamt sitzen nicht nur Idioten. Ein paar, ja sicher, aber einige durchschauten, was sie trieb. Und ganz allmählich begann sich die Waage in meine Richtung zu neigen. Emma wurde befragt und sagte mehr Nettes über mich, als ich hätte erfinden können. Danach gratulierte mir mein Anwalt wie nach einer Millionenklage. Aber das war kein Kampf David gegen Goliath gewesen – ich war einfach nur im Recht. Und zuletzt sah das auch die Richterin so und das Jugendamt und die verdammte Nachbarschaft. Emma packte ihre Sachen und zog zu mir, ohne viel Tamtam.

Aber sie hatte nie darüber gesprochen, was sie bei dieser ganzen Sache empfunden hatte. Umso erstaunter war ich, dass sie es ausgerechnet jetzt versuchte, vor einem Fremden wie Tyler.

»Rain hat viel für mich getan«, sagte sie leise. »Und ich werde ihr mein Leben lang dafür dankbar sein.«

»Was genau ist in Afrika geschehen?«, fragte er.

Hier hätte ich übernehmen müssen, aber ich hatte einen Kloß im Hals. Tränen brannten in meinen Augen, und es war viel leichter, sie zu verbergen, solange ich weiterhin halb zusammengerollt im Beifahrersitz kauerte, das Gesicht zum Fenster gewandt.

»Sie ist nach Kenia geflogen«, sagte Emma. »Erst nach Nairobi und dann weiter hinauf in den Norden. Unsere Eltern sind dort öfter gewesen, vor allem in den letzten Jahren. Rain wollte wissen, was sie in diesem Land und in diesen Menschen gesehen hatten. Aber sie wollte keine Kinder füttern, sondern hat sich einer Organisation namens KNLS angeschlossen. Das bedeutet –«

»Kenya National Library Service«, sagte ich mit einem Seufzen und drehte mich um. Tyler blinzelte lächelnd in die rote Sonne. »In Kenia gibt es kaum Bibliotheken. Dafür haben sie Bücherkamele. Die Leute vom KNLS ziehen mit ihnen von Dorf zu Dorf, von einem Nomadenstamm zum nächsten und versuchen, die Menschen zum Lesen zu bringen. Ein Viertel der Bevölkerung sind Analphabeten, und der KNLS versucht, das zu ändern. Jedes Kamel trägt zwei Kisten voller Bücher. Sie besuchen diese winzigen Dorfschulen, in denen den Kindern nur das Allernötigste beigebracht wird – denen, die Glück haben. Viele wachsen ganz ohne Schulbildung auf. Die meisten Bücher, die sie dort verteilen, sind Spenden aus dem Ausland, fast alle auf

Englisch, weil das die zweite Landessprache ist. Ein paar sind auch auf Kisuaheli, aber nicht viele. In den Schulen veranstaltet der KNLS Lesestunden, dabei werden die Bücher verteilt und am Ende wieder eingesammelt.«

»Und so eine Tour hast du mitgemacht?«, fragte Tyler.

»Mehrere. Aber nicht so viele, wie ich ursprünglich wollte.«

»Hör mal, du musst das nicht –«

»Doch«, unterbrach ich ihn, »das ist schon okay. Ich erzähl's dir, wenn du es hören willst. Im Radio läuft eh nichts Interessanteres.«

Ich rückte mich im Sitz zurecht und streckte meine Arme und Beine. Meine Afrika-Skala stand auf drei mit einer Tendenz zur vier. Früher hatte ich mich vor Zittern kaum halten können, wenn man mich dazu gezwungen hatte, über das alles zu sprechen.

»Es war meine vierte Tour. Ich war gerade erst ein paar Wochen da, und wir waren immer mehrere Tage unterwegs, weil die Dörfer mit den Schulen der Nomaden so weit draußen liegen. Nichts als Sand und Fels und braunes Buschgras. Der Mann vom KNLS, mit dem ich unterwegs war, hieß Khalif. Er war schon länger dabei, ein paar Jahre, und er kannte die Gegend, weil er selbst bei den Nomaden aufgewachsen war. Mit ihm bist du sicher, sagten sie mir immer wieder, obwohl ich nie danach gefragt hatte. Hätte ich Sicherheit haben wollen, dann wäre ich zu Hause in Wales geblieben. Jedenfalls war Khalif ein netter Kerl. Er redete nicht viel, aber das war mir ganz recht, und wenn er etwas sagte, dann hatte es Hand und Fuß. Manchmal hat er mir kleine Vorträge gehalten über das Land oder eine Pflanze oder die Tiere der Savanne. Aber die meiste Zeit über ging er einfach nur vornweg, hielt das Kamel mit den Bücherkisten am Zügel und sah hin und wieder über die Schulter zurück, ob ich noch da war und in keinen Termitenhaufen trat.«

»Erzähl ihm von dem Kamel«, bat Emma.

Ich musste lächeln. »Sein Name war Hemingway. Es roch nicht besonders gut. Meistens liefen wir zu Fuß neben ihm her, aber manchmal bestand Khalif darauf, dass ich auf dem Vieh ritt. Dann saß ich da oben zwischen den Kisten und kämpfte um mein Leben. Hemingway war auch nicht allzu angetan von mir, glaube ich, und einmal hat er mich ziemlich übel abgeworfen.«

»Ich mag Kamele«, sagte Emma. »Ich hatte mal eins aus Stoff. Es hatte nur ein Auge.«

»Nachts schliefen wir in einem kleinen Zelt, und Khalif war ein echter Gentleman. Kein falscher Blick, schon gar kein Anfassen oder so was. Ich hab ihn wirklich gemocht. Später, als er tot war, hat es das viel schwieriger gemacht. Da hab ich mir gewünscht, ich hätte ihn gehasst, damit es nicht so wehtat, ihn … so daliegen zu sehen.«

Meine Augen suchten einen Punkt weit voraus auf der Straße. Langsam atmen. Nicht die Kontrolle verlieren. Du kannst das. Deine Schwester ist die Königin der Vernunft und du hast die gleichen Gene.

»Am dritten Tag der Tour wurde Khalif merkwürdig. Wir hatten am frühen Morgen ein Dorf verlassen und waren schon ein paar Stunden unterwegs. Mir fiel auf, dass er sich immer wieder umschaute und noch wortkarger war als sonst. Schließlich sagte er, dass ein Löwenrudel unsere Witterung aufgenommen hätte. Das sei nicht schlimm, wahrscheinlich seien sie satt und beobachteten uns nur. Spätestens wenn wir in einer Stunde das nächste Dorf erreichten, würden sie uns in Ruhe lassen, weil sie größeren Gruppen von Menschen aus dem Weg gingen. Ich dachte, okay, er wird schon wissen, wovon er spricht. Ein paar Minuten später packte er seine Pistole aus – zum ersten Mal, während ich dabei war –, und da fing ich an, mir wirklich Sorgen zu machen. Er bestand darauf, dass ich auf das Kamel stieg. Kurz darauf griffen sie uns an, vier Löwinnen und ein Löwe. Alles ging wahnsinnig schnell. Khalif schrie, Hemingway ebenfalls, dann schoss er ein paarmal und das Kamel ging mit mir durch. Dreihundert oder vierhundert Meter entfernt bin ich runtergerutscht und liegengeblieben.«

Tyler warf mir immer wieder Seitenblicke zu, während er fuhr, unterbrach mich aber nicht.

»Sie ist auf den Kopf gefallen«, sagte Emma. »Falls es dir noch nicht –«

»Hey!« Doch in Wahrheit war ich froh, dass sie mich zurück in die Gegenwart holte. »Ich muss eine Weile dagelegen haben«, sagte ich zu Tyler, »nicht völlig bewusstlos, aber unfähig, irgendwas zu tun. Ich konnte hören, wie die Löwen in der Ferne um ihre Beute kämpften, und irgendwann wagte ich es wieder, den Kopf zu heben und zurückzublicken. Die Tiere waren nicht mehr zu sehen, aber sie konnten überall sein, darum spielte es keine Rolle, in welche Richtung ich lief. Also ging ich zurück zu Khalif oder zu dem, was von ihm übrig war. Ich setzte mich neben ihn und war wie leer. Ich konnte nicht nachdenken, nichts planen, überhaupt nichts tun. Die Handys steckten in den Satteltaschen des Kamels, und das war auf und davon. Ich hatte kein Wasser, keine Nahrung – nur Khalifs Pistole. Sie lag neben ihm, und es war noch eine Kugel darin. Nur eine einzige. Ich blieb den halben Tag bei ihm, um ihn zu bewachen. Ich wollte nicht, dass andere Tiere kamen, um die Reste fortzuschleppen. Ich hatte das Gefühl, ihn beschützen zu müssen.«

Meine Kehle war trocken, vom Sprechen und weil ich seit einem Tag nichts getrunken hatte.

»Irgendwann bin ich aufgestanden und losgegangen. Khalif hatte gesagt, dass wir eine Stunde vom nächsten Dorf entfernt waren, aber bei Sonnenuntergang war ich noch immer unterwegs und sah nirgends Lichter oder Feuer. Da wurde mir klar, dass ich mich verirrt hatte. Ich war stundenlang in die falsche Richtung gegangen und irgendwohin unterwegs, immer tiefer in die Savanne, und ich hatte keine Ahnung, ob es dort noch Siedlungen gab oder Nomaden oder vielleicht überhaupt niemanden mehr. In Filmen klettern Leute in solchen Situationen immer neunmalklug auf einen Baum und schlafen in einer Astgabel. Klingt nach einer guten Idee, aber probier das mal aus. Wenn du überhaupt dort hinaufkommst, die Insekten dich nicht auffressen und du nicht versehentlich einer Schlange ins Maul greifst, dann hältst du es gerade mal eine Viertelstunde in der beschissenen Astgabel aus. Danach tut dir der Hintern weh und dein Rücken und bald jeder einzelne Muskel im ganzen Körper. Nach einer halben Stunde wusste ich, dass ich mich nie im Leben dort oben würde halten können. Also bin ich wieder runter und bei Mondlicht weitergegangen. Nachts ist man da draußen nicht mehr allein, da kommen sie alle aus ihren Löchern, jedes Tier, das du dir vorstellen kannst. Nur von den großen hab ich keine mehr gesehen. Wahrscheinlich waren die Löwen in eine andere Richtung weitergezogen. Schließlich hab ich ein paar Stunden auf einem Felsen geschlafen, so gut es eben ging. Morgens bin ich dann weitergelaufen.«

Ich hielt inne, weil ich noch immer keine Worte fand für das, was ich in den nächsten anderthalb Tagen durchgemacht hatte. Was ich gefühlt und gedacht hatte und wie groß meine Angst gewesen war. Die Tatsachen sahen so aus: Ich fand kein Wasser, keine Menschen und ich hatte nicht die geringste Ahnung, wo ich war. Ich stellte mir vor, dass uns mittlerweile irgendjemand vermisste und Khalif gefunden hatte und vielleicht annahm, die Löwen hätten meine Leiche fortgeschleppt. Später erfuhr ich, dass sie sogar intensiv nach mir gesucht hatten, nur nicht dort, wo ich tatsächlich war. Ein paarmal steckte ich mir die Pistole in den Mund und brachte es dann doch nicht fertig, abzudrücken. Stattdessen schleppte ich mich weiter, bekam Halluzinationen und war der Überzeugung, dass die Löwen mich verfolgten und nur darauf warteten, dass ich stolperte oder nicht mehr weitergehen konnte. Ich sah sie immer wieder neben mir, dann vor mir, und bis heute bin ich nicht sicher, ob sie nicht wirklich da waren und mich aus irgendeinem Grund am Leben ließen.

»Ich lief einen Tag und eine Nacht«, fuhr ich fort, »ehe ich schließlich auf ein Dorf stieß. Die Menschen dort haben mir das Leben gerettet. Ich wurde mit einem Hubschrauber abgeholt, ins Krankenhaus gebracht und konnte zwei Wochen später zurück nach England fliegen.«

»Du hast irres Glück gehabt«, sagte Tyler.

»Das dachte ich auch. Aber dann ging es erst richtig los. Anfangs konnte ich nicht mehr schlafen, musste die ganze Nacht herumlaufen, konnte nicht still sitzen, schon gar nicht liegen. Wenn ich zu erschöpft war und doch noch einschlief, meistens irgendwo, nur nicht im Bett, dann hatte ich Albträume von Khalif und den Löwen. Und dann, nach zwei oder drei Wochen, ging es mit der Phobie los. Und der Therapie. Den Hypnosebehandlungen.« Ich presste die Lippen aufeinander, machte eine kurze Pause und sagte schließlich: »Wenn ich schlafe, höre ich noch immer das Metronom, das dabei benutzt wurde. Dieses Ticken.

Manchmal auch, wenn ich wach bin. Und dann frage ich mich, ob das alles hier wirklich ist oder ob die Halluzinationen nie aufgehört haben. Vielleicht liege ich noch immer da draußen in der Savanne, Khalifs Tod ist gerade mal einen Tag her und alles andere ist nur ein Traum. Ich meine, seht euch doch um! Nichts als Wüste und Geister. Wer soll denn verdammt noch mal glauben, dass so was *real* ist?«

Die beiden schwiegen, nun, da ich sie als Trugbilder enttarnt hatte. Weder sie noch dieser Wagen oder gar der Untergang der Welt existierten. Alles nur eine Halluzination, um mir das Sterben in der Savanne ein wenig leichter zu machen.

»Wenn das ein Traum ist«, sagte Emma, »kannst du mich dann ein bisschen älter machen und hübscher und vielleicht auch was mit meinem Busen?«

»Und ich bekomme allmählich eine hohe Stirn«, sagte Tyler. »Ist dir wahrscheinlich noch nicht aufgefallen, aber wenn du genau hinsiehst, hier unter den Haaren, dann –«

Ich beugte mich zu ihm rüber und strich ihm die Strähnen aus dem Gesicht. Dann küsste ich ihn aus einem Impuls heraus auf die Lippen. Einfach so. Er bremste den Wagen ab, um nicht die Kontrolle zu verlieren. Emma purzelte beinahe nach vorn, aber er schob mich nicht von sich, sondern ließ es zu, legte eine Hand an meine Schulter und hielt mich fest. Vielleicht war es mehr Umarmung als Küssen, trotz der Berührung unserer Lippen, aber das kümmerte mich nicht.

»Tick-tack«, sagte Emma.

29.

Auf unserer Fahrt zur Küste hatten wir die Straße verlassen und waren auf staubige Feldwege ausgewichen.

Eine Weile lang folgten wir einer Schotterpiste parallel zur A92 nach Süden. Von weitem sahen wir eine reglose Autoschlange. Aus den Dächern der Wagen ragten weiß glühende Köpfe. Tausende Flüchtlinge aus den Städten waren gestorben, als der Tod durch die Wagenkolonnen gerast war und die überfüllten Fahrzeuge in Gräber verwandelt hatte. Dennoch bewegte sich dort etwas: Scharen von Haustieren, die aus den Autos entkommen waren und nun nach Nahrung suchten.

Einmal meinte ich eine Gruppe von Personen zu erkennen, die in sicherer Entfernung an der Autobahn entlanglief, aber als ich noch einmal hinsah, war sie nicht mehr zu sehen. Die Sonne schien schon seit zwei Stunden auf das ausgetrocknete Land herab und sorgte für Trugbilder.

»Oh, fuck!« Tyler nahm den Fuß vom Gas. Unser Schweif aus Staub holte uns ein und hüllte den Wagen für einen Moment in eine gelbe Wolke. »Da vorn, das sind sie.«

Als sich der Staub senkte, erkannte ich als Erstes die beiden Helikopter, die weiter südlich wie Hornissen am Himmel kreisten.

Ich stieg aus und blickte über die offene Tür hinweg. »Gibst du mir mal das Fernglas?«

Tyler reichte es mir. Es wäre nicht nötig gewesen, um zu erkennen, dass er Recht hatte. Aber ich wollte wissen, was genau die Söldner dort taten.

Der Konvoi aus schwarzen Geländewagen und Transportern befand sich etwa zwei Kilometer vor uns. Allerdings nicht auf der Piste, die wir genommen hatten, sondern auf einer Brücke quer über der Autobahn. Die Lionheart-Wagen mussten eine Landstraße benutzt haben, die auf der anderen Seite der A92 verlief.

Nun schien die Kolonne dort oben festzusitzen. Ein Stück vor ihnen, am Ende der Brücke, hatte sich eine Karambolage ereignet, zwischen einem Dutzend Autowracks standen mehrere Dutzend Geister. Falls Haven dort vorbeiwollte, würde er seine Männer zum Räumen mitten unter die Erscheinungen schicken müssen.

»Wohin wollen die?«, fragte Tyler.

»Haven hat doch was von einem Flugzeug gesagt«, sagte Emma von hinten.

»Die werden kaum den Flughafen von Almería benutzen. Vielleicht einen Militärflugplatz.«

»Von hier aus überwacht die Nato das westliche Mittelmeer«, sagte Tyler. »Wahrscheinlich gibt es in der Nähe eine ganze Reihe von Luftwaffenstützpunkten.«

»Und die lassen dort Maschinen eines privaten Söldnerunternehmens landen?«

»Wenn dieses Unternehmen im Auftrag der Amerikaner im Irak, in Afghanistan und sonst wo gearbeitet hat? Ganz sicher sogar.«

Ich ließ meinen Blick durch das Fernglas an dem Konvoi entlangwandern. An der Spitze stand eine Gruppe schwarzer Gestalten und gestikulierte. Offenbar war man sich nicht einig über das weitere Vorgehen.

»Was hat Haven denn erwartet?« Tyler verließ ebenfalls den Wagen und lehnte sich auf seine Tür.

»Ich glaube nicht, dass er eine Wahl hatte.« Jetzt entdeckte ich Haven. Er stand ein wenig abseits der übrigen Männer, näher an den Wracks und Erscheinungen. Reglos blickte er zu der Stelle, wo die Autos ineinandergefahren waren.

Emma trat neben mich. »In spätestens zwei Minuten wird er den Befehl geben, umzudrehen und eine andere Strecke über die Autobahn zu finden. Er will so schnell wie möglich zurück zu seiner Tochter. Er wird sich nicht unnötig aufhalten lassen.«

»Dann warten wir solange«, sagte Tyler, »und sobald der Konvoi außer Sicht ist, biegen wir weiter vorn auf die Straße nach Westen. Oder fahren parallel dazu, falls wir einen Weg finden.«

»Du willst in dieselbe Richtung wie er?« Ich betonte die Worte als Frage, aber natürlich kannte ich die Antwort bereits. »Du bildest dir doch nicht ein, dass du dich als blinder Passagier an Bord seiner Maschine schleichen könntest, oder? Die werden dich abknallen, sobald du auch nur in der Nähe dieses Flugplatzes auftauchst.«

»Ich hab drüber nachgedacht«, gestand Tyler.

»Wie stellst du dir das vor? Selbst wenn du es schaffen würdest, irgendwie in dieses Flugzeug hineinzukommen, dann kannst du drüben in den USA nicht einfach mit den anderen zum Tempel des Liebenden Lichts spazieren und dich dort in aller Ruhe nach Flavie umschauen.«

Unerwartet kam Emma mir zu Hilfe. »Rain hat Recht. Das ist irrational. Sogar sehr.«

Tyler deutete die Straße entlang. Im Westen verschwand sie zwischen bebauten Hügeln. Selbst im Sonnenschein war das gleißende Licht hinter den Fenstern der Häuser zu sehen. »Dahinter liegen Almería und das Meer. Von da oben aus müssten wir sehen können, ob noch Maschinen vom Flughafen starten und wie es in der Stadt aussieht. Das wolltet ihr doch. Also lasst uns fahren.«

Er setzte sich wieder hinters Steuer und schlug seine Tür zu.

»Er macht ohnehin, was er will«, sagte Emma. »Aber wenn wir uns –«

»Wenn wir uns von ihm trennen, haben wir auch keine besseren Chancen«, führte ich ihren Satz zu Ende. »Ich weiß.«

Auf der Brücke begannen die Fahrzeuge des Konvois ein langwieriges Wendemanöver. Als sie sich zurück nach Osten bewegten und hinter der Autobahn verschwanden, verließen auch die Hubschrauber ihre Kreisbahn am Himmel. Wenig später schwenkten sie nach Norden – und kamen auf uns zu. Hastig sprangen Emma und ich in den Wagen und zogen die Türen zu.

Kurz darauf musste uns der Konvoi auf der anderen Seite der A92 passieren, obgleich wir ihn nicht sehen konnten. Die Helikopter flogen über uns hinweg in die Richtung, aus der wir gekommen waren.

»Wie lange werden die brauchen, um einen anderen Weg auf unsere Seite zu finden?«, fragte ich.

»Die letzte Abfahrt lag nur ein paar Kilometer zurück.« Tyler startete den Motor. »Dort gibt's eine Brücke. Falls sie da durchkommen, werden sie nicht allzu viel Zeit verlieren. Dann könnten sie in zwanzig Minuten hier sein, spätestens in einer halben Stunde.«

»Okay.« Ich nickte resigniert. »Dann lass uns verschwinden.«

Tyler gab Gas. Der Wagen rumpelte durch Schlaglöcher und über Erhebungen. Bald passierten wir in großem Abstand den Ort der Karambolage. Ich versuchte mit dem Fernglas zu erkennen, ob die Geister lächelten, aber das Geschaukel machte das unmöglich.

So weit die Straße einzusehen war, schien sie jenseits der Unfallstelle frei zu sein. Mit Sicherheit hatte es noch mehr Zusammenstöße gegeben, als die Menschen in Panik versucht hatten, aus den dicht besiedelten Gebieten zu entkommen, doch bis hinauf zu den Hügeln war der Asphalt wie leer gefegt.

Schließlich bogen wir von dem Feldweg auf die Straße nach Westen. Die Häuser, die wir schon von weitem auf den Hügeln gesehen hatten, gehörten zu einem Wohngebiet oberhalb der Stadt. Wir wagten es nicht, eine der Seitenstraßen hinauf zur Hügelkuppe zu nehmen, um den Geistern der Bewohner nicht zu nahe zu kommen. Stattdessen fuhren wir weiter, bis links von uns ein kleines Gewerbegebiet auftauchte. Vor einem Möbelhaus erstreckte sich ein riesiger Parkplatz bis zu einem niedrigen Holzzaun. Jenseits davon war das Meer zu sehen, aber wir mussten näher heran, um einen Blick auf die Stadt am Fuß der Hügel werfen zu können.

Tyler bog auf den Parkplatz, in dessen Zentrum – in großem Abstand zum Gebäude und zur Straße – ein Dutzend Fahrzeuge eine Art Wagenburg bildete. Dazwischen bewegten sich Menschen, eine Handvoll Überlebende.

Er lenkte den SUV in einem Bogen um das Lager und fuhr langsam zum Zaun. Etwa fünfzig Meter von den anderen Fahrzeugen entfernt hielten wir an und stiegen aus. Aus Richtung der Wagenburg rief jemand etwas, aber ich war viel zu gebannt vom Anblick der Stadt.

Almería brannte. Aus zahlreichen Häusern stiegen Flammen und Rauchfahnen auf.

»Die haben nicht mal mehr Zeit gehabt, den Ofen auszumachen«, stellte Emma fest.

Die Stadt lag in einer weiten Bucht und war auf der Landseite von ockerfarbenen Hängen eingefasst. Viele waren bebaut – wie jener, auf dem wir standen –, andere felsig und kahl.

»Weiß jemand, wie viele Menschen da unten gelebt haben?«, fragte ich.

»Sicher an die zweihunderttausend«, sagte Tyler.

Neben modernen Bürogebäuden gab es ganze Viertel aus weiß gekalkten Altbauten. Aus Straßen und Gassen strahlte Licht empor. Viele Bewohner mussten während der ersten Smilewave aus den Häusern gelaufen sein. Je mehr Menschen auf engem Raum beieinander waren, desto größer das Risiko. Bis allen bewusst geworden war, woher die Gefahr rührte, musste es für die meisten zu spät gewesen sein.

Vogelschwärme kreisten über der Stadt und stießen hinab ins Licht. Jetzt fiel mir auf, dass sich auf einigen Dächern dunkle Punkte bewegten, Gruppen von Menschen, die sich dort hinaufgerettet hatten. Mit Flaggen aus Kleidungsstücken und Bettlaken versuchten sie, auf sich aufmerksam zu machen. Unten im Straßenlabyrinth hatten sie keine Chance. Mit Fahrzeugen gab es kein Durchkommen und zu Fuß war der Weg aus der Stadt viel zu weit.

Jenseits der Hafenanlagen erstreckte sich das Mittelmeer in strahlendem Blau bis zum Horizont. Weiter draußen kreuzten zahlreiche Jachten, Fischerboote und gewaltige Frachter, deren Besatzungen wohl gerade überlegten, wo und wann und ob sie überhaupt jemals wieder an Land gehen konnten.

»Der Flughafen liegt weiter östlich«, sagte Tyler und deutete nach links. Von hier aus war nichts davon zu sehen, auch der Himmel war leer. »Bleibt ihr hier.« Er nickte in Richtung der Wagenburg. »Ich geh mal rüber. Vielleicht geben sie uns Wasser ab oder irgendwas zu essen.«

»Nie im Leben«, sagte Emma.

Ich nickte. »Stimmt.«

»Ich will's wenigstens versuchen.«

»Dann komme ich mit.«

»Nein. Einer, der fahren kann, muss beim Wagen bleiben.« Er brachte ein dünnes Lächeln zu Stande. »Außerdem werden sie nicht gleich aus allen Rohren losballern.«

»Pass ja auf dich auf.«

Er verzog einen Mundwinkel und deutete auf unseren Wagen. »Geht nicht vom Auto weg. Wir müssen weiter, ehe Haven uns einholt. Also wird das hier nicht lange dauern.«

Zwischen den Fahrzeugen der Wagenburg standen mehrere Männer und Frauen. Tyler ging langsam hinüber, merklich bemüht, sie seine Hände sehen zu lassen. Emma und ich beobachteten, wie er mit einigen Männern sprach, gestern noch gewöhnliche Familienväter, vielleicht Verkäufer im Möbelhaus nebenan, heute die Anführer eines Stammes Überlebender.

Nach ein paar Minuten kehrte er mit leeren Händen zurück. »Ihr hattet Recht, sie rücken nichts raus. Wasser sei kein großes Problem, sagen sie, am Rand der Wohngebiete gebe es genug Wasserhähne in den Gärten, an die man herankommt, ohne in den Radius der Geister zu geraten. Nahrung sei schon schwieriger. Der nächste Supermarkt war wohl einigermaßen sicher, bis er am frühen Morgen geplündert wurde und ein paar Idioten aufeinander eingeschlagen haben. Zuletzt hat jemand um sich geschossen und nun, sagen sie, sei der Laden ›mit Lächeln verpestet‹.«

Ich musterte Tyler. »Das ist nicht alles, oder? Du hast sie noch was gefragt.«

»Zwanzig Kilometer weiter westlich gibt es einen privaten Flugplatz. Sie sagen, dass ihn Männer in schwarzen Overalls besetzt halten und niemanden hereinlassen. Auf der Startbahn steht eine Transportmaschine.«

»Es ist Irrsinn, sich mit Lionheart anzulegen!«

»Ihr könnt hierbleiben, wenn ihr wollt.«

Emma und ich blickten zu der kläglichen Wagenburg und dem Häuflein Menschen hinüber, das auf einem leeren Möbelhausparkplatz auf das Ende wartete. Früher oder später würden die Ersten einen Lagerkoller bekommen, die Gruppe würde zerfallen, die Stärkeren mit Waffen und Vorräten davonziehen, die Schwächeren sterben.

Und jeden Augenblick mochte Havens Konvoi die Hügel heraufkommen.

»Fahren wir«, sagte ich, »bevor das Imperium zurückschlägt.«

Haven musste von rechts über die Kuppel kommen, wir bogen nach links und fuhren bergab. Die Söldner konnten weder wissen, dass wir überlebt hatten, noch, dass wir in diesem Wagen unterwegs waren. Vielleicht würde es genügen, ihnen auszuweichen oder, falls sie uns doch zu nahe kamen, die Köpfe einzuziehen.

Emma hatte den Rucksack wieder auf ihren Schoß gezogen und einen Arm darumgelegt, als wollte sie Laptop und Disc mit ihrem Leben beschützen.

Bald mussten wir wieder von der Straße herunter und auf Feldwege ausweichen. Auf Olivenhaine folgte eine ausgedehnte

233

Orangenplantage. Wir hielten an und pflückten so viele Früchte, wie wir auf die Schnelle einpacken konnten. Zumindest an Vitamin-C-Mangel würden wir nicht sterben.

Kurz darauf erreichten wir das Ende der Plantage. Vor uns befand sich ein kleiner Bahnübergang mit offenen Schranken. Das verglaste Häuschen des Bahnwärters war leer.

Unmittelbar davor war ein Güterzug in einen Lkw gerast, hatte ihn entzweigerissen und die Zugmaschine fünfzig Meter vor sich hergeschoben. Totenlicht schien aus dem zerstörten Fahrerhaus. Die Lokomotive war entgleist und in einen Graben gestürzt, der zweite Waggon stand schräg und hatte sich fest im Erdreich verkeilt, die übrigen sieben befanden sich noch auf den Schienen. Nirgends war ein Mensch zu sehen.

Im Schritttempo näherten wir uns dem Übergang. Hier kamen wir nicht weiter. Wieder stiegen wir aus und beratschlagten, was zu tun sei. Die Gleise waren auf einem mannshohen Wall verlegt worden, davor verlief der Graben. In beiden Richtungen gab es keine Möglichkeit, mit dem Auto die Schienen zu überqueren – der Graben war zu schmal und der Wall zu steil.

Schließlich kletterten wir zwischen den Waggons hindurch auf die andere Seite. Wir befanden uns auf einer kleinen Hochebene, die im Süden und Westen von Hügelketten begrenzt wurde.

Hundert Meter entfernt verlief eine Mauer. Dahinter stand, grau wie ein Grabmal, der Tower eines Flugplatzes.

30.

Emma kauerte noch auf der Kupplung zwischen den Waggons, als sie einen Blick über die Schulter warf. »Wir sollten besser verschwinden.«

Tyler und ich drängten uns neben sie. Über der Orangenplantage stand eine Säule aus Staub. Seine Lippen formten stumm Havens Namen.

Ich kletterte an Emma vorbei, rannte zum Wagen, hechtete auf den Fahrersitz und ließ den Gurt einrasten. Mit durchdrehenden Reifen setzte ich ein Stück zurück, gab Gas und raste auf das Bahnwärterhäuschen zu. Im letzten Moment riss ich einen Arm vor die Augen, als ich den Kühler des Geländewagens in die Front krachen ließ. Glas und Stein splitterten, der Motor jaulte auf und ich wurde nach vorn in den Sicherheitsgurt gerissen, während mir der Airbag ins Gesicht knallte.

»*Rain!*«

Emma zog mit beiden Händen die Fahrertür auf, beugte sich über mich und löste den Gurt. Dann war auch Tyler heran. Gemeinsam zogen sie mich heraus.

»Verdammt, was −«, begann er, aber Emma fuhr ihm über den Mund: »Klappe halten!«

»Wir hätten den Wagen noch −«

»Nein«, hörte ich Emma wie durch Wasser sagen. Mein Kopf tat weh und mir war höllisch schwindelig. »Sie hat genau das Richtige getan. Wir hätten es niemals rechtzeitig von hier weg geschafft.« Sie legten mich am Boden ab. »Wir müssen unseren Kram aus dem Wagen holen.«

Ich rappelte mich hoch und sah, dass Tyler noch immer nicht verstand. Im Hintergrund kam die Staubwolke näher. Orangenbäume verdeckten unsere Sicht auf die Wagen.

»Wir verstecken uns im Zug«, brachte ich heiser hervor. »Hätten wir den Wagen einfach stehengelassen, hätten sie am warmen Motor gemerkt, dass gerade noch jemand hier war. So aber müssten sie ihn erst aus der Ruine ziehen, und die Mühe werden sie sich kaum machen. Jedenfalls nicht, solange sie keine Ahnung haben, dass wir da drin waren.«

Schwankend kam ich auf die Füße, während Emma Orangen und die drei Infrarotmasken in den Rucksack stopfte. Tyler fing mich auf, als ich wieder in die Knie brach.

»Gut gemacht«, sagte er anerkennend und stützte mich auf dem Weg zu den Waggons. Emma folgte uns, Rucksack und Arme voller Früchte. Wir mussten auf die andere Seite, erst einmal aus dem Blickfeld der näher kommenden Söldner. Ich hoffte nur, dass sich der Staub der Kollision schnell genug setzte.

Wir schafften es gerade noch über die Kupplung zwischen den Waggons, als der Motorenlärm des Konvois erklang. Jeden Moment würden die Fahrzeuge zwischen den Orangenbäumen auftauchen. So schnell wir konnten, liefen wir Richtung Zugende.

Tyler rüttelte vergeblich an den Riegeln der Schiebetüren. Erst am letzten Waggon hatten wir Glück. Die Tür ließ sich zur Seite schieben, Tyler winkte uns hinein. Emma warf die Orangen ins

Innere und kletterte hinterher. Bevor ich ihr folgte, bückte ich mich und sah zwischen den Rädern hindurch zur anderen Seite. Der Konvoi erreichte gerade den Übergang und hielt an.

»Schnell!«, sagte Tyler.

Noch immer ein wenig benommen zog ich mich hinauf. Emma ergriff meinen rechten Arm und half mir. Tyler folgte als Letzter und schob die Tür bis auf einen schmalen Spalt hinter sich zu. Um uns waren Holzkisten gestapelt und mit Gurten und Ketten fixiert, beschriftet mit Zahlen und Abkürzungen.

»Mach die Tür lieber ganz zu«, sagte Emma und kramte weitere Früchte aus ihrem Rucksack. Sie hockte inmitten eines Dutzends Orangen, zog zuletzt die drei Nachtsichtbrillen hervor und reichte jedem von uns eine.

Tyler zog seine über und stieß die Tür zu. Sie rastete hörbar ein.

Ich half Emma dabei, die Orangen aufzulesen und so viele wie möglich in ihren Rucksack zu stecken, dann zogen wir uns tiefer in den Waggon zurück. Hinter der letzten Kistenreihe gingen wir in Deckung und horchten.

Ich hatte gehofft, dass Haven beim ersten Blick auf die Unfallstelle Befehl geben würde, einen anderen Weg zu nehmen. Doch nun erstarben draußen nacheinander die Motoren der Fahrzeuge. Türen wurden zugeschlagen. Mehrere Männer riefen durcheinander, aber die Worte waren nicht zu verstehen.

Jetzt ertönte auch das Knattern der Hubschrauber. Die Piloten waren die Einzigen, die unseren Wagen wiedererkennen konnten. Aber selbst wenn sie eine Verbindung zogen zwischen dem SUV neben der Autobahn und dem Wrack an den Schienen, ahnten sie noch immer nicht, wer darin gesessen hatte.

»Warum fahren die nicht weiter?«, flüsterte Tyler.

»Die können unmöglich nach uns suchen«, sagte Emma.

Ein Quietschen ertönte, kurz darauf ein Krachen.

»War das –«

»Eine Waggontür«, sagte ich. »Sie durchsuchen den Zug.«

»Glaube ich nicht«, erwiderte Emma leise. »Sie sehen nur nach, was die Waggons geladen haben.«

»Ganz egal«, sagte Tyler, »sie werden gleich hier auftauchen.« Er zog seine Pistole, suchte einen Moment zu lange nach dem Sicherungshebel und löste ihn.

Das Geräusch der entriegelten Türen kam näher.

Vergeblich tastete ich nach meiner Waffe. Sie musste noch im Fach der Beifahrertür stecken.

»Suchst du die hier?« Emma zog die Pistole zwischen den Orangen in ihrem Rucksack hervor und reichte sie mir. Sie musste sie zusammen mit den Früchten eingesteckt haben.

»Du bist ein Schatz!«

Dann hielt sie plötzlich die dritte Waffe in der Hand und meine Begeisterung war dahin.

»Hey«, flüsterte ich. »Du wirst auf niemanden –«

»Still!«, zischte Tyler.

Draußen fluchte jemand und rüttelte an Metall. Sie mussten jetzt die vorletzte Tür erreicht haben. Der nächste Wagen war unserer. Wir waren etwa vier Meter vom Eingang entfernt, eingepfercht zwischen zwei Kistenreihen.

Draußen riss jemand am Eisenhebel.

Ich schob mir die Maske hoch auf die Stirn. Im nächsten Moment fiel Tageslicht in den Waggon und umrahmte die vorderen Kisten. Ein Umriss erschien im Spalt der Schiebetür.

»Dasselbe Zeug wie drüben«, sagte ein Mann auf Englisch. »Aber hier haben die Gurte gehalten.«

238

Ein bulliger Lionheart-Söldner in Kampfmontur kletterte herein. Er trug ein Schnellfeuergewehr.

Keiner von uns atmete.

Der zweite Mann, der noch draußen stand, sagte: »Hodge gibt Handzeichen. Der Colonel will weiterfahren.«

»Nach irgendwas riecht's hier drinnen«, sagte der Söldner und machte einen weiteren Schritt.

Neben mir umfasste Tyler seine Waffe mit beiden Händen und legte an. Emma tat sofort das Gleiche. Jemand hatte gründlich bei ihrer Erziehung versagt.

»Komm schon!«, sagte der Mann im Freien.

»Orangen.«

»Was?«

»Es riecht nach Orangen.«

Emma brach der Schweiß aus.

Ich versuchte mich vor sie zu schieben, ohne dabei einen Laut zu verursachen. In der Enge war das kaum möglich.

»Das ist die Plantage«, sagte der Söldner im Freien.

Der Mann machte noch einen Schritt in den Wagen.

»Bei der Wärme«, sagte der Mann draußen, »zieht der Geruch übers ganze Land.«

»Wusste nicht, dass du jetzt Fachmann für Obstanbau bist.«

»Ich bin Fachmann dafür, mir vom Colonel nicht den Arsch aufreißen zu lassen. Deshalb sag ich dir, lass uns hier abhauen. Ich werde ganz sicher nicht auf diesem verschissenen Kontinent zurückbleiben, wenn die Maschine startet.«

War das der Grund, warum sie Haven noch immer gehorchten? Weil er ihnen die einzige Chance bot, in ihre Heimat zurückzukehren? Das mochte zumindest für die Amerikaner unter ihnen gelten.

239

»Die Mumien randalieren wieder«, sagte plötzlich eine knisternde Stimme über Funk. Nicht Haven, sondern einer seiner Unterführer. »Macht, dass ihr zurückkommt!«

Tylers Gesicht war so angespannt, als müsste jeden Moment die Haut unter den dunklen Bartstoppeln reißen. Er federte leicht in den Knien, um aufzuspringen, sobald der Söldner noch näher kam.

Durch einen Spalt zwischen den Kisten erkannte ich die Schultern des Mannes und einen Teil der Waffe.

»Es gibt Probleme mit dem Flugzeug«, sagte die Funkstimme.

»Fuck!«, fluchte der Mann im Waggon.

Der Söldner draußen sagte: »Carl hier. Was für Probleme?«

Knistern und Rauschen, dann wieder die Stimme: »Irgendwas mit den Turbinen. Sie können's reparieren, sagen sie.«

»Das hoffe ich.«

»Dauert aber ein paar Stunden.«

»Haven wird durchdrehen«, sagte der Mann unmittelbar vor uns und wandte sich zur Tür. »Vielleicht sollten wir besser noch eine Weile hier bleiben.«

»Hey, komm jetzt!«

»*Du* musst ja nicht mit ihm im Wagen sitzen!«

»Du gleich auch nicht mehr, weil die Scheißwagen dann weg sind!«

Wieder fluchte der Mann. »Ich hätte in Afrika bleiben sollen. Lieber ein paar Löwen abknallen, als mir diesen Mist noch einen Tag länger anzuhören.«

Emma berührte meinen Arm. Ich bewegte zitternd einen Fuß, um mein Gleichgewicht zu halten. Meine Zehen stießen gegen etwas. Im ersten Moment dachte ich, es wäre Tylers Ferse.

Dann sah ich die Orange, die wie in Zeitlupe aus unserem Versteck kullerte, geradewegs in den Lichtstreif.

Im nächsten Moment verschwand sie aus meinem Blickfeld.

»Abmarsch!«, erklang nun Havens Stimme über Funk. »Auf der Stelle!«

»Da hast du's«, sagte der Mann im Freien. »Hauen wir ab.« Der Söldner im Waggon entfernte sich Richtung Tür.

Ganz vorsichtig beugte ich mich vor und blickte um die nächste Kiste. Die Orange war noch immer in Bewegung, rollte gemächlich durch die Lichtbahn auf dem Boden.

Der Mann blieb stehen.

»Haven mag der beste Kommandant sein, den ich jemals hatte«, sagte er zu seinem Gefährten, »aber er ist auch der übergeschnappteste.«

»Hier, nimm das Funkgerät und sag's ihm selbst. Er wird ganz wild sein auf Komplimente.«

Der Söldner trat in den Türrahmen und blickte zurück in den Waggon.

Die Orange wurde von der Dunkelheit seines Schattens verschluckt.

Er fluchte noch einmal, dann wandte er sich um und sprang ins Freie. Die Waggontür blieb offen, als sich die beiden Männer auf den Rückweg zum Konvoi machten.

Emmas Gesicht glühte und auch mir lief der Schweiß in die Augen. Tylers Wangenmuskeln traten wie Taue hervor. Ganz langsam richteten wir uns auf und schoben die Masken nach oben.

»Tut mir leid«, sagte ich mit Blick auf die Orange, die jetzt wieder mitten im Licht lag.

»Nein, mir«, sagte Emma. »Ich hab sie mitgenommen.«

Ich nahm Tylers Hand und sah ihm in die Augen. »Selbst seine Männer halten ihn für einen Irren. Was hast du jetzt vor?«

Er wandte den Kopf zur Seite, aber nur kurz. Dann begegneten sich unsere Blicke wieder. »Ich weiß es nicht.«

»Aber ich«, sagte Emma.

Wir beide sahen sie fragend an.

In der Ferne sprangen die ersten Motoren an. Der Konvoi setzte sich in Bewegung.

»Vielleicht gibt's im Bahnwärterhäuschen noch Strom«, sagte Emma.

Tyler nickte. »Ich glaube, da war ein Generator.«

Die Hubschrauber rasten über den Zug hinweg und wurden dann leiser. Sie hätten längst drüben am Flugplatz landen können, aber sie blieben bei Havens Konvoi. Wahrscheinlich folgten die Wagen jetzt den Schienen nach Süden, bis sie einen Übergang fanden.

»Strom«, wiederholte ich. »Und das hilft uns wie genau?«

Emma klopfte auf den Rucksack. Auf Orangen. Auf den Laptop mit der Disc. »Mumien-TV.«

31.

Erst nach einer Ewigkeit landeten die Hubschrauber auf der anderen Seite der Mauer. Vermutlich war nun auch die Kolonne nach ihrem Umweg dort eingetroffen.

Tyler verließ den Waggon und lief zum Bahnübergang. Wenig später hörten Emma und ich, wie der Generator angeworfen wurde. Er wummerte wie ein altersschwacher Rasenmäher, aber es war unwahrscheinlich, dass die Laute bis zum Flughafen drangen. Der Söldnertrupp veranstaltete jenseits der Mauer ein Vielfaches an Lärm: In unregelmäßigen Abständen liefen die Turbinen eines Flugzeugs an und wurden wieder abgeschaltet.

Tyler hatte die Disc dabei, als er zu uns zurückkehrte. Den Laptop aber hatte er an die letzte funktionsfähige Steckdose angeschlossen und unter Trümmern verborgen. Wir mussten warten, bis der Akku genug geladen hatte, um die Disc endlich abspielen zu können.

Die Sonne stand bereits niedrig über der Mauer des Flugplatzes, als Tyler zum Generator lief, ihn abstellte und den Laptop zurückbrachte. Wenig später saßen wir im Halbkreis in der hintersten Ecke des Waggons um den aufgeklappten Rechner. Tyler schob die Disc ins Laufwerk und klickte eine der Dateien mit Flavies Namen an. Daraufhin erschien das verpixelte Grau, das wir bereits kannten, begleitet von Geräuschen, die wie das Heulen ferner Stürme klangen.

Bewegungen. Verwirbelte Umrisse. Digitale Schattenspiele.

So ging es gut zwanzig Minuten lang. Ich begann allmählich das Interesse zu verlieren und Emma gähnte ungeniert. Ihre Augen waren glasig geworden. Vor der offenen Tür wurde es immer dunkler. Die Müdigkeit, gegen die ich seit vielen Stunden ankämpfte, traf mich jetzt mit aller Macht. Nur Tyler starrte noch immer gebannt auf das Bild.

Und dann –

»War das ein Gesicht?«

Emma und ich waren schlagartig wach.

Tyler setzte das Bild einige Sekunden zurück.

»Da!«, flüsterte er. »Das hab ich gemeint.«

Er drückte auf Pause.

Was da zu sehen war, hatte mehr Ähnlichkeit mit einer Gewitterwolke als mit einem Gesicht. Zwei Flecken im oberen Drittel waren dunkler als der Rest, aber es brauchte schon einige Vorstellungskraft, um darin Augen zu erkennen.

»Das könnte alles Mögliche sein«, sagte Emma.

Ich wollte ihm nicht die Hoffnung nehmen, auf etwas von Bedeutung gestoßen zu sein, doch objektiv betrachtet hatte Emma Recht. Wahrscheinlich hätte man die Aufzeichnungen an jedem beliebigen Punkt anhalten und in den Schemen nach Formen suchen können.

»Wie viele Minuten sind noch übrig?«, fragte ich.

Er bewegte den Cursor über das Bild, bis am unteren Rand eine Zeitangabe erschien. »Eine Stunde vierzig. Aber es sind noch mehr Dateien auf der Disc.«

»So viel Strom haben wir nicht«, sagte Emma.

Tyler drückte wieder auf Play und ließ das Video weiterlaufen. Die wabernde Form verschwand, dafür erschienen andere. Keine sah auch nur annähernd wie ein Gesicht aus. Das Ganze hatte Ähnlichkeit mit Ultraschallaufnahmen von einem menschlichen Körper, nur dass diese Bilder hier noch undeutlicher waren.

»Warum machst du nicht erst mal ein paar Stichproben?«, schlug ich vor.

Er presste die Lippen aufeinander und nickte widerwillig. Seine Finger bewegten sich über das Touchpad. In schneller Folge erschienen Ausschnitte aus dem Rest der Datei. Verpixeltes, flimmerndes Grau, durch das sich dann und wann dunklere und hellere Gebilde schoben.

Ich spürte, dass ich einschlafen würde, wenn ich auch nur für einen Moment die Augen schloss. Mit einem Ruck stand ich auf, streckte mich und blickte zur Tür. »Okay, entschuldigt mich, aber das hier müssen wir nicht zu dritt machen. Ich werde mal was Nützliches tun und versuchen, einen Blick auf den Flugplatz zu werfen.«

Tyler sah nur kurz auf. »Sei vorsichtig.«

Emma lehnte sich gegen eine Kiste und machte die Augen zu.

Ich schaute durch den Türspalt zur Ummauerung des Flugplatzes. Darüber hatte der Himmel ein dunkles Violett angenommen, die Sonne war verschwunden. Auf der anderen Seite des Bahndamms, weiter im Osten, rückte schon die Nacht heran.

Ich sprang aus der Öffnung zu Boden und atmete tief ein. Hier draußen roch es wirklich nach Orangen, der Wind wehte aus Richtung der Plantagen. Nach der Hitze des Tages kühlte die Luft jetzt merklich ab.

Auf der anderen Seite der Mauer erklang das Heulen der Turbinen, um nach kurzer Zeit mit einem Stottern zu ersterben. So ging das seit Stunden. Anfangs hatte Tyler noch bei jedem erneuten Versuch befürchtet, die Maschine könne ohne ihn starten, aber mittlerweile klangen die Geräusche eher schlimmer als zuvor. Was immer Havens Leute da taten, sie schienen noch weit davon entfernt zu sein, den Schaden zu beheben.

Ich lief an unserem Waggon entlang bis zum nächsten. Oberhalb der Kupplung waren Eisensprossen in die Wände eingelassen. Ich sah mich um, dann kletterte ich hinauf, froh darüber, mich nach dem endlosen Herumsitzen im Auto und zwischen den Kisten wieder bewegen zu können.

Ich zog mich auf das Metalldach unseres Waggons, blieb in der Hocke und sah hinüber zum Flugplatz. Von hier aus konnte ich über die Mauer blicken. Die Lionheart-Maschine stand auf einer der beiden Startbahnen. Sie war größer, als ich erwartet hatte, ein gewaltiger Transporter in Tarnfarbe, in dem wohl auch schweres Kriegsgerät Platz fand. Haven konnte seinen gesamten Konvoi darin unterbringen. Nur die Hubschrauber würden zurückbleiben müssen.

Geduckt lief ich bis zur Mitte des Waggons und legte mich flach auf den Bauch, quer über das Dach mit dem Gesicht zum Flugplatz.

Die Mauer war etwa hundert Meter entfernt, die Maschine das Fünffache. Erst jetzt fiel mir auf, dass Haven seit Anbruch der Nacht mit einem weiteren Problem zu kämpfen hatte: Die Scheinwerfertürme, die das Gelände beleuchten sollten, waren dunkel. Im Tower gab es sicher Generatoren für Notstrom, aber die riesigen Beleuchtungsanlagen hätten ihn wohl viel zu schnell aufgebraucht. Mehrere Fahrzeuge standen mit laufenden Motoren in einem Halbkreis unter der Tragfläche, die Mechaniker arbeiteten im Schein der Autoscheinwerfer.

Haven hatte bereits Zelte aufschlagen lassen. Offenbar rechnete er nicht mehr damit, noch in dieser Nacht starten zu können. Immer wieder bewegten sich einzelne Gestalten hektisch zwischen Zelten und Flugzeug, andere hatten ein Lagerfeuer entzündet. Männer mit Handstrahlern machten sich an der linken Turbine zu schaffen, auch im Cockpit brannte Licht. Nur in der Nähe des Tors standen einige Geister.

Eine kaum spürbare Vibration ließ mich aufschrecken. Als ich zur Seite blickte, huschte Tyler über das Dach auf mich zu und ließ sich neben mir nieder.

»Entschuldige«, sagte er, »ich wollte dich nicht erschrecken.« Er hatte seine Lederjacke ausgezogen und im Waggon zurückgelassen. Sein ehemals weißes T-Shirt war so schmutzig wie meine eigenen Sachen und roch vermutlich auch nicht besser.

Mit einem Kopfnicken deutete ich hinüber zur Startbahn. »Wenn du was gegen schlechte Laune tun willst, muss du dir nur ein paar Minuten lang ansehen, wie verzweifelt sie da drüben versuchen, diese Kiste in Gang zu setzen. Havens Blutdruck geht sicher gerade durch die Decke.«

Im Dunklen lächelte er schwach. Eine Weile lang sah er schweigend zum Flugfeld hinüber, dann wandte er mir den Kopf zu. »Du hast Recht gehabt.«

Ich musste meine Dreadlocks beiseiteschieben, um seinen Blick zu erwidern. »Womit?«

»Diese Aufnahmen ... ich mache mir nur selbst was vor, wenn ich stundenlang daraufstarre und mir einrede, dass es da irgendwas zu entdecken gibt.«

Sanft schüttelte ich den Kopf. »Es ist alles, was du von Flavie noch hast. Ich versteh das. Absolut.«

»Vielleicht belüge ich mich nur selbst. Ich hab diese vier« – er suchte nach einem Wort – »Wesen ja gesehen. Ich weiß nicht mal, ob das noch Menschen sind.«

»Natürlich sind sie das.«

»Sie hätten verhungern und verdursten müssen. Und trotzdem leben sie. Als sie aufgewacht sind, haben sie alles kurz und klein geschlagen und sind auf Havens Männer losgegangen. Falls sie noch menschlich sind, dann haben sie den Verstand verloren. Und vielleicht noch sehr viel mehr.«

»Das bedeutet doch nicht, dass Flavie« – ich überlegte kurz –, »dass sie im selben Zustand ist.«

»Vielleicht laufe ich einfach nur einer Lüge hinterher. Whitehead wird einen guten Grund haben, warum er einen solchen Aufwand betreibt, um die letzten vier rüber nach Amerika zu holen.«

»Du glaubst, die anderen sind –«

»Ich glaube gar nichts mehr. Ich bin quer durch Europa gefahren, weil ich geglaubt habe, Flavie sei bei einem Unfall ums Leben gekommen. Dann hieß es, der Absturz war gar keiner, und schließlich, sie sei nie gestorben. Aber vielleicht hab ich mich einfach zu sehr in die Vorstellung verrannt, ich hätte irgendeine Chance, die Wahrheit herauszufinden und Flavie zu retten.«

»Du bist schon ziemlich weit gekommen, finde ich.«

»Und wohin hat mich das gebracht? Ich setze unser aller Leben aufs Spiel nur wegen des Geredes einer verrückten alten Frau, suche in einer Bildstörung nach irgendwelchen Zeichen und warte darauf, dass mir ein brillanter Plan einfällt, wie ich an einer Horde schwer bewaffneter Soldaten vorbei in ein schrottreifes Flugzeug gelangen kann. Klingt das für dich nach weit gekommen?« Er seufzte. »Ich bin nicht anders als Haven. Er tut all das für seine Tochter. Ich tue es für Flavie. Und sie beide sind in Wahrheit schon tot oder so gut wie tot.«

»Red keinen Unsinn. Haven ist ein Psychopath, der reihenweise Menschen umbringt. Er hat meine Eltern getötet.«

»Und ich hätte beinahe die Schuld an eurem Tod gehabt.« Ich rollte mich auf die Seite, um ihn besser ansehen zu können. Ich war hundemüde, und hier neben ihm unter den aufgehenden Sternen Andalusiens schwand allmählich mein Widerstand – gegen die Schläfrigkeit, aber auch gegen die Vernunft, die mir sagte, nur ja nichts in ihm zu sehen, das ich später bereuen würde.

»Wir sind freiwillig bei dir«, sagte ich. »Red dir deshalb kein schlechtes Gewissen ein.«

»Ich sehe doch, wie sehr du dich um Emma sorgst. Durch mich seid ihr in ein Fiasko nach dem anderen geraten.«

»Ohne dich hätte Haven uns schon an der Absturzstelle umgebracht. Du hast uns gerettet.«

»Und du mich.«

Ich verzog einen Mundwinkel. »Nimm's nicht persönlich.«

Er lachte, beugte sich herüber und gab mir einen raschen Kuss auf die Wange. Es war der harmloseste Kuss, den man sich vorstellen kann, erst recht im Vergleich zu jenem, den ich ihm im Auto aufgezwungen hatte. Dennoch war ich wie vom Blitz getroffen.

Das war nicht gut, ich wusste das. Tyler war nur hier, weil er Flavie so sehr liebte. Und ich durfte nichts in eine schlichte Geste hineininterpretieren.

Weil ich nicht wusste, wie ich reagieren sollte, blickte ich eilig zum Flugzeug. Die Scheinwerfer der Wagen beschienen nur seine Unterseite, die obere Hälfte lag im Dunkeln. Dadurch wirkte die

Maschine noch größer und bedrohlicher. Die Fenster des Cockpits glühten gelb wie die Augen eines gigantischen Raubtiers.

»Was willst du jetzt tun?«, fragte ich.

»Ich sollte einfach einsehen, dass ich verloren habe. Kein Mensch kommt ungesehen da rein. Die erschießen mich, bevor ich an der Startbahn bin.«

Immerhin hatte er das akzeptiert. Und warum hielt ausgerechnet ich nun dagegen? »Irgendeinen Weg muss es geben.«

Er sah erstaunt aus, als sich unsere Blicke abermals trafen. »Und wenn es so sein soll? Dass es hier endet?«

»Hier wird überhaupt nichts enden. Wir haben es bis hierher geschafft, also wirst du gefälligst nicht einfach klein beigeben.«

War ich das, die diesen Unsinn redete? Warum konnte ich die Wahrheit nicht einfach akzeptieren? Und was war überhaupt real? Vielleicht lag ich wirklich sterbend in der Savanne oder auf der Couch meines Hypnosetherapeuten und umgab mich mit Trugbildern. Mit Emma, den Geistern, mit Tyler.

Ich schob meine Hand zu ihm hinüber und berührte seine. Er ergriff sie, sagte aber nichts, sah mich nicht einmal an. Stattdessen beobachtete er die Söldner.

Ich ließ mich in meine Erschöpfung sinken wie in ein Federbett. Die Augen fielen mir zu. Ich schlief nicht sofort, ein letzter Rest Wachsamkeit ließ mich weiter gegen die Müdigkeit ankämpfen. Schließlich aber hatte ich keine Chance.

Irgendwann muss ich enger an ihn herangerückt sein, bis sich unsere Körper berührten. Ich konnte ihn spüren, während ich langsam davontrieb und dabei wirre Träume hatte von Kamelen und Büchern und der fernen Staubwolke eines Motorrads, das niemals näher kam.

250

32.

Ich erwachte und wusste im ersten Moment nicht, wovon.

Ich lag auf der Seite, mit angezogenen Knien. Tyler hatte seinen Arm von hinten um mich gelegt. Ich konnte seine Brust an meinem Rücken spüren, seinen gleichmäßigen Atem in meinem Nacken.

Im ersten Augenblick bewegte ich mich nicht. Ich genoss die Ruhe und seine Nähe und blieb mit offenen Augen liegen. Über das Dach des Waggons hinweg blickte ich nach vorn, sah Mondlicht auf der Metallwölbung schimmern und über uns ein atemberaubendes Diadem von Sternen. Ich fragte mich, wie es wohl wäre, wenn die Schwerkraft aussetzen und wir fallen würden. Von der Erde fort, tiefer und tiefer hinein in ein Meer aus Sternennebeln und fernen Galaxien.

Im nächsten Moment erkannte ich, was mich geweckt hatte. Drüben auf dem Flugplatz lief der Rotor eines Helikopters an. Scheinwerfer flammten an seinem Bug auf.

»Tyler!« Ich rollte mich aus seiner Umarmung. Als ich ihn wieder ansah, sprang er schon auf. Seine Reflexe waren unglaublich. Oder war er erschrocken, dass er mir im Schlaf so nahe gekommen war?

Ich stemmte mich hoch und wies auf den Hubschrauber.

»Kannst du mir sagen, wen oder was die mitten in der Nacht suchen wollen?«

Ehe er antworten konnte, heulten die Turbinen des Flugzeugs auf. Diesmal war da kein Stottern mehr. Der Pilot ließ die Motoren eine Weile laufen, sie klangen ganz anders als zuvor. Aber warum machte sich der Helikopter bereit zum Abheben, wenn der Transporter in Kürze starten würde?

»Wir müssen hier runter«, sagte ich. »Irgendwas stimmt nicht.«

Geduckt rannten wir zurück zum vorderen Ende des Waggons, kletterten die Eisensprossen hinab und verharrten zwischen den Wagen. Tyler beugte sich vor und blickte nach links und rechts.

»Alles klar«, flüsterte er.

Während wir zurück zur Schiebetür liefen, bekam ich kaum Luft vor Sorge.

Von hier unten aus war wieder die Mauer im Weg, wir sahen nicht mehr, was drüben auf dem Flugplatz vor sich ging. Noch bevor wir die Waggontür erreichten, sah ich aus dem Augenwinkel die Scheinwerfer des Hubschraubers in die Nacht aufsteigen.

»Schneller!« Tyler hechtete mit einem Satz ins Innere des Wagens und fuhr herum, um mich am Arm heraufzuziehen.

»Emma?«, rief ich.

Sie antwortete nicht.

»Emma! Bist du wach?«

Ich stürmte in den hinteren Teil des Waggons, vorbei an den Kistenreihen.

»Emma!«

Sie war nicht da.

»O Gott, Emma!«

Im selben Moment war Tyler neben mir, erkannte, was los war, und lief zurück zur Tür.

Ich blickte in jede Lücke zwischen den Kisten und fand Emma nirgends. Mein Magen fühlte sich an, als hätte jemand ein großes Stück herausgerissen. Ich spürte meine Beine nicht, trieb irgendwie von allein vorwärts, hörte das Blut in meinen Ohren rauschen und das Hämmern meines Pulsschlags.

Sie konnte nicht fort sein. Nicht einfach so. Nicht während ich *geschlafen* und *nicht auf sie aufgepasst* hatte.

»Siehst du sie?« Ich lief zu Tyler, wollte hinaus ins Freie, doch da packte er mich und zerrte mich zurück ins Innere.

»Du –«

Weiter kam ich nicht, denn nur eine Sekunde später strich das grelle Licht eines Suchscheinwerfers über die Öffnung.

Tyler zog mich an sich, redete irgendetwas, aber ich hörte gar nicht zu. Mit einem Ruck riss ich mich los, wartete nur den einen Moment, bis das Licht weitergezogen war, und blickte hinaus.

Der Hubschrauber hing hoch über der Mauer am Nachthimmel und ließ den Scheinwerfer über den Zug wandern.

»Die haben sie«, sagte Tyler hinter mir.

Ich fuhr herum und schrie ihn an: »Nein, haben sie nicht! Sie können sie gar nicht haben. Sie wussten nicht, dass sie hier war, ganz allein und –«

»Rain«, sagte er beschwichtigend.

»Du hast ja keine Ahnung!«, fauchte ich. »Emma ist klüger als wir beide zusammen. Sie wäre niemals allein da draußen rumgelaufen und hätte sich einfangen lassen!«

Er schüttelte den Kopf. Je mehr ich mich aufregte, desto ruhiger wurde er. Einer von uns musste bei Verstand bleiben, und es war offensichtlich, dass nicht ich diejenige sein würde.

»Sie waren hier«, sagte er. »Hier im Waggon.«

»Das ist unmöglich. Wir haben oben auf dem Dach gelegen! Wir hätten doch –«

»Das sind keine Anfänger. Und sie haben etwas gesucht, das sie unbedingt haben wollten.«

»Aber warum Emma?«

»Nicht Emma. Sie lag nur zufällig daneben.«

Ich verstand ihn nicht. Wollte ihn nicht verstehen. Starrte ihn nur an, während draußen der Rotor des Helikopters jaulte.

»Der Laptop«, sagte Tyler. »Sie müssen den verdammten Laptop angepeilt haben. Eine andere Erklärung gibt's nicht. Das Ding muss von Anfang an präpariert gewesen sein.«

»Aber –«

»Wenn sie uns bemerkt hätten, dann hätten sie uns vom Dach geholt. Aber sie hatten keine Ahnung, dass wir da oben waren, und haben wohl auch gar keine Veranlassung gesehen, nach uns zu suchen.«

In meinem Kopf fuhren die Gedanken Achterbahn. Emma, die nicht mehr da war. Emma, die schon wieder von mir im Stich gelassen worden war. Ich hatte auf dem Dach gelegen und zu den Sternen hinaufgesehen. Ich hatte darauf gewartet, dass Tyler seinen Arm um mich legte. Ich hatte wieder einmal nur an mich gedacht. Alle hatten sie Recht gehabt: meine Großeltern, die Behörden, die ganze Welt. Ich hatte mir geschworen, auf Emma achtzugeben. Und ich hatte sie schon wieder alleingelassen.

»Dieser Kerl an der Absturzstelle«, sagte Tyler, »gehörte zu Whiteheads Sekte. Havens Leute haben sein Auto durchsucht und dann seine Leiche verbrannt. Die haben schon in der Wüste genau gewusst, wonach sie gesucht haben, und es hat die ganze Zeit über in Emmas Rucksack gesteckt. Nur konnten sie es nicht anpeilen, solange es nicht eingeschaltet war. Unten im Tunnel war das Signal nicht stark genug, aber hier, in ihrer unmittelbaren Nähe ...« Er ballte eine Faust, fuhr herum und schlug mit aller Kraft gegen die Wand des Waggons. »Ich hätte dieses Ding niemals aufladen dürfen! Und dann hab ich es laufen lassen, eine Stunde oder länger, und deswegen haben sie jetzt Emma und −«

Ich berührte ihn an der Schulter, mit einem Mal sehr viel ruhiger. »Du kannst nichts dafür. Nicht mehr als Emma und ich. Wir haben uns die Dateien zu dritt angesehen, wir waren genauso neugierig wie du.«

Vom einen Augenblick zum nächsten hatten wir die Rollen getauscht. Nun war ich diejenige, die versuchte, die Fassung zu bewahren. Weil mir mit einem Mal klar war, was ich zu tun hatte. Und weil ich wusste, dass nichts und niemand mich aufhalten konnte. Auch er nicht.

»Ich gehe jetzt zu ihnen«, sagte ich.

»Was?«

»Ich lasse Emma nicht allein, egal, was Haven mit ihr vorhat.«

»Kommt gar nicht in Frage.«

Ich schenkte ihm ein Lächeln, das wahrscheinlich nervös und wächsern wirkte. »Wenn das der einzige Weg ist, um wieder bei ihr zu sein, dann werde ich das tun.«

»Wir holen sie da raus! Wir −«

»Du hast es doch vorhin selbst gesagt: Wir haben keine Chance, lebendig bis zum Flugzeug zu kommen. Und du hast noch was gesagt: dass es hier vielleicht enden muss.« Ich beugte mich vor und hauchte ihm einen Kuss auf die Wange. »Dann soll es eben so sein.«

»Die werden dich umbringen!«

Aber ich wandte mich schon ab, sprang aus dem Waggon und rannte die Böschung des Bahndamms hinunter auf den breiten Streifen Brachland zwischen Gleisen und Mauer, wo die Lichtkegel der Suchscheinwerfer wie Figuren in einem altmodischen Videospiel umherhuschten.

»Rain!«

Ich hörte nicht auf ihn. Auf halber Strecke zwischen Zug und Mauer wandte ich mich nach links und lief parallel zu den Schienen, möglichst weit fort vom letzten Waggon.

Der Helikopter befand sich gerade auf der anderen Seite des Bahndamms. Als die Scheinwerfer zurückkehrten, rissen sie zwei Jeeps aus dem Dunkel, die mir in einiger Entfernung entgegenkamen. Haven musste Befehl gegeben haben, die Waggons ein zweites Mal zu durchsuchen. Aber sie hatten doch den Laptop. Was suchten sie noch?

Und dann fiel es mir ein. *Der Kerl hat mich durch halb Europa verfolgt*, hatte Tyler über den Amerikaner gesagt. Ich hatte nicht mehr daran gedacht, seit sich die Ereignisse derart überschlagen hatten. Also gab es eine Verbindung zwischen Tyler und Whitehead, die über den Amerikaner führte. Haven hatte es auf den Laptop eines Toten abgesehen, der Tyler wochenlang nachgestellt hatte. Wusste Haven davon? Falls ja, dann kannte der Tempel des Liebenden Lichts Tylers Namen. Wahrscheinlich von Flavie. Ging es ihnen also auch um Tyler selbst?

Ich blieb stehen, streckte die Arme zur Seite und wartete darauf, dass die Scheinwerfer mich erfassten. Augenblicke später war ich in Helligkeit getaucht, halb blind durch das Licht, das auf mich herabstrahlte. Mir fiel die Waffe ein, die hinten in meinem Hosenbund steckte. Ich zog sie mit Daumen und Zeigerfinger hervor, so dass jeder sie sehen konnte, und schleuderte sie hinter mich.

Die Jeeps waren nur noch fünfzig Meter entfernt.

Von oben dröhnte eine Lautsprecherstimme herab. »Bleib, wo du bist!«, befahl sie auf Englisch. »Nicht bewegen!«

Ich erwartete die Wagen mit ausgebreiteten Armen. Meine Entschlossenheit war ein Panzer gegen die Furcht, jetzt spürte ich nicht einmal mehr Nervosität.

»Achtung!«, ertönte die Stimme des Piloten. »Da ist noch einer!«

Ich sah über die Schulter. Tyler kam mit weiten Schritten heran, unbewaffnet, weil seine Pistole in der Lederjacke steckte; er hatte sie ausgezogen, bevor er aufs Dach geklettert war. Havens Leute hatten auch sie mitgenommen, zusammen mit Emma, dem Laptop und der Disc.

»Verschwinde!«, rief ich ihm zu, wusste aber, dass es dafür zu spät war. Sie würden ihn nicht mehr gehen lassen.

Ein paar Meter hinter mir blieb er stehen. Ich konnte sehen, dass meine Pistole zwischen seinen Füßen lag, aber ich war nicht sicher, ob das auch der Pilot erkennen konnte. Ganz sicher nicht die Männer in den Fahrzeugen.

»Mach jetzt ja keinen Blödsinn!«, sagte ich.

Er sah an mir vorbei zu den Jeeps. Sie wurden langsamer, fuhren das letzte Stück fast im Schritttempo. Noch immer konnte ich nicht erkennen, wer darin saß.

Tyler stand plötzlich neben mir. Hatte er die Waffe aufgehoben?

Beide Jeeps hielten an. Aus jedem sprangen zwei Bewaffnete und hielten ihre Sturmgewehre im Anschlag.

257

»Bringen Sie mich zu meiner Schwester!«, rief ich ihnen entgegen.

Niemand antwortete.

Auch Tyler sagte nichts. Wartete ab.

Einer der Männer lief an uns vorbei, ich hörte seine scharrenden Schritte hinter meinem Rücken. »Waffe gesichert!«, brüllte er.

Ich warf Tyler einen dankbaren Seitenblick zu. Sein Gesicht war hart und bleich, ohne erkennbare Emotion. Verstand er denn nicht, dass ich das hier hatte tun müssen?

»Wir bleiben zusammen«, sagte er.

»Ich tu das nur für Emma.«

»Ich weiß.«

Die Männer nahmen uns in ihre Mitte und führten uns zu den Wagen.

APOKALYPSE

33.

Als die Maschine abhob, wurde mir die Endgültigkeit dieses Starts bewusst. Wir würden nicht zurückkehren, nicht nach Spanien, wahrscheinlich nicht mal nach Europa.

Meine Handgelenke waren mit Kabelbinder hinter meinem Rücken gefesselt, genau wie die von Tyler. Wir saßen auf unbequemen Plastiksitzen, die in zwei langen Reihen an die Seitenwände des hohen Laderaums geschraubt waren.

Der Innenraum der Antonov – der Flugzeugtyp stand in großen Lettern an der Außenseite – war ein einziges lang gestrecktes Parkdeck. Wir saßen im vorderen Teil, unmittelbar vor der Trennwand zum Cockpit. Uns gegenüber waren die vier Glas- und Metallsärge mit den Probanden aufgereiht. Sie waren mit Gurten und am Boden verschraubten Stahlblöcken fixiert, damit sie beim Start und bei der Landung nicht verrutschen konnten. Das Innere war beleuchtet, Havens Leute hatten die Systeme wieder aktiviert. Als wir zu unseren Plätzen geführt worden waren, hatte ich einen kurzen Blick durch eine der Scheiben werfen können. Der Proband lag ausgestreckt auf dem Rücken, das eingefallene Gesicht nach oben gewandt. Seine Augen waren geschlossen, aber ich hatte den Eindruck gehabt, dass sie sich unter den Lidern bewegten – ein hektisches, unkontrolliertes Zucken beider Augäpfel.

Emma saß zusammengesunken neben mir, auf dem letzten Sitz der Reihe. Sie war bewusstlos. Ich konnte sehen, wie gleichmäßig und ruhig sie atmete, und trotzdem war mir übel vor Angst. Einer von Havens Männern – ein hünenhafter Schotte, der behauptet hatte, Arzt zu sein, aber eher wie ein Clankrieger aus *Braveheart* aussah – hatte erklärt, er habe ihr ein Anästhetikum verabreicht, das sie für ein paar Stunden schlafen lassen würde. Sie sei erschöpft gewesen, ansonsten aber in gutem Zustand. Er hatte angeboten, unsere Schürfwunden zu versorgen, aber wir hatten abgelehnt.

Etwa dreißig Söldner saßen mit uns in der Maschine, ein Dutzend war freiwillig zurückgeblieben. Ich nahm an, dass es sich um Europäer gehandelt hatte, denen Haven in Anbetracht der Umstände freigestellt hatte, in ihrer Heimat zu bleiben. Die Männer an Bord waren zum größten Teil Amerikaner, das konnte ich hören, wenn einige von ihnen leise miteinander sprachen. Die meiste Zeit aber dösten sie auf ihren Sitzen und holten den Schlaf nach, den Haven ihnen zuletzt verweigert hatte.

In der Mitte des Laderaums parkten in einer langen Reihe zwei schwarze Lionheart-Geländewagen und die Lkw, mit denen die Probanden transportiert worden waren. Haven hatte befohlen, die vier Schlafkammern auszuladen, um sie besser sichern zu können. Die drei Männer, die zu ihrer Bewachung abkommandiert worden waren, standen zwischen den Probanden und hatten zugleich die Aufgabe, Tyler und mich im Auge zu behalten.

Haven selbst war kurz vor dem Start im Cockpit verschwunden und hatte das Metallschott hinter sich zugezogen. Der Arzt war der Einzige, der mit uns gesprochen hatte. Von ein paar anderen hatten wir nur knappe Befehle zu hören bekommen.

Immerhin: Meine Sorge, dass sie Emma etwas angetan hatten, war offenbar unbegründet gewesen. Ich war sicher, dass Haven sie befragt hatte – nach dem Laptop, nach ihren Begleitern, nach unseren Zielen –, aber allzu viel hatten sie aus ihr gewiss nicht herausbekommen. Emma war immun gegen Einschüchterungsversuche, weil sie keine Furcht empfand. Und Gott sei Dank sah es nicht so aus, als hätten sie ihr Schmerzen zugefügt.

»Wenn wir wirklich nach New York fliegen«, flüsterte Tyler neben mir, »dann ist das ein Himmelfahrtskommando. Du hast Almería gesehen. Kannst du dir vorstellen, was aus Manhattan geworden ist?«

»Mund halten!«, kommandierte einer der drei Wächter.

Tyler hob das Kinn und fixierte ihn mit einem finsteren Blick. Er hatte eine Platzwunde an der Stirn, wo ihn ein anderer Söldner mit dem Gewehrkolben erwischt hatte. Der Arzt hatte sich auch diese Verletzung ansehen wollen, aber Tyler hatte erwidert, er solle sich zum Teufel scheren und mit Haven und dem Rest der Bande verrecken.

Ich stieß ihn mit dem Knie an, um ihn davon abzuhalten, sich mit dem Wächter anzulegen. »Lass es«, raunte ich ihm zu. »Hat keinen Zweck.«

»Hey«, sagte der Mann zu mir, »das gilt auch für dich.«

Ich lehnte mich gegen die Bordwand. Wer immer die Antonov konstruiert hatte, hatte keinen Gedanken an Bequemlichkeit verschwendet. Jeder Notsitz in der U-Bahn war komfortabler. Es gab weit weniger Fenster als in einer gewöhnlichen Maschine, höchstens zehn auf jeder Seite: kreisrunde Luken aus verkratztem Kunststoff. Eine befand sich zwischen Tyler und mir, und wenn ich mir Hals und Oberkörper verrenkte, konnte ich einen Blick hinaus in die Schwärze werfen. Viel zu sehen gab es nicht, nur verschwommene Lichterflecken, tief unter uns und weit entfernt. Die südspanischen Küstenstädte erstrahlten als Perlenkette aus Totenlicht. Die Maschine flog hoch über dem Mittelmeer nach Westen, der Straße von Gibraltar und dem offenen Atlantik entgegen.

Immer wieder sah ich zu Emma hinüber, die reglos in ihrem straff gespannten Gurt hing. Einmal kam wieder der Arzt herüber, strich ihr das hellblonde Haar aus der Stirn, hob eines ihrer Lider mit dem Daumen und nickte zufrieden.

»Mach dir keine Sorgen«, sagte er zu mir. »Es geht ihr gut.«

»Wie heißen Sie?«

»Peterson.« Der rothaarige Riese wirkte gutmütig und besorgt, nicht wie jemand, der gleichgültig dabei zusah, wie eine Passagiermaschine voller Menschen in die Luft gesprengt wurde.

»Doc Peterson flickt alles zusammen, was noch atmet«, sagte einer der Wächter und die beiden anderen nickten. Peterson musste sich ihren Respekt verdient haben. Es konnte nicht schaden, freundlich zu ihm zu sein.

Tyler sah das offenbar anders. »Haben Sie auch nach der Explosion der Iberia-Maschine versucht, noch irgendwas *zusammenzuflicken*? Vielleicht ein paar von den Kindern, die in der Maschine verbrannt sind?«

Peterson zeigte sich unbeeindruckt und sah wieder mich an. »Deine Schwester wird in ein paar Stunden wieder wach sein, lange vor der Landung. Sie wird nicht mal Kopfschmerzen haben und nach ein paar Minuten wahrscheinlich ausgeschlafener sein als wir anderen.«

»Sie hätten sie nicht betäuben müssen.«

»Der Colonel hielt es für angebracht. Nachdem sie einmal losgelegt hatte, wollte sie den Mund nicht mehr halten.«

Ich wechselte einen Blick mit Tyler. »Was hat sie –«

»Filmtitel«, sagte Peterson. »Hunderte davon, einen nach dem anderen. Seltsames Zeug, nicht gerade das, was ich von einem Mädchen in ihrem Alter erwartet hätte. Die meisten klangen wie Western.«

Ich musste grinsen. Emma konnte die größte Nervensäge der Welt sein, aber manchmal war sie auch die liebenswerteste.

»Das war, nachdem sie uns erzählt hat, dass sie ganz allein im Zug übernachtet hat«, fuhr Peterson fort. »Ihr hättet sie nach der Sache in der Hot Suite dort abgesetzt, um sie loszuwerden, hat sie gesagt. Und als der Colonel sie nach den Gründen gefragt hat, fing sie mit diesen Filmen an. Sie wollte und wollte nicht damit aufhören, also mussten wir sie ruhigstellen.«

Wieder sah ich voller Zuneigung zu Emma. Jeder andere hätte sich von diesen Männern und ihrem Waffenarsenal einschüchtern lassen.

»Immerhin haben Sie sie nicht gleich erschossen«, sagte Tyler.

Peterson wollte etwas erwidern, aber der Wächter von vorhin kam ihm zuvor. »Der Colonel hat einen Narren an der Kleinen gefressen. Jeder andere –«

Mit einem metallischen Laut wurde das Schott zum Cockpit entriegelt. Haven trat heraus in den Frachtraum, blickte von Peterson zu uns und schloss leise die Tür hinter sich.

Der Doktor nickte kurz in seine Richtung, schlenderte zurück in den hinteren Teil des Flugzeugs, zog ein zerlesenes Buch aus seiner Gesäßtasche und ließ sich abseits der übrigen Söldner auf einem der Plastiksitze nieder.

Haven blieb vor Tyler und mir stehen, die Hände hinter dem Rücken verschränkt. Seine Overalluniform war tadellos, als hätte er sie gerade erst gewechselt. Ich sah ihn zum ersten Mal aus unmittelbarer Nähe und erkannte, dass sein Auftritt vor der brennenden Sternwarte Spuren hinterlassen hatte. Beide Augenbrauen waren verbrannt, statt ihrer war da nur noch gerötete Haut. Auch sein blonder Vollbart hatte gelitten, als er sich zu nah ans Feuer gewagt hatte; vor allem am Kinn waren die Haare schwarz versengt. Auf seiner linken Wange glänzte eine offene Brandblase.

»Engländerin?«, wandte er sich an mich.

»Waliserin.«

Er musterte mich einen Moment lang, als müsste er diese Aussage in Übereinstimmung mit meinem Äußeren bringen. »Name?«

»Ist das noch wichtig?«

»Ihren Namen, Miss.«

»Rain Mazursky. Ihre Leute haben uns die Papiere abgenommen. Sie wissen doch längst, wie wir heißen.«

»Miss Mazursky«, sagte er ruhig. »Aus Wales.« Sein Blick löste sich von meinen Augen und wanderte über meine Dreadlocks. Sie starrten vor Schmutz.

Jäh sprang Tyler auf. Er war einen halben Kopf größer als Haven, und obwohl seine Hände hinter dem Rücken gefesselt waren, gab er eine bedrohliche Erscheinung ab.

Die Söldner zwischen den Probandenbehältern wollten vorspringen, aber Haven hob die Hand und ließ sie innehalten. »Schon gut. Mister … Tønseth? Spreche ich das richtig aus? Bitte setzen Sie sich wieder.«

Tyler blieb stehen. »Haben Sie ihm den Auftrag gegeben, mich ausfindig zu machen?«

»Ihm?«

»Dem Kerl, der an der Absturzstelle gestorben ist. Dessen Leiche sie verbrannt haben.«

»Nehmen Sie Platz. Bitte.«

Tyler wich Havens Blick nicht für eine Sekunde aus. Aber er setzte sich.

»Wissen Sie, wer dieser Tote war?«, fragte der Colonel.

Keiner von uns gab eine Antwort.

»Sein Name war Sebastian Whitehead. Er war der Sohn von Jeremy Whitehead, der vor einiger Zeit verstorben ist. Den Auftrag, Sie zu finden, hatte Sebastian von seinem Onkel erhalten.«

Also von Timothy Whitehead, dem Führer des Tempels. Seit dem Tod seines Zwillingsbruders lenkte er allein die Geschicke der Sekte. Die Medien hatten darüber berichtet.

»Natürlich hat der Junge das nicht allein erledigt. Denn Sie haben sich nicht ungeschickt angestellt, Mister Tønseth. Ihre Kreditkarte ist seit einer Ewigkeit nicht angerührt worden, und es gab nur wenige Orte, an denen sich Ihre Anwesenheit zweifelsfrei nachweisen ließ. Leider erst, nachdem Sie sie bereits wieder verlassen hatten.«

Ich sah zu Tyler hinüber, der meinen Blick kurz erwiderte. Das Ausmaß der Überwachung schien auch ihn zu erstaunen. »Und?«, fragte er in Havens Richtung.

»Unglücklicherweise waren Sie nicht der Einzige, dem Sebastian nachspioniert hat. Während er Ihnen auf der Spur war, begann er, Material gegen Timothy Whitehead zu sammeln, seinen eigenen Onkel. Und damit auch gegen Lionheart. Unglückseligerweise war er auf den Gedanken gekommen, dass der Tod seines Vaters kein Zufall war. So wie der ganze Absturz von IB259.«

Ich sog scharf die Luft ein. »Jeremy Whitehead war an Bord?«

Ich sah wieder den jungen Amerikaner vor mir, der vor einer der Erscheinungen gebetet hatte. Sebastian Whitehead hatte den Geist seines Vaters gefunden. »Ich habe damals die Liste der Toten gesehen«, widersprach ich schwach. »Der Name Whitehead tauchte darauf nicht auf.«

»Und das wundert Sie?« Um Havens Mund spielte ein feines Lächeln. »Nun, Sebastian fand heraus, dass sein Onkel seinen Vater dazu gedrängt hatte, an Bord der Maschine zu gehen. Wir hatten sehr präzise Anweisungen, zwölf ganz bestimmte Personen herauszuholen. Jeremy Whitehead gehörte nicht dazu.«

»Aber warum?«, fragte ich. »Wieso wollte sein eigener Bruder seinen Tod?«

»Geld und Macht«, sagte Tyler überzeugt. »Der eine Zwilling ließ den anderen umbringen, um an dessen Vermögen heranzukommen und die alleinige Kontrolle über den Tempel zu übernehmen.«

Haven lächelte noch immer. »Es klingt ein wenig grob, so wie Sie es formulieren, und es stand mir damals nicht zu, mir Gedanken über die Motive meines Auftraggebers zu machen. Heute sieht die Sache allerdings etwas anders aus.«

Ich sah ihn fragend an, aber er ging nicht darauf ein. Stattdessen sagte er: »Wir haben die ganze Zeit über gewusst, wo Sebastian sich aufhielt. Der Laptop war präpariert, aber auf diese Idee sind Sie vermutlich schon selbst gekommen.«

»Was hat das alles mit uns zu tun?«, fragte ich.

»Falsche Zeit, falscher Ort, Miss Mazursky. Das galt bereits für Ihre Eltern an Bord von IB259 und nun leider auch für Sie und Ihre Schwester.«

Er wusste es, natürlich. Er hatte nur die Passagierliste des

Airbus durchsehen müssen, um auf die Namensgleichheit zu stoßen.

»Aber wenn es Ihnen ursprünglich doch um mich ging«, sagte Tyler, »warum haben Sie die beiden nicht laufenlassen?«

»Oh, bei unserer ersten Begegnung in der Hot Suite war noch nicht bestätigt, wer Sie sind. Das konnte ich erst heute Nacht den Papieren in Ihrer Jacke entnehmen. Meine Männer brachten mir das Mädchen und den Laptop, und wie Sie sehen, mangelt es uns hier nicht an Platz für ein oder zwei weitere Passagiere. Ich habe Mister Whitehead darüber in Kenntnis gesetzt, dass wir Sie aufgestöbert haben, und er hat mich ausdrücklich gebeten, Sie zu ihm zu bringen. Miss Mazursky und ihre Schwester sind dabei unsere Garantie, dass Sie sich weiterhin kooperativ verhalten werden.«

Tyler sprang abermals auf und diesmal war sein Gesicht nur noch eine Handbreit von Havens entfernt. »Wenn Sie ihnen –«

»*Mister* Tønseth!«, fuhr Haven ihm über den Mund. »Setzen Sie sich! Ich hatte bislang keine Veranlassung, einem von Ihnen zu drohen, und ich würde unser Gespräch gern auf höfliche Weise fortsetzen.«

»Setz dich«, sagte ich leise zu Tyler. »Lass ihn weiterreden.«

Mit einem Gesichtsausdruck, als hätte er Glassplitter verschluckt, nahm Tyler wieder Platz.

»Was immer Sie auch über mich denken mögen«, sagte Haven, »ich bin nicht darauf aus, Ihnen auch nur ein Haar zu krümmen. Keinem von Ihnen. Woran mir liegt, ist Ihre Mitarbeit. Glauben Sie, ich wäre sonst so ehrlich zu Ihnen? Wir sitzen alle im selben Boot, ob uns das gefällt oder nicht. Da draußen geht die Welt unter, und der Einzige, der den Prozess vielleicht noch aufhalten kann, ist Timothy Whitehead.«

»Er ist ein größenwahnsinniger Prediger!«, entfuhr es Tyler.
Haven nickte bedächtig. »Mit einem geschätzten Vermögen
von zwei Komma vier Milliarden Dollar. Damit hat er in den
vergangenen Jahren gewisse Forschungen in Auftrag gegeben,
die aus dem Ruder gelaufen sind. Dummerweise kann nur er
diesen Fehler korrigieren. Mit Ihrer Hilfe, Mister Tønseth.«
Tyler war so sprachlos wie ich. Emma stöhnte leise, regte sich
aber nicht.

»Sie meinen«, brachte ich mühsam hervor, »Whitehead ist
dafür verantwortlich? Für die Geister? Und für die Smilewaves?
Er hat all die Menschen auf dem Gewissen?«

»Es ist noch ein wenig komplizierter«, sagte Haven. »Niemand ist allein dafür verantwortlich. Im Laufe der Zeit gab es
eine Menge Leute – und das schließt auch mich ein –, die in
seinem Auftrag Dinge getan haben ... Wir alle haben Fehler
gemacht, als wir uns auf diese Sache eingelassen haben, das
steht außer Frage. Und nur wenige von uns haben noch die
Möglichkeit, Buße zu tun und unsere Verfehlungen zu korrigieren.«

»Den Mord an meinen Eltern können Sie nicht *korrigieren*!«,
fuhr ich ihn an.

»Nein, Miss Mazursky.«

»Es geht Ihnen doch nicht um die Welt da draußen, Colonel
Haven.« Ich betonte seinen Namen so penetrant wie er die unseren. »Ihre Tochter wird so oder so sterben. Sie wird zum Geist
werden wie alle anderen und sie wird bis in alle Ewigkeit in ihrem Krankenzimmer gefangen sein, ausgerechnet an dem Ort,
den Sie am meisten hassen. Das ist es doch, was Ihnen zu schaffen macht, nicht wahr?«

Haven starrte mich an. Er brauchte mich nicht, nur Emma.

Eine von uns beiden genügte ihm als Faustpfand für Tylers Gehorsam. Seine Hand lag auf der Lederklappe seines Pistolenhalfters, sein Zeigefinger berührte den Druckknopfverschluss.

Aber er ging nicht auf das ein, was ich gesagt hatte. Er lächelte mit einem Mal ohne jede Spur von Belustigung. »Flavie Certier ist der Schlüssel zu allem. Und Sie, Mister Tønseth, sind der Schlüssel zu *ihr*.«

Tyler öffnete den Mund, sagte aber nichts.

»Ihre Freundin ist in New York und Sie werden sie bald wiedersehen. Ihre Rolle wird dabei die eines Vermittlers sein.«

»Was –«

»In den ersten Monaten, als Flavie und die anderen noch bei Sinnen waren, hat sie während ihrer Wachphasen unablässig Ihren Namen gerufen. Wieder und wieder und wieder.«

In Tylers Blick stand die pure Mordlust. Hätte unverhohlener Hass sich in Grad messen lassen, dann wäre die Temperatur an Bord gerade bis zur Weißglut angestiegen.

»Alles Weitere werden Sie vor Ort erfahren«, sagte Haven. »Nur so viel: Flavie Certier und die sieben anderen sind außer Kontrolle geraten« – er deutete zu den bewusstlosen Probanden –, »und zwar sehr viel *folgenreicher* außer Kontrolle als diese vier. Wir haben sie aus der Hot Suite geholt, weil Whitehead hofft, neue Erkenntnisse zu gewinnen. Erkenntnisse, wie man den anderen acht beikommen kann, ohne sie zu vernichten. Der Tod hat seine Endgültigkeit verloren – es scheint vielmehr, als wäre er für die acht zu einer Art Neuanfang geworden.«

Haven trat einen Schritt zurück und legte eine Hand auf das Fußende einer Probandenkammer.

»Wenn es Ihnen gelingt, Kontakt zu Flavie Certier aufzunehmen und sie aufzuhalten, dann wird vielleicht wieder alles sein wie früher. Whiteheads Wissenschaftler jedenfalls sind davon überzeugt.«

»Sie … aufhalten?«, flüsterte Tyler.

Haven nickte. »Tag null geht auf das Konto Ihrer Freundin, Mister Tønseth. Ebenso das Lächeln. Die acht Probanden in Whiteheads Labor haben diese Katastrophe heraufbeschworen und vielleicht können Sie sie stoppen.«

34.

Haven war wieder im Cockpit verschwunden, aber die drei Wachleute ließen uns nicht aus den Augen. Der Befehl des Colonels war unmissverständlich gewesen: kein weiteres Wort zwischen Tyler und mir. Als ich es dennoch versuchte, trat einer der Männer vor und gab mir einen so heftigen Stoß gegen die Schulter, dass ich gegen die Wand krachte und vor Schmerzen aufstöhnte.

»Noch ein Ton«, sagte der Mann, »und einer von euch landet in der Economy Class.« Er deutete mit seiner Waffe den langen Schlauch des Innenraums hinab, wo die übrigen Söldner schliefen, Karten spielten oder einfach nur ins Leere starrten. Diese Männer hatten furchtbare Dinge getan, aber das machte sie nicht immun gegen das, was in den vergangenen Stunden geschehen war. Jeder von ihnen mochte Menschen haben, die ihm auf die eine oder andere Weise nahestanden; die Chancen, sie lebend wiederzusehen, waren denkbar gering.

Die meisten sprachen kein Wort. Aber selbst aus der Distanz konnte ich spüren, wie brüchig ihre stoische Ruhe war. Je mehr Zeit verging, desto größer schien die Gefahr zu sein, die von diesen Männern ausging.

Nur Peterson, der Arzt, blieb gelassen. Seine Miene wirkte

gelöst, seine Körpersprache entspannt. Vielleicht war das der Unterschied zwischen Menschen, die den Tod brachten, und jemandem, der sogar Mördern das Leben rettete.

Ich kämpfte seit Stunden gegen meine Müdigkeit an, gab aber irgendwann auf. Tyler starrte verbissen geradeaus zu den Schlafkammern der Probanden und versuchte wahrscheinlich, sich einen Reim auf das zu machen, was Haven gesagt hatte.

Zu Flavie vorstoßen. Sie aufhalten.

Tag null geht auf das Konto Ihrer Freundin. Ebenso das Lächeln.

Die Stimme des Colonels folgte mir in einen grauen Dämmerzustand, in dem ich erbärmlich fror und mir sogar die Fieberträume von Afrika herbeisehnte, um diese kalte Leere mit Farben zu füllen, mit etwas, das mich ablenkte von den Gedanken an das, was noch kommen mochte. Ich wusste, dass ich schlief, was vermutlich bedeutete, dass es kein echter Schlaf war, nur dasselbe unbefriedigende Dösen, mit dem die Männer hinten in der Maschine die Zeit bis zu unserer Ankunft totschlugen.

Irgendwann weckte mich Tylers Stimme.

»Rain«, flüsterte er, »sieh dir das an!«

Als ich die Augen aufschlug, waren unsere Bewacher nicht mehr auf ihren Posten, sondern standen am Fenster neben uns und blickten nach draußen.

Mein erster Gedanke galt Emma.

Sie war nicht mehr auf ihrem Platz.

Aufgebracht blickte ich mich um und entdeckte sie im Spalt zwischen der äußeren Probandenkammer und der Wand zum Cockpit. Sie kauerte mit geschlossenen Augen und angezogenen Knien auf dem Boden. Ihre Wange lehnte am Metall des Behälters.

»Rain!«

Widerwillig löste ich den Blick von meiner Schwester. Obwohl ich nicht verstand, warum sie dort drüben saß, schien sie nicht in unmittelbarer Gefahr zu sein.

»Sieh mal«, flüsterte Tyler. Keiner der Söldner verbot ihm den Mund. Die Männer waren viel zu gebannt von dem, was sie vor dem Fenster erblickten.

Ein fahler Schein badete Tylers Gesicht in ungesundes Weiß. Ich rückte näher heran, bis sich unsere Wangen fast berührten. Gemeinsam sahen wir hinaus in die Nacht.

Schräg über uns hingen Lichter in der Schwärze wie ein Kometenschwarm, der sich nicht von der Stelle rührte. Es waren viele, sicherlich zweihundert, und sie bildeten eine lang gestreckte Wolke. Die meisten schwebten eng beieinander, aber ein paar vereinzelte befanden sich außerhalb des Pulks, weiter unten, als wären sie aus der Menge gestürzt und dann erst erstarrt.

»Die Explosion der Easy-Air-Maschine«, sagte jemand hinter uns. Ich hatte nicht gehört, dass Peterson herangekommen war, aber ich erkannte ihn am schottischen Dialekt, ohne mich zu ihm umzusehen. »Damals sind zweihundertdreißig Menschen ums Leben gekommen. Anfangs glaubten alle, es wäre eine Bombe gewesen, im Gepäck von irgendeinem armen Schwein aus dem Libanon. Aber dann stellte sich heraus, dass ein technischer Fehler die Ursache war.«

Zweihundertdreißig Geister, die für alle Zeit am Himmel hingen. Sie standen aufrecht in der Luft, immun gegen die eisigen Temperaturen und Stürme, mehrere Tausend Meter hoch über dem Atlantik. Männer, Frauen und Kinder, die alle innerhalb eines Augenblicks in einem Feuerball ums Leben gekommen waren.

An Bord unserer Maschine drängten sich nun alle um die winzigen Fenster, weiter hinten gab es Gerangel.

»Ich wette, die hatten Ärger mit den Turbinen«, rief jemand und erntete nervöses Gelächter.

»Dafür haben *wir* einen Piloten, der sich mit Hammer und Schraubenschlüssel auskennt«, erwiderte ein anderer sarkastisch. »Was soll uns schon passieren!«

»Vor allen Dingen«, sagte Peterson leise, »haben wir einen Piloten, dessen Grasverbrauch höher ist als der aller Schafherden nördlich von Glasgow.«

Der Anblick des Geisterschwarms berührte mich. Es war vor allem seine bizarre Schönheit, die sich mir einprägte. Mit einem Anflug von schlechtem Gewissen wurde mir bewusst, dass ich die Erscheinungen anstarrte wie ein Kunstwerk, von dem eine makabere Faszination ausging.

»Arme Teufel«, sagte Peterson.

»Haben Sie das auch gedacht, als Sie den Airbus gesprengt haben?«, fragte ich, ohne ihn anzusehen.

»Ich war nicht dabei«, erwiderte er ruhig. »Vor drei Jahren war ich Arzt beim Blauhelmeinsatz auf Bougainville.«

»Von den UN zu Lionheart?« Tyler stieß verächtlich die Luft aus. »Schöne Karriere.«

»Manchmal möchte man bezahlt werden für das, was man kann.«

Die schwebenden Geister dort draußen verbreiteten ein Gefühl von Erhabenheit. Eine Tragödie als atemberaubendes Naturschauspiel – falls dies ein Mahnmal sein sollte, dann das schönste, das ich mir vorstellen konnte.

Als der Schwarm allmählich zurückblieb, blickte Tyler von mir zu Peterson. »Der Easy-Air-Absturz ist viel zu lange her.«

»Allerdings«, sagte der Arzt. »Über fünf Jahre.«

Bislang waren nur die Geister der letzten drei Jahre erschienen. Falls diese Flugzeugkatastrophe länger zurücklag, hatte jemand eine Änderung im Regelwerk vorgenommen.

Diese Geister dort draußen, alle zweihundertdreißig, hätten gar nicht existieren dürfen.

35.

Bis zum Start in Andalusien hatte Haven noch Kontakt zu Whitehead in New York gehabt, über ein altmodisches Kommunikationsnetz, das von Militärs benutzt wurde, wenn Handys und gewöhnliche Telefone versagten. Als wir etwa vier Stunden in der Luft waren, kurz nach unserer Begegnung mit dem Geisterschwarm, erfuhren Tyler und ich aus den Gesprächen der Söldner, dass gleich nach dem Abheben die letzten Kanäle zusammengebrochen waren.

Die Antonov glitt hoch über den Wolken durch eine Nacht, die nicht enden wollte. Um uns war nichts als Schwärze. Wir waren bei Dunkelheit gestartet und würden, falls überhaupt, auf Grund der Zeitverschiebung im Dunkeln ankommen. Wir alle ahnten, dass bei unserer Landung nichts mehr so sein würde wie zuvor.

Emma lehnte noch immer am Metallrumpf der Probandenkammer. Tyler erzählte mir, dass sie aus ihrer Betäubung erwacht war, während ich geschlafen hatte. Er hatte sie angesprochen, doch sie war wie in Trance von ihrem Platz aufgestanden, in die Lücke zwischen dem Behälter und der Wand gekrochen und dort abermals in tiefen Schlaf gefallen. Einer unserer Bewacher hatte Haven informiert, aber der Colonel hatte Anweisung gegeben, Emma nicht anzurühren, solange sie der Steuerung der Kammer nicht zu nahe kam. Vielleicht erinnerte sie ihn an seine Tochter. In der Regel teilten sich Menschen, die meiner Schwester zum ersten Mal begegneten, in zwei Lager: Die einen reagierten verwirrt und gingen auf Distanz, bei den anderen weckte sie Beschützerinstinkte.

Seit wir den Geisterschwarm passiert hatten, tolerierten es unsere Wächter, wenn Tyler und ich ein paar Worte miteinander sprachen. Sie hatten Angst, das war ihnen anzusehen. Ihre Gesten waren fahriger geworden, ihre Gespräche angespannter und ihre Wachsamkeit beschränkte sich darauf, uns vom Aufstehen abzuhalten.

Haven ließ sich nicht mehr blicken, was die Situation im Laderaum nicht besserte. Alle murrten und tuschelten, und es war offensichtlich, dass jeder das Gleiche dachte: Weder der Colonel noch wir anderen hatten die leiseste Ahnung, was uns auf der anderen Seite des Ozeans erwartete.

Und dann kam der Moment, in dem die Antonov in den Sinkflug ging und die Geister der amerikanischen Ostküste unter uns auftauchten.

Von unserem Fenster aus sahen Tyler und ich die Ballungen aus Totenlicht, die sich am Ufer des Atlantiks entlangzogen, all die Orte und Städte, die zwischen New York und Boston ineinander übergingen. Wir mussten das Festland ein gutes Stück nördlich des Big Apple erreicht haben. Soweit ich das erkennen konnte, war die Stadt auch von den Fenstern auf der anderen Seite aus nicht zu sehen.

Bald begann die Maschine zu ruckeln und zu schaukeln. Die Motorengeräusche des Landeanflugs klangen in dem kahlen Laderaum hundertmal bedrohlicher als im lärmgeschützten Inneren einer Passagierkabine. Der Rumpf knirschte und ächzte und die Turbinen heulten erbärmlich. Die Vibration der Tragflächen übertrug sich auf den Rest der Maschine und fühlte sich an wie Flügelschlag.

Alle eilten zu ihren Plätzen und zurrten die Gurte fest. Als mir bewusst wurde, dass niemand daran dachte, Emma aus dem Spalt zu ziehen, schrie ich die Männer im hinteren Teil der Maschine an, sie dort rauszuholen und anzuschnallen. Falls sich die schweren Probandenkammern durch die Erschütterungen aus ihren Verankerungen lösten, würden sie Emma an der Wand zerquetschen. Und wieder war es Peterson, der durch den Laderaum herbeistürmte, taumelnd und fluchend, weil das Flugzeug sich bereits steil nach unten neigte. Er packte meine Schwester, die plötzlich die Augen aufschlug, hob sie aus der Nische und setzte sie wie ein Kind auf ihren Platz. Sie sagte etwas, aber er achtete nicht darauf, ließ ihren Gurt einrasten und zog ihn straff über ihren Oberkörper. Dann kam er zu Tyler und mir, schnallte auch uns an, murmelte »Gott steh uns bei!« und ließ sich auf den nächsten freien Sitz fallen. Er zurrte den Gurt fest und schlug ein fahriges Kreuzzeichen.

Der Landeanflug dehnte sich qualvoll in die Länge. Ich nahm an, dass es niemanden mehr gab, der den Piloten über Funk einweisen konnte, und dass er sich allein auf seine Instrumente verlassen musste. Mir fielen ein Dutzend Dinge ein, die in einer Situation wie dieser schiefgehen konnten. Gab es da unten noch Lichter, die die Landebahn markierten? Gab es womöglich *zu viele*? Und war aus der Luft zu erkennen, ob auf der Piste eine Maschine stand, der es nicht mehr gelungen war, rechtzeitig abzuheben? Vielleicht war auch eine bei einem ähnlichen Manöver abgestürzt und das Trümmerfeld voller Geister. Oder das Militär hatte den Flughafen abgeriegelt und schoss alles vom Himmel, was sich ungebeten näherte.

Es war nicht hilfreich, dass die meisten Söldner aussahen, als gingen ihnen ganz ähnliche Gedanken durch den Kopf. Der Pilot hatte die Turbinen repariert, so dass sie den Start und die Reise über den Wolken überstanden hatten. Aber mussten die Luftlöcher, die uns jetzt ein ums andere Mal absacken ließen, nicht irgendwelche Auswirkungen auf die angeschlagenen Motoren haben?

Als wir aufsetzten, klang es, als zerbräche die Maschine in ihre Einzelteile. Metall und Kunststoff kreischten gequält auf, die Turbinen lagen im Todeskampf. Ich war sicher, dass das Gestänge der Fahrwerke unter uns nachgab und der Asphalt im nächsten Augenblick den Rumpf aufreißen würde. Die Fahrzeuge in der Mitte des Laderaums knirschten in ihren Verankerungen und aus den Probandenkammern erklang ein gespenstisches Flüstern.

Der Bremsvorgang schien kein Ende zu nehmen, so dass genug Zeit blieb, sich alle möglichen Kollisionen auszumalen. Als ich Tyler einen Blick zuwarf, sah ich, dass ihm nichts von dem entging, was sich an Bord der Maschine tat. Vor allem behielt er Emma und mich im Auge, als könnte er irgendetwas tun, um uns zu beschützen, falls diese Landung in einer Katastrophe enden würde.

Als die Maschine endlich zum Stehen kam, tauchte Haven aus dem Cockpit auf, inspizierte den Laderaum und vergewisserte sich, dass niemand zu Schaden gekommen war. Schließlich kam er wieder zu uns, löste unsere Gurte, ging vor Emma in die Hocke, nahm ihre Hand und fragte: »Wie geht es dir?«

Ihre Lider flatterten ein wenig, aber die Landung hatte sie

endgültig wach gerüttelt. »Gut. Glaube ich.« Sie achtete nicht weiter auf den Colonel, sondern sah zu mir herüber. »Rain?«

»Ich bin da.« Niemand hielt mich auf, als ich Haven kurzerhand mit der Schulter beiseiteschob und vor meiner Schwester in die Hocke ging. Emma, deren Hände nicht gebunden waren, umarmte mich.

Wenig später verließen wir gemeinsam mit dem Söldnertrupp das Flugzeug. Doktor Peterson zerschnitt den Kabelbinder an unseren Handgelenken und bis heute bin ich nicht sicher, ob er das in Havens Auftrag oder auf eigene Verantwortung tat.

Draußen herrschte noch Dunkelheit, es musste gegen fünf Uhr am Morgen sein. Im Vergleich zur Wüstenhitze Andalusiens war es eiskalt. Ein scharfer Wind peitschte uns entgegen. Man hatte Tyler die Lederjacke zurückgegeben, mit geleerten Taschen. Er zog sie aus und bot sie mir an, aber ich schüttelte den Kopf und deutete auf meine Schwester. Sie nickte nur, als er sie ihr um die Schultern legte. Gleich darauf schlüpfte sie ganz hinein, die Ärmel hingen ihr bis zu den Knien.

Wir befanden uns auf einem weiten Asphaltfeld mit zwei Hangars und einem dreistöckigen Tower. Es handelte sich augenscheinlich nicht um eine militärische Anlage, dafür waren die Sicherheitsvorkehrungen nicht hoch genug. Ringsum wellten sich Hügel, dicht bewaldet, soweit ich das im Mondschein erkennen konnte.

»Wir sind in Upstate New York«, sagte Peterson, der an unserer Seite blieb, während wir das Flugfeld in Richtung der Gebäude überquerten. Er deutete nach links, wo sich das Gelände hinter einem Maschendrahtzaun in ein Tal absenkte. »Ihr könnt ihn von hier aus noch nicht sehen, aber da unten fließt der Hudson. In den Wäldern gibt es eine ganze Menge Landsitze reicher

Städter, das hier ist … oder *war* ihr Privatflugplatz. Die meisten haben sich bestimmt längst mit ihren Learjets und Turboprops auf irgendwelche Inseln davongemacht. Aber wohin flieht man dort, wenn eine Smilewave den Weg zum Flugplatz und zum Jachthafen versperrt?«

»Das hier ist keine Fremdenführung«, sagte Haven zu dem Arzt.

»Wollen Sie mich gerade jetzt feuern, Colonel?«

Haven und ein halbes Dutzend weitere Männer begleiteten uns, während der Rest an der Maschine zurückgeblieben war. Dort wurden die Motoren der Wagen angelassen, die ersten rollten gerade ins Freie. Gleich würden die Probanden verladen werden.

Der Colonel warf Peterson einen schwer zu deutenden Seitenblick zu, verzichtete aber auf eine Antwort. Auch die übrigen Söldner hielten sich heraus; wahrscheinlich geschah es nicht zum ersten Mal, dass Haven und der Arzt aneinandergerieten.

Peterson warf einen Blick über die Schulter und seufzte. »Das Licht dort drüben, hinter den Bergen, das ist New York.«

Bislang war das Flugzeug im Weg gewesen, aber jetzt hatten wir uns weit genug davon entfernt, um den Himmel dahinter sehen zu können. Jenseits der Bergkuppen waberte eine diffuse Helligkeit: der Smog einer Großstadt, der von innen heraus erleuchtet wurde.

Ein Mann eilte uns aus Richtung des Towers entgegen. Der Schein seines Handstrahlers zuckte bei jedem Schritt wild umher. Er trug eine schwarze Lionheart-Uniform mit hochgekrempelten Ärmeln und wickelte sich mit einer Hand einen Schal um den Hals. Sein dunkles Haar war zerzaust, der Reißverschluss des Overalls stand offen bis zur Brust. Mit dem Mann wehte der Geruch von abgestandenem Bier heran.

Haven blieb stehen. »Ich bedauere außerordentlich, dass Sie unseretwegen frieren müssen, Lieutenant Keene«, sagte er mit eisiger Stimme.

»Guten Morgen, Colonel Haven.« Keene nickte erst ihm zu, dann Peterson, der ihn beim Vornamen nannte und grüßte. Uns andere ignorierte er und fummelte ungeschickt weiter an dem Schal herum, diesmal um ihn wieder herunterzuziehen.

»Um Himmels willen, Keene«, fuhr Haven ihn an, »lassen Sie dieses Ding in Frieden und erstatten Sie Bericht!«

Der Mann ließ den Schal auf der Stelle los. »Ich habe seit Stunden keinen Kontakt mehr zum Hauptquartier, genauso wenig zu Mister Whitehead. Die ganze Stadt wurde abgeschottet. Das Militär hat sämtliche Brücken und Tunnel von Manhattan in die Vorstädte dicht gemacht. Im Grunde war natürlich längst alles zu, auf den Straßen ging am Abend gar nichts mehr. Die Autokolonnen blieben irgendwann einfach stehen, und nachdem die ersten Leute in ihren Wagen von einer Smilewave erwischt wurden, muss es wie ein Lauffeuer gewesen sein. Anfangs gab es noch Fernsehbilder, bald aber nicht mal mehr Strom. Ich hab das von der Abriegelung im Radio gehört … als das Radio noch funktioniert hat. Da war von Gegenmaßnahmen wegen der Plünderungen die Rede und so weiter … Der letzte Stand war jedenfalls, dass niemand mehr raus- oder reinkommt und alles unter dem Kommando der Armee steht.«

Haven fluchte leise. Er wechselte einen Blick mit Peterson, und da verstand ich, dass der Arzt bei allen Differenzen Havens einziger Vertrauter war. Vielleicht weil nur Peterson noch ein Funken Idealismus in den Knochen steckte. Haven tat das alles für seine Tochter. Der Arzt mochte ethische Gründe haben. Die Übrigen aber waren Männer, denen es einzig um ihren Sold ging – und es war ungewiss, wer ihnen den in Zukunft zahlen sollte.

»Sind wenigstens die Hubschrauber startbereit?«, fragte Haven den Lieutenant.

Keene nickte und deutete zu einer Ecke des Flugfeldes, die im Mondschatten des Towers lag. Erst jetzt erkannte ich, dass dort zwei unbeleuchtete Helikopter standen wie riesige Insekten. Sie waren ungleich größer als die beiden in Spanien. Dies hier waren Transporter, in denen zehn oder noch mehr Männer Platz finden konnten.

»Ist es klug, sich mit der Armee anzulegen?«, fragte Peterson.

»Schmeckt mir auch nicht«, gab Haven zu, »aber wir haben keine Wahl. Wir müssen die Probanden zu Whitehead in die Stadt bringen.« Er warf Tyler einen Blick zu. »Und vor allen Dingen ihn.«

»Lassen Sie wenigstens die Mädchen hier«, sagte Tyler.

Emma sah sehr verloren aus in der viel zu großen Lederjacke. Ich hingegen trug nach wie vor nichts als die Cargohose und das schwarze *Blondcore*-T-Shirt, und ich fror erbärmlich.

Haven ging nicht auf Tylers Bitte ein, sagte aber zu Keene: »Geben Sie der Kleinen Ihren Schal, Lieutenant. Und haben Sie noch andere warme Sachen im Tower?«

»*Meine* Sachen?«, fragte Keene unglücklich, während er Emma den Schal zuwarf. Sie fing ihn auf, roch einmal vorsichtig daran, verzog die Nase, wickelte ihn sich dann aber um den Hals.

»Herrje, Lieutenant, *irgendwelche* Sachen!«

»Es wird schon was da sein, Colonel. Ich seh gleich mal nach.«

»Irgendwas für die beiden Mädchen, das passt und einigermaßen wärmt. Und bringen Sie ihnen etwas zu essen und zu trinken zu den Hubschraubern.«

Keene salutierte, wobei ich mich fragte, ob er die Geste nicht eher trotzig als respektvoll meinte.

Tyler versuchte es noch einmal. »Nehmen Sie Rain und Emma nicht mit. Sie wollen doch nur mich.«

»Ich soll die beiden bei diesem Säufer lassen?« Haven blickte dem Lieutenant verächtlich nach. »Glauben Sie mir, das wollen Sie nicht.«

Zu Peterson und den anderen sagte er: »Die Männer sollen sich mit dem Umladen beeilen. Start in dreißig Minuten.«

36.

Der Flugplatz, von dem aus wir aufbrachen, lag mehr als hundert Kilometer nördlich von Manhattan. Hier ähnelte der Hudson eher einem riesigen See. Haven hatte vor dem Start Befehl gegeben, dicht über der dunklen Wasseroberfläche zu fliegen. Niemand wusste, wie engmaschig die Radarüberwachung nach so vielen Smilewaves noch war.

Haven hatte über die Hälfte seiner Männer bei Keene zurückgelassen, vorgeblich zum Schutz der Maschine. Ich hatte den Eindruck, dass er die schwächsten Mitglieder des Trupps aussortiert hatte. Zu meiner Erleichterung waren darunter auch jene drei, die uns während des Fluges bewacht hatten.

Den Rest seines Kommandos und auch uns Gefangene hatte er in zwei Gruppen aufgeteilt. Emma und ich flogen mit Peterson und fünf weiteren Männern im einen Hubschrauber, Tyler und Haven mit sechs Söldnern im anderen. Wir saßen uns an den Wänden gegenüber und stießen fast mit den Knien aneinander. Es gab keine Trennwand zum Cockpit, so dass wir durch die gewölbte Scheibe die schwarze Landschaft vorüberziehen sahen. Die Lichter, die dort draußen glühten, mochten Fenster oder Geister oder beides sein.

An Bord jeder Maschine befanden sich zwei Probanden. Ihre

sperrigen Schlafkammern hatten zurückbleiben müssen. Daher waren die vier anästhesiert, mit Gurten umschnürt und in graue Decken gewickelt worden, aus denen nur ihre eingefallenen Gesichter hervorschauten. So lagen sie im Heck der Helikopter auf dem Boden, vor Kisten mit Unterlagen aus der Hot Suite.

Ich bemerkte, dass Emma den beiden immer wieder Blicke zuwarf. Es handelte sich um einen Mann und eine Frau, beide grau und abgemagert, mit wild gewachsenem, verfettetem Haar. Der Mann hatte einen zotteligen Bart. Zwischen ihren Augen und Schläfen ragten münzgroße Metallzylinder aus der Haut, rundum war das Fleisch zu wulstigem Narbengewebe verwachsen. Von beiden Probanden ging ein strenger Geruch aus, doch es war nicht der Gestank nach Schmutz oder Fäkalien, den man hätte erwarten können. Sie rochen abscheulich nach verwesendem Fleisch. Die Männer fluchten deswegen ohne Unterlass, nur Peterson hielt sich zurück.

»Meine Herren«, meldete sich Havens Stimme lakonisch über Funk, »niemand hat behauptet, dass dies ein Spaziergang werden würde. Sie, Jacobs, hätten vielleicht lieber Florist werden sollen, wenn Ihnen das Aroma an Bord zu streng ist.«

Der Angesprochene, ein Zweimetermann mit rasiertem Schädel und einer tätowierten Rose am Hals, blickte aus dem Fenster zum zweiten Hubschrauber hinüber und formte mit den Lippen ein stummes »Fick dich!«.

»Warum riechen die so?«, fragte Emma. »Sie verwesen doch nicht.«

»Wenn wir wüssten, warum sie noch leben, hätten wir vielleicht auch darauf eine Antwort«, entgegnete der Arzt.

»Scheißzombies«, sagte Jacobs.

»Nein«, widersprach Peterson, »genau das sind sie eben nicht. Sie sind nicht tot. Sie atmen, und ihre Lebensfunktionen unterscheiden sich kaum von deinen. Abgesehen davon, dass ihre Körper ungewöhnlich hohe Mengen von Adrenalin produzieren, was man von manch anderem hier an Bord zuletzt nicht behaupten konnte.«

Jacobs zeigte ihm den Mittelfinger, eine fast sympathisch altmodische Geste, als säßen wir hier inmitten eines Haufens großer Jungs auf dem Weg zum Fußballspiel. Große Jungs mit großen Waffen. Und mit einer Riesenangst, vermutete ich, auch wenn sie die gut unter Kontrolle hatten.

»Warum bleiben Sie bei ihm?«, fragte ich den Arzt. Mir war bewusst, dass Haven über Funk mithörte, aber ich war neugierig. »Er tut das für seine Tochter, oder? Aber Sie alle sind doch nicht nur wegen der Bezahlung hier.«

Peterson und Jacobs wechselten einen Blick, aber diesmal war es ein anderer Söldner, der mir die Antwort gab: »Dieser Job hat eine Menge mit Idealen zu tun. Nicht unbedingt mit den politischen Idealen unserer Auftraggeber, aber mit unseren eigenen. Eines davon ist Treue. Wir haben eine Menge zusammen mit dem Colonel durchgemacht. Und er hat viel für uns getan, jedem von uns irgendwann mal die Haut gerettet. So was vergisst man nicht.«

Actionfilm-Bullshit, dachte ich und erinnerte mich an den Mann in der Hot Suite, den Haven kaltblütig erschossen hatte. Jetzt lachte niemand mehr, es machte auch keiner eine Bemerkung. Einige nickten, die anderen blickten weiter stumm vor sich hin.

Emma brachte ihren Mund ganz nah an mein Ohr. »Die meinen das ernst.«

Ich sah noch einmal zu Peterson, der wortlos nach vorn durch das gewölbte Cockpitfenster starrte. Die schwarze Oberfläche des Hudson raste nur wenige Meter unter uns dahin. Zu beiden Seiten wurde der Fluss von bergigem Waldland begrenzt. Am Ufer zogen Ketten aus Lichtern vorüber.

»Shit«, sagte Jacobs, »das sind alles Geister.«

Emma stand von ihrem Platz auf, wurde von einem der Männer zurückgepfiffen, kümmerte sich aber nicht darum. Ungerührt kletterte sie von hinten auf den leeren Kopilotensitz.

»Hey!«, rief der Pilot.

»Ich will nur rausgucken.«

Jacobs wollte aufstehen, um sie zurück nach hinten zu holen, aber Peterson schüttelte den Kopf. »Lass sie. Behalt lieber die da im Auge.« Er deutete über die Schulter, wo die beiden verschnürten Probanden wie Gepäckstücke lagen. Erst jetzt bemerkte ich, dass sie sich regten. Einer hatte den Kopf gehoben, aber ich konnte von meinem Platz aus nicht sehen, ob seine Augen geöffnet waren. Da waren zu viele Knie im Weg.

»Kannst du ihnen nicht noch 'ne Spritze geben?«, fragte Jacobs.

»Das war die höchste Dosis. Zwei davon so kurz hintereinander könnten sie endgültig umbringen.«

Wieder meldete sich Haven aus den Lautsprechern. »Unsere werden auch wach. Doc, wie stark sind sie? Halten die Fesseln?«

»Jemand, der so aussieht, dürfte aus eigener Kraft nicht mal die Augen aufmachen«, antwortete der Arzt. »Woher soll ich wissen, wozu sie noch in der Lage sind?«

Einer der anderen Söldner schlug ein Kreuzzeichen.

»Lasst sie nicht aus den Augen«, sagte Haven. »Falls sie gefährlich werden, bekommen sie die nächste Spritze.«

»Das würde sie —«

»Ich übernehme die Verantwortung«, unterbrach Haven den Arzt.

»Wie Sie meinen, Colonel.« Peterson beugte sich vor und zog einen schwarzen Tornister unter seinem Sitz hervor.

Vom Cockpit aus beobachtete Emma die Geisterschwärme an beiden Ufern. »Das sind so viele«, sagte sie.

»Hier haben 'ne Menge Menschen gelebt«, entgegnete der Pilot.

»Aber sie hat Recht«, sagte Jacobs. »Was hatten die alle am Ufer zu suchen?«

»Sie sind weggelaufen«, sagte ich. Es war nur eine Vermutung, aber mir kam sie schlüssig vor. »Wahrscheinlich ging es auf den Straßen weder vor noch zurück. Da sind sie zu Fuß weiter, rauf nach Norden, und haben sich am Fluss orientiert. Das macht man so, oder?«

»Ja«, erwiderte Jacobs mit fahlem Lächeln, »bei den Pfadfindern.«

»Diese Leute waren keine Soldaten!«, fuhr ich ihn an. »Das waren ganz normale Menschen, Familien mit Kindern, alte Leute … Menschen, die alle eine Heidenangst hatten.«

Peterson zog zwei Spritzen auf. Die Kanülen sicherte er mit Plastikkappen. Nach einem Seitenblick zu den zuckenden Probanden legte er sie obenauf in den offenen Tornister.

Die Gegend rechts und links des Flusses war jetzt dichter bebaut. Gewaltige Industrieanlagen schälten sich aus der Dunkelheit. Der weiße Schein des Totenlichts leuchtete zwischen den Fabrikhallen empor, und bald waren die Geister überall.

»Das sind zu viele«, sagte Havens Lautsprecherstimme.

Solange wir in der Mitte des Flusses blieben, bedeuteten die

Smilewaves keine unmittelbare Gefahr. Das würde sich erst ändern, wenn wir die Stadt erreichten.

»Zu viele«, wiederholte Emma nachdenklich. Nur ich konnte sie hören, weil ich unmittelbar hinter dem Platz des Kopiloten saß. Dann sagte sie lauter: »Zwei Jahre würden keinen solchen Unterschied machen.«

»Wovon redet sie da?«, fragte Jacobs, obwohl er es ebenso wissen musste wie der Rest von uns.

»Es geht schneller«, sagte Peterson. »Während wir da oben waren, ist irgendwas geschehen, das es beschleunigt hat. Vielleicht ist das eine ganz natürliche Entwicklung für das da draußen ... wer weiß. Wie in der Geschichte von den Reiskörnern auf dem Schachbrett. Es werden immer schneller immer mehr.«

Wieder knisterte es in den Lautsprechern. »Vielleicht gelten die Gesetzmäßigkeiten nicht mehr, an die wir bisher geglaubt haben.« Tyler! Ich war heilfroh, seine Stimme zu hören. Sie klang leiser als die von Haven, weiter weg – aber es war unzweifelhaft seine. »Hey, Emma«, sagte er, »ich schätze, du hast Recht.«

Ich musste lächeln, als sie sich ein wenig aufsetzte, so als nähme sie Haltung an.

Was, wenn nicht nur die Erscheinungen aus zwei Jahren dazugekommen waren, sondern aus vier oder sechs? Dann hatte sich ihre Zahl über Nacht *verdoppelt*. Dann standen dort draußen nicht mehr hundertfünfundsechzig, sondern weit über dreihundert Millionen Geister.

Die Hubschrauber folgten einer weiteren Flussbiegung. Der Himmel wurde heller, als wäre dort vorne bereits der Tag angebrochen. Nur dass dies nicht der rotgoldene Schein eines Sonnenaufgangs war, sondern das Neonweiß des New Yorker Totenlichts.

Schließlich tauchten die ersten Hochhäuser auf, endlose Kolonnen von Wohnblocks, ehe am linken Ufer die berühmte Skyline Manhattans in unser Sichtfeld rückte. Boote und Schiffe trieben davor auf dem Wasser und hielten sich vom Ufer fern, während ihre Besatzungen auf ein Wunder warteten.

Es gab zahllose erleuchtete Fenster, im Zentrum wie auch in New Jersey auf der anderen Seite des Hudson, obwohl laut Lieutenant Keene schon vor Stunden die Stromversorgung ausgefallen war. Heerscharen von Geistern erhellten die Wohnungen und Büros der Stadt.

»Großer Gott!«, entfuhr es Peterson, aber es ging in einem fassungslosen Aufstöhnen aller unter, als etwas in unser Sichtfeld rückte, mit dem niemand gerechnet hatte.

Jenseits der Hafenanlagen schälten sich immer neue Hochhäuser aus dem fahlen Lichtersmog der Stadt. Aber es waren nicht die Bauten aus Stein und Stahl und Glas, denen auf einen Schlag unsere ganze Aufmerksamkeit galt.

Es waren zwei Gebäude, die schon seit Jahren nicht mehr existierten. Zwei Gebäude, die jahrzehntelang Manhattans Downtown am unteren Ende der Halbinsel überragt hatten und innerhalb eines einzigen Tages ausgelöscht worden waren.

Nun waren sie wiederauferstanden, ein makaberes Mahnmal über dem blassen Kadaver der Stadt. Zwei Türme aus Licht, hoch und schlank und strahlend weiß, zusammengesetzt aus Tausenden Lichtpunkten, die aus der Ferne zu riesenhaften Säulen verschmolzen.

Die Geister des World Trade Center waren zurückgekehrt.

37.

»Nine-Eleven liegt weit über ein *Jahrzehnt* zurück!«, brüllte
Jacobs. »Das darf nicht –«

Der Rest seiner Worte ging in Lärm und Geschrei unter, als
sich die Probanden im hinteren Teil des Helikopters ruckartig
aufsetzten. Sie verfielen in spastische Zuckungen und spreng-
ten mit übermenschlicher Kraft ihre Fesseln. Die Gurte fielen
schlaff von ihnen ab, dann schlugen sie die grauen Decken auseinander. Darunter kamen ihre mageren Leiber zum Vorschein,
Haut und Knochen und ein Netz aus Sehnen, das sie wie Leder-
schnüre zusammenhielt.

»Greift sie euch!«, brüllte Peterson und langte nach den Spritzen in der Tornistertasche.

Die Söldner am Ende der Sitzreihen rissen ihre Waffen herum.

»Nicht schießen!«, erklang über Lautsprecher Havens Befehl,
aber ich begriff erst einen Augenblick später, dass er nicht uns
galt. Drüben im zweiten Helikopter musste gerade das Gleiche
geschehen. Schreie und Rufe gellten durcheinander, und bald
war kaum mehr zu unterscheiden, ob sie von den Männern hier
an Bord oder von denen in der anderen Maschine ausgestoßen
wurden.

»Ihr habt's gehört!«, rief Peterson den Söldnern zu. »Keine Waffen!«

Die Probanden warfen sich auf die Männer, grau und nackt und scheußlich anzusehen. Ein Schuss peitschte und stanzte ein Loch in die Metallhaut des Helikopters. Ich sah nur ein Durcheinander aus Armen und Beinen in schwarzen Overalls, die dürren Glieder der Probanden und ihre verzerrten Gesichter.

»Setz dich zu deiner Schwester!«, schrie Peterson in meine Richtung. »Wir brauchen Platz hier hinten!«

Ich kletterte zwischen den Sitzen hindurch zu Emma. Sie starrte mich aus großen Augen an und rückte bis an die Tür; trotzdem war es zu eng für uns beide. Der Pilot fluchte unablässig in sein Headset, während er versuchte, den Helikopter trotz des Tumults an Bord auf Kurs zu halten.

Ich konnte den zweiten Hubschrauber mit Tyler nicht sehen, er musste ein Stück hinter unserem sein.

Haven brüllte wieder Befehle, auf die niemand bei uns hörte, denn nun schrie einer der Männer wie am Spieß, und als ich mich umsah, riss der weibliche Proband ihm mit bloßen Fingern die Kehle auf. Wieder feuerte jemand, Männer taumelten übereinander, und dann schoben sich die Probanden zwischen ihnen hervor, um nach vorn zu gelangen, dem Licht hinter den Cockpitscheiben entgegen.

Plötzlich stand Peterson hinter ihnen, in jeder Hand eine Spritze wie einen Dolch, und spie die Plastikkappen aus, die er mit den Zähnen von den Kanülen gezogen hatte. Er holte aus, um sie den beiden in die Körper zu rammen – als die Frau einen Satz nach vorn machte. Wie eine Heuschrecke sprang sie hinterrücks auf den Piloten, umklammerte ihn und seinen Sitz. Der Mann schrie auf, als sie mit ihrer Klaue nach seinen Augen tastete. Seine Hand stieß gegen den Steuerknüppel, und mit einem Mal rasten wir abwärts, auf das Wasser und die Kais der Hafenanlage zu.

Peterson schwankte und stürzte auf den Probanden, verlor eine Spritze und versuchte mit der zweiten zuzustechen. Aber auch Jacobs und die anderen setzten sich in Bewegung, um die Frau von dem Piloten fortzureißen, alles auf engstem Raum, wo jeder jedem im Weg war und die beiden Kreaturen tobten wie Berserker.

»Anschnallen!«, brüllte ich Emma an, aber sie bekam den Gurt nicht zu fassen, weil er irgendwo unter mir lag. Ich tastete danach, doch bei all dem Gerüttel fand ich ihn nicht. Stattdessen beugte ich mich nach links, um dem Piloten zu helfen. Ich packte den Arm der Probandin und zog daran. Doch ihre Finger gruben sich nur noch fester in das Gesicht des Mannes. Er brüllte vor Schmerz, ließ den Steuerknüppel los und verlor damit endgültig die Kontrolle über den Helikopter.

Alle schrien jetzt durcheinander. Wir sanken tiefer, der Hubschrauber schlenkerte nach rechts und links, drehte sich dann um sich selbst. Lichterschlieren rasten an den Scheiben vorüber. Vor dem Angriff war der Pilot in einer Kurve vom Fluss in Richtung Manhattan geflogen, aber ich konnte nicht erkennen, ob unter uns noch die Wasseroberfläche war oder wir schon auf die Gebäude zurasten.

Noch einmal versuchte ich, den Mann von der Furie zu befreien. Ich schlug mit aller Kraft nach ihrem Kopf, erwischte sie so hart, dass sie noch lauter kreischte, und ergriff erneut ihren Arm. Der Pilot versuchte, ihre Finger nach hinten zu biegen und sie von seinem Gesicht zu lösen. Aber noch immer lag ihre knochige Klaue wie eine Krabbe auf seinen Zügen.

Und dann war Jacobs da, legte ihr von hinten einen Arm um den Hals und fuchtelte mit seiner Pistole. Einmal zeigte der Lauf in meine Richtung, aber mir blieb keine Zeit, um mir deswegen Sorgen zu machen. Alles ging viel zu schnell. Wir sanken und rotierten, unter uns war Wasser oder Beton. Als schließlich der Schuss peitschte und die Hand der Frau vom Gesicht ihres Opfers sackte, fühlte ich nichts dabei, weil sich alles innerhalb von Sekundenbruchteilen abspielte.

Der blutüberströmte Pilot griff nach dem Steuerknüppel, dann löste sich ein weiterer Schuss, der irgendwen traf, dem Schrei nach einen der Söldner.

Ich wurde nach hinten in meine Hälfte des Sitzes gepresst, aber Emma rief: »Auf meinen Schoß!«

Während ich mit der Probandin beschäftigt gewesen war, hatte Emma den Gurt gefunden. Jetzt war sie endlich angeschnallt. Als ich mich mit dem Rücken an sie presste, schlang sie Arme und Beine um mich, hielt mich so fest sie nur konnte, und dann stabilisierte sich plötzlich unser Flug, wir drehten uns nicht länger, schwankten auch nicht mehr so heftig.

Alle an Bord verstummten. Sogar der Proband hatte aufgehört zu schreien.

»Oh, fuck!«, stieß der Pilot aus und riss die Steuerung nach hinten. Auch ich sah den schmalen dunklen Strich vor uns, der alles Mögliche sein mochte, der Mast eines Segelschiffs am Kai oder eine Antenne, aber das spielte schon keine Rolle mehr.

Der Hubschrauber stieg im letzten Moment wieder auf, doch seine Unterseite streifte das Hindernis. Es fühlte sich an, als würden wir aufgeschlitzt, ein hässliches, metallisches Knirschen. Dann erneutes Schleudern und Schütteln und eine fatale Schräglage.

»Festhalten!« Der Pilot umklammerte den Steuerknüppel mit beiden Händen.

Emmas Griff presste mir den Brustkorb zusammen, aber ich hielt ohnehin längst den Atem an. Wenn die Scheibe zerbrach, würde ich Emma vielleicht mit meinem Körper vor den Scherben schützen können. Nur dass ein Hubschrauber kein Auto ist und eine Kollision völlig andere Folgen hat.

Trotzdem fühlte es sich an, als machten wir eine Vollbremsung, auch wenn das physikalisch unmöglich war. Jemand flog an mir vorbei – Peterson! – und krachte mit mörderischer Wucht in die gewölbte Scheibe. Ein anderer folgte ihm, fiel zwischen die Sitze und kam dem Piloten bei seinem verzweifelten Rettungsmanöver in die Quere.

Etwas raste auf uns zu, eine Wand, eine Straße, *irgendetwas*, und im nächsten Augenblick folgte der Aufschlag.

38.

Die Hitze jagte an meinen Beinen entlang, erfasste meinen Unterleib und loderte zum Gesicht empor.

Ich riss die Augen auf, schlug mit den flachen Händen auf meinen Körper, wollte schreien und brachte doch keinen Ton heraus. Ich hörte das Knistern und Fauchen des Feuers, spürte es an meinen Wangen und war sicher, dass mein Haar bereits brannte, dass Nester aus Flammen die Dreads zerkräuselten und jeden Moment meinen Schädel erreichen mussten.

Alles tat mir weh, jeder Knochen fühlte sich an, als wäre mit einem Knüppel darauf eingeprügelt worden. Aber es gelang mir, den Kopf zu heben und an mir hinabzublicken.

Zuerst sah ich nur das Feuer, haushoch und so hell, dass der Anblick in den Augen schmerzte. Darüber wirbelten Wolken aus schwarzem Qualm. Es stank nach Treibstoff und brennendem Plastik, dann wie bei einem Barbecue.

Es gelang mir gerade noch, den Kopf nach links zu drehen, bevor ich Keenes Notration erbrach. Danach wälzte ich mich herum, erstaunt, dass das möglich war, und begriff endlich, dass ich mir zwar das Feuer nicht eingebildet hatte, dass jedoch nicht *ich* es war, die brannte. Das waren die Männer im Wrack des Hubschraubers. Genaues konnte ich im glutweißen Herzen der

299

Flammen nicht erkennen, nicht einmal ihre Geister, nur hin und wieder die blitzartige Ahnung schwarzer Stockpuppen inmitten des Feuers. Der Rotor war erstarrt, aber nicht zerbrochen. Der Hubschrauber war beim Aufprall nicht zerschellt, der Pilot musste gerade noch eine Bruchlandung zu Wege gebracht haben.

Emma?

Ich brachte keinen Ton heraus. Ich hatte zu viel von dem stinkenden Qualm eingeatmet, war durchgeräuchert und wahrscheinlich dioxinverpestet bis in die Haarspitzen.

Emma!

Sie lag rechts von mir, bewusstlos, aber ich sah, dass sie atmete. Wir waren etwa fünfzig Meter vom Wrack entfernt, ein ganz schönes Stück, wenn man nicht weiß, wie man es bewältigt hat. Vor allem, wenn man nicht bei Bewusstsein ist. Und möglicherweise zu verletzt, um aus eigener Kraft zu laufen.

Hitze und Rauch wehten genau zu uns herüber, der Wind blies vom Wasser her in unsere Richtung. Vage konnte ich eine begrünte Promenade erkennen, auf die der Helikopter gestürzt war, nicht weit weg vom Hudson. Ein Stück weiter links ankerte ein Flugzeugträger. Auf seinen Decks standen Geister wie die Passagiere beim Auslaufen der *Titanic*.

Emma und ich lagen am Rand einer Fahrbahn, um uns drängten sich Fahrzeuge, Stoßstange an Stoßstange. Falls hier überall Geister waren, dann würde die nächste Smilewave vollenden, was dem Absturz nicht gelungen war.

Ich war nicht aus eigener Kraft hierhergekrochen, dessen war ich ganz sicher, und ich glaubte auch nicht, dass Emma es geschafft hätte, sich selbst und mich dazu so weit vom Helikopter fortzuschleppen.

Ich streckte eine Hand aus und berührte ihre Schulter, schüttelte sie leicht, aber nicht zu sehr, für den Fall, dass sie Knochenbrüche oder andere Verletzungen davongetragen hatte.

Emma?

Noch immer kam kein Laut über meine Lippen, aber im nächsten Moment erkannte ich meinen Irrtum. Ich konnte meine Stimme nicht hören, weil ich *überhaupt nichts* hörte. Ich war taub.

Emma bewegte sich und ihre Augenlider flatterten. Sie war so schmutzig wie ich und da waren Blutflecken auf Tylers Lederjacke, die sie noch immer trug. Ich hatte vor unserem Aufbruch mit den Hubschraubern eine gesteppte Jacke bekommen, mehr hatte Keene nicht finden können. Auch sie war jetzt voller Blut.

Meine Schwester drehte den Kopf und bewegte die Lippen, sagte etwas, das ich nicht verstehen konnte, und da überkam mich die Panik, dass ich nie wieder etwas hören würde, keine Stimmen, keine Laute, nicht mal meinen eigenen Herzschlag. Ich bohrte verzweifelt mit den Fingern in meinen Ohren, aber das half gar nichts.

Als Emma den Kopf hob, hatte sie Tränen in den Augen, obwohl sie seit Jahren nicht mehr geweint hatte. Vom beißenden Rauch? Immerhin schien sie unverletzt zu sein, und allmählich dämmerte mir, dass auch ich ein Riesenglück gehabt hatte. Ich konnte Arme und Beine bewegen, noch ein wenig steif und schmerzhaft, aber es ging. Nichts gebrochen, was allein schon an ein Wunder grenzte.

Aber wie hatten wir es unverletzt aus dem Wrack geschafft? Hatte noch jemand überlebt? Und warum zum Teufel hatte weder unsere Kleidung Brandlöcher noch waren wir auch nur mit Ruß beschmutzt?

Wir mussten aus dem abgestürzten Helikopter entkommen

sein, *bevor* das Feuer ausgebrochen war. Vielleicht hatte uns der Aufprall hinausgeschleudert – aber doch nie und nimmer fünfzig Meter weit und gewiss nicht nebeneinander in diesen Spalt zwischen den Autos.

Und noch etwas wurde mir klar. Der Wind, der die Hitze und den Rauch zu uns herüberblies, hatte keinen natürlichen Ursprung. Hinter dem Feuer, auf einem Pier, der weit hinaus auf den Fluss ragte, war der zweite Hubschrauber gelandet und stand dort mit kreisenden Rotoren. Ich konnte ihn von hier aus kaum sehen, erst als ich länger hinüberblickte, erkannte ich den Umriss jenseits der Flammen. Nun entdeckte ich auch die Männer, die hinter dem Feuer hervortraten und in einem weiten Kreis um das Wrack ausschwärmten.

Da war Haven, und dann sah ich Tyler mit gefesselten Händen, festgehalten von zwei Söldnern. Er wehrte sich und zerrte die beiden in Richtung der Flammen. Er schien unsere Namen zu schreien und da verstand ich endlich, dass er uns suchen und aus dem Feuer ziehen wollte – einem Feuer so heiß, dass es die Metalltrümmer zum Glühen brachte.

Mein Verstand arbeitete noch immer wie in Zeitlupe. Trotz des Rauchs konnte ich atmen, immerhin – doch auch das änderte sich schlagartig, als sich im nächsten Moment eine Hand über meinen Mund legte und mich nach hinten zog, tiefer zwischen die Autos. Neben mir erging es Emma genauso, aber obwohl wir uns wehrten, saß die Hand auf meinem Mund so fest wie ein Schraubstock. Die Kraft, mit der ich auf dem Rücken über den Asphalt gezerrt wurde, war enorm.

Gleich darauf sah ich ihn über mir, dürr und zottelig, mit tief liegenden Augen in einem Gesicht aus grauem Leder. Der Proband, der im Helikopter getobt hatte. Seine Pupillen waren dunkel und klar, Feuerschein glänzte auf den beiden Metallzylindern neben seinen Augenwinkeln.

Ein paar Sekunden lang glaubte ich, dass er Emma und mich ersticken wollte. Aber dann begann ich endlich, alle Informationen zu verarbeiten. Die fehlenden Brandspuren. Unsere Entfernung zum Wrack. Die Tatsache, dass wir lebten und wahrscheinlich alle anderen tot waren.

Der Proband hatte uns gerettet. Er hatte Emma und mich aus dem zerstörten Hubschrauber gezogen. Aber warum war das Feuer erst danach ausgebrochen? Hatte er es *gelegt*, um die Söldner ein für alle Mal loszuwerden? Haven und die anderen zumindest schienen die Brandursache nicht in Zweifel zu ziehen. Vermutlich waren sie oben in der Luft zu beschäftigt mit ihren eigenen Passagieren gewesen. Abgestürzte Helikopter fingen Feuer, das lag auf der Hand.

Ich strampelte noch heftiger, wollte den Unterarm des Probanden packen und die Knochenhand von meinem Gesicht ziehen, aber das ließ er nicht zu. Er kroch auf den Knien nach hinten, während er uns mit sich zerrte, immer tiefer zwischen die leeren Fahrzeuge auf der Straße. Auch Emma bewegte sich, aber zu meinem Erstaunen sah ich, dass sie die Beine anzog und streckte, als wollte sie ihn bei seinen Anstrengungen unterstützen. Sie kroch zusammen mit ihm rückwärts und ich verstand die Welt nicht mehr.

Trotzdem gab ich nicht auf, packte seinen Unterarm fester und kam dennoch nicht gegen ihn an. Ich brüllte Tylers Namen in die Hand vor meinem Mund, hörte zum ersten Mal wieder schwach meine Stimme, fasste neue Hoffnung und wurde zugleich fast verrückt, weil ich nichts gegen die Kräfte dieses Wesens ausrichten konnte.

Es gelang mir, einen letzten Blick auf die Absturzstelle zu werfen. Tyler wehrte sich erbittert gegen die Männer, die ihn festhielten, hatte aber keine Chance. Ich sah, dass er sie mit verzerrtem Gesicht anbrüllte, doch sie ließen nicht zu, dass er dem Feuer und den Geistern darin näher kam. Haven stand dabei und starrte ausdruckslos in die Flammenwand.

Als mich der Proband hinter ein gelbes Taxi zog, konnte ich nicht mehr sehen, was weiter geschah. Ich hörte meine gedämpfte Stimme, atmete durch die Nase seinen furchtbaren Gestank ein und wollte einfach nicht glauben, dass Emma sich aufsetzte und auf mich einredete, ohne auch nur einen Fluchtversuch zu machen. Dumpf hörte ich ihre Stimme, verstand sie aber noch nicht, obgleich mein Gehör jetzt immer schneller zurückkehrte. Natürlich wollte auch ich keine Gefangene Havens sein, aber welche Chance hatten wir in den Straßen Manhattans, wo die Geister überall sein mussten? Und was war mit dem Probanden, der sich gerade noch wie ein Wahnsinniger gebärdet und den Helikopter zum Absturz gebracht hatte?

Ich lag nach wie vor auf dem Rücken. Er kauerte hinter mir. Jetzt sah ich, dass er den Kopf hob und horchte wie ein Tier. Plötzlich nahm er die Hand von meinem Mund, presste meine Schultern aber weiterhin auf den Boden und verhinderte, dass ich mich aufrichten konnte.

»Emma! Was soll −«

Sie legte einen Zeigefinger an meine Lippen, sagte etwas, bemerkte, dass ich sie nicht verstand, und beugte sich an mein Ohr.

»Er kann sie hören. Die anderen acht, in Whiteheads Hauptquartier. Er kann ihre Gedanken hören … Und ich höre seine.«

Ich musterte ihr Gesicht, das nach den letzten beiden Tagen noch schmaler wirkte als sonst. Fremdes Blut klebte in ihrem

Haar und auf ihrer Stirn, und sie hatte eine Prellung unterhalb des linken Auges.

»Du *hörst* ihn?«, flüsterte ich.

Als sie nickte, erinnerte ich mich an das, was Señora Salazar gesagt hatte: Während der Experimente in der Hot Suite hatten sich die Probanden eine Bezugsperson gesucht, mit der sie kommunizierten. Und dann sah ich wieder Emma vor mir, die während des Fluges an der Schlafkammer gelehnt hatte.

Lärm schwoll an, aber meine Erleichterung darüber, dass ich nicht länger taub war, verging, als ich die Ursache erkannte: Havens Helikopter stieg in den Himmel, brach durch die schwarze Rauchsäule und donnerte über uns hinweg Richtung Innenstadt.

Meine Gegenwehr erschlaffte und ich schloss für einen Moment die Augen. Tyler und die Söldner waren fort. Wir waren auf uns allein gestellt. Brücken und Tunnel mussten von Autos und Geistern blockiert sein, Boote gab es bestimmt keine mehr. Dass wir festsaßen, war mir klar, noch bevor der Proband sich von mir zurückzog und zuließ, dass ich mich hochstemmte.

Ein paar Sekunden schwankte ich noch, während ich mich am Türgriff des Taxis hinaufzog und mich umschaute. Das Feuer auf der Uferpromenade brannte mit unverminderter Zerstörungswut, aber meine Aufmerksamkeit galt jetzt etwas anderem.

In einiger Entfernung war die Welt voller Geister und blendend weiß. Hunderte, vielleicht Tausende standen zwischen den Autos, viele auch darin; ihre Schultern und Köpfe ragten weiß glühend aus den Dächern hervor. Bösartig lächelten sie der Sonne entgegen, die hinter den Hochhäusern von Downtown Manhattan aufging. Dort war der Hubschrauber zu einem dunklen Punkt geworden.

»Oh fuck«, flüsterte ich.

Durch Windschutzscheiben und offene Türen erkannte ich nun auch die Leichen, aus denen sich die Geister erhoben hatten. Viele weitere mussten am Boden zwischen den Fahrzeugen liegen. Sie konnten nicht älter sein als einen Tag, und noch übertraf der Gestank des Probanden ihre Ausdünstungen. Sobald die Verwesung einsetzte, würde es sehr viel schlimmer werden.

Emma trat neben mich. »Er sagt, im Moment sind wir hier in Sicherheit.«

Ich lachte ohne jede Spur von Heiterkeit. »In *Sicherheit*?«

Aber es stimmte, die Smilewave hätte uns längst umbringen müssen. Der Proband hatte uns gezielt an eine Stelle gezogen, an der wir weit genug von den nächsten Geistern entfernt waren. Ein paar Meter weiter links oder rechts und wir wären in ihren Radius geraten. Hier aber, zwischen dem leeren Taxi und einem verlassenen Pick-up, konnte uns vorerst nichts geschehen.

Ich wandte mich langsam zu unserem Retter um. Er kauerte noch immer am Boden, mit verdrehten Gliedern, als wäre sein Körper elastischer als der eines gewöhnlichen Menschen. Er hatte die Knie angezogen, das Gesicht daraufgelegt und wirkte erschöpft.

»Hat er Peterson und die anderen getötet?«, fragte ich Emma, ohne ihn aus den Augen zu lassen.

»Davon hat er nichts gesagt.«

»Kannst du ihn fragen?«

»Er kann dich hören. Wenn er darauf eine Antwort geben will, wird er's tun.«

»Kann er auch selbst reden oder nur durch dich?«

Der Mann hob den Kopf und sah mich an. Sein Gesicht war eine ausgedörrte Grimasse, von der sich keinerlei Mimik ablesen ließ. Als sich seine Lippen voneinander lösten, wurden dahinter gelbe Zähne sichtbar. Ein heiserer Laut rollte aus seinem Rachen herauf.

»Er kann nicht mehr sprechen«, sagte Emma nach einem Moment.

»Hat er dir das gerade ... ich weiß nicht, gesagt?«

»Ja.« Sie rieb sich mit dem Handrücken über die Augen und verwischte die Tränen, die ich vorhin schon bemerkt hatte. Durchmischt mit dem Schmutz auf ihren Wangen sah es aus wie verlaufenes Make-up. »Havens Leute haben einen der beiden anderen in ihrem Hubschrauber getötet, der Zweite lebt noch. Aber auch er wird sterben, er hat Schusswunden.«

»Warum hat er uns gerettet?«

»Weil wir nicht zu Haven gehören. Ich hab's ihm und den anderen schon im Flugzeug erzählt.« Sie verzog den Mund. »Aber natürlich wussten sie das längst, sonst hätten sie gar nicht erst mit mir gesprochen.«

Und wieder die Logik von Emmas Welt. Als rezitiere sie die physikalischen Theorien eines Marvel-Comics. Ich muss sie eine Weile lang fassungslos angestarrt haben, fragte aber nicht weiter. Vielleicht gab es auch gar nicht viel zu erklären. Emma konnte die Gedankenstimmen der Probanden hören, solange die es zuließen, und die Probanden hörten Emma. Was blieb mir übrig, als es hinzunehmen? Auch die Professorin hatte davon gesprochen, dass manche Menschen nach Nahtoderfahrungen mediale Fähigkeiten entwickelten. Wie viel stärker mochten sie da erst sein, wenn jemand unzählige Male gestorben war?

Noch einmal schaute ich mich blinzelnd um und sah die Geisterarmee in beiden Richtungen. Das grelle Totenlicht ließ es nicht zu, den Blick länger als ein paar Sekunden auf einen Punkt

zu konzentrieren, danach wurde das Brennen in meinen Augen
zu schmerzhaft.

Als ich mich wieder dem Probanden zuwandte, richtete der
sich gerade auf. Er schien Mühe zu haben, sein Gleichgewicht zu
halten, so als hätte er all seine Kraft beim Kampf mit den Söldnern und für unsere Rettung aufgebracht. Hinter ihm ragten
die Hochhäuser Manhattans in die Morgendämmerung empor,
eine breite Front aus Glas und Beton und vereinzelten Leuchtreklamen. Ich war nie zuvor in New York gewesen, niemals in
Amerika, und ich hatte keine Ahnung, wo wir uns hier befanden.
Außer den Geistern sah ich weit und breit niemanden, und die
Hoffnungslosigkeit wirkte wie ein Verstärker auf meine Erschöpfung. Es erging mir wie dem Probanden, ich musste mich
abstützen, um mich auf den Beinen zu halten.

Wohin konnten wir gehen? Was blieb uns überhaupt noch zu
tun? Wir waren auf einer verdammten Halbinsel gefangen, umgeben von Millionen Geistern.

»Rain«, sagte Emma leise.

Immerhin erholte sich mein Gehör. Ich sah sie an und wartete auf die nächste Hiobsbotschaft. Aber Emma deutete nur auf
unseren Begleiter.

Er hatte einen Arm ausgestreckt und zeigte in die Richtung,
in der Havens Hubschrauber verschwunden war.

»Du willst, dass wir ihnen folgen?« Ich lehnte mich mit dem
Rücken gegen das Taxi. »Das hätten wir sehr viel einfacher haben können. Wenn einer von uns nicht auf den cleveren Einfall
gekommen wäre, in einem Hubschrauber Amok zu laufen, dann
könnten wir jetzt −«

»Rain.« Wieder Emma, sehr sanft. »Er kennt einen Weg, das
hier zu beenden.«

Schweigen. Blicke. Noch mehr Schweigen.

»Behauptet er das?«, fragte ich schließlich.

Sie nickte und schien nicht den leisesten Zweifel zu haben.

Ich musterte ihn mit neuem Interesse. »Vielleicht kann Gollum ein paar Riesenadler organisieren, die uns gleich zum Scheißschicksalsberg fliegen.«

Emma verzog keine Miene. »Er will sie aufwecken.«

»Flavie und die anderen? Nichts leichter als das.«

»Im Ernst, Rain. Er sagt, Whitehead wird das nicht zulassen, aber er müsse es trotzdem versuchen. Und das kann er nur, wenn wir ihm helfen.«

»Wir?« Ich breitete die Arme aus. »Herrgott, Emma, sieh dich doch um. Wir stecken bis zum Hals in Geistern, und sobald wir auch nur einen Schritt machen, überstehen wir nicht mal die nächste Smilewave.«

»Er spürt es früh genug. Auch wenn wir ihnen zu nahe kommen. Mit seiner Hilfe finden wir vielleicht einen Weg.«

»Er hat einen eingebauten Geisteralarm?«

»So was in der Art.«

Mir war klar, dass Sarkasmus uns nicht weiterhalf. Ich zwang mich zu akzeptieren, dass es in unserer Lage besser war, einen Tourguide wie ihn zu haben als gar keinen.

»Hat er einen Namen?«

Der Mann öffnete wieder den Mund, brachte aber nur ein Stöhnen zu Stande. Vielleicht lag es daran, dass sein Rachen jahrelang mit Schläuchen vollgestopft gewesen war.

»Tomasz.« Sie sprach es nicht englisch aus, sondern am Ende mit *sch*. Dann warf sie dem Probanden einen fragenden Blick zu, als hätte sie etwas nicht richtig verstanden. Mit einem Nicken forderte er sie auf fortzufahren. »Whitehead will versuchen, über

Tyler an Flavie heranzukommen. Aber er hat gar nicht vor, das Tor zu den Kammern wieder zu schließen. Ganz im Gegenteil. Er hat den Verstand verloren. Er glaubt, dass sein toter Bruder für all das hier verantwortlich ist.«

»*Jeremy* Whitehead?«

»Ja. Timothy Whitehead denkt, dass sein Zwillingsbruder dahintersteckt. Oder« – wieder ein Blick zu dem Probanden – »das, was von ihm übrig ist, drüben in den Kammern.«

Einen Moment lang stand mir der Mund offen. »Jeremys Geist will sich an Timothy rächen, weil der ihn ermorden ließ, und dafür lässt er mal eben die Welt untergehen?« Ich stieß mich vom Taxi ab und blickte hinüber zum brennenden Wrack des Helikopters und zu den Geistern, die allmählich zwischen den Flammen und Rauchschlieren sichtbar wurden. »Das ist Unsinn, Emma.«

Zu meinem Erstaunen nickte sie. »Aber Whitehead glaubt fest daran.« Ich hatte ihren altklugen Blick beinahe vermisst. Früher hatte sie mich damit zur Weißglut gebracht, aber jetzt spürte ich, wie er einen Hoffnungsschimmer in mir weckte. »Vor allem glaubt er, dass die *Verbindung zum Licht* aufrechterhalten werden muss. So nennt er das wohl. Der Tempel des Liebenden Lichts ist nicht nur eine Geldmaschine, er ist trotz allem auch eine Religion. Whitehead glaubt an das, was er predigt. Das Licht am Ende des Tunnels ist für ihn eine Verheißung, ganz gleich, was um ihn herum geschieht. Und Flavie und die anderen sind die Brücke dorthin. Er wird sie um keinen Preis einreißen.«

»Und wenn *sie* sterben?«

»Das lässt er nicht zu. Seine Leute haben sie tief in Salazars Hypnosekoma fallen lassen. Anders als Tomasz« – sie deutete auf den Probanden – »sind sie längst nicht mehr in der Lage, von selbst zu erwachen.«

»Weißt du eigentlich, wie sich das anhört?«

Ihre Gewissheit blieb ungebrochen. »Flavie und die sieben anderen haben das hier angerichtet. Sie haben das Tor zu den Kammern aufgerissen, aus Wut und Hass auf diejenigen, die ihnen all das angetan haben. Sie sind es, die den Geistern die Möglichkeit geben, herüber in unsere Welt zu strömen. Und es kommen immer mehr von ihnen. Sie sind die einzige Waffe, die die Probanden noch haben. *Das Instrument ihrer Vergeltung,* sagt Tomasz. Die acht sind nicht wirklich tot und können auch nicht mehr leben, weil Whitehead das nicht zulässt. Aber wenn er sie weckt, dann wird sich der Durchgang schließen.«

»Sagt Tomasz.«

»Genau.«

»Wir haben schon mal gedacht, dass wir die Regeln begriffen haben. Und jetzt schweben da oben die Geister von Nine-Eleven und nichts hat mehr Gültigkeit.« Ich machte eine kreisförmige Bewegung mit den Armen. »Das hier sind nicht mehr die Toten der letzten drei Jahre, sondern vielleicht schon die der letzten dreißig. Niemand weiß mehr irgendwas. Und da sollen wir quer durch die Stadt laufen, uns dabei nur auf ihn verlassen, wie die drei Musketiere in Whiteheads Labor eindringen und Flavie und die anderen aufwecken? Einfach so?«

Emma nickte wieder.

»Das ist doch Scheiße«, sagte ich verzweifelt.

»Du hast was vergessen.«

Nein, hatte ich nicht.

Emma lächelte traurig. »Tyler ist auch dort.«

39.

Die Alarmsirenen waren die neuen Stimmen der Stadt.

Sie heulten und jaulten und piepsten aus allen Richtungen. Aus beschädigten Fahrzeugen, verlassen oder voll besetzt mit Toten; aus Hauseingängen und offenen Fenstern; aus Geschäften, die geplündert worden waren; sogar aus den Abluftgittern der U-Bahn. Nach dem Zusammenbruch des Stromnetzes war die Zeit der Batterien und Notaggregate angebrochen. Wahrscheinlich würde es noch Tage dauern, ehe auch das letzte Alarmsignal verstummte und die Stille sich wie eine Winternacht über Manhattan senkte.

Ich hatte eine Million Filme gesehen, die im Schatten dieser Wolkenkratzer spielten. Ich kannte die Geschäftigkeit, den Trubel, sogar die Geräuschkulisse, ohne jemals hier gewesen zu sein. Doch heute war das alles kaum vorstellbar. Hier lebte kaum noch etwas, nur umherstreifende Haustiere, Ratten und Vogelschwärme, die sich unter den Körpern auf den Gehwegen und Straßen ihre Nahrung suchten.

Die Geister waren überall und verschmolzen zu einer Flut aus Totenlicht, dessen Gleißen den Grund der Häuserschluchten viele Meter hoch erleuchtete. Dazu kam der Schein aus den Fenstern, ganz gleich, in welche Richtung man sah. Wahrscheinlich hatte es nur einiger weniger Smilewaves bedurft, um in der Enge dieses Molochs jede Frau, jeden Mann und jedes Kind zu töten. Wer nicht früh genug über den Hudson oder den East River ins Umland entkommen war, hatte kaum eine Chance gehabt.

Vielleicht aber gab es selbst hier noch ein paar lebende Menschen, zusammengekauert in Verstecken, die sie aus Angst vor dem nächsten Lächeln nicht mehr verließen – so wie es auch jetzt noch Wege gab, auf denen Tomasz uns in einem atemberaubenden Slalom durch Scharen von Geistern führte. Siebzehn Meter Abstand in alle Richtungen sind eine Menge, wenn das eigene Leben davon abhängt, und noch vor einer halben Stunde hätte ich es für undenkbar gehalten, in einer Stadt wie dieser solche Schneisen zu finden. Aber Emma sagte, unser Führer könne das Totenlicht wittern – oder das, was es sichtbar machte: eine Art Hauch, der durch die Geister aus den Kammern des Kalten Wassers herüberwehte, eine Aura, die alles Leben enden ließ.

Wir stiegen über zurückgelassene Autos, deren Besitzer zu Fuß aus den Staus geflohen waren. Dann wieder führte uns Tomasz durch leere Ladenlokale und Hinterhöfe, durch Gassen voller Müllcontainer, sogar Feuertreppen hinauf und hinab, um den Geistern zu entgehen. Nachdem die letzte Smilewave abgeebbt war, wagten wir es dann und wann, den kürzesten Weg an den Erscheinungen vorbei zu nehmen – und ein halbes Dutzend Mal blieb uns gar keine andere Wahl. Aber Emma beteuerte, Tomasz spüre frühzeitig, wann die nächste Welle bevorstehe, und solange er keinen Alarm schlage, werde uns nichts geschehen.

So bewegten wir uns tiefer in die Stadt hinein. Die Alarmsignale aus allen Richtungen begleiteten uns als letzter Aufschrei einer Technik, die ihre Daseinsberechtigung verloren hatte. Es gab niemanden mehr, der gewarnt oder aus dem Schlaf gerissen werden musste.

Tomasz' Kontaktaufnahmen zu Emma beschränkten sich jetzt auf knappe Impulse, in diese oder jene Richtung zu gehen, klapprige Metallstufen hinaufzusteigen oder über verbeulte Autos zu klettern. Er sprach nicht in klaren Sätzen zu ihr, formulierte kaum Worte, die sie exakt hätte wiedergeben können. Aber sie *wusste*, was er wollte, und für unsere Zwecke war das wohl ausreichend. Zum Nachdenken darüber blieb mir ohnehin keine Zeit.

Anfangs hatte ich ihn genau beobachtet, die merkwürdige Art, wie er sich bewegte, so als bereitete ihm jeder Schritt Schmerzen. Ich wusste nicht, ob die Smilewaves auf ihn dieselbe Wirkung hatten wie auf uns, aber falls doch, so ging er äußerst nachlässig mit der Gefahr um. Er trug jetzt Hose, Hemd und Parka, die er einem Leichnam ausgezogen hatte, außerdem ein Paar Turnschuhe; er sah aus wie ein drogensüchtiger Obdachloser. Mühsam schleppte er sich durch die Straßen und Gebäude, die wir auf unserem Weg durchquerten, und ich rechnete dauernd damit, dass er beim nächsten Schritt zusammenbrechen würde.

Aber Tomasz hielt durch, genau wie wir.

Schließlich kreuzten wir eine vierspurige Straße, indem wir durch einen leeren Bus kletterten, der sich quer gestellt und auf die Seite gelegt hatte. Rundum war der Verkehr in einem Chaos aus Autokollisionen erstarrt. Die meisten Wagen waren verlassen, auch hier hatten die Menschen es vorgezogen, ihre Flucht zu Fuß fortzusetzen. Viele mochten zum Hudson gelaufen sein, um den Lincoln Tunnel zu erreichen. Ich stellte mir vor, wie es jetzt dort unten aussehen musste, zahllose Wagen beschienen von Abertausenden Geistern.

Wir verließen den umgestürzten Bus durch die zerbrochene Windschutzscheibe und kamen an einen kleinen Park, nicht größer als zwei Fußballplätze. Rundum hatten die Gebäude nur vier oder fünf Stockwerke, aber jenseits ihrer Dächer erhoben sich verglaste Büro- und Apartmenttürme. Sogar in den Baumkronen des Parks schwebten Geister: Ein paar Verzweifelte hatten sich in den Ästen festgebunden, in der Hoffnung, sie wären dort oben in Sicherheit.

Die Angst, wir könnten einzelne Erscheinungen übersehen und nichts ahnend in die nächste Smilewave geraten, ließ mir keine Ruhe. Mein Blick huschte von einem verlassenen Fahrzeug zum nächsten, immer auf der Ausschau nach Totenlicht.

»Er will zur U-Bahn«, sagte Emma atemlos.

Ich blieb wie angewurzelt stehen. »Durch die *Tunnel*?«

Sie nickte.

»Vergiss es. Ich lauf bestimmt durch keine stockfinsteren U-Bahn-Tunnel. Und schon gar nicht mit ihm.«

Tomasz hatte bemerkt, dass wir nicht mehr hinter ihm waren, und schaute sich um. Er stützte sich auf eine Motorhaube und sah aus, als würde er bald auf allen vieren kriechen müssen.

»Er kennt sich hier aus«, sagte Emma.

»Was war er? U-Bahn-Fahrer?«

»Programmierer.«

»Herrgott. Ein New Yorker Programmierer, der –«

»Ungarischer Programmierer. Er kommt aus Budapest. Aber er hat mal an einem Spiel gearbeitet, für das sie Teile von Manhattan nachgebaut haben.«

Ich starrte sie an. »Das ist nicht dein Ernst, oder?«

»Wir beide haben nicht mal einen Stadtplan. Er hat einen im Kopf. Und er hört die anderen und spürt, wenn wir in die falsche Richtung gehen.« So wie sie es sagte, klang es einleuchtend – ungefähr zwei Sekunden lang. Dann wusste ich, dass wir geliefert waren. Wir würden diese Stadt nicht mehr lebend verlassen.

Ich senkte meine Stimme. »Sieh ihn dir an! Wenn er noch zwei, drei Blocks schafft, ist das viel. Willst du mit ihm da runter, nur damit er stirbt und wir allein im Dunkeln sitzen? Hast du eine Vorstellung, wie groß dieses Tunnelnetz ist? Abgesehen davon, dass wahrscheinlich eine Menge Leute auf dieselbe Idee gekommen sind. Vielleicht gibt es dort unten mehr Geister als hier oben.«

Emma nickte wieder, als wäre ihr all das auch schon durch den Kopf gegangen. »Dann hätten wir immerhin Licht.«

»Das sind Tunnel, Emma! Man kann nicht mal eben nach rechts oder links ausweichen wie hier oben. Keine Türen, keine Fenster, gar nichts!«

Das Brüllen, das in diesem Moment erklang, wischte meine Bedenken beiseite. Schlagartig war Leere in meinem Schädel.

Dann begann das Zittern.

»Hast du das auch gehört?«, flüsterte ich.

Emma blickte sich um. »Ja.«

Tomasz machte mit letzter Kraft eine Geste und deutete auf den Gehsteig vor dem schwarzen Eisenzaun. *Hell's Kitchen Park* stand auf einem Schild. Tief in mir tickte wieder das Metronom.

Das animalische Brüllen ertönte erneut. Darauf folgte etwas, das wie ein vielstimmiges Echo klang. Aber es waren Antworten, gleich von mehreren Tieren.

»Die sind hinter uns«, sagte Emma. »Vielleicht haben sie unsere Spur aufgenommen und sind uns –«

»Das sind Löwen«, fiel ich ihr ins Wort, war aber nicht sicher, ob ich überhaupt einen Ton herausbrachte oder mir das nur einbildete.

Tomasz winkte wieder. Wir sollten ihm endlich folgen.

Ich rührte mich nicht von der Stelle. Konnte es nicht. Meine Trauma-Skala schnellte nach oben wie ein Expresslift. Von null auf sieben, vielleicht acht. Sieben war die Grenze, an der ich die Kontrolle verlor, acht ein Schritt zu weit.

Eiskalter Schweiß lief mir in die Augen. Ich biss die Zähne so fest aufeinander, dass mein Unterkiefer schmerzte. Ich spürte jeden einzelnen Muskel in meinem Körper, aber keiner wollte mir gehorchen.

Emma ergriff kurz entschlossen meine Hand. »Komm!«

Ich bewegte mich nicht.

Heftig zog sie an mir und ich stolperte ein paar Schritte hinter ihr her.

»Sicher Zootiere«, sagte sie über die Schulter. »Könnten auch Bären sein. Oder Tiger.«

Ich wusste genau, wie Löwen klangen. Wenn es einen Laut gab, den ich niemals vergessen würde, dann diesen.

Doch jetzt war da nichts mehr, nur das Jaulen eines Alarms ein Stück die Straße hinunter. Und ein anschwellendes Rumoren, das erst von überall zu kommen schien, dann jedoch zweifellos von oben.

Ich bot meinen ganzen Willen auf, um auf den Beinen zu bleiben. Ich musste Emma beschützen, vor dieser Stadt, vor Whitehead, vor dem Licht.

Vor den Löwen.

Auf der Straße, aus der wir gekommen waren, tauchte etwas hinter einem Auto auf und verschwand wieder. Meine Augen tränten und brannten vom Totenlicht. Das Brüllen wiederholte sich nicht, aber ich war sicher, dass ich ein Tier gesehen hatte.

»Da war ein Schatten«, sagte Emma und deutete zum Himmel.

Hoch oben flog ein Hubschrauber über die Häuser hinweg. Im ersten Moment dachte ich, es wäre Haven, der kam, um uns aufzusammeln. Aber dazu hatte er keine Veranlassung. Er war mit Tyler längst bei seiner Tochter.

Als die Strahlen der aufgehenden Sonne den Helikopter von der Seite trafen, sah ich, dass er weiß war. Auf der Tür prangte ein rotes Kreuz. Der Pilot war auf dem Weg nach Westen und machte sich in Richtung New Jersey davon. Augenblicke später war er außer Sicht.

»Müssen weiter«, flüsterte ich, weil mich selbst das Sprechen jetzt ungeheure Mühe kostete.

Tomasz wankte einige Schritte auf uns zu und streckte mir seine Hand entgegen. Das Totenlicht machte ihn noch bleicher. Man konnte fast zusehen, wie er verfiel.

»Lauf!«, schrie Emma mit einem Mal. »Sie sind hinter uns!«

Ich weiß nicht, ob sie das erfand oder ob sie wirklich etwas gesehen hatte. Aber ich hielt ihre Hand ganz fest, und dann rannten wir, immer tiefer hinein in die Geisterstadt.

40.

Endlich entdeckten wir Tote mit Infrarotmasken, sogar welche mit Energieanzeige, die Batterien noch halb voll. Auch Tomasz ließ sich von Emma eine aufsetzen, ein schwarzes Modell mit futuristischen Kameraaugen.

Auf Höhe 50th Street und 8th Avenue stiegen wir über eine schmale Treppe hinab in die Unterwelt. Ratten wuselten zwischen den leblosen Leibern auf den Stufen. Tomasz signalisierte Emma, dass keine unmittelbare Gefahr durch eine Smilewave drohte, aber wir folgten ihm nur zögernd durch die Geister in die Tiefe. Falls die Sinne, die ihn vor dem Lächeln warnten, genauso geschwächt waren wie sein Körper, dann konnte es mit ihrer Zuverlässigkeit nicht allzu weit her sein.

Auf den letzten paar Hundert Metern bis zur U-Bahn hatte sich das Löwengebrüll nicht wiederholt. Die Station erstreckte sich über zwei unterirdische Etagen mit mehreren Bahnsteigen. Durch die Infrarotsicht war alles in flirrendes Grün getaucht. Wir mussten über so viele Körper steigen, dass ich bald keine Gesichter mehr wahrnahm. Sie alle waren nur noch Hindernisse, lagen kreuz und quer auf den Gängen und Treppen, eingepfercht zwischen Ziegelwänden voller Graffiti.

Tomasz bewegte sich mit einer Zielstrebigkeit, die mich erst verblüffte und dann wieder argwöhnisch machte. Entschied er sich nur auf gut Glück für diese Passage oder jenen Durchgang? Schließlich erreichten wir die untere Etage. Als hier alles zusammengebrochen war, war der Bahnsteig überfüllt gewesen wie zur schlimmsten Rushhour. Aus den Tunneln waren ganze Populationen von Ungeziefer heraufgekrochen, Rudel von schwarzen Ratten, deren Augen durch die Nachtsichtbrillen wie grüne Ampellichter glühten. Sie ignorierten uns, weil genug Nahrung für alle da war, und wir legten es nicht darauf an, ihnen zu nahe zu kommen. Dann und wann sprang eine quiekend unter einem Körper hervor, über den wir hinwegsteigen mussten, und einmal sah ich eine, die so groß war wie ein Dackel und etwas aus einem umgestürzten Kinderwagen zerrte.

Als wir zwischen Reihen aus Stahlträgern an die gelb markierte Kante des Bahnsteigs traten, drängte Tomasz Emma zur Eile. Ich konnte ihre Augen unter der Infrarotmaske nicht sehen, aber ich erkannte an der Art, wie sie den Mund verzog, dass die nächste Smilewave bevorstand. Wie viel Zeit war seit der letzten vergangen? Anderthalb Stunden? Der tödliche Takt des Lächelns schien sich zu beschleunigen.

Wir folgten den Gleisen in die runde Tunnelöffnung, und noch einmal sträubte sich alles in mir dagegen, diesen Weg zu nehmen. Auch hier gab es zahlreiche Tote, nicht wenige auf der Stromschiene, die bis gestern noch mehrere Hundert Volt geführt hatte. Die Menschen, die hier unten von den Smilewaves eingeholt worden waren, mussten sich gegenseitig überrannt und auf die Schiene gestoßen haben. Nur einen Tag später war von der Massenpanik nichts geblieben als Stille, Gestank und ein Teppich starrer Leiber.

Nach einiger Zeit stießen wir nur noch auf vereinzelte Körper. Die Luft im Tunnel roch abgestanden, aber mir kam sie nach dem Gestank in der Station fast erfrischend vor.

»Ist er sicher, dass wir tiefer als siebzehn Meter unter der Straße sind?«, fragte ich Emma.

Ihr Nicken zog smaragdfarbene Schlieren. »Sonst wären wir schon tot.«

Eine Weile wanderten wir schweigend, passierten erst eine U-Bahn-Station, dann eine zweite. Vor ihr ließ Tomasz uns warten, bis die Welle vorüber war. Überall bot sich der gleiche Anblick wie an der 50th Street.

Nach dem letzten Bahnsteig waren wir wieder geraume Zeit durch die Dunkelheit marschiert, als ich etwas hörte. Abrupt blieb ich stehen.

»Was ist?«, fragte Emma.

»Hinter uns ist irgendwer.«

Auch Tomasz hielt inne und horchte.

Das Brüllen, weiter entfernt als vorhin.

Ich taumelte gegen die Wand und presste mich mit Rücken und Handflächen dagegen. Tomasz kam auf mich zu und zerrte an meinem Unterarm. Von der Stärke, mit der er Emma und mich durch den Stau am Hudson gezogen hatte, war nichts geblieben. Ich schüttelte ihn ohne Mühe ab.

Ein Chor aus Löwengebrüll donnerte heran wie ein unsichtbarer Zug.

»Rain«, flehte Emma, »du musst jetzt mitkommen.«

»Sie sind uns gefolgt«, flüsterte ich. »Sie sind uns in die Tunnel gefolgt!«

Emma nickte. »Es gibt wohl nicht mehr viel frisches Fleisch in der Stadt.«

Das Zittern elektrisierte mich von den Schultern bis zu den

Waden. Meine Füße spürte ich nicht mehr vor Kälte, dafür schien mein Kopf in Flammen zu stehen. Das Metronom tickte nicht mehr, es *hämmerte* hinter meiner Stirn.

Tomasz griff noch einmal nach mir, und diesmal packte Emma meinen anderen Arm. Gemeinsam zogen sie mich von der Wand. Das Rudel klang noch immer weit entfernt, aber es gab keinen Zweifel mehr, dass es durch die Tunnel heranjagte.

Und wieder liefen wir durch das Nachtsichtgrün der Unterwelt. Ich verlor jedes Gefühl für Zeit und Entfernungen.

Irgendwann stolperte Tomasz auf eine Nische zu, die sich als unbeleuchteter Notausgang entpuppte. In ein Schild waren nummerierte Straßennamen gestanzt, im Türrahmen schillerten Spinnweben so grün wie Algenstränge. Die Scharniere waren verrostet. Erst als wir uns zu dritt gegen die Tür stemmten, gab sie nach. Sie hing schief in ihren Angeln, schrammte ein Stück über den Boden und ließ sich bald weder vor noch zurück bewegen. Dahinter lag ein verlassener Treppenschacht mit Ziegelwänden. Flocken eines fingerdicken Staubteppichs wirbelten auf. Der Spalt war gerade breit genug, dass wir nacheinander hindurchpassten.

Auf den untersten Stufen brach Tomasz zusammen. Emma setzte sich neben ihn und bettete seinen Kopf in ihren Schoß. Mit bebenden Fingern zog er sich die Nachtsichtmaske herunter, obwohl es hier stockfinster sein musste.

»Er stirbt«, flüsterte sie.

Ich ging vor den beiden in die Hocke und warf einen nervösen Blick zur offenen Tür, ehe ich mich Tomasz zuwandte.

Seine Augen waren geöffnet, aber er blickte an uns vorbei in die Finsternis. Seine Lippen bewegten sich, als spräche er mit jemandem.

»Redet er mit dir?«, fragte ich Emma.

Sie schüttelte den Kopf. In der Darstellung des Nachtsichtgeräts sah es aus, als liefe eine Träne unter ihrer Infrarotmaske hervor. »Mit den anderen. Es ist nicht mehr weit, hat er gesagt.«

»Hat er dir auch verraten, wie er dort reinkommen wollte, an Havens Söldnern vorbei?«

Tomasz tastete in der Dunkelheit nach Emmas Arm. Seine Finger kletterten daran hinauf, bis er ihre Schulter umfasste.

Nach einem Moment sagte sie: »Wenn wir diese Treppe nehmen, sind wir fast da. Whiteheads Zentrale liegt einen Block weiter östlich.«

»Und weiß er, wie es da aussieht? Wie wird das Gebäude bewacht? Wir können nicht einfach dort reinspazieren, dann hätten wir auch bei Tyler und den anderen bleiben können. Und wie sollen wir ihn in die Nähe der Probanden schaffen, damit er sie wecken kann? Hat er eigentlich *überhaupt* eine Idee, wie es weitergehen soll?«

Es war aussichtslos, und sie musste das so gut wissen wie ich. Wenn wir uns ohne Tomasz ins Freie wagten, gab es niemanden mehr, der uns vor den Smilewaves warnte. Und selbst wenn wir es bis zur Zentrale des Tempels schafften, erwarteten uns die Söldner. Zudem wussten wir nichts über den Ort, an dem Whiteheads Wissenschaftler ihre Nahtodexperimente betrieben. Falls es sich um ein geheimes Labor wie in der Hot Suite handelte, würde es Sicherheitsschleusen und Stahltüren geben.

Tomasz machte Anstalten, sich noch einmal am Geländer auf die Beine zu ziehen und uns das letzte Stück zu begleiten. Wir halfen ihm dabei, legten uns seine Arme um die Schultern und stützten ihn auf dem Weg nach oben.

Einmal meinte ich, wieder das Löwengebrüll in der Tiefe zu

hören, aber diesmal gelang es mir, mich zusammenzureißen. Vielleicht nur, weil mir mittlerweile alles so unwirklich vorkam, dass mir selbst die Raubkatzen wie Echos meiner Albträume erschienen.

Wir passierten mehrere Absätze ohne Ausgänge, schleppten uns Treppe um Treppe hinauf, bis wir eine weitere Eisentür erreichten. Sie klemmte so sehr wie die erste, aber Emma und mir gelang es schließlich, sie Stück für Stück nach außen zu schieben. Der Boden dahinter war knöchelhoch mit Müll bedeckt, der sich unter der Tür verklemmte.

Ich zog mir das Nachtsichtgerät vom Kopf. Vor uns lag eine Gasse, die auf einen breiten Bürgersteig führte. Als wir mit Tomasz dort hinausstolperten, entdeckte ich Hunderte Geister in beiden Richtungen die Straße hinunter. Es war eine dieser anonymen Ecken, wie es sie in allen Großstädten gibt, eine Schlucht aus Bürogebäuden, keines unter zehn Etagen, manche sehr viel höher. Die meisten Menschen waren ins Freie gelaufen und dort von den Smilewaves getötet worden. Ein Möwenschwarm hatte sich ganz in der Nähe auf den Leichen niedergelassen. Als sie uns bemerkten, stiegen die Vögel als lärmende Wolke in den Himmel.

Die Geister lächelten nicht, blickten nur apathisch einer Sonne entgegen, die hinter den Hochhäusern verborgen blieb. »Wie viel Zeit bleibt uns, ehe es wieder losgeht?«, fragte ich Emma in der Hoffnung, Tomasz könnte ihr eine Antwort darauf geben.

Aber der Proband reagierte kaum noch, als wir ihn an der Straßenmündung sanft am Boden ablegten. Emma kniete sich neben ihn, ich blieb stehen und behielt die Erscheinungen im Blick. Vielleicht konnten wir wieder die Treppe erreichen, wenn das Lächeln zurückkehrte – aber dann würden wir *sehr* schnell sein müssen, da auch in der Gasse Tote lagen. Ich überlegte kurz, zur Tür zu laufen und mich dagegenzuwerfen, um sie doch noch zu schließen. Aber von außen gab es keine Klinke und ich wollte nicht unseren einzigen Fluchtweg versperren, ganz gleich, was uns aus der Tiefe folgen mochte.

Während Tomasz starb, hielt Emma seine Hand. Zuletzt öffnete er die Lippen. Seine Stimme war nur ein Röcheln, so leise, dass sie kaum zu verstehen war.

»Sagt ihnen, ich erfüllte meine Aufgabe.«

Dann war er still. Emma begann zu weinen.

41.

Als Tomasz' Geist auf dem Bürgersteig erschien, nahm ich sie am Arm und zog sie sanft auf die Füße. »Tut mir leid, aber wir –«
»Haben keine Zeit«, fuhr sie mich an.

Ihre Wut war so überraschend wie ihre Tränen, doch ehe ich reagieren konnte, entspannte sich ihr Gesicht und die alte Emma war zurück. Nur ihre nassen Wangen verrieten, dass sie für einen Moment Gefühle gezeigt hatte, zum ersten Mal seit dem Tod unserer Eltern.

»Was hat er damit gemeint?« Tomasz hatte die Probanden nicht mehr wecken können. Von was für einer Aufgabe also hatte er gesprochen?

Sie blickte noch einmal auf ihn hinunter. »Weiß ich nicht. Seit wir die Treppen rauf sind, hab ich nichts mehr von ihm gehört. Er war zu erschöpft. Und vielleicht irgendwie ja auch schon tot.«

»Schon tot?«

»Salazars Hypnose hat ihn am Leben gehalten, aber echtes Leben war das nicht. In Wahrheit sind sie weder lebendig noch tot. Und je länger er wach war, desto schwächer wurde er. Petersons Beruhigungsspritzen haben es noch eine Weile hinausgezögert, aber spätestens seit dem Absturz …« Sie verstummte, weil

326

klar war, auf was sie hinauswollte: Wahrscheinlich würden auch Flavie und die anderen es nicht überleben, wenn sie aus ihrem Hypnosekoma gerissen wurden. Sie würden erwachen, um bald darauf zu sterben.

»Tyler«, flüsterte ich.

Emma nickte. »Er wird das nicht zulassen.«

Ich ging dem Gedanken aus dem Weg. »Hier können wir jedenfalls nicht bleiben.«

Ich war längst über den Punkt hinaus, an dem es noch eine Rolle spielte, wie gering unsere Chancen waren. Tomasz hatte uns nicht verraten, was genau er vorgehabt hatte. Ich war davon ausgegangen, dass er uns brauchte, um es bis zu den Probanden zu schaffen. Offenbar hatte er befürchtet, dass die Wissenschaftler ihn betäuben würden, bevor er in die Nähe der acht kam; deshalb waren er und die drei anderen das Risiko eingegangen, die Hubschrauber zur Landung zu zwingen, um dann den beschwerlichen Weg zu Fuß einzuschlagen. Aber welche Rolle sollten wir dabei spielen? Ging es wirklich nur darum, ihn auf den letzten Metern zu stützen?

»Ein Block östlich?«, fragte ich und blickte die Straße hinunter. Dort gab es kaum einen Quadratmeter ohne Geist.

»Das sind sehr große Blocks«, sagte Emma.

Ich sah zum nächsten Geist hinüber, einer jungen Frau mit ausdruckslosem Gesicht. »Dann los!«

Wir setzten die Infrarotmasken auf und rannten. Die nächste Smilewave mochte unmittelbar bevorstehen. Besser, von Havens Leuten gefangen genommen und vielleicht zu den Probanden geführt zu werden, als hier draußen dem Lächeln ausgeliefert zu sein.

Restaurierte Hochhäuser aus dem frühen zwanzigsten Jahrhundert erhoben sich zwischen hochmodernen Glastürmen. Auf einem Gehweg standen zwei ausgebrannte Hotdog-Wagen. Autos verstopften die Straßen, dazwischen lagen mehrere Motorräder; eines war in eine Menschenmenge gerast, als das Herz des Fahrers versagt hatte. Auch hier pickten Vogelschwärme an den Körpern, und Ratten wuselten umher. All das konnte niemand mehr rückgängig machen. Eine Welt ohne Geister würde eine leere Welt sein.

Der Tempel des Liebenden Lichts ließ äußerlich keinen Zweifel daran, dass er in erster Linie eine geschäftliche Organisation war und erst an zweiter Stelle eine religiöse. Das Hauptquartier bestand aus Glas und Stahl und unterschied sich nicht wesentlich von den Zentralen der Banken und Versicherungen in der Nachbarschaft. Der Tempel hatte schon früher Reichtümer angehäuft, doch das Erscheinen der Geister hatte die Sekte in die erste Liga der neuen Kirchen katapultiert. Anders als Scientology hatte Timothy Whitehead keine Mythologie aus Science-Fiction-Romanen und Comic-Heften zusammengeklaubt, sondern den Menschen ein schlichtes Versprechen gegeben: Es gab einen verborgenen Sinn hinter der Rückkehr der Toten. Sie waren die Boten, die jeden von uns am Jüngsten Tag bei der Hand nehmen und ins Licht am Ende des Tunnels führen würden.

In eine bronzene Stele neben dem Eingang waren der achtstrahlige Stern und das Kreuz eingelassen, die Symbole des Tempels. Unsere Infrarotbrillen waren für die Benutzung bei Tag justiert, sie blendeten die Geister und das Totenlicht vollständig aus – doch was sich hinter den verspiegelten Scheiben im Erdgeschoss befand, ließ sich auch durch sie nicht erkennen.

In den letzten Tagen musste ein Ansturm von Gläubigen über den Tempel hereingebrochen sein, Hunderte, vielleicht Tausende Anhänger, die das Gebäude belagert hatten. Nun lagen sie über- und untereinander vor den Scheiben.

Auf den Straßen hatten wir meist um die Toten herumgehen oder mit einem Schritt über sie hinwegsteigen können. Hier aber würden wir klettern müssen wie in den Korridoren des Sterbehauses. Aber etwas in mir war erkaltet und abgehärtet. Schlimmer als in den Tunneln konnte es kaum werden.

Ohne innezuhalten, liefen wir auf das Gebäude und den reglosen Menschenwall zu. Es gab für uns keinen geheimen Weg ins Innere, keine Kletterpartie durch Abflussrohre oder Wie-lautet-die-Losung-Tricks. Wir hatten nur eine einzige Chance, um zu Whitehead und den Probanden vorzudringen. Falls seine Leute uns nicht hereinholten, würden wir hier draußen sterben, sobald die nächste Smilewave durch die Straßen fegte.

»Hey!«, brüllte ich, so laut ich konnte, zum Eingang hinüber. »Hier sind wir!«

Emma, die sonst niemals die Stimme hob, versuchte es ebenfalls, aber bei ihr sah es aus, als schnappte sie nach Luft, und zuletzt brachte sie keinen Ton mehr heraus.

Dreißig Meter vor dem Gebäude lagen die Körper so eng beieinander, dass es unmöglich war, die Füße dazwischenzusetzen. Anfangs versuchte ich, nicht darauf zu achten, wohin ich trat, aber nach ein paar Schritten war klar, dass es so nicht ging. Ohnehin stolperte ich ständig nach vorn und musste mich mit den Händen abstützen. Bald war es eher ein Klettern auf allen vieren als ein Laufen. Immer wieder fingen Emma und ich uns gegenseitig auf. Dass ich weinte, bemerkte ich erst, als sich meine Tränen unter dem Rand der Infrarotbrille stauten.

Vor uns lagen noch fünfzehn Meter bis zum Eingang. Durch die Masken sah ich unsere Spiegelung im Glas, zwei abgekämpfte Gestalten, die sich auf Händen und Füßen über einen Berg von Körpern bewegten. Die Scheiben reflektierten die gegenüberliegenden Fassaden, aber nicht den Himmel, der viel zu hoch über den Wolkenkratzern hing. Trotzdem zog jeder Lichtpunkt grüne Schlieren, und ich wagte nicht mir vorzustellen, wie es ohne die Infrarotbrillen um uns aussah.

Ich rief wieder, um die Menschen im Inneren des Gebäudes auf uns aufmerksam zu machen. Ich vertraute darauf, dass sie nicht auf uns schießen würden, da wir hoffentlich noch immer das beste Druckmittel darstellten, um Tyler gefügig zu machen.

Auf den letzten zehn Metern übertönte Gebrüll meine Rufe.

Widerstrebend drehte ich mich um. Die Nachtsichtmaske filterte das Totenlicht aus einem Radius von zwanzig Metern, dahinter verblasste alles zu einem grünlichen Dunst. Trotzdem sah ich sie kommen, mehrere dunkle Flecken, die sich durch die Helligkeit bewegten, nicht in gerader Linie auf uns zu, sondern in einem Slalom zwischen den Toten auf dem Asphalt hindurch.

Der Anblick hätte mich fast in die Knie gezwungen, aber vielleicht hatte ich zuletzt einfach zu viel Entsetzliches gesehen. Ich zitterte und schwitzte und meine Augen tränten noch immer, doch ich zwang mich dazu, weiter in Richtung des Eingangs zu klettern.

Panisch kämpften wir uns vorwärts und ich rief wieder nach Haven und dem Rest seines Trupps. Ich konnte nur daran denken, dass sie Emma retten mussten. Vor allem und ganz besonders Emma.

Die letzten Meter waren die schlimmsten. Hier hatten die Menschenmassen die vorderen Männer und Frauen gegen das

Glas geschoben. Die Gläubigen hatten vor den Smilewaves ins Allerheiligste des Tempels fliehen wollen, obwohl dieser Ort keine Ähnlichkeit mit einer Kirche besaß. Ich wusste nicht, ob es tatsächlich einen Tempel im Sinne eines Bauwerks gab – das hier war er ganz sicher nicht. Dies war ein Bürogebäude, die Zentrale eines weltweiten Konglomerats aus Firmen und Immobilien, und dass die Menschen hier Schutz gesucht hatten, konnte nur einen einzigen Grund gehabt haben.

Timothy Whitehead.

Der Führer des Tempels hatte ihnen die Erlösung im Licht versprochen, und sie waren gekommen, um die Reise gemeinsam mit ihm anzutreten. Ich stellte mir vor, wie Whitehead in sicherem Abstand im Inneren gestanden und das Ende seiner Anhängerschaft durch das Spiegelglas beobachtet hatte.

Da entdeckte ich die Kameras, die oberhalb des Erdgeschosses an der Fassade angebracht waren. Falls die Zentrale des Tempels noch mit Notstrom versorgt wurde, mochten auch sie noch funktionieren. Irgendwo dort drinnen saß vielleicht jemand vor einem Monitor und sah uns. Vielleicht hielt er uns für Nachzügler, die gekommen waren, um Whiteheads Absolution zu erhalten. Dann würde man uns ebenso wenig einlassen wie all die anderen.

Die Löwen brüllten wieder. Über die Schulter hinweg sah ich, wie sie sich aus dem giftgrünen Dunst schälten, sechs, nein sieben. Mehr als damals. Als ob das noch eine Rolle spielte. Auch hier war es ein männlicher Löwe mit gewaltiger Mähne, begleitet von seinem Rudel Weibchen. Sie waren fast so groß wie er, geschmeidige, muskulöse Körper mit mörderischen Pranken und Gebissen. Die Tiere näherten sich uns in einer breiten Reihe, aus der allmählich ein Halbkreis wurde.

Der Zugang zum Gebäude war durch eine Schiebetür aus Panzerglas versperrt, die Körper lagen hüfthoch vor den Scheiben. Fraglich, ob sich die Tür überhaupt noch öffnen ließ. Der Rotorenlärm eines Helikopters rollte wie Lawinengrollen an der Fassade herab. Emma und ich blickten nach oben, auch die Löwen hielten inne.

Meine Hoffnung, dass uns der Hubschrauber zu Hilfe kommen würde, zerstob im nächsten Augenblick. Der schwarze Lionheart-Helikopter schoss über die Kante des Dachs hinweg, achtzig, neunzig Meter über uns, folgte ein Stück dem Verlauf der Straße und bog in einer weiten Kurve nach Westen ab. Als er hinter den Wolkenkratzern verschwand, wurde das Motorengeräusch rasch wieder leiser.

»Das war's«, sagte Emma. Es war eine sachliche Feststellung. Wir waren noch zwei Meter von der Glastür entfernt.

Die Löwen erreichten den Leichenwall und begannen ihren Aufstieg. Geschickt glitten sie über die Körper hinweg. Sie würden für die Strecke ein Zehntel der Zeit brauchen, die wir benötigt hatten.

Ich sah Emma an, und wieder brachte sie ein unverhofftes Lächeln zu Stande. Sie ergriff meine Hand, kam näher und umarmte mich. Es wirkte fast herzlich. Ich zog sie fest an mich, und so standen wir oben auf dem Wall, ihr Kopf an meiner Schulter und meine Wange an ihrem weißblonden Haar, und ich dachte noch einmal, dass es das nicht gewesen sein durfte.

»Nein«, flüsterte ich ihr zu, »so nicht.«

Und damit ließ ich sie los und schob sie auf dem schwankenden Untergrund hinter meinen Rücken, so gut das eben ging, wandte mich den Löwen zu und ballte die Hände zu Fäusten, hilflos und entschlossen zugleich.

Sie waren viel näher gekommen, keine zehn Schritte mehr entfernt, und sie ließen sich Zeit, während sich der Halbkreis um uns zusammenzog.

Der Löwe war ein gigantisches Tier, über und über mit Wunden bedeckt, als hätte er kämpfen müssen, um aus dem Zoo zu entkommen. Er hatte schmale braune Augen, die jeder meiner Bewegungen folgten, und er trug das Haupt ein wenig höher als seine Begleiterinnen, die in Lauerhaltung heranschlichen.

»Komm schon«, sagte ich und sah nur den Rudelführer an. Blickte in seine Augen und kümmerte mich nicht um die gefletschten Zähne, auch nicht um die Löwinnen.

Das Zittern hörte nicht auf, aber es war jetzt wie Strom, der durch meinen Körper schoss und mir einen Mut verlieh, den ich zuvor nicht gekannt hatte.

Emma flüsterte: »Hab dich lieb.«

Ich nickte und trat dem Löwen entgegen.

42.

Fünf Meter vor mir blieb er stehen, riss das Maul auf und stieß wieder sein markerschütterndes Brüllen aus. Ich konnte seine Fänge sehen, seinen gerippten Gaumen und den schwarzen Schlund. Und ich konnte ihn riechen: Sein warmer Atem stank nach rohem Fleisch. Mähne und Fell waren verklebt, seine Pranken verkrustet.

Die sechs Löwinnen hielten inne und spannten ihre muskulösen Leiber. Ich hoffte, dass sie in mir die stärkere Gegnerin erkannten und fürs Erste das Interesse an Emma verloren. Jetzt konnte ich ihr nur noch Zeit verschaffen. Vielleicht waren gerade das die Sekunden, die nötig waren, damit ein Wunder geschah.

Eine der Löwinnen erwiderte den Ruf des Anführers, dann fielen andere mit ein. Ihre Raubtierstimmen hallten in der Häuserschlucht wider und übertönten die Alarmsignale aus der Ferne.

Finger berührten mich von hinten.

Emmas Hand.

»Nicht«, sagte ich. »Wenn sie −«

Sie ließ mich nicht ausreden, sondern zog mich zurück.

»Was −«, brachte ich noch hervor, dann stolperte ich einen weiteren Schritt nach hinten, spürte plötzlich, wie die Körper unter meinen Füßen in Bewegung gerieten und fortrutschten. Dann stürzte auch ich, rückwärts und mit den Armen rudernd, während Emma mich an der Jacke festhielt und dabei auf den rutschenden Leichen stand wie ein Surfer auf der rollenden Brandung. Wir wurden mitgerissen, zum Gebäude und zum Eingang hin, und ich sah jetzt wieder den Löwen, der zum Sprung ansetzte – und im nächsten Augenblick mit einem Schmerzenslaut zusammensackte.

Den ersten Schuss hatte ich kaum wahrgenommen, aber nun peitschte ein zweiter, und er zerschmetterte den Schädel des Rudelführers. Obwohl ich versuchte, mich zu drehen, verlor ich das Gleichgewicht und wurde in einer Woge aus Körpern durch die offene Schiebetür gespült.

Emma landete stolpernd neben mir im Windfang, während ich zur Seite sackte und mir Schulter und Ellbogen prellte. Meine Beine wurden unter Toten begraben, aber Emma zerrte schon wieder an mir. Jemand stand mit einem Sturmgewehr draußen zwischen den Toten und feuerte Salve um Salve ab. Löwengebrüll und Heulen ertönte.

Emma und ich kamen schwankend auf die Beine. Ich riss mir die Infrarotmaske vom Gesicht. Wir stürzten durch eine zweite Glastür in eine lichtdurchflutete Halle, die das ganze Erdgeschoss des Gebäudes einnahm. In der Mitte erhob sich ein massiver Block, in den drei Aufzugtüren eingelassen waren – die mittlere stand offen. Unweit davon befand sich eine verwaiste Rezeption. Ein paar Sitzgruppen waren über das Foyer verteilt, ansonsten herrschte gähnende Leere.

»Lauft!«, brüllte der Mann zwischen weiteren Salven aus seinem Gewehr. Er trug eine Nachtsichtmaske, aber ich erkannte seine Stimme. »Zu den Aufzügen! Schnell!«

Colonel Haven stand noch immer draußen auf dem Berg aus Körpern. Totenlicht, eine Flut aus reinstem Weiß, schien durch die hohen Scheiben herein wie von einer Phalanx aus Filmscheinwerfern. Ihr Licht schien den Marmorboden in eine spiegelnde Eisfläche zu verwandeln.

Wir stolperten durch die leere Halle. Nirgends war ein Mensch zu sehen.

Haven feuerte noch einmal, dann schwieg seine Waffe. Über die Schulter sah ich, dass er hinab in den Windfang kam, durch die zweite Tür. Er schlug mit der Hand auf einen faustgroßen Knopf, und im nächsten Moment schlossen sich die Panzerscheiben hinter ihm mit einem hydraulischen Zischen. Zwei Löwinnen schnellten hinter ihm aus dem Totenlicht und eine knallte mit der Wucht einer Kanonenkugel gegen die geschlossene Tür. Sie brüllte auf, die andere scharrte mit den Pranken am Glas.

Der Colonel spurtete hinter uns her, holte uns ein und zog Emma am Oberarm mit sich. Ihre Hand wurde mir entrissen, sie protestierte, aber Haven ließ sie nicht los. Ich folgte den beiden, so schnell ich konnte, leicht hinkend vom Sturz, und erreichte die offene Liftkabine nur einen Atemstoß nach ihnen.

»Das ist weit genug«, sagte Haven. Die nächste Smilewave konnte uns hier nicht erreichen.

Emma riss sich von ihm los und trat neben mich. »Alles in Ordnung?«

Ich nickte.

Sie wandte sich an Haven, der gerade eine Schlüsselkarte durch den Schlitz unterhalb der Etagenknöpfe zog. Die Lifttüren schlossen sich. »Was ist mit Ihren Leuten?«

Er gab keine Antwort.

Die Kabine setzte sich in Bewegung und glitt abwärts. Die

Knöpfe reichten bis ins zweite Kellergeschoss, aber die Anzeige über der Tür wechselte gleich darauf von minus drei zu minus vier. Einmal flackerte das Licht, der Aufzug ruckelte leicht, aber dann ging es ohne Zwischenfall weiter. Im fünften Untergeschoss kam der Lift zum Stehen.

Haven hatte sich die Waffe an einem Riemen über die Schulter gehängt. Er sah gealtert aus, grau und müde.

Als sich die Tür öffnete, wurde davor ein Korridor mit weißen Wänden sichtbar. Es roch nach Chemie und Medikamenten.

Wir waren jetzt tiefer unter der Erde als vorhin in den U-Bahn-Tunneln. Dies musste der Ort sein, an dem Whiteheads Wissenschaftler ihre Forschungen durchführten. Irgendwo hier unten war Flavie.

»Wo ist Tyler?«, fragte ich, als wir aus der Kabine auf den Gang traten.

Havens Schweigen blieb so stoisch wie seine Miene.

Mir platzte der Kragen. »Welchen Zweck soll es haben, dass Sie uns retten und uns dann nicht sagen, was hier eigentlich los ist?«

Als er schlagartig stehen blieb, hallte das Knallen seiner Stiefel von den kahlen Wänden wider. »Er ist hier. Ihr werdet ihn bald sehen.«

»Was wollen Sie von uns?«, fragte Emma, ehe ich nachhaken konnte.

»Ich war in der Überwachungszentrale, als ihr auf den Monitoren aufgetaucht seid.«

»Sie hätten uns da draußen sterben lassen können.«

Auch diesmal keine Antwort. Emma und ich tauschten einen Blick.

»Danke«, sagte sie, »dass Sie es nicht getan haben.« Aber wie

337

immer, wenn Emma sich bedankte, klang es nicht besonders dankbar.

Er setzte sich wieder in Bewegung.

»Wie kommt es, dass die Kameras noch funktionieren?« fragte ich. »Überhaupt, der ganze Strom ...«

»Die Versorgung des Gebäudes wird aus Hochleistungsgeneratoren gespeist. Die Energie für das Licht und die anderen Anlagen wird noch eine Weile reichen.«

Ich dachte an das Ruckeln des Lifts, sagte aber nichts dazu.

Haven fuhr fort: »Whitehead hat sich sorgfältig auf alle Eventualitäten vorbereitet, ganz besonders auf den Weltuntergang.« Das klang eine Spur zu verächtlich für einen Mann, der noch vor Stunden als ergebener Anhänger des Liebenden Lichts aufgetreten war.

Da dämmerte es mir. »Wie geht es Ihrer Tochter?«

Haven ging vor uns her, ich konnte sein Gesicht nicht sehen. Äußerlich nahm ich keine Veränderung wahr, nicht einmal in seiner Haltung. Aber da war die Tatsache, dass er gerade Emmas Leben gerettet hatte – um mich war es ihm dabei ganz sicher nicht gegangen –, und auch die Stille hier unten war ein Anzeichen dafür, dass sich die Dinge nicht so entwickelt hatten, wie er es sich vorgestellt hatte.

An der nächsten Korridorkreuzung bog er nach links. Die Beleuchtung flackerte. Ein Gang wirkte hier wie der andere, an alle grenzten weiße Türen mit Kunststoffüberzug. Der Boden war sauber und sah nicht aus, als wären heute schon Söldner mit Springerstiefeln darübergelaufen. Irgendetwas stimmte hier nicht.

Als ich keine Antwort erhielt, fragte Emma geradeheraus: »Ist Tanya tot?«

Selbst mir lief bei ihrem Tonfall ein Schauder über den Rücken.

Haven zuckte kaum merklich zusammen, drehte sich aber nicht um, blieb auch nicht stehen. Kurz darauf öffnete er eine Tür, die in einen Raum führte, dessen Rückwand vom Boden bis zur Decke aus Glas bestand.

»Nicht reinkommen«, sagte er. »Bleibt an der Tür stehen.« Er selbst aber durchquerte den Raum, wobei ihm jeder Schritt schwerer zu fallen schien als der vorangegangene. Er schwankte merklich, als er die Scheibe erreichte, eine Hand hob und sie dagegenpresste.

Auf der anderen Seite des Sichtfensters befand sich ein zweites, lang gestrecktes Zimmer, an dessen Ende ein einzelnes Krankenbett stand. Erloschene Monitore und leere Infusionsflaschen waren durch Kabel und Schläuche mit einem schmalen Körper verbunden, der zugedeckt auf dem Bett lag. Das Mädchen hatte langes blondes Haar wie Emma, aber es war halb so alt. Ein Teddybär war heruntergefallen und lag mit dem Gesicht nach unten auf dem Boden.

Aus der Körpermitte der Kleinen ragte ihr Geist empor, ein zartgliedriges Kind, dessen Gesicht von einem bösen Lächeln verzerrt wurde. Die Smilewave musste eingesetzt haben, während wir auf dem Weg nach unten gewesen waren. Haven hatte uns nicht nur vor den Löwen gerettet.

Emma und ich waren gerade weit genug entfernt, um nichts von dem Lächeln zu spüren, aber der Colonel setzte sich ihm aus, um so nah wie möglich bei seiner Tochter zu sein.

»Kommen Sie da raus«, rief ich ihm zu, ohne einen Fuß in den Raum zu setzen.

Er ballte am Glas die Hand zur Faust, gab sich einen Ruck

und kehrte zu uns zurück. Nun sah er selbst aus wie eine Leiche und wir mussten ihn auffangen, als er auf den letzten Metern ins Stolpern geriet. Vor drei Jahren hatte er den Befehl zur Ermordung meiner Eltern gegeben, aber wir brauchten ihn noch. Er war der Einzige, der uns sagen konnte, was hier unten geschehen war.

Und wo Tyler steckte.

»Whitehead hat sie sterben lassen«, sagte er.

»Was ist mit den Ärzten? Ich dachte, es gäbe hier Wissenschaftler und –«

Haven schnitt mir mit einer Bewegung das Wort ab. Sein ausgestreckter Arm bebte, als er zu einer Tür am fernen Ende des Korridors zeigte. »Sie sind alle da drinnen.«

Der Durchgang war geschlossen, aber durch den Spalt unter der Tür fiel strahlend weißes Licht.

»Was ist hier –«

»Whitehead hat sie getötet. Er hat sie im Konferenzsaal zusammengerufen und dort erschossen, jeden Einzelnen von ihnen.«

»Aber warum?«

»Weil er wusste, was früher oder später geschehen würde. Und er nicht das Risiko eingehen wollte, dass ihre Geister dann dort stehen, wo er sie nicht gebrauchen kann: in der Nähe der Probanden.«

»Und das Beste, was ihm dazu einfiel, war, sie alle zu *ermorden*?« Für einen Augenblick vergaß ich, dass ich mit einem Mann sprach, der wahrscheinlich weit mehr Menschen auf dem Gewissen hatte als Whitehead.

»Die, die geblieben sind. Manche hatten sich schon aus dem Staub gemacht, als draußen alles zusammengebrochen ist. Aber einige sind geblieben, vielleicht weil sie die Probanden nicht zurücklassen wollten. Acht oder zehn, ein paar Ärzte und Pfleger ... Die Krankenschwester, die sich um Tanya gekümmert hat, ist auch unter den Toten. Danach war niemand mehr da, der für Tanya sorgen konnte.«

In Emmas Kopf drehten sich die Rädchen mit mathematischer Präzision. Als sie sprach, klang sie vollkommen unbeeindruckt. »Was haben Sie jetzt vor?«

Er lehnte sich mit dem Rücken gegen die Korridorwand und warf durch die offene Tür einen letzten Blick auf seine Tochter. Ihr Lächeln sah zu erwachsen, zu durchtrieben aus. Mit einem Stöhnen, als bereitete ihm die Bewegung Schmerzen, stieß Haven sich von der Wand ab und eilte den Gang hinunter, zurück in die Richtung, aus der wir gekommen waren. »Folgt mir!«

»Wohin?«, fragte ich, aber ebenso gut hätte ich Tanyas Geist fragen können.

An der nächsten Kreuzung bogen wir nicht zum Aufzug ab, sondern nach links. Alle Türen zu beiden Seiten des Korridors waren geschlossen.

»Sie sind hier«, sagte Emma. »Die acht. Und der Neunte aus dem Hubschrauber auch. Aber er ist vorhin gestorben.«

Haven wurde langsamer und sah über die Schulter. »Woher weißt du das?«

»Sie reden darüber«, sagte sie. »Miteinander.« Sie hielt kurz inne, dann fügte sie hinzu: »Wir sind jetzt fast bei ihnen.«

Der Colonel blieb stehen und musterte sie mit einer anderen Art von Interesse als bisher. »Was sollte das im Flugzeug, als du dich neben ihren Schlafkammern verkrochen hast?« Er schien die Antwort zu ahnen.

»Meine Schwester kann sie hören«, sagte ich. »Was glauben

Sie, wie wir es durch die Stadt bis hierher geschafft haben? Einer der beiden aus unserem Helikopter hat uns hergeführt.«

Haven sah mich so durchdringend an, dass ich heilfroh war, ihn nicht anlügen zu müssen. Aber er wurde abgelenkt, als Emma den Gang hinabdeutete.

»Ich höre ihre Gedanken«, sagte sie.

Ihr Gesicht blieb bar jeden Ausdrucks, eine Leere, die selbst Haven keine Anhaltspunkte bot.

»Und ich glaube, ich kann mit ihnen sprechen.«

43.

Haven führte uns in die Überwachungszentrale. Hinter einem futuristischen Schaltpult erhob sich eine Wand aus zwei Dutzend Monitoren, auf denen die Räume und Korridore der Anlage aus den verzerrten Blickwinkeln zahlreicher Deckenkameras zu sehen waren. Vier Schirme in der Mitte zeigten Bilder von der Straße, stark überbelichtet, aber gerade noch scharf genug, um mehrere Löwenkadaver auf den Toten vor dem Eingang zu erfassen. Die überlebenden Tiere waren offenbar weitergezogen.

Gleich zweimal flackerten die Monitore, als zöge ein Schatten darüber hinweg.

»Das sind Stromausfälle, oder?«, sagte ich. »Wie vorhin im Aufzug.«

»Die Generatoren funktionieren nicht ganz so reibungslos, wie sie sollten«, erwiderte Haven. »Meist sind es nur Bruchteile von Sekunden, aber vor einer Stunde saßen wir fast eine halbe Minute im Dunkeln.«

»Und da benutzen Sie den *Aufzug*?«, fragte ich fassungslos.

»Im Treppenhaus sind Geister, auf fast allen Etagen«, erwiderte er achselzuckend. »Eine Kettenreaktion hat sie erwischt, von oben nach unten.«

Er drückte eine Tastenkombination und die Bilder von der

Straße verschwanden. Statt ihrer erschienen Ansichten eines düsteren Raumes. Ehe ich Genaueres erkennen konnte, betätigte er ein paar Knöpfe. Auf einen Schlag erloschen alle Monitore. Es dauerte eine Sekunde, dann baute sich eines der dunklen Bilder wieder auf, diesmal über sämtliche Schirme hinweg. Wie Teile eines Mosaiks setzten sich alle vierundzwanzig zu einer einzigen Kameraperspektive zusammen, so dass die Menschen in dem Raum fast lebensgroß erschienen.

»Wo ist das?«, fragte ich.

»Rechts den Gang hinunter. Es ist noch ein gutes Stück von hier. Aber komm nicht auf dumme Gedanken – der Zugang ist eine Stahlschleuse. Und sie ist von innen verriegelt.«

Emmas Hand legte sich um meine. So standen wir vor der Monitorwand und betrachteten das Ziel unseres Weges wie durch ein gigantisches Facettenauge.

Der Raum war größer als alle, die wir bislang hier unten gesehen hatten. Durch den Weitwinkel der Überwachungskameras waren alle Horizontalen gewölbt. Die acht Probanden standen in einer Reihe in bizarren Vorrichtungen, einem Gewirr aus Kabeln und Schläuchen, die in ihren Körpern verschwanden, Flüssigkeiten pumpten oder ihre Lebensfunktionen kontrollierten.

Anders als die Probanden in der Hot Suite waren diese hier nicht verwahrlost. Man hatte ihnen die Schädel bis auf die Kopfhaut geschoren. Sie waren nackt und mager, wobei die Unterschiede zwischen Mann und Frau kaum noch auszumachen waren: Breite Gurte lagen um ihre Brustkörbe und Hüften. Dabei waren sie in Rahmen befestigt wie in einem Setzkasten und von Lampenkolonnen und Digitalanzeigen umgeben. Wie schon Tomasz und den drei anderen waren auch ihnen runde Metallzylinder eingepflanzt worden, silbrige Kontakte zwischen Augen und Schläfen, nicht größer als ein Daumenglied. Kabel führten von dort zu den blinkenden Rahmen.

Die acht füllten die gesamte Monitorwand aus, aber schon auf den ersten Blick wurde klar, dass Haven uns nur einen Ausschnitt des Raumes zeigte.

»Ist Tyler da drinnen?«, fragte ich.

Der Colonel gab keine Antwort, wollte aber gerade einige Knöpfe drücken, als Emma eine Hand hob.

»Warten Sie«, bat sie und verengte die Augen. »Was sind das für Lichter?« Ich glaubte erst, sie meinte die Kontrolllampen an den Aufhängungen, aber die interessierten sie gar nicht. Stattdessen wischte sie mit einer weiten Handbewegung durch die Luft. »Dieses Flimmern auf ihren Gesichtern und auf ihren Körpern.«

Ich hatte es für ein Problem mit der Stromversorgung gehalten, eine Fehlfunktion der Monitorwand. Doch dann fiel mir ein, woran mich die flackernden Lichter erinnerten. So sah es aus, wenn man sich im Kino umdrehte und die übrigen Zuschauer im Schein der Leinwand betrachtete. Die Hälfte der acht Probanden mochte blind sein und alle hatten die Augen geschlossen, und dennoch wurde ihnen etwas vorgeführt.

»Salazar«, sagte Haven, drückte eine Tastenkombination und zauberte ein neues Bild auf die Monitorwand.

Zwei riesige Augen erschienen, quer über die gesamte Breite der Überwachungszentrale. Die Augenpartie des Hypnotiseurs, dunkel und schattig unter buschigen schwarzen Brauen. Ich hatte diesen Blick dutzendfach auf den Plakaten und Fotos im blauen Haus gesehen. Hier handelte es sich um Filmaufnahmen, denn das Gesicht um das Augenpaar bewegte sich.

»Er spricht, oder?«, fragte ich.

Haven nickte und schob einen Regler nach oben. Aus unsichtbaren Lautsprechern drang eine tiefe Stimme, die in monotonem Rhythmus Spanisch sprach, immer wieder dieselben Worte.

»Was sagt er?«

»Ich weiß es nicht. Aber es gibt unzählige dieser Film- und Tonschnipsel, die nach irgendeinem Muster als Endlosschleife wiederholt werden. Es scheint auch keine Rolle zu spielen, was er sagt, sondern nur, *wie* er es sagt. Die meisten der Probanden verstehen kein Spanisch und die Hälfte ist blind und könnte seine Augen nicht mal sehen, wenn ihre eigenen geöffnet wären. Aber auf irgendeine Weise gehört das alles zu der großen Show, die hier seit Jahren für sie veranstaltet wird. Die Technik selbst stammt von Salazar, und Whiteheads Leute haben versucht, sie weiterzuentwickeln. Wir sollten uns das besser nicht allzu lange anhören.«

Er zog den Regler zurück, und sogleich verstummte die Stimme Salazars. Seine Augen hingen noch einen Moment länger vor uns im Raum wie Fenster zu einem Ort, den ich niemals betreten wollte.

Noch einmal drückte Haven auf Knöpfe und das Bild veränderte sich erneut. Die Kamera sprang ein Stück zurück, war jetzt einige Meter von der Wand entfernt, die von Salazars Augen beherrscht wurde. Davor schwang etwas in weitem Bogen von links nach rechts und wieder zurück – ein gigantisches Metronom. Es war nur als Silhouette zu sehen, ein mannshoher schwarzer Zeiger vor dem stechenden Blick des Hypnotiseurs. Mir wurde auf einen Schlag eiskalt.

»Schalten Sie das weg!«, forderte ich Haven auf. »Jetzt gleich … bitte!«

Er sah verwundert über die Schulter zu mir herüber, aber dann tauchte er die Monitorwand mit einem Knopfdruck in Schwärze.

»Danke«, sagte ich mit bebender Stimme. »Es ist nur …« Dann gingen mir die Worte aus. Was, wenn ich die Geister und das Ende der Menschheit nur in meiner Hypnose erlebte? Vielleicht saß ich noch immer im Behandlungszimmer meines Therapeuten und starrte auf den Zeiger des Metronoms.

»Rain, was ist los?« Emmas Stimme holte mich zurück in die Wirklichkeit. In *eine* Wirklichkeit? Aber das hier war die einzige Realität, die zählte. Ihre und meine. Die Geister, die Löwen, Salazar und Haven.

Tyler und Whitehead.

Plötzlich waren sie da, unmittelbar vor mir auf der Monitorwand. Der Colonel hatte abermals das Bild gewechselt, und nun befand sich die Kamera weit abseits der Probanden. Die Perspektive war noch extremer, die Verzerrung fast grotesk. Trotzdem erkannte ich beide Männer sofort.

Tyler saß links im Bild, unweit der Stahlschleuse, und war mit einer Handschelle an ein Bodengitter gefesselt, vielleicht ein Abluftschacht. Das wabernde Licht, das von der Wand mit Salazars Augen herüberschien, reichte aus, um sein Gesicht zu erhellen – und die ungeheure Wut darin.

Die Probanden befanden sich am entgegengesetzten Ende – ganz rechts im Bild –, während in der Mitte ein Mann auf und ab ging, den ich nur von Fotos kannte.

Timothy Whitehead war groß und schlank, mit einer eckigen Brille. Er hatte graues Haar, schulterlang wie Tyler, jedoch sehr dünn, so dass es wie Spinnweben wehte. Er trug einen grauen Anzug, verschmutzt und derangiert, und hatte die oberen Knöpfe seines Hemdes geöffnet. Seine Bewegungen wirkten fahrig und überhastet wie bei jemandem, der seit vielen Stunden ohne Schlaf auf den Beinen war.

Ich erinnerte mich an das, was Haven über die ermordeten Mitarbeiter gesagt hatte, und mir wurde klar, dass die Flecken auf Whiteheads Anzug Blut waren. Er gestikulierte und redete, aber der Colonel hatte keinen Ton zugeschaltet. Auf einem Metalltisch, den Whitehead immer wieder beim Aufundabgehen passierte, lag griffbereit eine Pistole.

Falls die Worte des Predigers Tyler galten, so quittierte der sie nur mit Zorn und Verachtung. Tyler hatte sein Ziel erreicht, aber er war so hilflos wie noch vor wenigen Tagen, als ein Ozean zwischen Flavie und ihm gelegen hatte.

»Welche von denen ist Flavie Certier?«, fragte Emma.

Haven holte das Bild der ersten Kamera zurück auf die Monitore, die Reihe der acht Probanden. »Ganz rechts.«

Ich machte einen Schritt nach vorn und kniff ein wenig die Augen zusammen, die vom Starren auf die Schirme allmählich zu brennen begannen. Ich versuchte, den Menschen hinter dem Dickicht aus Schläuchen und Elektrodenverbindungen zu erkennen.

Flavie war in einem bemitleidenswerten Zustand, genau wie die anderen. Heruntergehungert, eingefallen, völlig enthaart. Was auch immer in ihrem Kopf vorging – falls dort überhaupt noch etwas vorging –, war verborgen hinter maskenhaften Zügen.

Emma ging um das Schaltpult herum zur Bildschirmwand, bis sie unmittelbar vor Flavie stand und ein wenig zum Monitor aufsehen musste.

»Ist es wirklich wahr?«, fragte Haven sie. »Kannst du hören, was sie denken?«

Emma nickte. »Sie sind sehr verwirrt.«

»Kennen sie einen Weg, das hier zu stoppen?«

»Die Probanden haben es selbst in Gang gesetzt!«, platzte ich wütend heraus. »Sie und Ihre Leute haben diese Menschen entführt und an Whitehead ausgeliefert. Das hier ist Ihre Schuld, Haven! Und wie ich das sehe, haben Sie den Preis dafür bezahlt.«

Mein Mundwerk und ich. Irgendwann würde einer von uns begreifen, dass Klappehalten manchmal die klügere Option war.

Ehe ich reagieren konnte, packte Haven mich an den Schultern, schob mich quer durch den Raum und stieß mich neben einer schmalen Seitentür gegen die Wand. Jetzt sah ich wieder den Mann vor mir, der in den Flammen der Sternwarte sein Schicksal herausgefordert hatte.

»Dass ich dein Leben gerettet habe«, fuhr er mich an, »bedeutet nicht, dass ich mir anhören muss, was du zu sagen hast.«

Ich war drauf und dran zu widersprechen und alles nur noch schlimmer zu machen, aber da stand schon Emma neben uns.

»Sie sollten sich anhören, was *ich* Ihnen zu sagen habe.« Nach kurzem Zögern setzte sie hinzu: »Colonel Haven.«

Er ließ mich nicht los und nahm auch nicht seinen zornigen Blick von mir. Es ging nicht um mich, er brauchte nur jemanden, an dem er die Wut über den Tod seiner Tochter auslassen konnte.

»Colonel«, sagte Emma noch einmal. »Sie –«

Während er mich noch an den Schultern gegen die Wand presste, schlug ich ihm mit aller Kraft beide Fäuste in den Magen.

Damit hatte er nicht gerechnet. Und das war die gute Nachricht, denn für eine Sekunde ließ er locker und ich kam frei. Die schlechte war, dass ein Mann wie Haven sich niemals komplett übertölpeln lassen würde.

Er holte aus und verpasste mir eine Ohrfeige, die mich meterweit zur Seite schleuderte. Ich stürzte und für einen Moment wurde mir schwarz vor Augen. Dann federte ich wie eine getretene Katze in seine Richtung – und stolperte an ihm vorbei ins Leere, als er mir ohne Mühe auswich. Er zeigte nicht die leiseste Spur von Triumph, als ich mit einem wütenden Aufschrei herumwirbelte. Stattdessen sagte er ruhig: »Mach noch einen Schritt und ich töte dich.«

Ich machte nicht einen, sondern drei, und als ich gegen ihn prallte, fühlte sich das einen Herzschlag lang fast wie ein Sieg an. Dann griff er mir in die Dreadlocks, riss mich brutal herum, schleuderte mich auf den Boden und landete mit dem Knie auf meinem Rücken. Seine Hände schlossen sich von hinten um meinen Kopf, begannen ihn zu drehen, und ich konnte hören, wie die Wirbel aneinanderrieben, ein seltsames Geräusch in solch einem Moment, und gleich würde mein Genick –

»Colonel Haven«, sagte Emma leise, »wenn Sie meiner Schwester weiter wehtun, dann werde ich Ihnen nicht helfen.«

Sogar in meiner Lage begriff ich, wie absurd das war. Emma drohte dem Mörder unserer Eltern, aber nicht mit einer Waffe, sondern nur mit diesem Satz. *Dann werde ich Ihnen nicht helfen.*

Und Haven ließ mich los.

Das Licht und die Monitore flackerten erneut.

Er sank neben mir zu Boden, blieb mit ausgestreckten Beinen sitzen, stützte sich nach hinten mit den Armen ab und atmete tief durch.

Mühsam rollte ich mich auf den Rücken. Meine Wirbelsäule fühlte sich an, als wäre mir ein Lastwagen ins Kreuz gefahren.

»Was glaubst du denn, dass du tun kannst?«, fragte Haven meine Schwester, während ich erwog, mich noch einmal auf ihn zu stürzen, es dann jedoch bleibenließ, weil ich kaum aus eigener Kraft auf die Beine kam.

»Ich will dort reingehen und mit Flavie sprechen«, sagte Emma.

»Auf keinen Fall«, krächzte ich.

Auch Haven schüttelte den Kopf.

»Ich geh da rein«, sagte Emma unbeirrt, »rede mit den Probanden – und ich hätte gern eine Pistole.«

44.

Haven und ich sahen uns schweigend an.

Emmas Blick wechselte von mir zu ihm. »Hat jemand einen besseren Plan?«

Ich nickte gequält. »Ich leg dich übers Knie, so wie damals, als du fünf warst.«

Aber Emma meinte es ernst. Wie immer. Ehe ich etwas einwenden konnte, erzählte sie Haven, was wir von Tomasz erfahren hatten. Es war nicht viel und endete mit der Behauptung, dass die Probanden geweckt werden mussten. Und dass sich dann, möglicherweise und aus welchen Gründen auch immer, das Tor zu den Kammern schließen würde.

Nichts davon klang, als hätte es Hand und Fuß.

Nachdem Emma fertig war, schwieg Haven eine ganze Weile.

»Ich schätze mal«, sagte ich schließlich, »wir können ihnen da drinnen nicht einfach so den Strom abstellen, oder?«

Haven schüttelte den Kopf, als er vom Boden aufstand. Auch ich kämpfte mich schwankend auf die Beine.

»Der Probandenraum hat eine eigene Notstromversorgung«, sagte er und ging hinüber zum Schaltpult. »Wir würden Tage damit verbringen, in den Wänden nach den richtigen Kabeln zu suchen.«

352

»Könnte man nicht einfach … ich weiß nicht … irgendeinen Knotenpunkt sprengen?«

»Das Risiko ist zu groß, dass wir hier unten im Dunkeln festsitzen.« Er schüttelte den Kopf. »Wir bräuchten exakte Schaltpläne. Überhaupt irgendeine Ahnung, wo die wichtigen Leitungen liegen, wohin sie führen, woher sie kommen und –«

»Okay. Ich hab's verstanden.«

»Außerdem«, sagte Emma, »würde das nichts ändern. Tomasz und die drei anderen in der Hot Suite haben Jahre ohne Strom und Nahrung überstanden.«

Haven rieb sich mit den Händen über die Augen. Ich fragte mich, wann er zum letzten Mal geschlafen hatte. Er war in einem furchtbaren Zustand, verschmutzt und stinkend wie wir, in Trauer um seine tote Tochter, zerfressen von Hass auf Whitehead.

»Was genau willst du tun?«, fragte er Emma.

Ich fuhr ihn an: »Sie haben doch nicht wirklich vor, sie da reingehen zu lassen!«

»Erzähl's mir«, bat er meine Schwester.

Emma legte die Fingerspitzen beider Hände aneinander. »Whitehead hat Tyler doch herbringen lassen, weil er hofft, durch ihn mit Flavie und den anderen kommunizieren zu können.«

Haven nickte.

»Und im Augenblick sieht es nicht so aus, als hätte er damit Erfolg.« Sie deutete auf die Monitorwand, auf der jetzt wieder die Gesamtansicht des Raumes zu sehen war. Tyler, der uns noch immer für tot halten musste, stand gebückt neben dem Bodengitter und zerrte an seiner Handschelle. Whitehead lief auf und ab, redete und gestikulierte – und nahm nun die Pistole. Mit ihr trat er auf Tyler zu, der sofort versuchte, mit einem freien Arm nach ihm zu schlagen. Whitehead mochte zwar den Verstand verloren haben, ging aber kein Risiko ein. Er hielt genügend Sicherheitsabstand, während er die Waffe hob und auf Tylers Gesicht zielte.

»Stellen Sie den Ton an!«, verlangte ich.

Haven drückte einen Knopf und schob einen der Regler nach oben. Doch was da aus dem Lautsprecher drang, war nur tosendes Rauschen, vermischt mit ein paar Wortfetzen.

»Die Notstromgeneratoren stören die Funkübertragung«, sagte der Colonel, »deshalb der Lärm.«

Ich verstand nichts von dem, was Whitehead sagte, und als Tyler ihn wütend anbrüllte, hörte ich wenig mehr als ein paar Beschimpfungen heraus.

Haven regulierte den Ton wieder herunter. »So geht das seit Stunden. Whitehead verlangt, dass er mit dem Mädchen spricht, und euer Freund weigert sich.«

»Tyler kann das gar nicht«, behauptete Emma.

»Was will Whitehead denn erreichen?«, fragte ich. »Dass er vorhatte, das Tor zu schließen, war eine Lüge, oder?«

»Ja«, sagte Haven bitter. »Als uns das klar wurde, haben sich meine Männer mit dem Hubschrauber davongemacht. Whitehead glaubt an die *reinigende Kraft des Lichts*, wie er es nennt. Dass die Probanden die Schwelle der Kammern erreicht haben, ist die Erfüllung seines Traums. Stellt ihn euch vor wie einen Nasa-Wissenschaftler, dessen Sonde nach Jahren endlich auf dem Mars gelandet ist. Er *muss* jetzt wissen, was dort drüben ist … muss sehen, was *sie* sehen. Seinen Leuten ist es nie gelungen, die Netzhautaufnahmen der Salazars zufriedenstellend nachzuahmen. Oder die Ergebnisse entsprachen nicht dem, was er erwartet hatte.«

Wahrscheinlich hatte er nur denselben Bildschirmschnee zu sehen bekommen wie wir.

Auf den Monitoren schrie Whitehead Tyler an, drohte mit der Pistole und legte sie dann doch wieder beiseite. Falls er ihn erschoss, würde er vor zwei neuen Problemen stehen: Zum einen würde er niemals Kontakt zu den Probanden aufnehmen können, zum anderen würde Tylers Geist einen längeren Aufenthalt im Raum unmöglich machen. Der Prediger hatte sich in eine Zwickmühle manövriert. Zugleich wurde draußen die Geschwindigkeit, mit der die Geister aus der Vergangenheit auftauchten, immer größer. Vielleicht war die Formel ganz simpel: Je mehr Geister erschienen, desto schneller kehrten auch die früheren Generationen zurück.

»Ihr habt die Aufzeichnungen aus Spanien gesehen«, sagte Haven. »Viel war nicht zu erkennen. Vielleicht wird nie irgendwer erfahren, was wirklich hinter alldem steckt. Es könnte eine Invasion sein. Oder eine Art Krankheit, mit der sich die Welt infiziert hat. Herrgott, es könnte alles Mögliche sein, und am Ende wird der Grund gar keine Rolle mehr spielen!«

»Aber weder Sie noch wir hatten genug Zeit, um das ganze Material zu sichten.«

Er griff in seine Jacke und zog die Disc hervor. Einen Moment lang wog er sie in der Hand, als überlegte er, ob sie schwerer geworden wäre.

»Wenn wir sie ihm geben«, überlegte ich laut, »dann lässt er Tyler vielleicht gehen und –«

»Nein.« Die Disc verschwand wieder in Havens Innentasche. »Das Einzige, was Whitehead von mir bekommen wird, ist eine Kugel zwischen die Augen.«

Emma räusperte sich. »Ich war vorhin noch nicht fertig.«

Eine steile Falte erschien über ihrer Nasenwurzel. So energisch hatte ich sie seit vielen Jahren nicht erlebt. »Whitehead will mit den Probanden kommunizieren. Tyler ist ihm dabei keine Hilfe. Aber wenn wir ihn überzeugen können, dass ich mit ihnen sprechen kann … dann wird er mich hinter diese Tür lassen.«

»Schon möglich«, sagte Haven.

»Auf keinen Fall!«, fuhr ich ihn an. »Emma wird *nicht* da reingehen!« Aber mir war auch klar, dass es mir allein nicht gelingen würde, sie umzustimmen. Sie wollte meine Hand nehmen, aber ich ließ das nicht zu. »Komm mir nicht so!«

»Ich muss es versuchen. Es ist die einzige Möglichkeit.«

»Um Whitehead zu töten? Du willst zu ihm gehen und ihn erschießen? Glaubst du wirklich, dass du das fertigbringst?« Aber natürlich: Logik und Vernunft kontra mangelnde Emotion – das war Emma. Hastig redete ich weiter: »Und was soll uns sein Tod bringen, abgesehen von Rache?«

»Er würde niemals zulassen, dass ich die Probanden wecke.«

»Da hat sie Recht«, sagte Haven nachdenklich. »Aber selbst dann wird es nicht leicht werden. Sie schlafen nicht einfach, sondern stehen unter einer extremen Form von Hypnose. Fingerschnippen wird da nicht reichen.«

Emma ließ sich nicht beirren. »Tomasz kannte einen Weg. Und ich finde ihn.«

Havens Miene verfinsterte sich noch weiter. »Falls es gelingen sollte, Whitehead zu töten, wird sein Geist da drinnen erscheinen. Und bei der nächsten Smilewave –« Er verstummte.

Emma nickte nur.

Ich holte tief Luft. »Okay«, sagte ich entschieden. »Dann gehe ich! Ebenso gut können wir Whitehead weismachen, dass ich mit ihnen reden kann.«

Emma sah mich nachsichtig an. »Aber ich höre sie *wirklich*, Rain. Du nicht.«

»Ich spreche mit Whitehead«, sagte Haven. »Vielleicht kann ich ihn dazu bringen, Emma reinzulassen.«

»Kommt gar nicht in Frage!«

»Ein Tausch«, sagte Emma. »Wenn wir ihn davon überzeugen, dass ich für ihn mit den Probanden reden kann, dann können wir im Austausch verlangen, dass er Tyler gehen lässt.« Sie sah Haven an. »Glauben Sie, darauf würde er sich einlassen?«

»Mittlerweile hat er wahrscheinlich eingesehen, dass euer Freund ihm nicht helfen wird.«

Ich starrte Emma entgeistert an und scherte mich nicht darum, dass der Colonel hinter mir stand. »Haven hat Mum und Dad umgebracht! Gerade eben wollte er dasselbe mit mir machen! Und du vertraust diesem Bastard?«

Ihr Gesicht blieb ausdruckslos. »Der Colonel ist der Einzige von uns, der Whitehead kennt. Er kann ihn einschätzen. Und er wird wissen, wie er mit ihm zu reden hat. Ohne ihn haben wir keine Chance.«

»Ich werde nicht einfach zusehen, wie du dich umbringst!«

Emma bewegte sich von mir fort zu den Monitoren. »Mach dir keine Sorgen um mich ... Weißt du, als du weg warst, bin ich ziemlich gut ohne dich klargekommen.«

Ich konnte nicht glauben, was sie da sagte. »Das ... das ist *so* verdammt unfair, Emma!«

Ich folgte ihr mit den Augen – und begriff im selben Moment, dass sie mich nur ablenkte. Gerade wollte ich herumwirbeln, aber da war es schon zu spät.

Havens Arme schlossen sich von hinten um meinen Oberkörper. Ich begann zu toben, ihn zu beschimpfen, Emma anzuflehen, aber er war um ein Vielfaches stärker als ich. Mit Leichtigkeit hob er mich vom Boden und schleppte mich zur Seitentür neben dem Aktenschrank.

»Tun Sie ihr bitte nicht weh«, sagte meine Schwester.

»Emma!«, brüllte ich.

»Es ist das einzig Vernünftige. Wenn du versuchst, mich aufzuhalten, dann sterben wir alle. Du und auch Tyler.«

Sie öffnete vor uns die Tür. »Tut mir leid«, sagte sie, als ich für einen Augenblick vor Angst um sie sogar meine Gegenwehr vergaß.

Haven schleuderte mich ins Dunkel.

»Nicht wehtun«, sagte Emma noch einmal. »Wir schließen sie nur ein, bis —«

Havens Faust traf mich von hinten an der Schläfe und ich verlor das Bewusstsein.

45.

Schmerzen weckten mich.

Nicht nur meine Schläfe tat weh, sondern auch mein Ohr, als wollte etwas daraus hervorschlüpfen, das sich gerade durch meinen Schädel nach außen grub.

Um mich war es stockfinster.

Mit einem Stöhnen wälzte ich mich vom Rücken auf den Bauch. Wo war die Tür? Mit steifen Gliedern versuchte ich, auf alle viere zu kommen. Wie lange hatte ich so dagelegen? Möglicherweise nur ein paar Minuten, vielleicht aber auch viel länger.

»Emma?«, brachte ich krächzend hervor und bekam keine Antwort.

Der Druck in meinem Kopf entwickelte sich zu einem höllischen Pochen. Es wurde nicht besser, als ich ihn anhob und in alle Richtungen blickte. Haven hätte mich töten können, wenn er das gewollt hätte. Aber er wollte mich nur aus dem Weg haben, damit er Emmas Unterstützung nicht verlor.

Ich rief noch einmal ihren Namen, doch er kam nur röchelnd über meine Lippen. Mein Kopf schien explodieren zu wollen und ich begriff, dass Brüllen – oder der Versuch – keine allzu gute Idee war.

Noch immer auf Händen und Knien kroch ich ein Stück vorwärts, ohne zu wissen, ob ich mich damit auf die Tür zu- oder von ihr fortbewegte. Als ich vorsichtig einen Arm ausstreckte, ertastete ich ein Metallregal und darauf etwas wie die Kunststoffrücken von Aktenordnern. Ich zog einen der Gegenstände hervor und hörte, wie er mit einem Scheppern zu Boden fiel. Er entpuppte sich als eine Art Videokassette, groß wie der Deckel eines Schuhkartons. Darauf mussten früher die Bilder der Kameras aufgezeichnet worden sein, bevor es üblich geworden war, Festplatten zu benutzen. Demnach befand ich mich im Archiv des Überwachungsraumes.

Auf der Suche nach einem Lichtschalter tastete ich mich am Regal entlang bis zur nächsten Wand. Als ich ihn endlich fand, erklang ein Klacken, aber hell wurde es nicht. Ein Defekt der Neonröhre oder ein Stromausfall. Ich befand mich fünf Stockwerke unter dem Tageslicht, in einem Labyrinth fremder Korridore und Räume, und es gab *kein Licht* mehr. Wahrscheinlich könnte ich wochenlang durch diese Finsternis irren, ohne einen Weg nach oben zu finden. Vorausgesetzt, ich fand erst einmal einen aus diesem Raum.

Der Eingang befand sich gleich neben dem Schalter. Ich richtete mich auf, drückte die Klinke nach unten und rechnete damit, dass Haven die Tür abgeschlossen hatte. Aber sie ließ sich ohne jeden Widerstand nach innen ziehen. Für wie lange hatte er mich außer Gefecht gesetzt, wenn er es nicht einmal für nötig gehalten hatte, mich einzusperren?

Außen steckte ein Schlüssel. Hatte Emma aufgeschlossen, während Haven beschäftigt gewesen war?

Auch draußen war es stockdunkel. Falls dies der Kontrollraum war – und das musste er sein, weil ich mir nicht vorstellen konnte, dass Haven sich die Mühe gemacht hatte, mich woan-

360

ders hinzutragen –, dann waren alle Bildschirme erloschen und keines der Lämpchen am Schaltpult leuchtete.

»Emma?« Und, widerstrebend: »Haven?«

Ich erkannte keine Konturen, keine Formen, rein gar nichts. Behutsam tastete ich mich mit der Fußspitze vorwärts und streckte die Arme aus. Ich hätte mich an der Wand entlangschieben können, aber als mir das einfiel, stand ich bereits mitten im leeren Raum.

Und falls am Schaltpult jemand saß, der mich lautlos durch eine Nachtsichtmaske beobachtete? Die Vorstellung erschien mir auf einen Schlag so real, dass ich erstarrte. Ich sagte mir, dass es keinen Grund dafür gab, aber ich bekam den Gedanken nicht mehr aus dem Kopf.

Emma und ich hatten unsere Infrarotmasken dabeigehabt, als wir mit Haven nach unten gefahren waren. Sie mussten hier irgendwo sein, nicht auf dem Schaltpult, wenn ich mich recht erinnerte, sondern auf einem der leeren Drehstühle. Falls ich sie fand –

Ein Schuss krachte, stark gedämpft durch Wände und Türen. War das Emma? Mir wurde todschlecht. Falls Haven ihr die Pistole gegeben und sie bereits zu Whitehead vorgestoßen war, dann feuerte sie womöglich gerade auf den Prediger.

Meine linke Hand stieß gegen etwas Weiches. Die Rückenlehne eines Stuhls. Ich packte sie und zog mich ganz eng heran. Die Sitzfläche war leer.

Da fiel ein weiterer Schuss.

Ich nahm die rechte Hand vom Stuhl, hielt ihn mit links weiter fest und tastete nach dem nächsten Sitz. Zu weit entfernt. Vorsichtig machte ich einen Schritt nach vorn und erreichte das Schaltpult. Meine Fingerspitzen glitten über Knöpfe und Regler. Ich schob mich an der Kante weiter nach rechts und fand schließlich den zweiten Stuhl.

Darauf lagen die Infrarotbrillen, ein Geschlinge aus breiten Elastikbändern und klobigem Kunststoff. Ich wollte mir eine über den Kopf ziehen, als irgendwo eine Maschine ansprang. Es klang wie der Motor eines Ventilators, leise und unaufdringlich.

Einen Augenblick später schalteten sich die Monitore ein. Sie erschienen auf einen Schlag inmitten der Schwärze, ihr Bild flackerte auf und erlosch wieder. Ich sah nur eine Mauer aus vierundzwanzig grauen Rechtecken, aber weil auch die Lautsprecher mit einem Knacken zum Leben erwachten, hörte ich eine Stimme.

»Wer hat dir die Waffe gegeben?«, fragte Timothy Whitehead in einem Furcht einflößenden Flüsterton. »Haven, können Sie mich hören? … Haben Sie geglaubt, Sie könnten ein *Kind* zu mir schicken, das mich tötet? Ich habe die Pistole der Kleinen … Hier, hören Sie!«

Ein dritter Schuss ertönte, diesmal aus den Lautsprechern und mit solcher Wucht, dass ich instinktiv die Hände auf meine Ohren presste. Meine rechte Schläfe reagierte darauf mit einem mörderischen Stich, der mich fast in die Knie zwang.

»Was halten Sie davon, Haven?«, fragte Whitehead im Tonfall eines Mannes, dessen Verstand sich längst aus der Wirklichkeit verabschiedet hatte. »Hier wird nur eine sterben, und das ist Ihre kleine Attentäterin!«

»Nein«, flüsterte ich.

Die Monitore zeigten noch immer gleichförmiges Grau. Wie hier waren auch im Probandenraum keine Lichter angegangen, Emma und Whitehead befanden sich in völliger Finsternis. Im schummrigen Schein der Bildschirme konnte ich nun immerhin meine Umgebung erkennen. Ich war allein.

»Emma?«, rief ich, in der Hoffnung, dass das Mikrofon noch eingeschaltet war. »Emma, falls du mich hören kannst, dann geh hinter den Probanden in Deckung! In ihre Richtung wird er im Dunkeln nicht schießen.«

Whitehead sagte nichts und auch Emma gab kein Lebenszeichen von sich. Aber falls er sie getötet hätte, wäre auf den Monitoren ihr Geist zu sehen gewesen. Die Angst um sie schnürte mir die Kehle zu.

Und was war aus Tyler geworden? Hatte Whitehead ihn gehen lassen?

Ein metallisches Scharren erklang. Im ersten Moment glaubte ich, es wäre bei mir im Raum – bis mir klar wurde, dass es aus den Lautsprechern kam.

Whitehead drückte erneut ab, und ich sah, wie das Mündungsfeuer einen Teil des Probandenraumes in Schlaglicht tauchte – nur für einen Sekundenbruchteil, aber auf den Monitoren blieb es als Nachbrenner sichtbar.

Einen Atemzug lang erkannte ich einen verpixelten Umriss, ehe er wieder mit dem Grau verschmolz. Eine schmale Gestalt, aufrecht und die Arme nach vorn gestreckt. Mit beiden Händen hielt Emma eine Waffe. Da es nicht die sein konnte, die Whitehead ihr abgenommen hatte, musste es sich um jene handeln, die der Prediger vorhin auf den Tisch gelegt hatte. Emma hatte sie gefunden. Und durch den Mündungsblitz wusste sie, wo Whitehead stand.

Der Schuss, der im nächsten Augenblick aus den Lautsprechern peitschte, klang heller als die vorangegangenen. Noch einmal erschien Emmas Umriss wie in grellem Blitzlicht.

Kein Schrei ertönte, nicht einmal ein Schmerzenslaut. Dann wurden die Monitore in Totenlicht getaucht. Nicht weit von Emma entstand eine Erscheinung.

Whiteheads Geist trug ein boshaftes Lächeln.

46.

»Emma, raus da!«, brüllte ich ins Mikrofon.

Ich sah, wie sie im Schein des Totenlichts die Waffe sinken ließ und zurückwich. Alle vierundzwanzig Monitore zeigten dasselbe Bild, die Totale des Probandenraums, verzerrt durch den extremen Weitwinkel. Whiteheads Geist und Emma waren deutlich zu erkennen.

»Hau da ab!«, schrie ich ins Mikrofon. »Los, mach schon, verschwinde!«

Emma ließ die Waffe fallen und warf sich herum.

Aber sie rannte in die falsche Richtung, nicht zur Tür, sondern hinüber zu den Probanden. Nicht weit genug, um der Smilewave zu entkommen. Es gab keinen sicheren Ort in diesem Raum, Whiteheads Lächeln erreichte jeden Winkel. Selbst wenn die Wirkung dort hinten ein wenig schwächer war, würde Emma spätestens in ein, zwei Minuten tot sein.

»Tut mir leid«, rief sie laut und es klang, als stünde sie neben mir. »Aber das hier ist unsere einzige Chance.«

Der Rhythmus, in dem die Smilewaves auftraten, verkürzte sich zusehends. Zugleich hielten die einzelnen Wellen länger an. Bald würde es unmöglich sein, das Probandenlabor überhaupt noch einmal zu betreten. Der Weg durchs Treppenhaus war abgeschnitten, und wenn die letzten Generatoren dauerhaft ausfielen, würden auch die Aufzüge nicht mehr funktionieren. Dann saßen wir hier fest, während die Oberfläche durch das Lächeln unbewohnbar wurde und das wachsende Heer der Geister auch die letzten Überlebenden einholte.

Mir war nicht klar, was genau Emma da ausprobierte – nur dass sie zu den Probanden ging und versuchte, Kontakt zu ihnen aufzunehmen. »Versuch es mit den Kabeln!«, rief ich ins Mikrofon. »Reiß sie raus!«

»Das bringt nichts …« Ihre Stimme klang schon schwächer, Whiteheads Lächeln würde bald ihr Herz sprengen. »… muss mit ihnen reden … was Tomasz gesagt hat …«

Das waren die letzten Worte, die ich verstand. Sie wurde zu leise für die Mikrofone im Raum und konnte sich kaum noch auf den Beinen halten. Dann sprangen auch die letzten Generatoren wieder an, an der Decke leuchteten die Neonröhren auf. Zugleich kehrte das Rauschen zurück, das schon vorhin den Ton gestört hatte. Die Kraftfelder der Notstromgeneratoren störten die Übertragungsfrequenz.

Mit einem letzten Blick auf die Monitore – Emma ging vor Flavie in die Hocke – verließ ich die Überwachungszentrale und stürmte hinaus in den weißen Korridor.

Rechts den Gang hinunter, hatte Haven gesagt, ein gutes Stück entfernt. Nach zwanzig Metern kam ich an eine T-Kreuzung. Von rechts erklangen Stimmen, undeutlich und dumpf. Ich rannte in ihre Richtung, kam an eine Biegung nach links – und dann sah ich sie.

Tyler war mit der Handschelle an eines der Rohre gefesselt, die überall an den Korridorwänden verliefen. Ein paar Meter weiter, außerhalb seiner Reichweite am Ende des Gangs, befand sich ein Stahlschott, das mehr Ähnlichkeit mit dem Zugang zu einem Banksafe hatte als mit einer Tür. Es stand weit offen. Ich war noch mehr als zehn Meter entfernt, konnte aber Haven erkennen, der sich dahinter an einem zweiten Schott zu schaffen machte. Er stand gebückt inmitten der Sicherheitsschleuse und schlug mit einem Hammer auf eine Schaltkonsole neben der Tür ein. Neben ihm am Boden lag eine Taschenlampe.

Die beiden hatten mich noch nicht entdeckt. Haven war mit dem Schloss beschäftigt, während Tyler wie gebannt auf einen Monitor starrte, der außen neben dem vorderen Schott im Korridor angebracht war. Der Schirm war Teil einer Gegensprechanlage und ermöglichte einen Blick ins Innere des Labors. Von weitem sah ich eine gleißende Lichtsäule inmitten des Bildes – Whiteheads Geist.

Mir blieb keine Zeit, mich über Tylers Anblick zu freuen. Ich rannte los und brüllte im Laufen: »Beeilen Sie sich, Colonel! Sie stirbt da drinnen!«

Haven sah nicht mal über die Schulter und murmelte etwas, das im Dröhnen seiner Hammerschläge unterging.

Tyler hingegen riss den Kopf herum. »*Rain!*« Das klang so erleichtert, als wäre ich tatsächlich von den Toten auferstanden.

Ich schenkte ihm ein knappes Lächeln, berührte seine Hand und blickte auf den Monitor. Emma und die Probanden befanden sich am anderen Ende des Raumes, dazwischen stand der Prediger als Statue aus Totenlicht. Meine Schwester kniete mit hängendem Kopf vor den Probanden und stützte sich mit einem Arm am Boden ab.

»Es geht nicht!«, brüllte Haven, holte erneut mit dem Hammer aus und ließ ihn mit aller Kraft in ein Gewirr aus Kabeln und zerschmetterten Schaltern krachen. »Die magnetische Verriegelung ist noch aktiv!«

Tyler starrte kopfschüttelnd auf den Monitor. »Was tut sie da nur?« Das lange Haar hing ihm wild ins Gesicht, sein Bart war seit unserer ersten Begegnung in der Wüste dichter und dunkler geworden.

»Sie redet mit Flavie«, sagte ich tonlos.

Haven hieb noch einmal in die Funken sprühende Elektronik.

Tyler presste die Lippen aufeinander.

»Ich glaube, sie will ihnen etwas sagen.« Schweiß lief mir in die Augen und brannte. »Etwas, das Tomasz zu uns gesagt hat.«

Tyler konnte nicht wissen, wer Tomasz war, aber das hier war kaum der Moment, um ihm das zu erklären. Wenn Emma dort drinnen starb und sich die Smilewaves weiter verdichteten, dann würden wir hier unten noch genug Zeit zum Reden haben. Tage, sogar Wochen, falls wir Vorräte fanden. Es würde ein Tod auf Raten sein, nur Tyler, Haven und ich, tief unter Manhattan lebendig begraben.

»Der Proband, der euch hergeführt hat?«, fragte er zu meinem Erstaunen und setzte hinzu: »Haven hat ihn erwähnt.«

Ich hatte Mühe, mich auf etwas anderes als auf Emma zu konzentrieren. Trotzdem wurde mir bewusst, was seine Worte bedeuteten: Er und der Colonel hatten Zeit gehabt, miteinander zu reden.

»Wie lange ist Emma schon da drinnen?«, fragte ich alarmiert.

»Gut zehn Minuten. Sie hat Whitehead Dinge erzählt, die sie angeblich von Flavie und den anderen erfahren hat – ich glaube, sie hat das Blaue vom Himmel heruntergelogen. Aber plötzlich wurde er misstrauisch, ging auf sie los, und da hat sie die Pistole gezogen. Und ...«

»Und was?«

»Dann fiel der Strom aus.«

»Tomasz konnte Emmas Gedanken lesen«, murmelte ich. »Wenn Flavie das auch kann, dann wird sie längst wissen, was Emma vorhat. Dass sie da drinnen ist, um sie aufzuhalten.«

Tylers Handschelle scharrte am Rohr entlang. »Menschen in Hypnose weckt man mit einem Signal, das man vorher mit ihnen vereinbart hat«, sagte er nachdenklich. »Ein Geräusch oder ein bestimmtes Wort.«

Ich riss meinen Blick vom Bildschirm los. In Tylers Augen war ein Leuchten, das gerade eben noch nicht da gewesen war.

Im selben Augenblick sackte Emma vor den Probanden zusammen.

»*Nein!*« Ich sprang vor den Monitor und schlug hilflos mit der flachen Hand gegen die Wand. »Nein, verdammt noch mal, nicht so!«

Haven schrie auf, als sein nächster Hieb eine Funkenfontäne auslöste, die ihn mitten ins Gesicht traf.

»Rain!«, rief Tyler beschwörend und versuchte, meine Hand zu ergreifen. »Was hat dieser Tomasz zu euch gesagt? Was genau?«

»Wir sollen ihnen ausrichten, dass er seine Aufgabe erfüllt hat.« Ich senkte den Blick, weil ich nicht länger zusehen konnte, wie Emma starb. Aber dann wirbelte ich herum und starrte Tyler entgeistert an. »*Sagt ihnen, ich erfüllte meine Aufgabe.* Nicht: Ich hab meine Aufgabe erfüllt. Ich *erfüllte.* So redet doch keiner, oder?«

Er schüttelte aufgeregt den Kopf. »Die Bücher in Salazars Bibliothek, all diese Science-Fiction-Romane … Das ist ein Zitat! Der letzte Satz aus *Valis*, einem Buch von Philip K. Dick über falsche Religionen und Propheten … *Ich erfüllte meine Aufgabe* – damit endet das Buch. Das ist es, oder? Das war Salazars Notbremse, für den Fall, dass die Dinge aus dem Ruder laufen.«

Noch ein Hammerschlag. Funken ergossen sich über Haven, doch er hieb weiter auf die Elektronik ein wie ein Wahnsinniger.

Und endlich verstand ich es. Tomasz hatte kaum noch sprechen können. Es war ihm nicht darum gegangen, dass wir ihn stützten. Er hatte nicht unsere Kräfte gebraucht – nur unsere *Stimmen.*

»Die Sprechanlage!« Tyler riss an seiner Handschelle, kam aber nicht an die Knöpfe heran.

Ich drückte auf den erstbesten.

»Emma?«

Ihr Name echote aus dem Lautsprecher zu uns zurück.

»Sag es einfach!«, rief Tyler verzweifelt. Seine Worte hallten aus der Gegensprechanlage wider, so laut hatte er sie gerufen.

»Ich erfüllte meine Aufgabe!«, brüllte ich in das Mikrofonfeld, dann erneut, viel lauter, und noch ein drittes Mal. Dabei konnte ich nur Emma ansehen, leblos vor der Reihe der Probanden.

»Ich erfüllte meine Aufgabe!«

Kabel und Schläuche der Aufhängungen gerieten in Schwingung, andere spannten sich wie Ketten an Kerkermauern.

Haven schlug abermals zu und schrie.

47.

Eine Flammenlohe schoss aus dem Schaltfeld und hüllte Haven ein. Als das Feuer verschwand, war sein Haar versengt, sein Gesicht fast völlig verbrannt. Aber noch setzten ihn die Verletzungen nicht außer Gefecht. Er hob den Hammer erneut. Aus dem Schloss des Schotts ertönte ein Zischen, als würde Dampf entweichen. Funkenregen sprühte hervor, dann fuhr ein Ruck durch die Stahltür. Sie glitt einen Spalt weit zur Seite. Durch die Öffnung war das Probandenlabor zu erkennen.

Haven schob seine Hände hinein und versuchte, den Spalt zu erweitern. Im ganzen Korridor stank es nach seinem verbrannten Haar und nach verschmortem Plastik.

Ich sah abwechselnd von ihm zum Monitor, auf dem die Probanden sich wie Schlafwandler bewegten, ein wiegender Tanz inmitten des Kabelgewirrs.

Flavie hob den Kopf.

Tyler stieß ein Keuchen aus.

»Emma!«, brüllte ich, lief hinüber zu Haven und versuchte, ihm beim Aufstemmen der Tür zu helfen.

»Es geht nicht«, rief er durch aufgesprungene Lippen. Aus der Nähe sah ich, dass seine Verbrennungen schlimmer waren, als ich angenommen hatte. Sie mussten ungeheuer schmerzhaft sein.

»Ich versuch's trotzdem!« Ich zog meine Jacke aus, schob Haven beiseite und drängte mich mit der rechten Schulter voran in den Spalt. »Schließen Sie Tylers Handschelle auf. Er wird Ihnen helfen!«

Haven sah zu Tyler hinüber.

»Nun machen Sie schon!«, fuhr ich ihn an, während ich Hüfte und Brustkorb in die Öffnung zwängte. Es fühlte sich an, als würden jeden Augenblick meine Rippen brechen. Noch immer sprühten Funken, das Metall rundum war glühend heiß.

»Haven!«, rief Tyler. »Zu zweit können wir es schaffen!«

Ich drehte den Kopf zur Seite, damit er besser durch den Spalt passte. Mein Blick fiel auf Haven, der jetzt dastand, als wäre auf einmal alle Kraft aus ihm gewichen.

»Tun Sie's!«, schrie ich ihn an. Ich hätte gern ins Innere des Labors geblickt, aber das ging nicht mehr. Ich steckte fest, die Augen nach außen gerichtet, kam weder vor noch zurück.

Endlich setzte der Colonel sich in Bewegung, zog einen kleinen Schlüssel aus der Hosentasche seines Overalls und lief damit auf Tyler zu. Der machte einen Schritt zur Seite, damit Haven an die Handschelle herankam.

Mein Brustkorb war eingequetscht. Ich kämpfte gegen die Panik an, zappelte mit der rechten Hand im Inneren des Labors, während die linke auf der anderen Seite des Schotts ins Leere griff. Whiteheads grinsender Geist befand sich zwischen Emma und mir, aber daran verschwendete ich im Augenblick kaum einen Gedanken.

Tyler streifte die Handschelle ab und kam mit Haven zurück zur Tür. Er sagte etwas, das mich beruhigen sollte, aber ich hörte ihn kaum, so laut rauschte das Blut in meinen Ohren. Die beiden versuchten, die Tür weiter zur Seite zu schieben, waren sich dabei gegenseitig im Weg, von mir ganz zu schweigen, aber trotzdem gelang es Tyler schließlich, genügend Halt zu finden. Mit aller Kraft stemmte er sich gegen den Stahl.

»Fester!«, brüllte Haven, ging in die Hocke und drückte weiter unten gegen den Rand des Schotts.

Eine Funkenkaskade schoss zwischen uns hervor wie Silvesterfeuerwerk. Dann gab die Tür um einige Millimeter nach. Mit einem Ächzen glitt ich hindurch, stolperte auf der anderen Seite einen Schritt vorwärts, taumelte, fiel auf die Knie und sprang gleich wieder auf.

Whiteheads Geist stand in der Mitte des Labors, transparenter als alle anderen Erscheinungen, die ich bislang gesehen hatte. Von den Probanden drang ein Stöhnen und Ächzen herüber. Aus derselben Richtung kam lautes Ticken.

Ich rannte los, Schmerzen im ganzen Körper, unsicher, ob nicht doch ein paar Rippen gebrochen waren. Aber das kümmerte mich jetzt nicht mehr. So wenig wie das Pochen meines Herzens, das immer lauter und schneller wurde.

Vor den Probanden bewegte sich das riesige Metronom wie ein auf den Kopf gestelltes Pendel. Es war im Boden verankert, ein mannsgroßer Zeiger, der in einer fächerförmigen Bahn vor und zurück schwenkte. Auf die Wand dahinter wurde Salazars dunkle Augenpartie projiziert, während aus einem Lautsprecher seine Stimme erklang und auf Spanisch monotone Wortfolgen wiederholte.

Über allem lag das Ticken wie der Takt einer Uhr, die allmählich ablief.

Jemand schrie. Ein lang gezogenes, verzweifeltes Kreischen, zu hoch für einen Mann. Falls das Emma war, dann war es zumindest ein Lebenszeichen. Sie musste zwischen den Probanden und dem Metronom liegen, zu Füßen von Flavie. Tische und Ablagen waren im Weg, ich konnte meine Schwester nicht sehen, aber auch keinen Geist, und das machte mir Hoffnung. Ich musste an Whitehead vorbei, hatte ihn jetzt fast erreicht. Mein Herz raste. Die ersten Probanden befanden sich knapp zehn Meter entfernt in ihren Aufhängungen, das Ende der Reihe – Flavie – war fast doppelt so weit entfernt. Schläuche und Kabel bewegten sich wie Schlangennester. Die acht Körper erbebten.

Whiteheads Lächeln verblasste zusehends, während ich auf ihn zu und an ihm vorbeilief. Mein Herz hämmerte wild, aber es fühlte sich bereits weniger schmerzhaft an.

Ich hatte ihn kaum hinter mir gelassen, als es im Raum plötzlich dunkler wurde. Das Totenlicht verging, zurück blieb der Schein der Neonröhren.

Verwundert sah ich über die Schulter. Sah den Leichnam des Predigers in einer Blutlache liegen, mit dem Gesicht zur Seite, so als blickte er mir nach, einen stummen Vorwurf im Blick.

Sein Geist war fort.

Im Hintergrund stemmten Tyler und Haven sich gegen das Schott und versuchten den Spalt weiter zu vergrößern.

Ich stürmte an den vorderen Probanden vorbei. Salazars Hypnose hatte sie am Leben erhalten, hatte Emma gesagt: *Aber echtes Leben ist das nicht.* Tomasz hatte eine Weile durchgehalten, nachdem er erwacht war, dann hatte der Tod ihn eingeholt. Diese acht aber hatten weit Schlimmeres durchgemacht, waren anders als Tomasz und die Probanden aus der Hot Suite niemals zur Ruhe gekommen. Whitehead hatte sie wieder und wieder an die Schwelle der Kammern getrieben – bis sie einen Weg gefunden hatten, von dort aus zurückzuschlagen.

Nun erwachten sie und kehrten heim. Vielleicht würden sie eine Weile durchhalten wie Tomasz, doch ihre Zuckungen ließen bereits nach, erschlafften zu einem Zittern. Einige hatten die Augen geöffnet; ich konnte nicht erkennen, wer von ihnen blind war und wer nicht. Kahl geschoren, mager und weißhäutig sahen sie einander auf furchtbare Weise ähnlich.

Emma lag am hinteren Ende der Reihe. Der Schatten des Metronoms strich über sie hinweg, vor und wieder zurück. Das Licht von der Leinwand warf ihn auf die Probanden.

»Emma!«

Ich rollte sie auf den Rücken. Suchte den Puls an ihrer Halsschlagader und fand ihn nicht. Hastig ergriff ich ein Handgelenk.

Nichts.

»Bitte nicht ...«

Ich spürte, dass Flavie sich über uns in ihrer Aufhängung regte, dass sie dort hing wie eine Spinne in ihrem Netz, eingewoben in das Wirrwarr der Kabel. Sie war blind, und doch war mir, als schaute sie auf uns herab, und ich fragte mich, ob sie in der Lage war zu erfassen, was sie angerichtet hatte. Dass ihr Hass und ihre Verbitterung Millionen getötet hatten.

Ich hockte mich über Emmas schmalen Oberkörper, mit dem Rücken zu Salazars loderndem Blick, froh, das Metronom nicht sehen zu müssen, wenngleich mir das Ticken in den Ohren dröhnte. In Afrika hatte ich gelernt, was zu tun war, Herrgott, ich hatte dasselbe schon für Tyler getan, als er am blauen Haus fast gestorben war. Und doch war ich wie gelähmt, als ich begriff, dass Emma tot war. Kein Pulsschlag, kein Atmen. Sie war unterwegs dorthin, von wo Flavie und die anderen gerade zurückgekehrt waren.

375

Ich überkreuzte meine Handflächen unterhalb ihrer Brust und presste. Dreißig Mal hintereinander. Beugte mich über sie, streckte ihren Kopf nach hinten, hielt ihr die Nase zu und beatmete sie mit bebenden Lippen, schmeckte das Salz meiner Tränen, setzte mich wieder aufrecht und pumpte erneut.

Der Schatten des Metronoms blieb stehen und verschmolz mit dem Grau der Umgebung. Salazars Stimme verstummte und der Schein der Leinwand verschwand wie das Totenlicht. Jemand hatte die Projektion gestoppt und das furchtbare Ticken zum Schweigen gebracht.

Ich massierte Emmas lebloses Herz, gab ihr Sauerstoff, presste erneut. Dreißig Mal pumpen, dann beatmen. Und nur nicht daran denken, was sie mir bedeutete. Dass ich keinen Grund haben würde, zu leben, wenn sie nicht lebte. Dass sie alles war, was ich auf der Welt noch hatte.

Tyler stand neben mir, aber das spürte ich mehr, als dass ich es sah. Er zögerte, hin- und hergerissen zwischen uns und Flavie. Aber er konnte nichts für Emma tun, und so machte er einen Schritt nach vorn auf das Mädchen in der Aufhängung zu. Während ich die Herzdruckmassage fortsetzte, während ich weinte und wortlos flehte, warf ich einen kurzen Blick nach oben zu den beiden.

Tyler kappte Kabel und Schläuche mit einem Messer, das er von Haven bekommen haben musste, eine Klinge, wie Soldaten sie benutzten, eine Seite gerade, die andere gezackt. Sorgfältig durchschnitt er jede einzelne Verbindung zwischen Flavie und der Maschine.

Ich konzentrierte mich weiter auf Emma, zählte und atmete für sie, presste erneut auf ihr Herz. Meine Arme spürte ich nicht mehr, mein ganzer Körper fühlte sich taub an.

Dann sah ich, dass Tyler Flavie mit einem Arm umfasste, während er die Kabel an den Augenkontakten zertrennte. Zärtlich hob er sie aus dem stählernen Rahmen. Sie musste leicht sein wie ein Kind. Er machte einen Schritt zurück und legte sie neben uns am Boden ab.

Mein Blick war vor Tränen verschwommen. Ich hätte keine Kraft mehr haben dürfen, nicht nach den letzten Stunden, aber von irgendwoher nahm ich die Energie, um weiterzumachen, nur ja nicht aufzugeben.

Tyler hingegen saß ganz still neben Flavie. Er machte keinen Versuch, sie zu retten. Er musste wissen, dass es zu spät war, vielleicht drei Jahre zu spät. Er wirkte wie jemand, der gerade seinen Frieden machte mit einer Katastrophe, die wie ein Tornado durch sein Leben gefahren war. Er saß nur da und blickte auf Flavie hinab, während sie noch einmal zuckte und endgültig still lag. Dann beugte er sich vor und küsste sie ein letztes Mal auf ihre schmalen, blutleeren Lippen.

48.

Etwas wie ein Stromstoß traf meine Hand von unten.

»Mach schon!«, flüsterte ich.

Emmas Herz begann zu schlagen.

Ihre Augenlider flatterten, ihre Züge erwachten zum Leben.

Sie öffnete den Mund und sog heftig die Luft ein, ein hartes Röcheln, das erst allmählich zu regelmäßigem Ein- und Ausatmen wurde.

Es dauerte Minuten, bis ich sicher war, dass sie es schaffen würde. Die Zeit bis dahin war ein Albtraum aus Ungewissheit, Schuldgefühlen, Erleichterung, alles in rasendem Wechsel. Tyler saß neben mir, Flavies Kopf in seinen Schoß gebettet, so als schliefe sie nur. Aber über sie hinweg hielt er Emmas Hand, während sie Zug um Zug zu uns zurückfand.

In diesen Augenblicken machte ich meinen Frieden mit Afrika. Ich hätte Emma niemals retten können ohne das, was ich dort gelernt hatte. Das war es wert gewesen: all die Ängste, die Phobie, die Zeiten, in denen ich dachte, ich müsste verrückt werden.

Als es keinen Zweifel mehr gab, dass Emma sich erholen würde, und ich sie zum hundertsten Mal umarmt, auf die Stirn geküsst und sentimentalen Unsinn gestammelt hatte, wandte ich mich Tyler und Flavie zu. Er hatte ebenfalls geweint, die Tränen hatten helle Bahnen durch den Schmutz auf seinem Gesicht gezogen. Unsere Blicke trafen sich. Es war nicht nötig, dass einer von uns etwas sagte.

»Ihr müsst euch das ansehen«, erklang Havens Stimme von der Tür her. Er war dabei gewesen, während Emma erwacht war, ein gebeugter, verwundeter Mann, der sich auf einem Tisch abgestützt und mit uns ausgeharrt hatte. Erst als sie endlich wieder atmete, war er fortgegangen – zu seiner Tochter, hatte ich angenommen, um sich zu vergewissern, dass auch ihr Geist sich aufgelöst hatte.

»Wirklich, ihr solltet das sehen.«

Ich konnte Emma nicht loslassen, so wenig wie Tyler Flavie. Die Welt, oder was davon übrig war, würde uns nicht davonlaufen.

Emma richtete ihren Oberkörper auf.

»Langsam«, sagte ich.

»Es geht schon.« Ihre Stimme klang überhaupt nicht danach – rau und heiser –, aber sie hatte schon wieder diesen eigensinnigen Blick, der mir deutlicher als alles andere verriet, dass es ihr besser ging.

Sie wandte den Kopf und sah zu Flavie hinüber.

»Ich hab ihre Stimme gehört«, sagte sie leise.

Ich nickte. »Du hast sie alle gehört.«

»Nein.« Sie brachte es fertig, mich beinahe vorwurfsvoll anzusehen, als könnte sie nicht glauben, dass ich sie nicht früher durchschaut hatte. »Das war gelogen. Der Einzige, der mit mir gesprochen hat, war Tomasz. Und dann, ganz am Ende, Flavie.«

»Dass du die anderen hörst, das hast du nur gesagt, um –«

»Damit ihr mich zu Whitehead gehen lasst, du und Haven.«

379

Sie warf einen Blick zum Colonel hinüber, der keine Miene verzog. »Ich hab zwar gehofft, dass es klappen würde, dass sie vielleicht doch mit mir sprechen würden wie Tomasz, aber ich war nicht sicher ... Und sie haben's auch nicht getan, erst im allerletzten Augenblick, als ich ...« Sie verlor den Faden und brach ab.

»Als du selbst schon so gut wie tot warst«, sagte Haven.

»Ja.«

Tyler strich sanft über Flavies rasierten Kopf. Ihre Gesichtshaut spannte sich wie heiß gewordenes Plastik über ihren Schädelknochen. Die Metallimplantate neben ihren Schläfen reflektierten das Neonlicht. »Was hat sie gesagt?«, fragte er.

»Dass es ihr leidtut.«

Ich meinte ihr anzusehen, dass das eine weitere Lüge war. Ganz sicher war ich nicht. Sie war früher nie gut darin gewesen, die Unwahrheit zu sagen, aber sie war jetzt nicht mehr dieselbe Emma, mit der ich in Cardiff aufgebrochen war.

Tyler brachte ein schwaches Lächeln zu Stande. Ich hatte ihn für jemanden gehalten, den Gefühle wie Trauer und Wut zum Toben brachten. Der Dinge gegen die Wand warf und dabei Gott und die Welt verfluchte. Stattdessen schien ihn nun eine Ruhe zu erfüllen, die auf mich abfärbte. Ich fühlte mich wie in einer sonderbaren, tranceartigen Schwebe.

»Ich möchte aufstehen«, sagte Emma.

Ich half ihr dabei und stützte sie. Tyler hob Flavie vom Boden und trug sie auf beiden Armen. Gemeinsam durchquerten wir das Labor, vorbei an Whiteheads Leiche. Emma streifte ihn mit einem kurzen Blick, aber keiner von uns anderen beachtete ihn. Niemand sagte etwas.

Wir folgten Haven durch das halb geöffnete Schott hinaus

auf den Korridor. Emma und ich hielten uns gegenseitig aufrecht. Flavies Arme und Beine hingen herab, ihr Kopf wippte leicht bei jedem Schritt.

An der nächsten Korridorkreuzung blieb Tyler stehen.

»Ich kann sie nirgends begraben«, sagte er zu Haven, »aber, wenn es Ihnen recht ist, dann würde ich sie gern zu Ihrer Tochter legen. Zu Tanya.«

Haven presste die Lippen aufeinander. Die Männer starrten einander lange an. Der Colonel schien am Ende seiner Kräfte zu sein, aber es waren wohl am wenigsten die Brandwunden, die ihm zu schaffen machten. Schließlich nickte er.

»Wir warten hier«, sagte ich, weil mir klar war, dass dies etwas war, das Tyler allein tun musste.

Haven sah mich an, dann Emma. »Werft einen Blick in die Zentrale«, sagte er, wandte sich um und betrat den rechten Gang. Tyler folgte ihm mit Flavie.

Wir blieben zurück, als die beiden den weißen Flur hinabgingen. Während wir ihnen nachschauten, dachte ich, wie sehr ich das weiße Neonlicht hasste. Ich konnte es nicht erwarten, endlich ins Freie zu kommen, ganz gleich, wie es dort aussah.

Nach zehn Minuten kehrte Tyler allein zurück.

»Er bleibt bei seiner Tochter«, sagte er mit steinerner Miene.

Emma schaute lange den Gang hinunter, als könnte sie Haven dort sehen. Ich fragte mich, ob er eine der Pistolen aus dem Labor eingesteckt hatte.

Wenig später kamen wir an der Überwachungszentrale vorbei. Monitore und Lampen flackerten. Da verstand ich, was Haven gemeint hatte. Er war hier gewesen und hatte die Einstellungen verändert. Die Bildschirme zeigten Aufnahmen, die von den Kameras an der Außenseite des Gebäudes aufgezeichnet

381

wurden. All die Körper lagen unverändert auf dem Asphalt und den Gehwegen, aber jetzt waren sie in das feurige Rot eines Sonnenuntergangs getaucht.

Es gab kein Totenlicht mehr. Die Geister waren verschwunden, als hätte ein Windstoß sie davongeweht. Ich forschte in mir nach einem Anflug von Freude, wenigstens Erleichterung, aber alles, was ich empfand, war Erschöpfung.

»Da oben«, sagte Emma und deutete auf einen Monitor, der die Straße und einen Ausschnitt des Himmels zwischen den Hochhäusern zeigte. Etwas bewegte sich vor den feuerroten Wolken, ein weißer Lichtpunkt, gefolgt von einem zweiten.

Ich erinnerte mich an den Rettungshubschrauber, den wir auf dem Weg durch die Stadt gesehen hatten. Womöglich war der Pilot nicht geflohen. Vielleicht suchte er die Dächer Manhattans nach Überlebenden ab. Und vielleicht gab es noch andere wie ihn, Menschen, die ihre Hoffnung nie verloren hatten und von denen jetzt die Zukunft abhing.

Wir verließen die Zentrale, fanden ein Treppenhaus und stiegen über die Toten auf den Stufen nach oben. Tyler durchsuchte einige nach einem Feuerzeug und wurde bald fündig.

Wir brauchten ewig für die fünf Etagen zum Erdgeschoss, und dann lagen noch immer achtzehn vor uns bis zum Dach. Aber wir wagten es nicht, den Aufzug zu nehmen. Die Lichter flackerten nun immer öfter, und einmal, auf Höhe des ersten Untergeschosses, gingen sie ganz aus. Im Parterre verließen wir den dunklen Schacht und traten in die riesige Glashalle, die vom Flammenrot des Herbstabends erfüllt war. Irgendwo draußen bellte ein Hund, ein zweiter antwortete ihm, und das machte mir trotz des Anblicks vor den Scheiben Mut.

Als die Deckenlampen wieder ansprangen, setzten wir unseren Aufstieg fort. Emmas Herz schlug unermüdlich wie eine Maschine. Trotzdem bestand Tyler darauf, sie einen Großteil des Weges zu tragen. Es kostete ihn seine letzten Kräfte, aber schließlich erreichten wir das Dach.

Der Himmel loderte in Karmesin, durchwoben von dunklem Violett. Ein kühler Wind wehte vom Wasser über die Stadt, während wir Material sammelten, das wir zu einem Signalfeuer aufschichten konnten. Zuletzt gingen Tyler und ich noch einmal ins Gebäude und suchten in den Büros der obersten Etage Brennbares zusammen: Aktenordner, Tischbeine, eine Kiste mit Symbolen des Tempels, das hölzerne Kreuz mit Strahlenkranz.

Draußen steckten wir alles in Brand, setzten uns neben das Feuer und hielten uns gegenseitig warm. Geduldig sahen wir zu, wie unsere Rauchsäule am Himmel mit dem Dunst all der anderen verschmolz, die aus dem Häusermeer Manhattans ins Abendrot aufstiegen.

ÜBERLEBENDE

49.

Ich schlief vierundzwanzig Stunden auf einem Feldbett, aber erst, nachdem mir eine Ärztin versichert hatte, dass mit Emma alles in Ordnung sei. So »in Ordnung« man eben sein konnte, wenn man tot gewesen und danach ziemlich grob ins Leben zurückgeholt worden war. Sie hatte ein paar angeknackste Rippen von meiner Herzdruckmassage und unter der Brust ein Hämatom in der Form des Staates Illinois; es war auch ungefähr so groß.

Auf den Rollbahnen des Newark Airport, westlich des Hudson, waren Feldlazarette und Unterkünfte in riesigen Militärzelten errichtet worden, eine Zirkusstadt in Tarnfarben. Die Überreste der Armee und der Nationalgarde waren heillos überfordert, aber sie taten ihr Bestes, um die Menschen zu versorgen, die von Helikoptern aus dem Umland eingeflogen wurden. Alle Straßen waren verstopft von Autowracks und der Luftweg war vorerst der einzige, auf dem Überlebende transportiert werden konnten. Auf den ersten Blick schienen es eine ganze Menge zu sein, aber schon kurz nach der Ankunft wurde mir klar, dass es erschütternd wenige waren im Vergleich zu den Leichenbergen, die wir in den Straßen gesehen hatten.

Emma, Tyler und ich waren nur drei unter Hunderten, die in der ersten Welle von den Dächern Manhattans hinüber nach

New Jersey gebracht worden waren. Wir wurden notdürftig versorgt und dann ließ man uns schlafen, solange wir wollten, vermutlich weil man froh war über jeden, der den Helfern nicht im Weg stand und die niedergeschlagene Stimmung im Lager nicht durch Weinkrämpfe oder große Reden verschlimmerte.

Im Schlaf hörte ich das Metronom, sah aber keine Bilder dazu; ich wertete das als Fortschritt. Beim Aufwachen, noch im Halbschlaf, fasste ich mit abwegiger Tatkraft den Vorsatz, so schnell wie möglich *Valis* von Philip K. Dick zu lesen oder eines seiner anderen Bücher. Tyler erzählte mir später, dass sich bei Dick das Leben seiner Helden oft als Fiktion entpuppte, ihre Wirklichkeit als Simulation in ihren Köpfen. Ich bin nicht sicher, ob ich das in meinem Fall beruhigend oder Furcht einflößend fände.

50.

Am dritten Abend fand zwischen den Zelten eine Art Party statt, wobei niemand zu sagen vermochte, ob es sich um eine Totenfeier oder ein Freudenfest handelte. Die Meinungen dazu waren geteilt, und so bildeten sich zahllose Gruppen, die sich über das Gelände verteilten. Die einen schwiegen oder beteten oder erzählten Geschichten von toten Angehörige und Freunden. Die anderen versuchten die Atmosphäre durch Musik zu lockern. Es gab ein wenig Alkohol, der ganz unvermeidlich ins Lager geschmuggelt worden war, aber nicht genug, als dass gegen Ende des Abends nicht doch die meisten durch Tränenschleier in die Lagerfeuer starrten und irgendwann sogar die Geschwätzigsten verstummten.

Emma lag unter Beobachtung im Lazarett und las eines der Bücher, die die Leute von der Nationalgarde aufgetrieben und verteilt hatten. Sie hatte *Krieg und Frieden* ergattert und sog es mit der Konzentration einer Abschlussschülerin in sich auf. Andere hatten E. L. James erwischt, also hatte Emma schon zum zweiten Mal innerhalb weniger Tage unverschämtes Glück gehabt.

Gegen Mitternacht stand ich mit Tyler ein wenig abseits der Feuer, jeder mit einem Pappbecher Kaffee, und endlich fasste ich mir ein Herz und fragte ihn, wie er den Abschied von Flavie verkraftete. Ich hatte mich lange vor dieser Frage gedrückt. Aber schließlich war es mir wichtiger, dass er wusste, wie sehr ich mir darüber Gedanken machte.

»Ich hab mich schon vor drei Jahren von ihr verabschiedet«, sagte er. »Das dazwischen, die neue Hoffnung nach den Bildern aus Spanien und auf dem Weg dorthin, fühlt sich an wie ein Traum. Nicht so, als hätte es einen echten Grund dafür gegeben. Wie etwas, das man sich einredet, obwohl man es eigentlich besser weiß.«

Ich meinte ihn zu verstehen und nickte.

»Ich hab so lange um sie getrauert. Jetzt will ich das nicht mehr.«

»Kann man das einfach abschalten?«

»Man kann's versuchen.«

Wir stießen mit dem kalten Kaffee an und ich glaube, dass wir lächelten.

51.

Zwei Wochen später verließen Tyler, Emma und ich das Lager zu Fuß über die Newark Bay Bridge. Unter einem grauen Himmel wanderten wir den New Jersey Turnpike entlang und bemühten uns, nicht in die verkeilten Autowracks zu blicken. An der Anlegestelle hinter dem Liberty National Golf Course fanden wir Boote; Tyler suchte eines aus und brachte den Motor in Gang. An einem kalten Novembernachmittag legten wir ab und fuhren auf dem Hudson nach Norden.

Noch hatte niemand begonnen, hinter der Apokalypse aufzuräumen. Im Lager hatten Gerüchte kursiert, dass es jeden Tag von neuem losgehen könnte, auch wenn es dafür keine Anzeichen gab. Ein Grund dafür war wohl, dass niemand je herausgefunden hat, wie die Smilewaves gestoppt worden waren und was die Erscheinungen hatte verschwinden lassen.

Ich kann nicht mehr sagen, was ich fühlte und dachte, während wir den Fluss hinauffuhren, zurück auf demselben Weg, den wir mit Havens Hubschraubern gekommen waren. Wir passierten Manhattan und die grauen Industriegebirge der Vorstädte, um schließlich in grünere Gegenden zu gelangen. Natürlich waren wir nicht die einzigen Flüchtlinge auf dem Wasser. Es gab Hausboote und Jachten, sogar selbst gebaute Flöße. Was uns

391

alle verband, war die Tatsache, dass niemand wusste, wovor er eigentlich floh.

Einmal beobachtete ich, wie Tyler etwas über Bord warf. Er bemerkte nicht, dass ich dabei zusah. Ich bin sicher, es war eine silberne Disc, die er aus der Innentasche seiner Jacke gezogen hatte.

Hinter Poughkeepsie verließen wir den Fluss. Leere Autos gab es genug, wir hatten die freie Wahl, aber Tyler bestand darauf, dass wir zwei Motorräder nahmen. Emma saß mit auf seinem, während er mir beibrachte, wie ich selbst eines lenken konnte. Es dauerte eine Weile, aber schließlich hatte ich die Maschine gut genug im Griff, um unsere Reise in gemächlichem Tempo fortzusetzen. Auf den Bikes konnten wir die meisten Blechfriedhöfe auf den Straßen umfahren und erreichten schließlich Woodstock. »*Das* Woodstock!«, freute sich Emma und lächelte.

Hinter dem Ort fuhren wir weiter bergauf in die Catskill Mountains. Eine Menge Leute aus der näheren Umgebung hatte hier Zuflucht gesucht, aber es gab ausreichend leer stehende Berghütten und Wochenendhäuser für alle. Die meisten Besitzer würden nie wieder Anspruch darauf erheben.

Tief in den Bergen bogen wir von einer maroden Asphaltstraße ab und folgten einem Schild mit der Aufschrift *Peterson Estate*. Die Namensgleichheit mit dem Lionheart-Arzt war Zufall, aber er war der Einzige, der es gut mit uns gemeint hatte, und so erschien uns das wie ein gutes Omen. Nach drei Kilometern fanden wir am Ende des Weges ein Holzhaus mit sechs Zimmern und überdachter Veranda, einem offenen Kamin und reichlich Holzvorräten und Benzinreserven für den Generator. Tyler fuhr zurück zur Straße und entfernte das Schild, damit kein anderer auf die Idee kam, hier nach einer Unterkunft zu suchen. In der Speisekammer gab es eine Menge Konserven und Spaghetti. Nur das gefrorene Wild in der Tiefkühltruhe war nach dem letzten Stromausfall verdorben und stank erbärmlich. Es dauerte zwei Tage, bis der Geruch verflogen war.

Die Petersons mochten daheim in Albany oder in einer der Blechlawinen auf den Straßen ums Leben gekommen sein. Wir ließen ihre Fotos im Wohnzimmer hängen, weil es sich anfühlte, als wären wir ihnen das schuldig. Sie waren ein gepflegtes Paar mit zwei hübschen Kindern; auf dem jüngsten Bild mochten die Eltern um die vierzig sein, das blonde Mädchen sieben, der Junge etwas älter. In einem Bücherregal entdeckte Emma *Doktor Schiwago, Anna Karenina* und *Der Meister und Margarita*, und sie erklärte, sie befände sich ab sofort in einer »russischen Phase«.

Tyler und ich machten lange Spaziergänge durch die verschneiten Wälder und begegneten gelegentlich anderen Überlebenden, die in den Ferienhäusern in der Umgebung Unterschlupf gefunden hatten. Wir winkten einander zu, pflegten aber keine nachbarschaftlichen Kontakte. Vielleicht war der Verlust von Vertrauen ein Preis, den wir alle für Ruhe und Frieden zahlen mussten.

Wir blieben bis zum Ende des Winters in den Catskills. Emma lernte Russisch aus einem Lehrbuch, das sie zwischen ein paar anderen auf dem Speicher entdeckt hatte. In der Garage brachte Tyler mir alles über Motorräder bei, bis ich in der Lage war, die Maschinen auseinander- und wieder zusammenzubauen. Mal machte mir das mehr, mal weniger Spaß, aber ich verbrachte gerne Zeit mit ihm.

Irgendwann im Januar gab er mir einen Kuss, der ein wenig nach Motoröl schmeckte, weil ich mir bei der Arbeit über den Mund gewischt hatte. Noch heute, wenn ich Schmieröl rieche, denke ich an diesen Kuss und an das Rauschen der tiefen Wälder.

52.

Nachdem der Schnee getaut war, zeigte Tyler mir, wie man ein Motorrad auf der Straße unter erschwerten Bedingungen beherrscht. Es war die eine Sache, auf freier Fahrbahn über den Asphalt zu preschen; ganz anders lagen die Dinge, wenn man in engem Slalom die Wracks auf den Highways umfuhr. Ich bestand darauf, dass auch Emma den Umgang mit den Maschinen erlernte. Sie sagte *Хорошо* und war innerhalb kürzester Zeit eine perfekte Fahrerin.

Im April verließen wir das Haus der Petersons und machten uns auf den Weg nach Westen. In den vergangenen Wochen waren immer mehr Menschen durch die Berge gezogen, und nicht alle wirkten freundlich. Es war an der Zeit, abgeschiedenere Regionen zu erkunden.

Ende Juni quartierten wir uns in einem Haus in Colorado ein, gar nicht unähnlich jenem, das wir aufgegeben hatten. Nur lag es viel höher in den Rocky Mountains und blickte über einen kleinen See.

Jemand war vor uns hier gewesen, auf dem Esstisch lag ein Zettel mit ein paar handschriftlichen Zeilen:

Geht so pfleglich mit diesem Ort um, wie wir es getan haben. Wir ziehen weiter nach Alaska und werden nicht wiederkommen. Füttert

den Fuchs, der abends an die Hintertür kommt – jedenfalls hat er das
bis zum 21. März getan, dem Tag, an dem wir abreisten. Er ist ein
zutraulicher kleiner Kerl, und vielleicht bringt er bald ein paar Junge
mit. Katie, unsere Tochter, sagt, sie habe ihn mit einer Füchsin ge-
sehen, an den drei großen Kiefern am Waldrand. Ihr werdet ihm und
vielleicht auch seiner Familie begegnen. Viel Glück und Gott segne
Euch.

Daneben lag eine Liste mit Vorräten, einige durchgestrichen,
außerdem eine Karte der weiteren Umgebung, auf der die Orte
mit Plus- und Minuszeichen markiert waren. Drei waren mit
kleinen Totenköpfen gekennzeichnet. In den folgenden Monaten machten wir einen weiten Bogen um diese Städte und gingen
jeder Begegnung mit anderen Überlebenden aus dem Weg.

Im Oktober, ein Jahr nach der letzten Smilewave, gingen auf
einmal alle Lichter im Haus an. Der Fernseher schaltete sich ein.
Er zeigte nur weißes Rauschen, aber aus dem Radio in der Küche
drang verzerrte Musik und die ungeübte Stimme eines Modera-
tors. Er schien den Job noch nicht lange zu machen, aber er ver-
sorgte uns mit Informationen, die nach und nach aus anderen
Teilen des Landes bei ihm eintrafen.

Emma sprach jetzt neben Russisch auch Italienisch und Heb-
räisch. Als ihr die Lehrbücher ausgingen, bat sie Tyler, ihr Norwegisch beizubringen. Fortan paukte er mit ihr zwei Stunden am
Tag Vokabeln und Grammatik und fand allmählich Spaß daran,
aus dem Kopf lange Listen mit Wörtern und Redewendungen zu
erstellen. Manchmal sah ich den beiden zu, während ich an den
Aufzeichnungen arbeitete, aus denen schließlich dieser Bericht
werden sollte.

Einmal, während Tyler draußen im Wald auf der Jagd war,
fragte ich Emma: »Hast du sie wirklich gehört?«

Sie senkte den Blick und nickte.

»Was hat sie gesagt?«

»*Ich habe in seine Augen gesehen. Und er in meine.*«

»Sonst nichts?«

»*Sie sieht so glücklich aus im Schlaf.*«

53.

Ein halbes Jahr lang ließ der Fuchs sich nicht blicken.

Im Januar, als der Schnee einen Meter hoch lag, tauchte er unverhofft an der Hintertür auf. Unter den Kiefern am Waldrand stand ein Weibchen mit fünf Jungen. Der Wurf konnte erst wenige Wochen alt sein.

Tyler und ich sahen durch die Scheibe zu, wie der Fuchs über den Schnee heranpirschte und uns eine Maus vor die Tür legte. Dann verschwand er im Wald, gemeinsam mit seiner Familie.

Am nächsten Abend erwarteten ihn Reste von unserem selbst gebackenen Brot und zwei tote Ratten, die Tyler im Keller hinter den Mehlvorräten erwischt hatte. Der Fuchs revanchierte sich mit einem halben Eichhörnchen.

In der Küche sang Bruce Springsteen vom Zusammenhalt der Arbeiterklasse. Im Wohnzimmer rezitierte Emma Shakespeare auf Norwegisch.

»Glaubst du, sie schaffen es durch den Winter?«, fragte Tyler.

»Sie haben es im letzten geschafft«, sagte ich. »Warum nicht in diesem?«

Wir standen Arm in Arm am Fenster und beobachteten die Füchse beim Spiel.

Der teuflische Preis des Ruhms

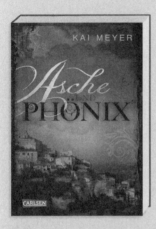

Kai Meyer
Asche und Phönix
464 Seiten
Gebunden, mit Schutzumschlag
ISBN 978-3-551-58291-1

Parker und Ash haben nichts gemeinsam. Er ist Hollywoods größter Jungstar und scheint geradezu körperlich abhängig von Ruhm und Aufmerksamkeit. Sie ist eine »Unsichtbare«, nirgends zu Hause, getrieben von der Angst, wie alle anderen zu sein. Doch dann erwischt Parker Ash in seiner Londoner Hotelsuite, wo sie gerade sein Bargeld klaut. Parker kann sein Leben im Fokus der Medien nicht mehr ertragen und nutzt die Chance, mit Ash zu verschwinden. Ihre Flucht führt sie bis an die Côte d'Azur – auf den Spuren eines teuflischen Paktes, verfolgt von einer Macht, die sie gnadenlos jagt.

CARLSEN

www.carlsen.de